BASTEI
LÜBBE

Von Joy Packer sind bisher erschienen:

10905 Die Leopardin
10990 Diana – Jägerin und Beute
11212 Veronica

Joy Packer

Die reißenden Wasser von Velaba

Aus dem Englischen übertragen von
Jutta und Theodor Knust

BASTEI
LÜBBE

BASTEI-LÜBBE-TASCHENBUCH
Band 11253

Titel der Originalausgabe: Nor the Moon by Night

Lizenzausgabe mit Genehmigung des Schneekluth Verlages:
Gustav Lübbe Verlag GmbH, Bergisch Gladbach
Printed in West Germany, Juni 1988
Einbandgestaltung: Graupner & Partner
Titelfoto: Image Bank
Satz: Prechtl, Passau
Druck und Bindung: Ebner Ulm
ISBN 3-404-11253-9

FÜR UNSERE NAN

Ich hebe meine Augen auf zu den Bergen,
von welchen mir Hilfe kommt . . .
Bei Tage wird die Sonne dich nicht stechen,
noch der Mond bei Nacht.
Der Herr behüte dich vor allem Übel;
der Herr behüte deine Seele . . .
AUS DEM 121. PSALM

Tausende von Quadratkilometern gut bewässerter Busch- und Steppenländereien in verschiedenen Teilen Afrikas bleiben dem Wild vorbehalten. In diesen Reservaten sollen die wilden Geschöpfe in ihrem Naturzustand, sicher vor Büchse und Falle des Menschen, leben und, soweit irgend möglich, mit Wasser und Weide versorgt sein.
Ich habe so manchen glücklichen und erregenden Urlaub in den berühmten Nationalparks Südafrikas verlebt und die Gastfreundschaft der Hegemeister, der Heger und ihrer Familien genossen.
Velaba, wo Alice Lang sich selber und ihren Geliebten findet, ist kein bestimmter Naturschutzpark. Es ist ein Gebiet, das nur in meiner Phantasie existiert. Seine Bantubevölkerung gehört zu keinem bestimmten Stamm, und die Eingeborenenworte und Namen, die sie benutzt, mögen aus diesem oder jenem Dialekt stammen — oder auch aus gar keinem. Den Aberglauben und die Versuchungen teilt sie jedoch mit allen Eingeborenen, die in diesem Löwen- und Elefantenland unter jagdbaren, aber geschützten Tieren leben.
Von allen Gestalten meines Romans, mögen sie nun weiß oder schwarz sein oder dem Tierreich angehören, ist allein Dumela, der bösartige Elefant, nicht erfunden.

JOY PACKER

Claremont 1957
Kapland

Der erste Schritt

Meg Broeksma stand auf dem Flughafen von Johannesburg an der Schranke und wartete auf die Verkehrsmaschine aus London. Ihre beiden kleinen Söhne, vier und fünf Jahre alt, tanzten aufgeregt um sie herum, wobei der ältere zu allem, was Räder oder Tragflächen hatte, ununterbrochen Erklärungen abgab, während der jüngere einen Spielzeugaffen an sich preßte und im übrigen das getreue Echo seines Bruders war.

»Guck!« schrie Johnny, »da kommt sie, guck dort! Brrr-brrr!«

»Brrr-brrr!« echote Dicky. »Guck, Lily, guck dir den großen Flieger an!«

»Er landet.«

»Jetzt ist er unten — da schieben sie schon eine Treppe her. Guck dir das an, Lily!«

Vor Lilys blinden Glasaugen stiegen die Reisenden aus dem Flugzeug, darunter eine schlanke junge Dame im blauen Leinenkostüm, einen Tweedmantel über die Schulter gehängt und eine große Handtasche unter dem Arm. Sie trug keinen Hut, und ihr kurzes Haar leuchtete blauschwarz in der Sonne des Spätnachmittags. Klein und dunkel, hatte Andrew Miller in dem merkwürdigen Telefongespräch gesagt, in dem er seine Schwester Meg bat, Alice Lang vom Flughafen abzuholen; sechsundzwanzig Jahre alt und Krankenschwester aus London.

Wer war diese Alice Lang, fragte sich Meg, und wie hatte Andrew sie kennengelernt? Und wie, in Himmels Namen, hatte dieser Einsiedler von einem Mann es fertiggebracht, sie zu veranlassen, um die halbe Welt zu fliegen und eine so abgelegene und unzivilisierte Gegend wie Velaba zu besuchen? In Megs Geist überstürzten sich die Fragen und Ahnungen. Sie beobachtete, wie das dunkelhaarige Mädchen rasch dahinschritt, als ob sie es eilig hätte und wüßte, wohin sie gehe.

»Welche ist es, Mummy? Welche ist Alice Lang? Ich möchte ihr Lily zeigen.«

»Ich glaube, das dort könnte sie sein — die ohne Hut, Dicky, die so rasch geht.«

»Warum?« Johnny warf seine Warums regelmäßig auf gut Glück in die Unterhaltung. Er fand, sie änderten die Richtung eines Gesprächs genau wie die Weichen seiner elektrischen Eisenbahn, bei der er der Lokomotive auch immer wieder einen andern Kurs gab.

»Weil Krankenschwestern so gehen.«

»Warum?«

»Weil sie nicht rennen dürfen.«

»Warum?« Er wußte, daß auf das dritte Warum keine Antwort erfolgen würde, und ehe seine Mutter ihn halten konnte, schoß er davon und fing die hutlose junge Dame genau in dem Augenblick ab, als sie den Eingang zur Zollabfertigung erreichte.

»Sind Sie Alice Lang?«

Er blickte in ein Paar braune Augen unter schräg nach oben verlaufenden Brauen empor. Und als sie lächelte, waren diese Augen wie Weiher, auf denen die Sonne lag, und auch Johnny lächelte.

»Ja«, sagte sie, »und wer bist du?«

»Ich bin Broeksma. Wir wollten Sie abholen. Onkel Andrew hat es uns aufgetragen.« Johnny ging seit kurzem in die Schule, und der Gebrauch des Familiennamens ohne jeden Zusatz erschien ihm als ein Zeichen von Alter und Überlegenheit.

Meg und Dicky kamen herzu.

»Sie sind es also wirklich«, sagte Margret. »Wir hatten es uns schon gedacht.«

»Das ist Lily.« Dicky hob den Affen hoch, um ihn bewundern zu lassen. Er war alt und schmutzig und von heftiger Liebe recht ramponiert.

»Sehr angenehm, Sie kennenzulernen, Lily.« Alice schüttelte die weiche Pfote und erhielt dafür von Lilys Eigentümer ein Lächeln von solcher Liebenswürdigkeit, daß sich ihr Herz zusammenzog. Sie blickte von den beiden blonden Jungenköpfen auf und sagte: »Wie reizend von Ihnen, mich abzuholen, Frau Broeksma. Andrew telegrafierte mir, ich dürfe Sie hier erwarten.«

»Ich heiße Meg.« Andrews Schwester lächelte. »Ich bin nicht so förmlich wie Johnny, für den der Zuname im Augenblick eine große Rolle spielt.«

Sie hatte goldrotes Haar, freundliche blaue Augen und eine Stubsnase. Ihre helle Haut war voller Sommersprossen.

»Ich gehe mit den Jungen eben hinüber zum Zeitungsstand, während Sie Ihre Zoll- und Einwanderungsformalitäten erledigen. Dann fahren wir und können in Ruhe miteinander reden. Alice hörte, daß allenthalben Afrikaans gesprochen wurde. Die Beamten, die ihren Paß, die Gelbfieber- und Impfbescheinigungen prüften und ihr leichtes, neu aussehendes Gepäck stempelten, sprachen mit einem sonderbaren Akzent, und Alice hatte das Gefühl, sich eher in einem fremden Land als in einem britischen Dominion zu befinden. Es erschien ihr kaum vorstellbar, daß sie vor vierundzwanzig Stunden noch in London gewesen war. Gestern erst! Ein schwarzer Träger brachte ihre Koffer zu Margrets Wagen, und kaum eine halbe Stunde nach der Landung fuhr sie durch das Hoogeveld in Richtung Pretoria. Meg steuerte den großen amerikanischen Wagen rasch und gut, und die beiden kleinen Jungen zappelten auf dem Rücksitz, von wo Johnny die Fragen über das Flugzeug salvenweise abfeuerte, während Dicky von Zeit zu Zeit als Echo einfiel.

»Seid still, Kinder«, sagte Meg, »jetzt reden wir.«

Sie hatte Alice so vieles zu fragen, doch sie zögerte. Der Anruf ihres Bruders vor zwei Tagen hatte sie bestürzt. Er hatte vom Polizeiposten in Poinsettia, dicht an der Nordgrenze des großen neuen Wildschutzparks Velaba gesprochen. Andrew war der leitende Hegemeister von Velaba, und Meg hörte selten etwas von ihm. »Hör zu, Meg, du mußt mir einen Gefallen tun. Würdest du übermorgen am Flugplatz Johannesburg ein Mädchen namens Alice Lang abholen? — Sie kommt mit der Nachmittagsmaschine von London — vielleicht kann sie bei euch übernachten, und am nächsten Morgen setzt du sie in Pretoria in den Zug nach Duiker's Drift.«

»Ja, natürlich gern. Aber wer ist denn das? In welcher Beziehung steht sie zu dir?«

»Eine Engländerin — Krankenschwester. Ihre Mutter ist vor ein paar Tagen an einer unheilbaren Krankheit gestorben. Alice hat sie während der letzten vier Jahre gepflegt. Jetzt kommt sie nach Poinsettia in die Missionsstation.«

»Vor ein *paar Tagen?*«

»Ja.«

»Ist sie denn Missionarin?«

»Nein. Aber der Missionsarzt und seine Frau nehmen sie auf.«

»Ist sie . . . eine nahe Freundin von dir?«

»Sehr nah. Aber das ist ganz vertraulich, Meg. Es kann sein . . . wenn wir uns mögen, heiraten wir.«

»Wenn ihr euch mögt? Aber wenn sie doch eine nahe Freundin von dir ist . . .«

»Ich weiß, es klingt verrückt. Frag sie selbst, wenn sie kommt. Sie kann es dir besser erklären als ich am Telefon.«

Meg brannte vor Neugier, doch jetzt war nicht die Zeit für vertrauliche Mitteilungen. Und Alice Lang forderte solche Fragen nicht heraus. Trotz ihrer Freundlichkeit war etwas Verschlossenes an ihr. Sie wirkte streng und zurückhaltend. Wie ihr Verhältnis zu Andrew auch sein mochte, lebendig war es noch nicht, das spürte Meg. Es war zwar da, aber noch ganz unentwickelt.

»Dieses geschmolzene goldene Licht . . .«, sagte Alice. »Dieses Gefühl von Licht und Entfernung . . .« Sie blickte hinaus in die endlose Landschaft dürrer Grassteppe, nach dem hohen, wolkenlosen Himmel und der Sonne am dunstigen Horizont — eine himbeerfarbene Scheibe, die größer wurde, während sie sank.

»Es wird Zeit, daß der Frühlingsregen kommt. Die Steppenbrände sind dieses Jahr schlimm gewesen. Kennen Sie Südafrika?«

»Nein. Seit Jahren träume ich davon — fast mein ganzes Leben lang. Ich habe darüber gelesen und es mir vorgestellt. Afrika hat immer einen Zauber auf mich ausgeübt — mich verhext —, und nun bin ich tatsächlich hier! Ich kann es noch gar nicht glauben.«
»Dann haben Sie meinen Bruder wahrscheinlich kurz vor dem Krieg kennengelernt, als er in Oxford studierte. Aber nein, damals waren Sie noch zu jung . . .«
»Ich habe ihn noch nicht kennengelernt. Hat er es Ihnen nicht erklärt?«
Meg schüttelte den Kopf.
»Er sagte, Sie würden es mir erzählen.«
»Vor ungefähr zwei Jahren veröffentlichte er einen Aufsatz über Velaba. Ich las ihn zufällig, schrieb an Andrew und sagte ihm, wie sehr er mir gefallen habe. Ich wollte ihm Glück zu seinem Vorhaben wünschen. Ein großes Gebiet — Tausende von Quadratkilometern für den Schutz der wilden Tiere — das ist ein wunderbares Ideal.«
Megs Gesicht wurde plötzlich hart.
»Ideale sind gut und schön, aber sie in die Praxis umzusetzen . . . Ach, lassen wir das! Erzählen Sie, was geschah weiter? Andrew antwortete Ihnen vermutlich?«
»Ja, das tat er wirklich — und bat mich, wiederzuschreiben. Es entwickelte sich ein regelmäßiger Briefwechsel.«
»Das sieht Andrew ähnlich! Er ist der geborene Schriftsteller, will sich aber keine Mühe geben, diese Gabe zu nutzen. Er schreibt viel lieber für einen einzigen mitfühlenden Leser, als daß er sich hinsetzte und eine Reihe populärer Aufsätze oder Geschichten ausarbeitete. Es wird nicht oft etwas von ihm gedruckt.«
»Er schreibt wunderbare Briefe. Ich nehme an, wir waren beide auf verschiedene Weise einsam und fanden einen Ausweg darin, aneinander zu schreiben — einer des andern Geist zu entdecken, zu erforschen und herauszufinden, was wir alles gemeinsam hatten. Er wollte wissen, was in London geschah. Er nennt die Stadt das Herz der Zivilisation, und ich wünschte mir genau das Entgegengesetzte. Ich muß zugeben, von meiner Seite war es eine Art

Flucht . . . seine Briefe versetzten mich aus einer sehr trüben Atmosphäre in das Land, nach dem ich mich immer gesehnt hatte.«

Das alles schien Meg wie das dürre Gerippe einer Romanze. Doch sie sagte:

»Und nun hatten Sie den Eindruck, Sie müßten sich persönlich kennenlernen?«

»Diesen Eindruck haben wir schon lange. Wir schreiben uns jetzt seit zwei Jahren . . . aber ich war nicht frei und konnte nicht eher zu Andrew kommen. Meine Mutter brauchte mich. Glücklicherweise hatte ich meine Schwesternausbildung hinter mir, bevor sie krank wurde — unheilbar krank. Ich war übrigens schon für eine Stelle im Kolonialdienst vorgesehen — an einem Krankenhaus in Swasiland —, aber ich blieb natürlich in London, um meine Mutter zu pflegen.«

Sie sprach knapp und geradezu, ohne sich selber zu bemitleiden, doch Meg sah plötzlich all die unerfüllten Träume eines jungen Lebens vor sich, das einem hoffnungslosen Fall geopfert worden war. Vier Jahre Sklaverei — nach Megs Maßstäben eine lange Zeit. Sie warf ihrer Nachbarin einen kurzen Blick zu: olivfarbene Haut, die sich glatt über die feinen Knochen spannte, rote, sorgfältig nachgezogene Lippen und Augen, die sicher oft rebellisch aufgeflammt waren, denn Meg hatte das Gefühl, daß Alice Lang eine lebenshungrige Frau sei. Leise sagte sie:

»Es muß herzzerreißend sein, einen Menschen, den man liebt, leiden zu sehen und keine Hoffnung mehr zu haben.«

»Etwas Traurigeres gibt es wohl nicht.«

Hinten aus dem Wagen klang Johnnys erregte Stimme. »Dort ist Pretoria. Da, Alice, schauen Sie — Pretoria!«

Dicky echote: »Da, Alice, da, Lily — Pretoria!«

Auf Alice, die von der Reise erschöpft war, wirkte Pretoria, die Regierungshauptstadt der Südafrikanischen Union, wie ein malvenfarbener Traum. Die amethystfarbenen Hügel der Umgebung und das Violett der Dämmerung standen über den Avenuen unbelaubter Jacarandabäume, die von malvenfarbigen Blüten übersät waren; selbst auf den Bürgersteigen lag ein Konfettiteppich dieser Blütenblätter. Hin und wieder erhaschte Alice einen Blick auf alte Häuser im Kolonialstil, moderne Mietblocks, eine breite, reizvolle Geschäftsstraße; und auf den Höhen über der Stadt standen die prächtigen Regierungsgebäude. Überall flammten die Gärten von blühenden Sträuchern.

Meg lenkte den Wagen in eine kurze Auffahrt und dann in eine Garage unter einem einstöckigen Haus. Sie hupte, und ein eingeborener Boy in einer sauberen weißen Uniform kam heraus und nahm Alice den Koffer ab, den sie für die Nacht brauchte.

»Das übrige Gepäck lassen wir im Wagen«, sagte Meg. »Ihr Zug fährt morgen früh um neun. Schade, daß Sie nicht ein paar Tage bleiben können.«

Als sie um das Haus herumgingen, eilte ein großer Mann mit dunklem Vollbart ihnen entgegen.

»Mein Mann«, sagte Meg. »Danie — dies ist Alice Lang.«

Alices Hand verlor sich in dem warmen Griff einer ungeheuren Pranke.

»Willkommen in unserm Land. Hatten Sie eine gute Reise?« Danie Broeksma sprach mit dem gleichen fremden Akzent, der ihr schon im Flughafen aufgefallen war und der sie daran erinnerte, daß die Wurzeln vieler Südafrikaner in Holland, nicht in England lagen.

»Danke, ja. Sehr bequem. Es war nur alles ziemlich merkwürdig für mich. Ich bin zum erstenmal geflogen.«

Er lachte. »Das ist noch das Wenigste. Ich fürchte, Sie werden Velaba recht barbarisch finden. Es ist schade, daß Andrew Sie nicht in Duiker's Drift abholen kann. Der Vorsitzende des Kuratoriums der Nationalparks muß ausgerechnet in diesem Augenblick Kamp Drei bei Poinsettia besichtigen, und deshalb kann Andrew nicht weg. Aber er hat dafür gesorgt, daß Rusty Sie quer durch den Wildpark zu ihm bringt.«

Wenn Alice bei seinen Worten auch der Mut verließ — wenn sie sich plötzlich auch elend und einer Ohnmacht nahe fühlte, als hätte ihr einer einen harten Schlag versetzt —, sie ließ sich nichts

anmerken. Ihre Lippen preßten sich zusammen, und ihre Stimme war ruhig, als sie sagte:
»Das ist eine Enttäuschung. Wir haben lange darauf gewartet, uns kennenzulernen.«
»Es ist ja nur eine kurze Verzögerung«, sagte Meg. »Von Duiker's Drift ist es in Rustys Kombiwagen nur ein Treck von etwa drei Tagen.«
Danie lachte. »Was heißt drei Tage? Bei Rusty dauert die Fahrt so lange, wie er braucht, um seine Besichtigungen durchzuführen. Auch wenn Miß Lang mitfährt. Du weißt doch, wie Rusty ist!«
Meg warf ihrem Mann einen Blick zu.
»Mach's doch nicht noch schlimmer für Alice, Danie.«
Sie führte den Gast ins Haus. »Rusty ist mein jüngerer Bruder«, sagte sie, »Andrews Vertreter — aber das wissen Sie natürlich —, und wie allen Männern aus meiner Familie gehen ihm die gräßlichen Tiere über alles. Seine ganze Liebe gilt dem Schutzpark. Möchten Sie erst einen Schluck trinken, oder wollen Sie lieber gleich in Ihr Zimmer gehen? Vielleicht ein Bad und eine Weile ausruhen?
Alice lächelte. »Bitte ein Bad und eine Weile ausruhen.«
Sie mußte allein sein, um sich zusammenzureißen und zu versuchen, diese Enttäuschung zu überwinden, die nicht nur sehr tief ging, sondern sie auch irgendwie entmutigt hatte. Sie folgte Meg in ein hübsches, helles Schlafzimmer, von dem eine Tür in den Garten führte. Es war erfüllt vom Duft der Levkojen . . .
»Sie haben ein eigenes Badezimmer«, sagte Meg. »Wir essen um halb acht, aber kommen Sie ein wenig früher, daß wir noch ein Glas Sherry trinken können. Umziehen ist überflüssig. Bei uns geht es ganz ungezwungen zu.«
Johnny und Dicky, die wie junge Hunde um ihre Mutter herumsprangen, riefen wie aus einem Munde: »Kann Alice uns nicht erst baden?«
»Bestimmt nicht. Sie ist sehr müde und badet jetzt selber. Vielleicht sagt sie euch nachher gute Nacht.« Lachend wandte sie sich an ihren Gast: »Zu der Badezeremonie eingeladen zu werden, ist

ein großes Kompliment. Sie haben eine Eroberung gemacht.«
Als Alice zum Gute-Nacht-Sagen ins Kinderzimmer kam, waren die beiden kleinen Jungen noch wach. Sie blickten mit strahlenden Gesichtern von ihren Kissen auf. Die blonden Köpfe schimmerten in dem Licht, das durch die offene Tür hereindrang. Da die Frühlingsnacht warm war, hatte jeder nur eine dünne Wolldecke.
Dicky teilte sein Kopfkissen mit Lily und einem zerschlissenen Löwen. Zu seinen Füßen lag ein Springbocklamm, das aus echtem Springbockfell gemacht war. Johnny nahm sein Bett für sich allein in Anspruch.
»Und du hast gar nichts zum Liebhaben?« fragte Alice.
»Meine Sachen sind auf dem Nachttisch«, entgegnete er.
Seine 'Sachen' waren von mechanischer Art — eine vielseitige Sammlung von kleinen Rennwagen, Traktoren, Flugzeugen und Motorbooten. Alice warf Meg einen Blick zu.
»Wie verschieden sie sind — die beiden!«
»Wie meine Brüder. Verschiedenere Charaktere als Andrew und Rusty kann man sich kaum vorstellen. Nur in einem sind sie sich gleich: in ihrem Interesse für das Leben der wilden Tiere.« Meg wandte sich Johnny zu.
»Hast du schon gebetet?«
»Wir wollten auf euch warten.«
»Auf euch warten«, bekräftigte Dicky. »Jetzt beten wir.«
Im Nu knieten sie mit gefalteten Händen vor ihren Betten, während sie aus halbgeschlossenen Augen die Wirkung ihrer Frömmigkeit auf Alice bobachteten.
»Ihr habt viele Menschen, für die ihr betet«, sagte Alice, als das Amen endlich gesprochen war.
»Das sind alles unsere Tiere, die im Himmel sind«, erklärte Dicky, der unerwartet die Initiative ergriff. »Der liebe Gott kümmert sich um sie.«
Als Alice die beiden kleinen Jungen küßte, spürte sie den sanften Druck ihrer Lippen, und ein mütterliches Gefühl, wie sie es noch nie erlebt hatte, wurde in ihr wach. Sie ließ die Hand auf dem sei-

digen Schopf des Kindes ruhen. So ein Junge mußte auch Andrew einmal gewesen sein — die Tiere neben sich im Bett. Eine Erinnerung an den Kindersaal im St. George-Krankenhaus überkam sie — kranke Kinder, die beim Einschlafen ein groteskes Spielzeug wie Lily umklammerten. Sie hatte gut mit Kindern umgehen, sie besänftigen und trösten können; aber dann waren die Kinder wie so vieles andere aus ihrem Leben verschwunden. In diesem Zimmer bedrückten sie wieder die geopferten Jahre ihrer Jugend, in denen sie darben mußte. Wie hatte sie nach einem Mann gehungert! Auf Papier hatte sie einen Geliebten erstehen lassen, hatte versucht, einem Traum Leben einzuhauchen. Bald, sehr bald würde dieser Traum Wirklichkeit werden, Arme würden sie umfangen, Lippen sie küssen, ein männlicher Körper den ihren nehmen und ihr eigene Kinder schenken.

Meg sah, wie ihre Augen weich wurden und aufleuchteten. Dicky blickte mit seinem zu Herzen gehenden Lächeln zu ihr auf.

»Ich leihe dir meinen Löwen«, sagte er. »Er kann bei dir auf dem Kopfkissen schlafen. Er heißt Ratau — nach Onkel Rusty.«

»Das ist sehr lieb von dir.« Alice lächelte und nahm den abgegriffenen Löwen, den das Kind ihr anbot. »Aber wieso 'Ratau'?«

Meg lachte. »Ratau bedeutet 'Löwe der Löwen'. Es ist der Name, den die Eingeborenen Rusty gegeben haben; er bedeutet Stärke und Macht.«

»Und wie nennen die Eingeborenen Andrew?« fragte Alice.

»Inyanga, das heißt 'Medizinmann'. In diesem Wort ist gleichzeitig der Begriff Weisheit enthalten, außerdem die Kenntnis der Heilkräuter und sogar die Kraft, Regen zu machen. Andrew weiß viel über Pflanzen und ihre heilende Wirkung, natürlich gibt er auch die Arzneimittel des weißen Mannes aus, deshalb betrachten sie ihn als Heiler. Und bevor er in Tobruk in Gefangenschaft geriet, wurde er am Bein verwundet. Seither hinkt er ein wenig, und dieses Hinken wird vor dem Regen stärker. Von so etwas wie Arthritis wissen die Eingeborenen natürlich nichts und betrachten es deshalb als etwas Besonderes, daß ein Knochen Regen

ankündigen kann. Andrew macht sich das gern zunutze. Er kennt seine Bantus von innen und außen.«
Meg gab ihren Söhnen den Gute-Nacht-Kuß.
»Kommen Sie, wir wollen ein paar Minuten in den Garten gehen. Ich möchte Ihnen etwas sagen, weil Sie mir gefallen und weil ich eben sah, daß Sie Kinder lieben und verstehen.« Sie schob ihren Arm unter den von Alice, während sie über den Rasen schlenderten.
»Sie werden mich für niederträchtig halten«, begann sie, »und vielleicht glauben, ich wolle Ihre Pläne durchkreuzen — aber trotzdem: heiraten Sie meinen Bruder nicht, Alice!«
In dem Licht, das durch die Fenstertüren des Hauses ins Freie drang, sah Alice, daß Megs hübsche Züge aufs äußerste erregt waren.
»Weshalb sagen sie das?« fragte sie. Sie hatte ihren Arm aus dem ihrer Begleiterin gezogen, und die beiden Frauen standen ein wenig voneinander entfernt und blickten sich an.
»Sie kennen Andrew nicht«, erwiderte Meg heftig. »Und was wissen Sie schon von einem Mann, dem die Wildnis im Blut liegt? Ich kenne die Männer meiner Familie und weiß, was sie von ihren Frauen erwarten! Mein Großvater war Elfenbeinjäger. Später wurde er einer der ersten Heger im Krüger-Nationalpark. Das war lange vor der Zeit, als der Park zu einem der berühmtesten Wildreservate der Welt wurde. Damals war meine Großmutter oft wochenlang allein in diesem Löwen- und Elefantenland und hatte nur wenige Eingeborene, mit denen sie ein Wort reden konnte. Als mein Großvater auf einem seiner Überwachungsritte unterwegs war, hatte sie eine Fehlgeburt und verblutete. Sie hätte gerettet werden können, wenn sie der Zivilisation näher gewesen wäre. Statt dessen fand er sie, als er zurückkam, tot neben ihrem dreijährigen Sohn — meinem Vater —, der sich die Augen ausweinte und versuchte, ihre Hände zu wärmen, während der alte Hausboy die Dielen aus dem Fußboden riß, um einen Sarg zu zimmern.«
Alice spürte, wie ihre Finger sich um den weichen Körper von

Dickys Löwen krampften. »Furchtbar! Aber heute haben sich die Verhältnisse geändert.«

»Im Krüger-Park gewiß, doch nicht in den Gebieten, in die Andrew Sie mitnehmen würde. Sobald es eine Art Leben in Velaba gibt — Menschen, Touristen, ein wenig Gesellschaft —, wird er in irgendein neues Schutzgebiet ziehen. Ich kenne diese Männer. Die Wildnis ist ihre Geliebte, und ihre Geschöpfe sind ihre Kinder! Ich bin im Außenposten eines Hegers geboren, und als ich noch ein Kind war, wurde meine Mutter in unserm Garten von einer Mamba gebissen. Ehe die Boys meinen Vater gefunden hatten, war sie schon tot. Das Gift der Mamba tötet in wenigen Minuten.«

»Vielleicht war Ihre Mutter glücklicher als meine«, sagte Alice traurig. Meg blickte sie bestürzt an.

Ein Schatten fiel über den Rasen, als Danie Broeksma zu ihnen trat. Er legte seiner Frau den mächtigen Arm um die Schulter.

»Was erzählt Meg Ihnen gerade?« fragte er. »Sie macht ihr böses Gesicht — das Gesicht, das wir selten sehen.«

»Sie gibt mir eine Vorstellung von dem Leben in der Wildnis.«

»Sie haßt es. Sie ist anders als die Männer ihrer Familie. Die sind seit Generationen Jäger und Heger.«

»Sie haben auch seit Generationen Leben und Gesundheit ihrer Frauen auf dem Gewissen«, sagte Meg heftig. »Alice soll wissen, worauf sie sich einläßt, wenn sie Andrew heiratet. Sie können in Velaba Ihre Kinder nicht erziehen. Sie werden sich im frühesten Alter von ihnen trennen müssen, sie werden allein bleiben in einem Leben, wo die Furcht Tag und Nacht an Ihre Tür klopft. Sie werden die Bedeutung des Wortes Einsamkeit kennenlernen. Rustys Frau konnte es nicht ertragen, und Sie werden es auch nicht ertragen . . .«

»Beruhige dich doch«, sagte Danie leise, »wir sind Gottseidank nicht alle gleich. Alice ist müde und bestimmt hungrig. Wir wollen hineingehen und ein Glas Sherry trinken. Meg ist im Krüger-Park aufgewachsen und haßt dieses Leben — zu meinem Glück. Es gab dort einige sehr schneidige Heger, doch sie entschied sich für einen ganz alltäglichen Rechtsanwalt in Pretoria. Ist's nicht so, Meg?«

»Und für ein normales häusliches Leben«, setzte sie hinzu. Als Meg zu ihrem großen bärtigen Mann aufsah, bemerkte Alice, daß ihr Lächeln von der gleichen ungewöhnlichen Zärtlichkeit war wie das ihres jüngeren Sohnes, das sie so stark berührt hatte. Sie dachte an die Spielzeugtiere im Bett des kleinen Jungen, und in einer plötzlichen Vorahnung erkannte sie, daß wieder eine Generation für das Leben in der Wildnis und Einsamkeit bestimmt war. Aber wenn eine Frau liebte und Mut besaß, würde sie bestimmt nicht zögern, die Abgeschiedenheit ihres Mannes zu teilen. Was war schließlich Einsamkeit? Alice hatte die ganze Bedeutung dieses Wortes unter den Millionen Menschen in London erfahren. Einsamkeit war der Wunsch nach einem Geliebten, nach einem Kameraden und Gefährten. Wenn Andrew sie liebte, würde es niemals wieder Einsamkeit für sie geben.

Rusty

Der Zug von Pretoria nach Duiker's Drift hatte keine Eile. Friedlich kroch er durch die trockene Grassteppe des Hoogeveld und hielt bei jedem kleinen Dorf unter den Weiden und Windrädern.

Voll Entzücken sah Alice Gruppen von Lehmhütten, die mit merkwürdigen geometrischen Zeichnungen verziert waren, auf stattliche Eingeborenenfrauen mit Lasten auf dem Kopf und ihren Säuglingen auf dem Rücken oder einer Hüfte. Die Frauen trugen weite, bunt bedruckte Röcke und kleine Mieder, die immer offenstanden, damit der Säugling, sobald er weinte, gestillt werden konnte. Hals, Arme und Unterschenkel waren mit Messingringen und Perlenketten geschmückt, das krause Haar war oft mit Kuh-Urin gebleicht und mit Gras durchflochten: manche hatten es hoch aufgetürmt, daß es fast wie eine Bärenfellmütze

wirkte. Die Frisuren zeigten den Stand der Trägerin, Matrone oder Mädchen.
Alice erschien das alles überaus malerisch und würdevoll. Die Piccaninnies waren von einer natürlichen Heiterkeit, die sie immer von neuem in Entzücken versetzte. Sie tanzten oder schnitten zur Belustigung der Reisenden groteske Grimassen. Sie winkten mit ihren kleinen Händen, die rosige Flächen hatten, und riefen Grüße in der Bantusprache herüber.
Gegen Mittag wurde es heißer, und die Landschaft veränderte sich. Ein breiter Fluß schäumte zwischen Zitrus- und Papaya-Plantagen von den felsigen blauen Gebirgen herab. Obstgärten mit Mango- und Avocato-Bäumen säumten die Eisenbahnlinie, und um die weißen Bungalows mit ihren spiegelnden Blechdächern flammten Bougainvilleen und Poinsettien. Doch immer hatte man das Gefühl von Licht und Weite, das den Grundzug von Alices neugewonnener Freiheit bildete.
Sie aß die Sandwiches, die Meg ihr mitgegeben hatte, und kaufte auf einem kleinen Bahnhof Coca-Cola. Sie war nicht mehr enttäuscht, daß Andrew sie nicht in Duiker's Drift abholen konnte, im Gegenteil, sie war ganz froh darüber. Wie sie jetzt erkannte, fürchtete sie sich vor dem Augenblick, den sie so brennend herbeigewünscht hatte: vor der ersten Begegnung mit ihrem fremden Geliebten. Am Morgen, kurz vor ihrer Abfahrt, hatte Meg ihr einen Brief von Andrew gegeben.
»Nur gut, daß er ihn mit Eilboten geschickt hat«, sagte Meg, »sonst hätte er Sie nicht mehr erreicht.«
Es war ein dicker Brief, vernünftig und taktvoll, doch er hatte ein Gefühl der Leere in ihr hervorgerufen. Jetzt nahm sie ihn aus der Handtasche, um ihn noch einmal zu lesen. Darüber, daß er sie nicht abholen könne, schrieb er nichts. Diese Schwierigkeit hatte sich offenbar erst später ergeben.

»Ich vermag es nicht zu glauben, daß Du endlich und wirklich auf dem Weg nach Velaba bist! Ich habe es so eingerichtet, daß Du zunächst für ein paar Tage in der Missionsstation in Poinsettia wohnst. Poinsettia liegt nur drei Kilometer von Kamp Drei entfernt, gerade außerhalb der Grenze von Velaba, und Dr. Hurley, der Missionar, und seine Frau sind gute Menschen. Sie bemühen sich, ein kleines Krankenhaus aufzubauen und einige eingeborene Pfleger auszubilden.

Wir haben verabredet, Du wolltest ihnen angeblich dabei behilflich sein, denn vorläufig wissen nur Meg, Rusty und das Ehepaar Hurley den wahren Grund Deines Kommens. Sonst niemand. Doch selbst von so abgelegenen Posten wie diesem hier könnte ein Gerücht in die sogenannte Zivilisation hinausdringen. Und stell Dir dann die Schlagzeilen vor! *Mädchen heiratet ihren Brieffreund in der Wildnis,* oder *Mädchen fliegt in die Wildnis, um Brieffreund zu heiraten, sagt nein, fliegt zurück!* Vielleicht überlegst Du jetzt, wer daran interessiert sein könnte. Aber da gibt es die benachbarten Farmer, Polizisten und Ladenbesitzer, eine Gruppe von Wissenschaftlern, die sich im Tsetsefliegen-Gürtel mit der Schlafkrankheit beschäftigen, Heger und ihre Familien. Auf irgendeine Weise könnte sich unsere Liebesgeschichte herumsprechen. Und wenn sie nicht gut ausgehen sollte, kämen wir uns ziemlich dumm vor.

Briefe sind schließlich nur ein geistiges Sichnäherkommen, und die Welt, in der ich lebe, hat für den Geist nicht allzuviel übrig. So wenig, daß manchmal sogar meine Zuversicht wankend wird. In der Tierwelt sind es Gestalt, Geruch und der richtige Paarungsruf, auf die es ankommt. Mein Paarungsruf schien Dich zwar anzusprechen, doch wenn wir uns begegnen, könntest Du Deine Ansicht vielleicht ändern. Ich bin wirklich kein furchtsamer Mensch, Alice, aber ich glaube, vor Dir fürchte ich mich ein wenig!«

Er fürchtet sich — dachte sie —, dann haben wir beide Angst. Oder nicht? Nein, ich will keine Furcht haben! Wenn Meg recht hat, gibt es auch ohne Andrew genug Grund zur Furcht. Gestalt und Geruch . . . nun, an meiner Gestalt ist wohl nicht viel auszusetzen, wenn ich vielleicht auch ein bißchen zu mager bin, und für den Geruch habe ich gesorgt! Sie nahm eine kleine Parfümflasche aus der Handtasche und zog den Stöpsel heraus. Es war ein leichter, frischer Duft nach Wald. Nichts Süßes oder Aufdringliches. Ob es ihn ansprach? Oder zog er den Frauentyp vor, der nach Rosen und Jasmin duftete? Und wie war es mit ihm? Sie wußte, er war hager und geschmeidig, hatte ergrauendes Haar und ein schmales, knochiges Gesicht, doch selbst die beste Fotografie vermochte kaum die subtile, individuelle Ausstrahlung eines Menschen wiederzugeben. Roch er nach Tweed und Tabak, Leder und Pferden oder vielleicht nur nach Schweiß und schwerer Arbeit? Das wohl kaum. Sie hatte bereits gelernt, daß in Afrika Schweiß und schwere Arbeit das Vorrecht des schwarzen Mannes waren.

Alice versuchte, über ihre Vorstellungen zu lachen, doch ihr Herz schlug rasch und ängstlich. Wie war er wirklich — die Haut, die Berührung der Lippen, der Klang der Stimme? Das alles war ihr unbekannt.

Es war schon später Nachmittag, als der Zug in die Endstation Duiker's Drift einfuhr. Einige Menschen warteten auf dem Bahnsteig, und eine Handvoll Eingeborene hockten, in Decken gehüllt, an der roten Ziegelmauer des Bahnhofsgebäudes.

Ein breitschultriger Mann in Shorts, einer gegürteten Busch-Jacke mit vier großen Taschen, kurzen Ärmeln und offenem Kragen kam auf sie zu. Er zog den breitkrempigen Hut mit einer schmalen Schlangenhaut als Band; sein krauses, kupferfarbenes Haar leuchtete in der Sonne; die stämmigen Beine steckten in grellbunten Strümpfen mit einem Rautenmuster und Veld-Schuhen aus Straußenleder.

»Sie sind Alice Lang«, sagte er. Es war eine Feststellung, keine Frage.

»Und Sie Rusty. Wie haben Sie mich erkannt?«

Er lachte, und um seine blauen Augen legte sich ein Netz winziger Falten.

»Schauen Sie sich doch um.«

Sie sah eine muskulöse Frau in einem zerdrückten Baumwollkleid, eine große Blondine in langen Hosen, ein halbes Dutzend Männer in Shorts oder langen Khaki-Hosen und ein oder zwei Kinder.

»Möchten Sie erst Tee trinken?« fragte er. »Wir haben bis Kamp Eins einen weiten Weg vor uns. Dreieinhalb Stunden.«

Sie schüttelte den Kopf. »Wir können fahren. Mein Gepäck ist hier.«

»Nur diese drei Stücke?«

Sie lächelte. »Ballkleider habe ich nicht mitgebracht.«

Über die Schulter rief er einen großen jungen Eingeborenen. »Nimrod ist mein persönlicher Wildhüter«, sagte er zu Alice. »Er wird für die Koffer sorgen.«

Nimrod hatte Khaki-Shorts an und eine Busch-Jacke mit Messingknöpfen und einer schwarzen Löwenmedaille auf der linken Tasche. An seinem Ledergürtel hing ein Messer in einer Scheide, die aus dem Hinterlauf einer Antilope gemacht war. Die Krempe seines Hutes war an einer Seite hochgeschlagen, und Alice erschien dieses ebenholzschwarze Gesicht von einer so hochmütigen Schönheit, wie sie sie noch kaum gesehen hatte.

Rusty führte sie zu einem Kombiwagen, der auf dem staubigen Platz vor dem kleinen Bahnhof stand. Als er die Tür öffnete, sprang ein Hund heraus. Er ähnelte mehr oder weniger einem Fuchshund, war aber größer und schwerer, und sein glattes, tabakfarbenes Fell war von alten Wunden zerrissen.

»Das ist Smokey«, sagte Rusty, »mein bester Freund. Wohin ich auch gehe, Smokey und Nimrod sind dabei.«

»Was ist das für eine Rasse?« fragte sie.

Er grinste. Wie seine Schwester hatte er ein grobes, anziehendes Gesicht, dem jedoch Megs Güte fehlte. Es erschien Alice ziemlich unbarmherzig.

»Einfach Hund«, erwiderte er.

»Und die Narben?«

»Von Löwentatzen. Unsere Hunde jagen keine Füchse, sie sind dazu geboren, gegen Löwen zu kämpfen.«

Nimrod und ein Träger erschienen mit Alices Gepäck.

»Könnten Sie die Koffer flach verstauen?« fragte sie Rusty.
»Flach und den Deckel nach oben«, entgegnete er.
Zehn Minuten später lag das Städtchen Duiker's Drift hinter ihnen, und sie fuhren auf einen fernen Gebirgskamm zu, der in dem klaren Licht flachsblau vor ihnen stand. Alice saß vorn neben Rusty, während Nimrod und Smokey hinten bei dem Gepäck, den Gewehren und den Lebensmittelvorräten hockten.
Rusty fuhr den schweren Wagen, den er 'Sweet Sue' nannte, in gleichmäßig schnellem Tempo über die ausgewaschene Erdstraße. Hundertzehn Kilometer die Stunde. Seine kräftigen Hände auf dem Lenkrad hatten geradegeschnittene, gepflegte Nägel. Sein Profil wirkte eigensinnig und jähzornig, wenigstens im Augenblick. Die Stirn war breit, das Kinn eckig und leicht gespalten, der Abstand zwischen Nase und Oberlippe kurz. Die schmalen Augen, klar und hellblau unter geraden Brauen, dunkler als sein Haar. Auf der gebräunten Haut sah man ein paar Sommersprossen. Ratau, der Löwe, von der Farbe des Löwen, stolz und ohne Furcht. Er sagte: »Ich bin ein Mann, der kein Blatt vor den Mund nimmt, Alice Lang, und Sie sollen gleich von Anfang an wissen, daß ich diese Sache — diese Brief-Romanze zwischen Andrew und Ihnen — für verrückt halte. Ich bin ganz und gar dagegen. An eine Heirat mit einem Mann zu denken, den Sie nie kennengelernt — nicht einmal gesehen haben, ist reiner Wahnsinn. Und noch irrsinniger ist die Vorstellung, Sie könnten sich in das Leben im Buschveld hineinfinden — eine Engländerin, ein Mädchen aus der Großstadt wie Sie. Dazu muß man geboren sein.«
»Und Ihre Schwester Meg?« erwiderte sie scharf. »Hat es der vielleicht behagt? Die Tatsache, daß ich aus einem Londoner Vorort stamme, macht mich im Herzen keineswegs zur Großstädterin. Man kann wiedergeboren — zu einem neuen Leben wiedergeboren werden.«
Er warf ihr einen raschen Blick zu — das feste, klar geschnittene Profil, das wellige blauschwarze Haar aus der Stirn gekämmt, die schmale, drahtige Figur in dem hübschen Kleid aus bedruckter Baumwolle. Ihre Hautfarbe war von einem blassen Oliv, glatt

und ohne Schminke. Das lebhafte Rot der Lippen verlieh ihr einen Hauch von Trotz und Intellektualismus, den er seltsam herausfordernd fand. Sie wußte, was sie wollte. Sie wollte das Afrika, das sie sich zusammengeträumt hatte, und den Mann, der es für sie verkörperte. Er konnte sich ihre Vorstellung von Afrika denken: edle Wilde, exotische Landschaft, der unangemessene Komfort der Wildnis aus den Safari-Romanen, wo starke weiße Jäger in einem primitiven Paradies von den Reizen irgendeiner modernen Eva in keuchende Erregung versetzt wurden. Nun, solange Andrew nicht da war, würde Rusty dieses Mädchen in die Wirklichkeit einzuführen haben.
Diese Einführung kam eher und in einer grausameren Form, als er es hätte ahnen können. Auf der Straße vor sich sahen sie eine Staubwolke schnell auf sich zukommen. Rusty runzelte die Stirn. Er wandte den Kopf halb zur Seite und sagte etwas in der Bantusprache zu Nimrod. Der Boy antwortete rasch, und Alice verstand das Wort 'Jeep'.
»Es ist der Jeep von Nelmapius«, erklärte Rusty. »Nelmapius ist der Heger, dem Kamp Eins untersteht. Was zum Teufel hat er um diese Abendstunde auf dieser Straße zu suchen? Er sollte uns im Kamp erwarten.«
Als sie auf gleicher Höhe waren, trat Rusty auf die Bremse und stellte den Motor ab. Der junge Mann aus dem Jeep sprang vom Fahrersitz und kam hastig herangelaufen. Sein Gesicht, das in 'Sweet Sue's' Fenster auftauchte, war rund, rotbäckig und bärtig, mit dem weichen goldenen Flaum eines Burschen bedeckt, der kaum das Mannesalter erreicht hat, aber gern reifer erscheinen möchte.
»Das ist Jan Nelmapius – Miss Alice Lang«, sagte Rusty.
Auf die Vorstellung reagierte der junge Mann mit mechanischer Höflichkeit und fuhr fort:
»Sie müssen entschuldigen, Miss Lang, wenn ich Afrikaans mit Rusty spreche, aber es ist etwas Entsetzliches geschehen. Was ich zu berichten habe, eignet sich nicht für Ihre Ohren.«
Ihr schien, als spräche er überstürzt und mit erheblicher Empö-

rung. Während Rusty zuhörte, sah sie, wie sich seine harten Züge spannten, bis er schließlich mit einem Ausruf, der wie ein Fluch klang, aus dem Wagen sprang und mit Nelmapius zum Jeep hinüberging. Nimrod und der Hund folgten ihm.
Auch Alice stieg aus, um sich die Beine zu vertreten. Sie ging jedoch nicht zu den Männern, sondern schlenderte auf und ab. Sie waren auf dem Rücken einer hohen Böschung entlanggefahren. Unter ihnen glühte der Busch wie ein lohfarbener Teppich, bestickt mit dem federleichten Weiß der wilden Birne, dem brennenden Scharlach eines einzelnen Kaffernbaumes, dem Gelb der Mimose und der ätherischen Malvenfarbe der Busch-Glyzinie. An den gewundenen Ufern eines jadegrünen Flusses inmitten dieser versengten Landschaft schimmerte das Laub der Bäume smaragdfarben und frisch. Hier und da erkannte Alice eine Anzahl Lehmhütten mit Tamboekie-Gras oder Schilf gedeckt und mit blaugrünem Seisaldorn oder indischer Feige eingefriedet. In der klaren Luft hörte sie die Rufe der kleinen nackten Hirtenjungen, die das bucklige, langhörnige Rindvieh nach Haus trieben. Eine Stelle aus einem von Andrews Briefen fiel ihr ein.

»Das Ansehen eines Bantu richtet sich nach der Zahl seiner Rinder und seiner Frauen. Er liebt sein Vieh, wie Sie oder ich Blumen lieben. Er will es nicht essen — sondern nur bewundern. Von seinen Frauen wünscht er sich Töchter — sie bringen ihm noch mehr Vieh ein. Der Brautpreis für ein Mädchen beträgt fünfzehn bis dreißig Rinder, je nach ihrem Stand und ihrer Schönheit.«

Als Rusty mit schwingenden Armen auf sie zukam, drehte Alice sich um.
»Ein Unfall«, sagte er, »einer unserer besten Wildhüter, Amos heißt er. Wir fürchten, er stirbt.«
»Was ist geschehen?« Sie ging neben ihm mit dem raschen Schritt einer diensthabenden Schwester bei einer eiligen Angelegenheit.
»Man hat ihm die Zunge herausgeschnitten — und ihn geblendet.«

Die Bedeutung dieser Worte und der Grimm, mit dem er sie sprach, ließen Alice schaudern.
Hinten im Jeep saß unbewegt und kerzengerade ein älterer Eingeborener und stützte den Kopf des Verletzten, dessen Körper in Decken gehüllt war. Das Gesicht lag zur Seite gewendet, und von den geschwollenen blauen Lippen sickerte Blut auf ein aus Leinentüchern flüchtig zusammengerolltes Polster. Die leeren, grausam zugerichteten Augenhöhlen waren verbunden.
Alice tastete unter der Decke nach dem eiskalten Handgelenk und fühlte den raschen, schwachen Puls.
Rusty sagte:
»Als Nelmapius heute morgen bei Tagesanbruch seinen Kontrollritt zum Kamp Zwei machte, stöberten seine Hunde plötzlich im Busch und fanden diesen armen Teufel. Er blutete entsetzlich aus dem Mund. Nelmapius und Job, dem Mann hier, gelang es, ihn auf einen Packesel zu legen und nach Kamp Zwei zu bringen, wo sie den Jeep nahmen. In Duiker's Drift ist ein Krankenhaus — doch, so zäh die Eingeborenen auch sein mögen, ich zweifle, daß Amos noch lebend hinkommt.«
Alice war entsetzt. Bei diesen Verletzungen konnte es sich nur um eine absichtliche Verstümmelung durch einen Menschen handeln. Aber ihre Stimme war ruhig.
»Er ist in einem schrecklichen Zustand. Er muß sehr viel Blut verloren haben. Wann wurde er aufgefunden?« Sie bemühte sich, ihrer Stimme einen gleichmütigen Klang zu geben.
»Heute morgen gegen sechs.«
»Fast zwölf Stunden. Und es wird noch zwei Stunden dauern, bis er in Duiker's Drift ist . . .«, sagte Alice. »Wenn wir ihm etwas Glukose geben könnten, Zuckerwasser würde genügen.«
»Das läßt sich leicht machen.«
Rusty rief Nimrod einen Befehl zu, der zu 'Sweet Sue' hinüberrannte und mit einem Becher, Zucker und einer Wasserflasche zurückkam.
»Ich hatte Angst, ihm etwas zu trinken zu geben«, sagte der junge Nelmapius, als Alice Zucker in einem Becher Wasser auflöste.

»Er blutete so sehr.«
»Sie hatten ganz recht«, erwiderte sie. »Aber nun braucht er etwas, der arme Kerl. Gut, daß Sie ihn mit dem Gesicht nach unten über den Esel gelegt haben.«
Sie nahm die Binde nicht von den Augen, sondern wusch ihm nur vorsichtig die blutverschmierten Lippen und das Kinn; dann träufelte sie die Zuckerlösung Tropfen für Tropfen in den verletzten Mund. Nach einer Weile gab sie Nimrod den Becher zurück und fühlte dem Verwundeten wieder den Puls. Sie legte die schlaffe Hand zurück und zog behutsam die Decken darüber.
Als sie sich aufrichtete und sich dem jungen Nelmapius zuwandte, fiel das goldene Abendlicht voll auf ihr Gesicht und spiegelte sich in ihren dunkelgrauen Augen, die das Mitleid weich machte. Ihre entschlossene Tatkraft und gleichzeitige Zartheit nötigten Rusty Respekt und eine widerwillige Sympathie ab.
»Sie hätten nicht mehr für ihn tun können«, sagte sie. »Wenn er es übersteht — und das glaube ich —, hat er es Ihnen zu verdanken.«
Bei diesem Lob wurde Nelmapius rot vor Freude. Der Tag war lang und mühevoll gewesen. Der Bursche hatte ein starkes Gefühl für Verantwortlichkeit den ihm unterstehenden Bantu-Wildhütern gegenüber, und Amos war einer seiner besten Leute.
»Aber wenn er durchkommt, wird er wohl für immer stumm bleiben, Miss Lang?«
»Nicht unbedingt. Ich habe schon Zungenamputationen erlebt. Man ist immer wieder überrascht, daß die Menschen nachher doch noch reden können.«
»Und trotzdem . . . Die Bantusprache hat so viele schwierige Laute. Und Amos war ein großer Geschichtenerzähler. Damit wird es vorbei sein.«
»Ja, damit wird es wohl vorbei sein.«
Das Licht, das ein flimmerndes Goldgespinst auf ihr schwarzes Haar warf, begann zu verblassen, als sie Sonne hinter den Hügeln versank.
Mit einer raschen athletischen Bewegung sprang Nelmapius in

in den Jeep. »Auf Wiedersehen im Kamp«, sagte er. »Gegen Mitternacht werde ich zurück sein. Dann treffe ich Sie morgen früh.«
»Ach, übrigens, Rusty«, setzte er hinzu, »heute morgen bekam ich Ihren Bruder am Funksprechgerät. Er weiß von diesem Vorfall. Er wird Sie wie üblich um acht Uhr heute abend anrufen. *Tot siens.*«
Er winkte, und der Jeep entfernte sich in einer Staubwolke. Der Bantuneger Job saß, den Kopf seines verletzten Kameraden auf den Knien, unbeweglich wie eine primitive Holzstatue.
Rusty und Alice sahen ihnen nach.
»So entsetzliche Dinge geschehen nicht zufällig«, sagte sie.
»Nein, Alice, gewiß nicht«, gab er zu, während 'Sweet Sue' anfuhr.
Alice schwieg, während er mit Nimrod sprach. In der rasch geführten Unterhaltung kam immer wieder ein bestimmtes Wort vor: Tokolosie. Was oder wer war Tokolosie?
Der große rote Sonnenball war verschwunden, und sehr rasch hüllte die Dämmerung die Landschaft in blaugraue Schleier. Alice legte sich den Tweedmantel über die Schultern.
»Wie ist es passiert?« fragte sie.
»Es ist eine merkwürdige Geschichte und nicht recht verständlich. Aber es ist nie leicht, von einem Eingeborenen die Wahrheit zu erfahren. Entweder hat er etwas zu verbergen, oder er erzählt einem das, was man, wie er glaubt, hören möchte, oder er erstickt die Tatsachen in einem Gewirr von Zauberei und Aberglauben. In diesem Fall überwiegt die Zauberei.«
»Diese Verletzungen hat ein Mensch verursacht«, sagte sie entschieden.
»Nach Ansicht von Job und Nimrod war der Tokolosie verantwortlich.«
»Der Tokolosie?«
»Ja, das ist ein haariger Zwerg, der im Schilf in der Nähe eines Flusses oder Gewässers lebt. Er ist ein Schänder und Mörder, für Frauen gefährlicher als für Männer — es sei denn, er wird von Eifersucht getrieben. Es heißt, Amos habe vorgehabt, sich an ei-

nem bestimmten Fluß mit einer Frau zu treffen, und wurde von dem Tokolosie überfallen.«
»Glauben Job und Nimrod das?«
»Darüber bin ich mir nicht im klaren. Das Gehirn lehnt ab, was der Instinkt hinnimmt. Aber persönlich glaube ich kein Wort davon.«
»Sondern?«
»Ich glaube, Amos entdeckte zufällig ein Versteck von eingeschmuggelten Gewehren oder so etwas, und irgend jemand beschloß, ein Exempel zu statuieren. Wenn er am Leben bleibt, ist er eine ständige Warnung für alle im Schutzgebiet, daß es unbesonnen ist, allzuviel zu sehen und zu reden. Besser, man ist blind und stumm. Wir werden uns morgen etwas eingehender mit der Angelegenheit beschäftigen. Und jetzt denken Sie nicht mehr daran — wenn Sie können!«
Auf dem sich windenden Weg fuhren sie von dem Höhenzug hinunter ins Buschveld. Feuer, die Zeichen der Welt des Menschen, sprangen zum Leben auf — Feuer, die die ganze Nacht hindurch brannten, um den Löwen, den Leoparden und die Hyäne in Schach zu halten.
»Dort unten — diese ganze Weite des Buschvelds —, das ist das Velaba-Schutzgebiet«, sagte Rusty. »Jetzt ist es nicht mehr weit bis zum Kamp Eins.«
Sie blickte über diese geheimnisvolle, unbekannte Welt, die sich in Dunkelheit hüllte wie in einen Mantel — welch urtümliche Gewalt und welche Tragödien verbargen sich dahinter? Bisher hatte sie sich Velaba als ein natürliches Paradies vorgestellt, das sie mit ihrem Geliebten erforschen und teilen sollte. Doch nun wußte sie, daß es die Behausung dunkler, unverständlicher und schrecklicher Mächte war.
Vor ihren Augen stand das Bild des Häuschens am Rande von London, und trotz all der traurigen Erinnerungen, die zu vertreiben oder zu unterdrücken sie entschlossen war, sah sie es jetzt wie in ihrer Kindheit — als die mit roten Kletterrosen und Geißblatt bewachsene Gartenmauer noch das Symbol der Sicherheit gewe-

sen war. Später war sie zu einer Gefängnismauer geworden, doch im Alter der Unschuld hatte sie geborgen und glücklich in ihrem Schatten gespielt. Da war die kleine Gartenlaube, ihr ganz besonderer Zufluchtsort, wohin sie ihr Spielzeug und ihre Freundinnen mitnahm, ein Ort, der schlau gegen das Eindringen ihrer gehässigen Halbschwester Harriet verteidigt werden mußte, und wo sie noch vor ganz kurzer Zeit ihre kostbaren Briefe immer wieder gelesen und von Afrika und Andrew geträumt hatte.

»Ich liebe Dich, Alice«, hatte er geschrieben, »so wie jetzt kann es nicht mehr lange mit uns weitergehen ... die Jahre gleiten davon ... Ich möchte, daß Du zu mir kommst ... Ich verstehe Deine Lage durchaus, aber irgend etwas *muß* geschehen, um Dich zu befreien ...«

Irgend etwas muß geschehen ... Sie hatte den Brief voller Kummer, aber auch mit einer seltsam bittersüßen Freude zusammengefaltet.

Er wollte sie haben. Sie hatte in der offenen Tür der Laube gestanden und wußte, daß sie geliebt wurde; all ihre Sinne waren wach und empfänglich, sie spürte den Herbst in der Luft, atmete den Geruch der Kartoffelfelder und des welken Laubes, hörte das Muhen von Farmer Burfords Kühen, die zum Melken heimkamen, und das Geschrei der Pfauen vom Oberst aus dem Garten hinter der Wiese. Morgen würde es regnen. Man hörte die Pfauen des Oberst immer, wenn der Wind aus Westen kam.

Wie weit weg das Haus jetzt war, wie sicher! Doch selbst dort, in diesem kleinen stillen Haus, war sie nicht vor Haß und Gefahr geschützt gewesen. Die steinernen Mauern hatten weder das schreckliche Getöse des Luftangriffs abgehalten, bei dem ihr Vater, der Professor, ums Leben gekommen war, noch die schrille, boshafte Stimme ihrer Halbschwester. Und dort hatte sie schließlich die verborgensten Geheimnisse ihres eigenen Herzens geprüft und mit nackter Ehrlichkeit die Schlußszenen eines stets wachsenden Grauens seziert.

Sie zog den Mantel fester um die Schultern. Nirgends gibt es Sicherheit, weder dort noch hier. Die Gefahr ist Herz und Blutkreis des Lebens. Gut also! Hier ist Gefahr, hier ist Leben — sie sollen mir willkommen sein . . .

Die Stimme des Löwen

Das Kamp war völlig von einer hohen, dichten Dorneneinfriedung umgeben; hinter ihr befanden sich mehrere Gebäude: das Haus des Hegers — ein Bungalow mit grünem, verzinktem Blechdach, daneben ein Windrad —, einige weiße, pilzförmige, schilfgedeckte Rondawels, jeder mit einer gemauerten Feuerstelle davor, und — weiter abseits — eine Gruppe von Eingeborenenhütten für das Personal des Kamps, die Feuerwehr, die Gärtner, Lastwagenfahrer und die wenigen Wildhüter, die nicht draußen im Busch auf einsamen Vorposten lebten. Neben dieser Eingeborenensiedlung lagen die Ställe, wo Pferde und Lastesel mit den Hunden und dem Geflügel hinter einer dreifachen Wand dichter Dornbüsche zum Schutz gegen marodierende Löwen und Leoparden untergebracht waren.

Der primitive Abtritt war geschickt am Ende eines kleinen Pfades zwischen Bäumen und Sträuchern versteckt.

»Das ist erst der Anfang«, sagte Rusty. »Eines Tages werden wir fließendes Wasser, heiß und kalt, und Elektrizität haben wie der Krüger-Park. Und einen Laden, ein Restaurant und alles, was dazu gehört. Das ist der Zeitpunkt, zu dem Andrew sich entschließen wird, wegzugehen. Dies ist Ihr Rondawel. Meiner liegt daneben.«

Alice folgte ihm in das runde Schlafzimmer; es wurde von einer Windlampe erleuchtet, die auf einem hölzernen Regal unter einem kleinen Spiegel stand. Die Einrichtung war bescheiden — ein eisernes Bettgestell mit frischen Bettüchern und einer Wolldecke, ein Waschständer mit Emaillebecken und Wasserkrug, ein Korb-

stuhl, ein kleiner Tisch und, hinter einem Vorhang, ein paar Wandhaken. Tür und Fenster waren mit Fliegengaze versehen. Vor dem Bett lag eine Bastmatte. Das Licht der Laterne strahlte hinauf in die schattige, konische Tiefe des Schilfdaches und wurde von den glatten weißen Wänden zurückgeworfen.
»Ein Boy wird Ihnen heißes Wasser bringen«, sagte er. »Und wie ich sehe, brauchen Sie ein Handtuch und Seife.«
»Seife habe ich im Koffer.«
Er grinste.
»Lassen Sie sie drin!«
Währenddessen erschien bereits ein Kamp-Boy im grünen Uniformhemd und Shorts mit heißem Wasser, einem Handtuch und Seife. Alice dankte ihm, und er lächelte, wobei er seine weißen Zähne in dem auffallend rosigen Zahnfleisch entblößte.
»Ich lasse Sie jetzt allein«, sagte Rusty. »Wenn Sie soweit sind, essen wir draußen — Kotelett auf Holzfeuer gebraten —, wir nennen es *Braaivleis.*«
»Oh, fein!«
Sie stand in der Tür und blickte ihm nach, wie er zu seinem Rondawel hinüberging, der mit dem ihren durch eine kurze, schilfgedeckte Veranda, mit einem Holztisch und zwei Stühlen ausgestattet, verbunden war. Sie sah, wie der Kamp-Boy Holz auf einem hufeisenförmigen Platz aufschichtete, den eine dichte Wand blühender Kohlpalmen und Wolfsmilchgewächse umgab. Smokey, der Hund, lief schwanzwedelnd und schnüffelnd umher. Hinter den Rondawels stand 'Sweet Sue' unter einem breitausladenden Ebenholzbaum.
Das ist der Anfang, dachte Alice, nun beginnt das neue Leben! Sie zog lange Leinenhosen und eine blaue Hemdbluse an und warf eine wollene Strickjacke über die Schultern. Als sie ihr Haar bürstete, richtete es sich in der trockenen elektrischen Luft auf und umgab ihren Kopf wie ein Kranz. Sie strich es mit den Handflächen zurück und blickte sich im Spiegel an. Die Augen lagen dunkel und tief in dem schmalen Gesicht. Es waren die Augen einer Fremden. Wer bist du? fragte sie in den Spiegel hinein. Sie

hatte das unheimliche Gefühl, nicht mehr sie selber, sondern ein anderer Mensch zu sein — irgend jemand, den sie noch entdecken und kennenlernen mußte.

Sie trat an das nach Osten gehende Fenster und blickte auf das Feuer vor der Laubwand. Die Holzasche war silbern, und glühende Funken stoben in die Nacht hinauf. Hinter dem Halbkreis der Hügel stieg der beinah volle Mond rotgolden, fast orangefarben empor.

Es schien ihr unglaublich, daß der Einbruch der Nacht noch vor drei Tagen blinkende Lichter und die verschwommene Silhouette von London bedeutet hatte. In England schien jetzt derselbe Mond auf die blassen Stoppeln abgeernteter Felder und auf die Herbstblumen in dem kleinen Garten, in dem sie bis vor wenigen Tagen den größten Teil ihrer Freizeit mit Old Thrift, dem einbeinigen Gärtner, verbracht hatte; Old Thrift war auf sein Holzbein ebenso stolz wie auf seine Orden aus dem Ersten Weltkrieg. Morgen wurden das Haus und seine Einrichtung versteigert. Vielleicht hätte sie so lange warten sollen. Wer würde nun in ihr Heim ziehen, das für sie voll beunruhigender und verwirrender Erinnerungen war? Würden sie Old Thrift weiterbeschäftigen? Sie hoffte es, wenn er natürlich auch nur für leichte Arbeiten geeignet war; aber bei ihm wuchs alles. Er redete mit seinen Pflanzen, sie hörten ihm zu. Er gehörte zu jenen Menschen, die selbst aus einer Einöde einen Garten hervorzaubern konnten. Ihr gelang das übrigens auch. Bald würde Andrews Bungalow im Dornveld mitten in einem Garten voll englischer Blumen stehen, die sie dort anpflanzen wollte. Doch sie würde die Ratschläge des alten Thrift vermissen und ebenso sein Nörgeln. Wie alle guten Gärtner hatte er an allem etwas auszusetzen. Und wie er Frau Withinshaw gehaßt hatte!

»Diese alte Gifttasche!« pflegte er von Alices grobknochiger Aufwartefrau zu sagen. »Die steckt ihre Zunge noch in den Misthaufen. Schmeißen Sie sie raus, Miss Alice!«

Nur zu gern hätte Alice seinen Rat befolgt, aber es wäre schwierig gewesen, einen Ersatz für Frau Withinshaw zu finden. Sie

brauchte eine tüchtige Frau mit kräftigen Armen, die ihr bei den vielen Hilfeleistungen für die Patientin zur Hand gehen konnte, da die Kranke unfähig war, irgend etwas allein zu tun.
Bei dem Gedanken an Old Thrift mußte Alice lächeln. Was würde er sagen, wenn er sie jetzt sehen könnte? Sie stellte sich vor, wie seine buschigen Augenbrauen vor Erstaunen hochgehen würden. Da draußen in Afrika bei all den Wilden — schwarz wie die Nacht, nicht übern Weg kann man ihnen trauen!
Und Mrs. Withinshaw? Sie schauderte. Mrs. Withinshaw würde genug zu flüstern haben. Das ist eine ganz Verschlagene, die Miss Alice — sie scheint so still, aber hinter diesem überstürzten Flug nach Afrika steckt bestimmt ein Mann. Darauf können Sie sich verlassen!
Manchmal hatte Alice den Verdacht gehabt, daß Mrs. Withinshaw ihre Briefe las. Ihr Schreibschrank war zwar verschließbar, doch als sie einmal den Schlüssel verlegt hatte, stellte sie fest, daß eine Haarnadel die gleichen Dienste tat. Vielleicht hatte auch Mrs. Withinshaw diese Entdeckung gemacht. Oft fing sie den Briefträger ab und brachte Alice die Post.
»Wieder so ein ausländischer Brief, Miss Alice. Und diese Marken mit den wilden Tieren . . .« Und Alice hatte mit geheuchelter Gleichgültigkeit die Hand nach dem dünnen Luftpostumschlag ausgestreckt und ihn ungeöffnet aufgehoben, um ihn später in der kleinen Gartenlaube zu lesen.
Welcher Trost! Welche Zuflucht — diese seltsame Freundschaft, die über die weite Entfernung hin allmählich zu etwas Tieferem erblühte. Von Mal zu Mal wurden die Briefe persönlicher und enthüllten immer mehr das Innere des Schreibers. Immer zahlreicher wurden die gemeinsamen Interessen. Gelegentlich hatte sie Andrew Bücher oder Besprechungen von Theaterstücken geschickt. Sie hatte angedeutet, welche Ketten sie festhielten.
»Ich habe in letzter Zeit immer seltener Gelegenheit, in die Stadt zu kommen. Meine Mutter bedarf dauernder Betreuung, wenn mich die Frau unseres Arztes Dr. Manfield auch hin und wieder vertritt. (Sie war während des Krieges Rotkreuzhelferin und ist

geschickt und tüchtig.) Ich liebe das Theater — verliere mich ganz in seiner Illusion. Als Schwesternschülerinnen haben meine Freundin Betty Swanson und ich uns stundenlang angestellt, um Eintrittskarten zu bekommen. Auch für Ballettabende. Mögen Sie Ballett? Aber wie wäre das möglich! Bei Ihrem Leben haben Sie kaum Gelegenheit, sich mit solchen Dingen zu befassen!«

Doch er hatte ihr mit einem reizvollen Brief geantwortet, in dem er von dem Ballett des Windes in den Zweigen der Dornbäume und den wirbelnden Derwischtänzen der 'Staubteufel' erzählte — und von dem Rhythmus der Giraffen, die durch das Veld galoppierten, während »ihre langen Hälse wie die Masten der Fischerboote in der Dünung schwanken«, oder von der schwebenden Herde springender Impalas, die man in Südafrika Rooibok nennt. »Hier tanzt die Natur selbst das Ballett, wenn man Augen hat, es zu sehen«, hatte er geschrieben. Damals war sie zum erstenmal ein wenig in ihn verliebt.

Draußen hatte der Boy den Tisch aus der Veranda dicht ans Feuer gestellt und deckte ihn gerade für zwei Personen. Daneben stand auf einem kleineren Tisch ein Tablett mit Getränken bereit. Sie sah, daß Rusty sich gerade einen Brandy mit Soda eingoß. Er trug hellgraue Flanellhosen und ein weißes Hemd mit einem bunten Tuch um den Hals. Ein Vervetäffchen mit einem kleinen, verschrumpelten schwarzen Gesicht hockte auf seiner Schulter und zerzauste ihm mit seinen winzigen Händen das dichte kupferfarbene Haar. Der Boy hängte einen Drahtgrill über das Feuer; darauf lagen Koteletts und Kartoffeln in der Schale. Und als Alice der verlockende Duft von gebratenem Fleisch in die Nase stieg, merkte sie erst, wie hungrig sie war.

»Was mögen Sie?« fragte Rusty, als sie herauskam. »Brandy oder Gin? Mit Wasser oder Soda? Fruchtsaft ist auch da, falls Sie den vorziehen.«

»Gin, Fruchtsaft und Soda«, erwiderte sie. »Nicht viel Gin.«

»Sie müssen müde sein.«

»So leicht werde ich nicht müde.«

Belustigt kniff er die Augen zusammen. Er lachte, und dabei be-

merkte sie, daß die starken Zähne in seinem Oberkiefer ein wenig schräg standen. Er reichte ihr das Glas, das er gerade gefüllt hatte. Der Schuß Gin war reichlich ausgefallen.
»Und *wenn* Sie müde wären, würden Sie es nicht zugeben.«
»Krankenschwestern sind zähe Geschöpfe.«
»Das wird wohl auch nötig sein. Nun, worauf trinken wir, Alice Lang? Auf gute Jagd?«
Sie sah ihn fest an. So war das also. Er glaubte, sie verfolge seinen Bruder, jage bis ans Ende der Welt nach ihrer Beute — dem Mann. Vielleicht war es wirklich so. Aber daß Rusty es sagte, ertrug sie nicht. Stolz hob sie den Kopf.
»Ich trinke auf Velaba, wo für menschliche Jäger — oder Jägerinnen — kein Platz ist.« Ihre roten Lippen lächelten, ihre Augen hielten dem Spott in den seinen stand.
»Wie Sie meinen. Wollen wir dann also sagen: auf die . . . Liebesgeschichte zwischen Alice Lang und — Velaba!«
Sie hob ihr Glas. »Darauf will ich trinken.«
Der graue Affe war von Rustys Schulter gesprungen und hockte neben dem Hund, dessen glattes Fell er nach Zecken und Flöhen absuchte. Geduldig nahm Smokey seine Aufmerksamkeit hin. Sie waren alte Freunde.
Die Luft vibrierte von dem lauten Schrillen der Zikaden und dem Zirpen der Grillen. Leuchtkäfer flitzten zwischen den Blättern hin und her, und Glühwürmer steckten ihre winzigen Laternen bald hier, bald dort an und löschten sie wieder. Irgendwo im Busch brüllte ein Löwe.
Es war ein langhallendes hohles Brüllen, dem kurze Bellaute folgten. Unendlich drohend und erschreckend nah. Alices Finger krampften sich zusammen, und die Nägel gruben sich ins Fleisch der Handflächen, während sie darauf wartete, daß diese mächtige Stimme noch einmal erdröhnte. Der Hund war mit gesträubtem Nackenfell aufgestanden, und das graue Äffchen schwang sich hoch in einen Baum. Ein erwartungsvolles Schweigen lastete auf dem Buschveld, als sei alles Leben zum Stillstand gekommen. Der König war unterwegs. Noch einmal erschütterte das Brüllen die

Nacht und erstarb in tiefem Grunzen, und plötzlich wurde die Stille, die ihm gefolgt war, von unzähligen Antwortrufen unterbrochen. Paviane schalten von ihren Schlafplätzen, Hyänen schrien ihr durchdringendes Wuusch-wuusch, die Schakale bellten haha in höherem Ton, und unten an der Baumkulisse hinter den Ställen heulten die Kampfhunde. Smokey knurrte tief in der Kehle, doch Rusty blieb gleichmütig.
»Der ist weit weg«, sagte er. »Mindestens ein paar Meilen. Der Wind trägt seine Stimme. Sie brauchen sich nicht zu fürchten.«
»Das tue ich auch nicht«, erwiderte Alice.
Er blickte sie an und merkte, daß ihre Erregung nicht von Furcht, sondern von einer starken inneren Spannung herrührte.
»Sie sind ein seltsames Mädchen«, sagte er.
»Für mich war das die Stimme Afrikas«, erwiderte sie. »Wir haben sie mit Ihrem Trinkspruch heraufbeschworen.«
Er lachte. »In Afrika gibt es viel Löwenzauber. An der Grenze des Schutzgebietes lebt eine Hexe, die ist berühmt für ihre Löwenbeschwörungen.«
»Was tut sie?«
»Sie verkauft Löwen: fünf Pfund pro Stück. Wenn man einen Feind hat, geht man einfach zu Ndlovukasi und kauft einen. Es ist zunächst kein dreidimensionaler, sondern ein Stück Papier mit einem Löwen darauf. Doch man kann ihm Leben einhauchen, eine Beschwörung murmeln, und eines Tages materialisiert sich der Löwe und tötet den Feind.«
»Und das geschieht wirklich?«
»Ja, oft. Sie dürfen nicht vergessen, daß die ganze Gegend hier Löwenland ist und daß die Bantu-Zauberer gute Psychologen sind. Wichtig ist dabei nur, den Feind in Kenntnis davon zu setzen, daß man einen übernatürlichen Löwen gekauft hat, um ihn zu vernichten. Das jagt ihm Furcht und Entsetzen ein, ein Gefühl der Nemesis, und wenn er nun das nächste Mal einem Löwen begegnet, wird er sich töricht verhalten, gelähmt dastehen, schreien oder wild davonlaufen, und der Löwe wird auf sein Erschrecken reagieren und ihn anspringen. Manchmal laufen Ndlovukasis

Löwen Amok und töten neben dem beabsichtigten Opfer auch noch andere Leute, dann berechnet sie zehn Pfund, um das Tier zurückzurufen.«
»Wie aufregend, einen Papierlöwen zum Leben zu erwecken!«
»Aber sehr gefährlich«, sagte er. »Versuchen Sie es nie!«
Er sah nach der Uhr.
»Wir müssen essen. In zwanzig Minuten wird Andrew am Funk-Sprechgerät sein. Sie werden gewiß mit ihm reden wollen.«
Da er sich über das Feuer beugte, um Fleisch und Kartoffeln auf ihren Teller zu legen, konnte er ihr Gesicht nicht sehen. Alice war blaß geworden, und ihre Hand fuhr in plötzlicher Aufregung zur Kehle.
»Funksprechgerät?« sagte sie zaghaft.
»Ja, es ist sehr unpersönlich. Senf? Jeder kann zuhören, wenn er die Wellenlänge des Schutzparks und die Stunden kennt, in denen die Kamps miteinander in Verbindung stehen. Und eine Menge Leute tun es — Farmer, Ladenbesitzer, Missionare. Sie finden es sehr interessant, unsern Fachsimpeleien zuzuhören. Andrew hat niemand etwas von Ihnen erzählt, außer Meg, mir und Frau Hurley, der Frau des Missionars, da Sie ja bei ihr wohnen sollen; also müssen Sie sich genau überlegen, was Sie sagen.«
»Ich habe noch nie ein Funksprechgerät benutzt.«
»Das ist ganz leicht. Ich zeige es Ihnen.«
»Ich möchte lieber nicht . . . Könnten Sie nicht sagen, ich sei müde — schon zu Bett gegangen?«
Er stemmte die Ellbogen auf den Tisch und beugte sich vor, das Kinn in die Hände gestützt, um sie anzusehen. Diesmal lag wirklich Furcht in ihren Zügen. Die linke Ecke ihrer Unterlippe zitterte, und sie hatte ihr Fleisch noch nicht angerührt. Seine Augen waren schmale Schlitze, und sein Lächeln ein wenig verächtlich.
»Ich sagte Ihnen ja, daß diese Sache Wahnsinn ist, Alice.«
»Welche Sache?«
»Ihr Herz an einen Mann zu hängen, den Sie nicht kennen. Sie versuchen einen Papier-Liebhaber zum Leben zu erwecken, meine Liebe. Bis zur Hälfte sind Sie mit Ihrer Magie gekommen. Die

Worte sind geschrieben, das Bild ist gezeichnet, und nun fürchten Sie sich, die Stimme zu hören. Das ist der nächste Schritt. Die Stimme. Die Beschwörung.«
Als er ihr Gesicht beobachtete, sah er, wie es sich straffte. Im Licht des Feuers schien es ihm, als spanne sich die klare Haut über den Wangenknochen, und die unergründlichen Augen hielten seiner Herausforderung stand.
Er sah, wie Entschlossenheit ihr ganzes Wesen beherrschte und den kurzen Zweifel, die Furcht überwand.
»Natürlich«, sagte sie, »Sie haben völlig recht. Das ist der nächste Schritt. Ich werde mit Andrew sprechen, wenn er anruft.«

Andrew

Andrew Miller stand in der Tür der Baracke, die ihm als Büro diente, und blickte über den ungepflegten Garten zu seinem Haus hinüber. Durch das mondbleiche Laub der Bäume sah er die kahle Birne der elektrischen Deckenbeleuchtung in der Veranda seines Bungalows. Ich müßte einen Schirm dafür besorgen, dachte er. Ihr wird das nackte Licht nicht gefallen, wenn sie auch Glück hat, daß wir selber Strom erzeugen. Während der vergangenen vier Jahre hatte er sich über die junggesellenhafte Schäbigkeit seines Hauses keine Gedanken gemacht; er hatte darin gewohnt und seine tiefe Befriedigung aus der Umgebung geschöpft. Erst während der letzten Woche waren ihm die Mängel bewußt geworden. Selbst die Wände riefen ihm zu:
Alice wird dies nicht gefallen und das nicht gefallen! Und Maxim? Wie würde sie mit seinem Hausboy auskommen, diesem launenhaften, so sehr von sich eingenommenen alten Schurken, mit dem er selbst sich jedoch vorzüglich verstand und den er um keinen Preis hergeben wollte.
Andrew Miller war groß und gelenkig; beim Gehen zeigte sich ein leichtes Hinken — ein Andenken an den Wüstenfeldzug, der

für ihn damals mit drei langen Jahren 'Lager' ausgegangen war. Während seiner Kriegsgefangenschaft hatte er die erzwungene Untätigkeit dazu benutzt, sich mit Naturkunde, Zoologie und mit der Sprache und den Bräuchen der Bantus zu beschäftigen. Auf diese Weise hatte er sich den Glauben an die Zukunft bewahrt und seinen Plan vorbereitet, sein Leben eines Tages unter primitiven Menschen und primitiven Umständen zu verbringen.

Mit seinen fünfunddreißig Jahren wies sein dunkles Haar schon manche graue Strähne auf — eisengrau wie die Farbe seiner humorvollen weitsichtigen Augen. Die Bantus in diesem Gebiet liebten und verehrten ihn, weil dieser Mann sie besser kannte als jeder Kommissar oder Missionar. Er war ihr Freund und 'weiser Vater', und ihre Interessen lagen ihm am Herzen. Doch von Andrews vielen 'Kindern' waren manche gut und manche schlecht, und oftmals bereiteten sie ihm mehr Kopfzerbrechen als Freude. Unaufhörlich studierte er seine schwarze 'Familie' und war ebenso vertraut mit den vielfältigen Verästelungen ihrer sich durch Generationen hinziehenden Rechtsstreitigkeiten wie sie selber; er spottete nicht über ihren Aberglauben, noch runzelte er bei ihren Hochzeitsriten die Stirn; doch einige uralte Überbleibsel unter ihren Bräuchen konnte auch er nicht gutheißen. Entsetzliche Überbleibsel!

Während er über den Garten starrte, gingen ihm beunruhigende Gedanken durch den Kopf. Drei Dinge bewegten ihn besonders: die erschütternde Verstümmelung von Amos, der vielleicht inzwischen bereits verstorben war; die Ankunft des Mädchens, das er liebte und die seine ganze Lebensweise zu verändern drohte; und der Beschluß des Kuratoriums, daß Velaba in kurzer Zeit für Touristen geöffnet werden sollte. Amos. War er vorsätzlich auf solch schreckliche Weise zum Schweigen gebracht worden, weil er zufällig auf ein Geheimnis der immer rühriger werdenden Wilderer gestoßen war? Oder wäre es möglich, daß ein bestimmter, in diesem Gebiet wohlbekannter Häuptling den Eindruck hatte, an Macht zu verlieren? Amos war als Humorist und Geschichtenerzähler berühmt gewesen; Phantasie und Beredsamkeit aber waren Eigenschaften, die bei einem Häuptling sehr geschätzt wurden. Wenn die Ältesten des Stammes, vom Zauberdoktor beraten, es für notwendig gehalten hatten, den Häuptling zu 'stärken', hätten sie kein besseres Opfer als Amos wählen können, um aus seinen scharfen Augen und der beredten Zunge eine mächtige 'Medizin' zu machen.

Alice! Wenn nichts dazwischenkam, müßten sie übermorgen abend hier in Kamp Drei eintreffen. All das, was Andrew seit Monaten kostbar und teuer, aber doch von nebelhafter Verschwommenheit geblieben war, würde dann Gestalt annehmen. Ein Bündel Briefe, ein nicht sehr gutes Künstlerfoto und einige wenige Liebhaberaufnahmen von einem schlanken, dunklen Mädchen sollten bald gegen eine lebendige, atmende Frau ausgetauscht werden, die das Recht hatte, Forderungen an ihn zu stellen und seinen Haushalt von Grund auf zu verändern. Erst gestern hatte der Vorsitzende des Kuratoriums für die Nationalparks ihre Fotografie von seinem Schreibtisch im Büro aufgenommen.

»Interessantes Gesicht«, hatte er bemerkt. »Ihre Freundin?«

Andrew hatte gezögert.

»Nur eine Bekannte.«

»Da steckt Charakter drin«, hatte der Vorsitzende gesagt. »Schöne Augen und gutgeschnittenes Gesicht. Zurückhaltend, möchte ich meinen. Keine von diesen Zahnpastaschönheiten.« Plötzlich hatte er sich zur Seite gewandt und den jüngeren über die halben Gläser seiner Brille hinweg angesehen.

»Sie brauchen eine Frau, mein Lieber. Hier am Ende der Welt ist das Leben einsam. Arbeit ist ein guter Freund, aber eine Frau ist ein besserer — wenn es die richtige ist.«

»Ich bin nicht der Typ, der heiratet.« Als er die Worte ausgesprochen hatte, fragte er sich mit jähem Entsetzen, ob sie nicht die unumstößliche Wahrheit enthielten. Er hatte allzu lange ohne Frau gelebt. Alice, das ferne Mädchen der Briefe, war die Zuflucht seiner einsamen Stunden gewesen. Er hatte sich ein Bild von ihr gemacht, hatte gehofft, ihr eines Tages dieses primitive Paradies zeigen zu können, das ihre Phantasie bereits mit Beschlag belegt hatte. Er hatte nach dieser Frau verlangt mit dem heißen Wunsch des Mannes, doch nun, da sie auf dem Weg zu ihm war, marterten ihn nervöse Befürchtungen. Er hatte das Gefühl, als habe er sie mit den wenigen Worten verleugnet.

»So, Sie sind also nicht der Typ, der heiratet«, hatte der Vorsitzende dann langsam wiederholt. »Vielleicht nicht. Sie waren Kriegsgefangener, danach haben Sie das Leben eines Eremiten in der Wildnis geführt, das erzieht nicht zur Geselligkeit. Und nur wenige Frauen eignen sich zur Ehe mit Hegern und Hegemeistern. Doch wenn erst die Touristen-Kamps eingerichtet sind, wird es gar nicht mehr so einsam sein. Bestimmt nicht.«

Immer wieder hatte der Vorsitzende sich über diese Seite des Schutzgebietes ausgelassen. Über den Tourismus. Er hatte Andrew gedrängt, Pläne für die notwendige Besucherorganisation zu entwerfen. Schon morgen müsse er damit beginnen. Eine scheußliche Aussicht. Aber das Kuratorium wollte seine Ansichten hierzu vor der nächsten Sitzung erfahren. Andrew blickte auf die Uhr. Sie zeigte sieben Uhr fünfundfünfzig. Wenn Alice wirklich mit Rusty in Kamp Eins war, würde sie darauf warten, mit ihm zu sprechen. Was konnte er ihr sagen? Am Funksprechgerät gab es keine Heimlichkeiten. Jeder, der einen gewöhnlichen Radioempfänger besaß, konnte ihn auf die Welle des Schutzgebietes einstellen — und viele taten es oft genug. Die Polizeiposten in Poinsettia und Duiker's Drift immer. Die Missionsstation bestimmt heute abend. Schließlich sollte Alice bei dem Missionarsehepaar zu Gast sein. Und die kleine Thea, ihre Tochter, würde sehr interessiert sein . . .

Er knipste das Licht im Büro an und trat an seinen Schreibtisch. Auf einem Tisch daneben stand das Funksprechgerät, bereits eingestellt; er brauchte es nur noch einzuschalten und konnte sprechen.

Er zog sich einen Stuhl heran, drehte einen kleinen schwarzen Knopf und holte tief Luft.

»Qrl 3 ruft qrl 1 — qrl 3 ruft qrl 1 — qrl 3 ruft qrl 1 — bitte kommen — over.« Er schaltete auf Empfang.
Aus dem Lautsprecher hinter dem Gitter in der Wand über seinem Kopf antwortete Rustys tiefe, warme Stimme.
»Qrl 1 an qrl 3. Höre euch laut und deutlich. Bitte sprechen. Over.«
Mechanisch schaltete er auf Senden. »Ist Alice Lang bei euch? Over.«
»Ja. Sie steht neben mir. Wollt ihr jetzt mit ihr sprechen? Over.«
»Nein, später. Habt ihr Nachrichten über Amos? Over.«
»Gegen sechs Uhr dreißig trafen wir auf dem Weg von Duiker's Drift nach Kamp Eins Nelmapius mit Amos und Job im Jeep. Amos war in schlechter Verfassung. Alice Lang gab ihm Zuckerwasser, er schien sich zu erholen. Nelmapius hofft, ihn sicher ins Krankenhaus Duiker's Drift zu bringen, und wird sich dort beim Polizeiposten melden. Over.«
»Habt ihr eine Ahnung, wie es geschah? Over.«
»Immer die alte Geschichte. Job macht den Tokolosie vom Sweet Spruit verantwortlich. Over.«
Andrew nahm die Vorsicht im Ton seines Bruders wahr. Wenn der alte Häuptling in seinem Kraal zufällig mithörte, war es besser, man sagte so wenig wie möglich. Der Häuptling besaß einen Batterieempfänger, der sein kostbarstes Gut war. Die meiste Zeit hatte er ihn mit voller Lautstärke eingeschaltet. Der Häuptling konnte recht gut in diese Angelegenheit verwickelt sein.
»Sonst noch Meldungen? Over.«
»Vergangene Nacht griff ein Löwe unsere Ställe an. Wildwächter Esau mußte ihn erschießen. Ein prächtiges Männchen, ein Bein von einer Falle gelähmt. Esau berichtet von zahlreichen Schlingen im Gebiet des Wit Vlei. Und Job meldet einen Einzelgänger-Elefanten, den er am unteren Fulene gesehen hat. Over.«
»Welchen Weg werdet ihr morgen trecken? Over.«
»Ich will den Straßenbau am Mahagoniwäldchen inspizieren. Von dort beabsichtige ich den neuen Umweg nach Kamp Zwei zu nehmen. Over.«

»Gut. Hier nichts Neues. Die Mission in Poinsettia erwartet Alice Lang übermorgen abend. Übergebt an Alice Lang. Over.«
Als er den Knopf auf Empfang drehte, hörte er, fast fünfhundert Kilometer entfernt in Kamp Eins, einen erschrockenen Atemzug und eine flüsternde Mädchenstimme: »Was muß ich tun?« Dann Rustys kurzes: »Sprechen! Ich werde schalten. Jedesmal, wenn Sie am Ende sind, sagen Sie einfach: Over!«
Komisch, dachte Andrew in diesem Augenblick, ich bin von einem Löwen und einem Rhinozeros angegriffen worden, ich bin in die Schlacht gegangen und gefangengenommen worden, aber noch nie ist mir so erbärmlich übel gewesen wie jetzt. Sie hat auch Angst, das arme Kind. Ob sie weiß, daß sie nicht über ein privates Telefon spricht? Rusty hat es ihr sicher gesagt. Ich möchte ihr etwas Freundliches sagen, sie willkommen heißen, von meiner Liebe sprechen, doch alles, was ich tun kann, ist belfern, sonst stürzt sich alle Welt — unsere Wildniswelt — auf das Verhältnis zwischen Alice Lang und mir wie ein Trupp Löwen auf das Aas eines Zebras . . . Es gab eine endlose Pause. Und dann kam aus dem kleinen Gitter eine Stimme: tief, klar und sehr energisch:
»Alice Lang ruft Andrew Miller. Ich freue mich sehr, in Velaba zu sein. Vielen Dank, daß Sie mich von Meg in Johannesburg abholen ließen. Sie läßt grüßen. Es geht allen gut. Sie waren sehr freundlich zu mir. Over.«
»Es tut mir leid, daß ich Sie nicht selbst abholen konnte. Hoffentlich war die Eisenbahnreise nach Duiker's Drift nicht zu heiß. Over.«
»Sie war sehr schön, und ich fand alles sehr interessant. Rusty hat mich abgeholt . . .« Die Stimme stockte und verschwand.
»Over«, warf Rusty ein.
Was sie auch sagen mochten, alles verriet dem Hörer ihre Vertraulichkeit — alles war sehr persönlich, gehörte nur ihm und ihr. Doch Andrew wollte nicht auf diese Stimme verzichten. Selbst in den wenigen konventionellen und alltäglichen Worten vibrierten Zwischentöne von Jugend und Erregung — und von Nervosität, großer Nervosität. Fürchtete sie sich vor diesem ihr unbekannten

Apparat, dem Funksprechgerät? Oder fürchtete sie sich vor ihm? Er wollte sagen: Alice, komm, wir wollen uns richig unterhalten ... Statt dessen fragte er: »Hat Meg Ihnen einen Brief von mir übergeben? Over.«
»Ja. Vielen Dank. Over.«
Er glaubte, eine gewisse Stumpfheit in ihrer Stimme wahrzunehmen. Hatte sie diesen Brief etwa als einen Widerruf empfunden? So hatte er ihn gewiß nicht gemeint. Die Aussichtslosigkeit dieser schwierigen Unterhaltung überwältigte ihn.
»Wir warten inständig darauf, euch hier willkommen zu heißen,« sagte er. »In der Missionsstation Poinsettia ist man auf euch vorbereitet. Over.«
»Ich freue mich auf meine Ankunft. Ich übergebe an Rusty.«
Rusty fiel rasch ein:
»Liegt sonst noch etwas vor? Over.«
»Nein, nichts. Ruft mich morgen abend um die gleiche Zeit von Kamp Zwei an. Over. Gute Nacht. Ende.«
Er schaltete das Gerät aus.
Das Schweigen innerhalb der Baracke wurde durch die Geräusche der Nacht im Freien nur noch vertieft. Zikaden schrillten immer in dem gleichen lauten hohen Ton, ein Nachtvogel rief mit einem seltsamen tierischen Grunzen, und ein anderer, tiefer im Garten, antwortete ihm. Der Motor des Stromerzeugers klopfte, und aus den Quartieren der Boys hörte Andrew Trommelschläge, hin und wieder einen Schwall ungehemmten Lachens und manchmal Gesang. Sie feierten mit Eingeborenenbier.
Andrew hatte die Ellbogen auf den Tisch und den Kopf auf die Hände gestützt; die Knöchel seiner geballten Fäuste preßten sich gegen die geschlossenen Augen. Auf diesem dunklen Hintergrund mit den kreisenden Mustern erschien das Bild von Alice und Rusty, wie sie in dem kleinen Büro von Nelmapius vor dem schweigenden Apparat standen. Sie blickte mit verwirrten und enttäuschten Augen zu seinem Bruder auf und war bestürzt über die Kälte dieses kurzen, unpersönlichen Gesprächs. Nichts von dem, was er gesagt hatte, konnte sie seine Sehnsucht ahnen lassen,

den Tumult in seinem Innern und erst recht nicht die furchtbaren Zweifel, die bisweilen bei dem Gedanken an seine Unzulänglichkeit wie Übelkeit in ihm aufstiegen. Was hatte er dieser jungen Frau zu bieten, die so weit gereist war, um ihm zu begegnen? Diese wenig angemessene Wohnung in der *Bundu*, die seinen geringen Ansprüchen bis jetzt genügt hatte, ihm nun aber kahl und schäbig vorkam. Sich selber. Einen Mann, der die erste Jugend bereits hinter sich hatte und dessen Wissen um Frauen gering war, weil sein ganzes Verhältnis bisher seinen Bantus gegolten hatte. Eine Handvoll weißer Bekannter, die viele Meilen voneinander entfernt wohnten und geistig möglicherweise nicht zu diesem in London geborenen und aufgewachsenen Mädchen paßten, um eine Bevölkerung von Schwarzen, die noch im Stammesverband lebten und deren Sprache und Bräuche ihr ebenso unverständlich waren wie die der wilden Tiere, die in dem kleinen Reich Velaba an erster Stelle standen.
Rustys Ehe mit Flora hätte ihm eine Warnung sein müssen. Er hätte wissen können, daß dies hier kein Leben für eine empfindsame Frau war. Nun war es zu spät. Er und Alice hatten sich festgelegt.
Ob Rusty freundlich zu ihr war? Rusty, einst so leichtlebig und heiter, hatte sich in den vergangenen zehn Jahren sehr verändert. Er war zu einem verbissenen jungen Menschen geworden. Ein Glücksritter, in männlicher Gesellschaft angesehen, mit großer Anziehungskraft auf Frauen und bereit, jede Freude, die er am Wege fand, zu genießen — und zu vergessen. Nur Kindern sowie kranken und verletzten Tieren gegenüber zeigte sich noch sein weicher Kern. Rusty war gegen diese Liebesgeschichte gewesen. »Das ist Wahnsinn«, hatte er gesagt. »Was weißt du denn wirklich von dieser Frau — außer daß sie hübsche Briefe schreibt und sich für dein Leben hier draußen interessiert? Verdammt noch mal, du weißt doch überhaupt nichts von ihr!«
»Ich kenne sie gut genug, um sie heiraten zu wollen.«
»Das ist Irrsinn!«
»Warum? Unsere Vorfahren in diesem Lande heirateten Frauen,

die sich nie gesehen, von denen sie nicht einmal gehört hatten. Schiffsladungen von Bräuten kamen für die Siedler herüber — es war ein Griff in den Glückstopf. Das ist die Ehe immer. Bei dir war es ein unglücklicher Griff . . .«

»Laß mich und Flora aus dem Spiel!«

Wie tief diese Wunde war, die Rustys Lebensanschauung, seinen Glauben an die Liebe und an sich selbst vergiftet hatte! Andrew hatte nichts weiter gesagt. Doch zufällig waren die Brüder zusammen in Kamp Zwei gewesen, als das Telegramm ankam, in dem Alice die Nachricht vom Tod ihrer Mutter kabelte — sie war frei und bereit zu kommen.

Der Polizeiposten in Poinsettia hatte sich in das Gespräch von Jan Nelmapius aus Kamp Eins eingeschaltet. Sergeant van Wyk konnte die wildesten Störungen im Sprechfunkverkehr hervorrufen. Wenn er etwas mitzuteilen hatte, gab er nicht eher Ruhe, als bis er jedes andere Gespräch zum Schweigen gebracht hatte. Andrew hörte das Afrikaans der polternden Stimme noch vor sich, als damals Poinsettia sein Gespräch mit Nelmapius unterbrach.

»Kxz 2 ruft Andrew Miller. Postamt schickte Telegramm von Alice Lang, London. Postamt bittet, daß wir Andrew Miller anrufen und Telegramm durchsprechen, wenn gewünscht. Over.«

Andrew hatte mit hämmerndem Herzen gesagt: »Ja, bitte vorlesen. Over.«

Der Sergeant hatte sich geräuspert und die kurze Mitteilung durchgesprochen.

»Wünschst Du noch, daß ich nach Velaba komme? Gruß, Alice.«

Dann hatte es eine Pause gegeben, danach setzte der Sergeant hinzu:

»Ist Antwort nötig? Over.«

Andrew wußte sofort, was die Nachricht bedeutete. Mrs. Lang war gestorben und Alice frei; sie konnte zu ihm kommen. In ihren Briefen hatte sie versprochen, es ihm unverzüglich mitzuteilen, wenn sie in London nicht mehr gebraucht würde.

Er hatte rasch überlegt, wobei ihm der erschrockene Blick seines Bruders zu Bewußtsein kam.

Dann hatte er in das wartende Gerät gesprochen:
»Ja, es ist Antwort nötig. Ich wäre Ihnen dankbar, Sergeant van Wyk, wenn Sie sie ans Postamt weitergeben wollten. Bitte schreiben Sie: 'Bestellt Flugkarte Johannesburg sobald wie möglich. Kabelt Ankunftstag. Überlaßt alles andere mir. Gruß, Andrew.'«
Während er Anschrift und Inhalt diktierte, war er sich dauernd bewußt, daß Rusty ihn mißbilligend beobachtete.
»Sie macht also diese weite Reise, um sich ihren Mann zu sichern«, hatte Rusty bitter gesagt. »Das muß eine mächtig entschlossene Frau sein!«
Andrew war wütend auf seinen Bruder — und auf sich selbst. Seit Monaten drängte er Alice, zu ihm zu kommen, aber nun, da es soweit war, ergriff ihn plötzlich Angst. Und wenn sie doch nicht zueinander paßten? Wie würden sie den gemeinsamen dreitägigen Treck ertragen, wenn sie bereits im ersten Augenblick feststellten, daß sie sich nicht sympathisch waren? Denn das konnte der Fall sein. Und dann würde sie ihn ja schwerlich gleich auf dem Bahnsteig abweisen können oder er sie zurücksenden wie eine Ware, die den Erwartungen nicht entsprach.
Doch dann hatte das Schicksal eingegriffen. Kurz vor seiner Abfahrt nach Duiker's Drift hatte es einen Überfall von Biltong-Banditen gegeben. Diese Gangster waren bei Nacht mit einem geländegängigen Lastwagen an einer besonders verlassenen Stelle zwischen Kamp Zwei und Drei über die Grenze des Schutzgebiets gekommen. Sie hatten eine Herde Wildebeeste mit ihren starken Scheinwerfern geblendet, Maschinengewehrgarben auf sie abgefeuert und die gefallenen Tiere sofort an Ort und Stelle zerlegt. Wenige Stunden später befanden sie sich bereits wieder auf der Landstraße nach Johannesburg. Bis die eingeborenen Außenposten den Vorfall melden konnten, waren die verwundeten, dem Tod entgangenen Tiere bereits über weite Gebiete des Velds zerstreut, wo sie zudem gefährlich werden konnten; sie mußten so schnell wie möglich aufgespürt und abgeschossen werden.
Zur gleichen Zeit hatte außerdem der Vorsitzende des Kuratoriums telegrafiert, er komme auf dem Rückweg von Rhodesia

mit dem Wagen über Poinsettia und habe sich entschlossen, vierundzwanzig Stunden in Kamp Drei zu verbringen, um verschiedene Angelegenheiten mit dem dienstältesten Hegemeister zu besprechen.

Andrew war nichts anderes übriggeblieben, als Rusty zu bitten, Alice an seiner Stelle in Duiker's Drift abzuholen und sie durch den Nationalpark nach Kamp Drei zu bringen. Im Funksprechgerät hatte er am Ton seines Bruders gehört, mit welchem Widerstreben Rusty sich dazu bereit erklärte. Dadurch wurden seine eigenen Zweifel noch verstärkt, und mit jedem Tag, der verstrich, wurden sie zahlreicher, bis sie ihm wie ein Bienenschwarm um die Ohren zu summen schienen. Und nun war Alice wirklich mit Rusty auf dem Weg.

Er hatte ihre Stimme gehört, die tiefe englische Stimme einer Fremden, und die Enttäuschung über den Brief gespürt, den Meg ihr von ihm gegeben hatte — diesen vernünftigen Brief, der sie vielleicht ernüchtert hatte. Sie hatte in diesem wilden Land keinen andern als ihn, und wenn er sie enttäuschte, wäre sie tatsächlich verloren. Er war entschlossen, sie nicht zu enttäuschen.

Die erste Nacht in Velaba

Alice wärmte sich die Hände über dem Feuer. Obwohl der Frühlingsabend mild war, fror sie bis ins Innerste, und ihre Zähne klapperten. Rusty hatte sich entschuldigt, nachdem er sie von Jan Nelmapius' Büro zur Veranda neben ihrem Rondawel zurückgebracht hatte, und sie war ihm dankbar für seinen Takt. Ehe er sie verließ, hatte er ihren Tweedmantel geholt und ihn ihr über die Schultern gelegt.

»Es dauert nicht lange«, hatte er gesagt, »und wenn ich zurück bin, trinken wir eine Tasse Kaffee. Ich habe noch eine halbe Stunde im Büro zu arbeiten.«

Zu Smokey, dem Hund, der ihm folgen wollte, hatte er: »Bleib!«

gesagt, und das Tier hatte gehorcht. Das Vervetäffchen war zum Schlafen auf einen Ast gesprungen, und ein Stück weiter, im Schatten, sah Alice den Kamp-Boy hocken und von Zeit zu Zeit aufstehen, um Holz auf das Feuer zu legen. Er bewegte sich geräuschlos auf nackten Füßen. Nimrod war verschwunden. Nimrod ist mein Veld-Bruder, hatte Rusty gesagt. Er ist weder Haus- noch Kamp-Boy. Veld-Bruder — welch seltsame Bezeichnung!

Nun hatte sie also mit Andrew gesprochen. Sie fühlte sich erschöpft und völlig zerschlagen. Rusty hatte sie darauf vorbereitet, daß das Funksprechgerät kein Privattelefon war. »Glauben Sie nicht etwa, Sie und Andrew könnten reden, wie Ihnen zumute ist. Seien Sie nicht enttäuscht, wenn er zurückhaltend scheint. Er ist ein sehr schüchterner Mensch.«

Und dennoch war die Förmlichkeit ihres Gesprächs ein trostloses Erlebnis gewesen. Sie war tiefer davon betroffen als von dem Brief, den sie in Pretoria erhalten hatte. Es ist ein vernünftiger Brief, so redete sie sich ein. Schließlich sind Andrew und ich nicht Romeo und Julia, sondern zwei durchaus verständige erwachsene Menschen. Wir können nicht erwarten, daß wir uns bei der ersten Begegnung in die Arme sinken, zum nächsten Pastor eilen und ihn bitten, uns auf der Stelle zu trauen. Unsere Liebe ist eine Pflanze, die langsam und allmählich wächst, wie soll sie plötzlich von heute auf morgen tropische Pracht entfalten? Doch trotz der praktischen Erwägungen ihres Verstandes hatte das Herz gesagt: 'Will er mich überhaupt? Will er mich wirklich?'

Und seine Stimme klang heller, als sie erwartet hatte. Aber täuschte man sich in dieser Hinsicht nicht meistens? Wie oft hatte sie dem verführerischen Klang der Stimme irgendeines Rundfunksprechers gelauscht und den Mann in der Phantasie mit dem Zauber eines Filmstars ausgestattet, um dann zu entdecken, daß er ein kleines, dürres Geschöpf mit Kahlkopf und Brille war. An diesem Abend hatte sich das Entgegengesetzte ereignet. Sie hatte sich Andrew Miller mit einer tiefen Stimme vorgestellt, weil sie glaubte, daß diese zu seinem Gesicht und Aussehen passe — und nun war es eine helle Tenorstimme, die sie gehört hatte. Und in

dem Augenblick, als sie davon überrascht wurde, zerbrach das Bild ihres Geliebten. Vielleicht hatte auch ihre Stimme ihm fremd geklungen.
Wie wenig ich ihn kenne! dachte sie. Wieviel wir noch voneinander lernen müssen! Alles.
Rusty fand sie vorgebeugt im Korbstuhl sitzend, die Hände über dem Feuer ausgestreckt. Die Glut wirkte fast wie Röntgenstrahlen, und er konnte beinah die Knochen unter der festen Haut sehen. Ihre schmalen Finger mit den geradegeschnittenen, ungefärbten Nägeln hätten die einer Pianistin sein können. Das Licht des Feuers übergoß die klar gezeichneten Züge ihres Gesichts mit rosiger Farbe, und ihre gesenkten Wimpern lagen dicht und seidig auf den Wangen. Sie war in Gedanken verloren.
Als Rusty sie beobachtete, kam es ihm vor, als sei sie eine Frau, die eher mit dem Verstand als mit dem Gefühl an Probleme herangeht. Er spürte ihre Zielbewußtheit, die unwandelbare Entschlossenheit, seinen Bruder zu heiraten, und Ärger wallte in ihm auf.
Das Wasser in dem eisernen Kessel über dem Feuer kochte. Rusty schüttete je einen Teelöffel voll Kaffeepulver in die beiden Tassen auf dem Tisch.
»Schwarz oder mit Milch?« fragte er. »Wir haben nur Büchsenmilch.«
»Schwarz«, sagte sie, als wäre sie eben aus einem Traum erwacht.
Der Boy hob den schweren Kessel vom Feuer und goß Wasser über den Kaffee.
»Zucker?«
»Bitte.«
Als sie Rusty die Tasse abnahm und den Kaffee umrührte, löste sie sich aus ihrer Versunkenheit. Ihr Lächeln zeigte, daß sie nach kurzer geistiger Abwesenheit wieder bei ihm war.
»Halten Sie es nicht für eine recht merkwürdige Situation«, sagte er, »Tausende von Meilen zu reisen, um einen Fremden zu heiraten? Ich würde eher meinen, das gehöre in die Zeit der gefangenen Prinzessinnen — der Karawanen, die durch die Wüsten zo-

gen, um weit entfernte afrikanische Königreiche durch die Heirat zwischen einem Mann und einem Mädchen zu vereinigen . . .«

»Oder in die Zeit von Heinrich VIII. und der Flämischen Stute«, warf sie mit einer kleinen Grimasse ein, die ihren Mund am linken Winkel ein wenig abwärtszog. »Und dann entsprach die arme Anna von Cleve nicht recht den Erwartungen, nicht wahr?«

»Sie kalkulieren also die Enttäuschung ein«, grinste er anerkennend. »Doch vermutlich gibt es keinen triftigen Grund, weshalb eine aus diplomatischen — oder praktischen — Erwägungen geschlossene Ehe nicht zum Ziel führen sollte. Genau wie manchmal Liebesheiraten.«

Sie wollte sagen: ‘Aber wir lieben uns doch!’ Und dann erstarben ihr die Worte auf den Lippen. Die Liebe zwischen Mann und Frau war nicht nur eine Angelegenheit von Briefen und Fotografien. Niemand konnte das besser wissen als Rusty, der mit beiden Beinen auf der Erde stand. Er hielt ihre Romanze mit seinem Bruder für ein lächerliches Hirngespinst und hatte nicht gezögert, das deutlich auszusprechen. Plötzlich fühlte sie sich wund und verletzbar, und ihr Vertrauen in die Zukunft war erschüttert. Sie wollte Rusty weh tun.

»Ihre Ehe war vermutlich eine Liebesheirat.«

»Ja. Es war eine Liebesheirat und ein Fehlschlag. Durch meine Schuld.«

Er stand auf, zog einen Tabakbeutel aus Leopardenfell aus der Tasche, stopfte sich die Pfeife und zündete sie an.

»Kann man die Schuld so unbedingt festlegen?« fragte sie.

»Ich glaube doch. Wir waren beide sehr jung. Flora war Italienerin. Wir lernten uns während des italienischen Feldzuges kennen. Gleich nach dem Krieg heirateten wir am Ufer des Comer Sees. Die Südafrikaner gehörten zu den Besatzungstruppen. Es war närrisch von mir, nicht einzusehen, daß dieses Leben hier nichts für eine hochkultivierte Florentinerin sei — aber ich glaubte an Liebe.«

In seiner Stimme klang Bitterkeit, und sein offenes, anziehendes Gesicht wurde hart.

»Und nun glauben Sie nicht mehr daran?«
»Natürlich glaube ich noch daran. Aber ich weiß, daß sie nicht allmächtig ist. Sie vermag nicht *jedes* Hindernis zu überwinden.«
»Es gibt viele Arten von Liebe.«
»Ja. Und für manche Menschen ist die karitative am befriedigendsten. Für Missionare zum Beispiel — vielleicht auch für Krankenschwestern. Als Sie heute nachmittag um Amos bemüht waren, stand sie Ihnen in Ihrem Gesicht geschrieben — die Liebe zur Menschheit, zu den Kranken und Leidenden.«
Sie schüttelte den Kopf und lachte.
»Liebe zur ganzen Menschheit . . . Das ist ein hübsches Ideal, aber ich versichere Ihnen, Krankenschwestern sind genau wie andere Frauen. Sie verlieren Herz und Verstand wie jedes Mädchen.«
»Ist Ihnen das schon passiert — vor Andrew?«
»Ich hatte meine Jugendschwärmereien, doch dazu war nicht mehr viel Gelegenheit, als ich das Krankenhaus verlassen hatte . . . und nach Haus ging. Damals war ich zweiundzwanzig — vor vier Jahren —, und junge Männer verlieren sehr bald das Interesse, wenn ein Mädchen nie Zeit hat, mit ihnen auszugehen oder sie ins eigene Haus einzuladen.«
»Männer sind selbstsüchtige Geschöpfe.« Verschwommen entstand in seinem Kopf ein Bild von ihrer Jugend voll Arbeit und Opfer.
»Sie saßen in einer Falle«, sagte er.
Sie blickte rasch auf.
»Genau das sagte Betty — meine Freundin, Betty Swanson. Sie war der einzige Mensch, der etwas von Andrew wußte. Wir sind zusammen ausgebildet worden. Während dieser Zeit pflegten wir alles gemeinsam zu tun. Sie war eine wunderbare Freundin. Später kam sie oft in unser Haus, um auszuhelfen. Sie war auch in der Nacht bei mir, als meine Mutter starb — bei mir, als ich sie am nächsten Morgen fand . . . und sie nicht mehr wecken konnte . . .«
Sie zuckte die Achseln und schüttelte die Last einer traurigen und bedrückenden Erinnerung ab. Er half ihr dabei.

»Ihre Freundin Betty wird Sie vermissen.«
»O nein. Betty wird heiraten — sobald der junge Assistenzarzt, mit dem sie verlobt ist, sich ein paar Tage für die Hochzeitsreise freimachen kann.«
Sie erinnerte sich des Tages — erst vor wenigen Wochen —, als Betty ihr von Jack gesprochen hatte. Ein gemeiner kleiner Schmerz hatte ihr damals einen Stich versetzt. Nun würde sie auch ihre Freundin verlieren.
»Ich bin so glücklich, Liebste«, hatte Betty gesagt. »Aber wir halten es geheim, bis wir heiraten können.«
»Das muß sehr anstrengend sein, ihn jeden Tag im Krankenhaus zu sehen und sich zu bemühen, nicht zu zeigen, was ihr füreinander empfindet.«
»Das ist es. Aber auch erregend — dieses Geheimnis zwischen uns. Wir lieben uns natürlich im vollen Sinn des Wortes. Du verstehst das doch, nicht wahr?«
Alice hatte genickt — mit einem plötzlichen Gefühl starken weiblichen Neides. Ihre Freundin hatte den Schritt in das Reich der erfüllten Liebe getan. Es konnte auch nicht anders sein. Betty wäre die letzte, die sich dem Mann, den sie zu heiraten beabsichtigte, versagt hätte. Ihre Moral war in gewisser Hinsicht elastisch.
»Wir werden uns nur standesamtlich trauen lassen«, hatte Betty bedauernd hinzugefügt. »Jack ist schon einmal verheiratet gewesen. Er ist geschieden. Bei dir wird es ja vermutlich eine Hochzeit in der Missionsstation werden. Weiße Krinoline und Tüllschleier.«
»Ein einfaches weißes Kleid und ein paar künstliche Gardenien, die sich als Hut gebärden«, hatte sie erwidert. »Falls es überhaupt geschieht.«
»Du mußt dafür sorgen, daß es geschieht! Du sitzt hier in einer Falle. Sieh zu, daß du herauskommst, ehe es zu spät ist. Solange du noch jung bist.«
»Betty — ich bitte dich!«
»Ich bin deine Freundin, und ich muß dir das sagen. Du weißt sehr gut, daß die Krankheit deiner Mutter viele Jahre dauern kann

— bis du welk, vertrocknet und erledigt bist! Willst du dein ganzes Leben diesem hoffnungslosen Fall opfern, bei dem du nicht einmal beruflich etwas lernst . . .?«
Alice war hochgefahren. »Dieser hoffnungslose Fall ist meine Mutter!«
»Entschuldige«, hatte Betty gesagt. »Verzeih!«
Doch später, als Alice wieder allein war, wurde ihr ganzer Körper von einem trockenen Schluchzen geschüttelt. Betty hatte recht. Sie saß in einer Falle von Pflicht und Treue. Es gab keinen Ausweg. Der Geist, der nicht bereit war, die Hoffnung aufzugeben, würde zwar immer wieder kämpfen und sich wehren, würde heimliche Wunden in Kauf nehmen, um sich schließlich doch mit dieser Lage ohne christliche Ergebung, die alles vielleicht erträglich gemacht hätte, abzufinden.

Der Mond, auf dem obersten Ast eines Dornbaums aufgespießt, tauchte das Buschveld in strahlenden Glanz. Lange exotische Schatten — die verzerrten Silhouetten der Euphorbien und gezackten Palmen — reichten bis zu den Rondawels hinter Rusty und Alice. Sie hatte räumlich und gefühlsmäßig einen weiten Weg zurückgelegt, seit der Tod die Fangzähne der Falle geöffnet hatte.
»Und was hat Betty zu Ihrer Reise gesagt? Und Ihre anderen Freundinnen?« Rusty zog an der Pfeife und sah sie nicht an.
»Betty findet es richtig, daß ich zu Andrew fahre«, erwiderte sie langsam. »Und sonst habe ich niemand befragt oder ins Vertrauen gezogen. Ich habe keine Ahnung, wie man darüber denkt.«
»Man wird sich den Kopf zerbrechen und darüber klatschen.«
»Möglich. Daran hatte ich noch gar nicht gedacht.«
»Mitten in der Großstadt oder draußen in der *Bundu* — auf eins kann man sich immer verlassen: auf den Klatsch; und wäre es nur ein alter Eingeborener, der mit dem andern schwatzt.«
»Ja, da ist die Postangestellte«, sagte Alice. »Zwei Jahre lang habe ich bei ihr die Briefe, Bücher und Zeitschriften an Andrew aufgegeben; dann der kleine Sohn des Oberst, der Briefmarken sam-

melt und immer schon auf die Tiermarken aus Südafrika wartete; dann die Frau des Arztes, die mich mit meinem geheimnisvollen Freund im Blauen neckte; und Thrift, der alte Gärtner, der gern ein Schwätzchen mit dem Briefträger an der Gartenpforte hielt; und Mrs. Withinshaw, unsere Aufwartung, die, wie sie es ausdrückt, nur dafür lebt, 'mal etwas Neues zu hören'. Sie riecht den Skandal auf zehn Meilen. Ich glaube, sie hat auch meine Briefe gelesen . . .«

Mit einem Stirnrunzeln brach Alice ab. Besonders einen Brief hatte sie vermißt — einen Brief, den sie Wort für Wort auswendig wußte und der aus ihrem Schreibschrank verschwunden war. »Ich liebe Dich, Alice . . . Ich möchte, daß Du zu mir kommst. Es ist ungemein wichtig für uns, daß wir einander menschlich näher kennenlernen . . . Ich verstehe Deine Lage durchaus, aber irgend etwas *muß* geschehen, um Dich zu befreien . . .« Auf diesen Brief hin, hatte sie sich sogar schon über Flugverbindungen nach Südafrika erkundigt.

»Dazu brauchen Sie eine Gelbfieber-Impfbescheinigung, hatte der Angestellte im Reisebüro gesagt, wenigstens, falls Sie schon bald reisen wollen.

»Soweit ich es übersehen kann, werde ich nicht so bald reisen«, hatte sie erwidert.

»Aber vergessen Sie nicht, daß Sie dieses Attest mindestens zehn Tage bevor Sie abreisen, haben müssen, wenn Sie nicht in Südafrika in Quarantäne genommen werden wollen.«

»Wie lange hält denn die Immunität an?«

»Die Immunität? Ich glaube, drei Jahre oder gar vier.«

Ich muß bereit sein, hatte sie gedacht. Wenn die Zeit da ist, muß ich sofort bereit sein. Und dann hatte sie sich die Injektion geben lassen. Die Nadel unter der Haut, das Brennen des Serums hatte sie in eine merkwürdige Erregung versetzt — wie die erste Berührung der Lippen eines Geliebten.

Sie hörte, wie Rusty sagte:

»Da haben Sie einen ganz hübschen Ausgangspunkt für allerlei

Klatsch. Und wie steht es mit der Verwandtschaft? Sie erwähnten Ihre Familienangehörigen gar nicht.«

»Ich habe keine. Nur meine Halbschwester, Harriet Carver. Wir vertragen uns nicht. Ehrlich gesagt: wir sind uns zuwider.«

Alice schauderte. Das letzte Mal hatte sie ihre Halbschwester Harriet Carver bei der Bestattung ihrer Mutter gesehen. Sie glaubte wieder den übelkeiterregenden süßlichen Duft der wenigen Kränze zu riechen, die den Sarg vor der Verbrennung bedeckten, und den Regen zu sehen, der an die Fenster schlug. Sie hörte die trockene Stimme des Familienanwalts, der das kurze rührende Testament vorlas, als wäre es eine kleine Predigt über das Thema Armut und Sparsamkeit.

». . . und meiner jüngeren Tochter Alice Mary als herzlichen Dank für ihre dauernde Treue und Fürsorge den Betrag von zweitausend Pfund vorab und über ihren oben genannten Anteil am Vermögen hinaus . . .«

Bei dieser Stelle hatte Harriet laut nach Luft geschnappt, ihr rattengesichtiger Ehemann Cyril Carvèr hatte sich vorgebeugt und die Oberlippe über den spitzen Zähnen hochgezogen. Sogar ihre kleine Tochter Mabel hatte bemerkt, daß etwas verkehrt war, und ihre Mutter am schwarzen Rock gezogen. Nachher hatte man sie angegriffen und in die Enge zu treiben versucht. Das war Nahrung für Harriets verzehrende Eifersucht auf Alice, das Kind des Mannes, den ihre Mutter geliebt hatte. Harriet hatte den zweiten Mann ihrer Mutter — den großen strengen Wissenschaftler, der seiner Frau Liebe, Glück und Alice geschenkt hatte, stets gehaßt. Die stechenden Augen ließen Alices Gesicht nicht los, als sie mit gehässig verzerrtem Mund sagte:

»Ich habe nie gewußt, daß Mutter zweitausend Pfund auf die Seite gebracht hatte. *Du* wirst es sicher gewußt haben, Alice.«

Dann war Cyril eingefallen: »Natürlich, Alice hatte doch jede Möglichkeit, die arme Seele zu beeinflussen, als sich ihr Geist verdunkelte.«

»Ich habe Mutters Testament nie gesehen!« hatte Alice gerufen. »Ich wußte nichts von diesen zweitausend.«

»Und was wirst du tun mit deinem ... *unerwarteten* Glückstreffer?« Die Rattenzähne waren entblößt.
»Ich fahre nach Afrika.«
»Warum ausgerechnet nach Afrika?«
»Das ist weit weg!«
Sehr weit — Gott sei Dank!

Rustys Stimme unterbrach die Erinnerungen, die sie beunruhigten und quälten.
»Wir müssen morgen ziemlich früh aufbrechen. Wir frühstücken um halb acht drüben bei Jan Nelmapius.«
»Wird er dann zurück sein?«
»Bestimmt. Er wird Amos im Krankenhaus von Duiker's Drift einliefern, dann bei der dortigen Polizei Bericht erstatten und sofort zurückkommen. Wahrscheinlich werden Sie gegen Mitternacht seinen Jeep hören.«
»Dann werde ich hoffentlich schlafen. Und ich glaube kaum, daß mich irgend etwas wecken kann.«
Er erhob sich und klopfte die Pfeife an einem Baum aus. Der Hund wachte auf und sah ihn an.
»Einen Schlaftrunk, ehe Sie sich zurückziehen?«
»Danke, nein. Gute Nacht, Rusty.«
»Gute Nacht. Und schlafen Sie gut.«
Beim Licht der Sturmlaterne kleidete Alice sich aus. Sie zog ihren blauseidenen Schlafanzug und einen leichten wollenen Morgenmantel an, kremte ihr Gesicht, drehte die Lampe aus und schob die Vorhänge zurück. Dann öffnete sie das Fenster und blickte zu den fernen Bergen hinüber, die im strahlenden Licht des Mondes vor dem hellen Himmel aufstiegen. Diese erste Nacht in Velaba ist eine seltsame Nacht. *Ich hebe meine Augen auf zu den Bergen, von welchen mir Hilfe kommt ... Bei Tage wird die Sonne dich nicht stechen, noch der Mond bei Nacht ...* Sonne und Mond in Afrika waren nicht die Sonne und der Mond von England. Sie waren stark und gefährlich. Es war also gut, um Schutz vor ihrer Kraft zu beten.

Wie still die Nacht war! Selbst die Zikaden schwiegen. Es roch frisch nach Gras und Laub und Holzrauch. Sie atmete tief die reine Buschveldluft ein.
In weiter Ferne hörte sie das donnernde Gebrüll des Löwen, gefolgt von den tiefen kehligen Grunzern — nur eine der vielen unvertrauten Stimmen von Velaba.
Sie kroch ins Bett und zog die Decke bis ans Kinn. Zu Haus, Tausende von Meilen entfernt, kam der Wind vielleicht aus Westen und trug die Schreie der Pfauen vom Oberst über die Wiesen ihrer Kindheit. Wahrscheinlich Regenwind. Heimat? Das kleine Haus würde nie wieder ihre Heimat sein. Es gehörte der Vergangenheit an. Sie wollte es gleich von sich wegschieben mit all seiner Last an Unglück, Enttäuschung und Schwierigkeiten. Mit einem Druck auf dem Herzen spürte sie, daß ihr Geist sich längst vergessen geglaubten Heimsuchungen und einer im Nebel der Zeit verlorenen Liebe wieder zugewandt hatte.

Ein Tropfen Gift

Regenböen schlugen an die geteilten Fenster des Blauen Bären, nur einen kurzen Spaziergang durch die rotgoldenen Oktoberwälder von dem Häuschen entfernt, das Alice Lang eben erst verlassen hatte.
Harriet Carver saß mit ihrem Mann vor dem großen offenen Kamin, der mit Wärmpfannen, Kupferkesseln, Schüreisen und all dem andern Staat einer zum Gästezimmer verwandelten niedrigen Küche aus der Tudorzeit geschmückt war. Sie waren froh, den Raum für sich allein zu haben, denn ihre Tochter Mabel schlief bereits oben in ihrem Zimmer, und die Eltern hätten sich nicht unterhalten können, ohne sie zu wecken. Mabel war ein nervöses Kind.
Die Schankstube war eben geschlossen worden, und der Wirt steckte sein rundes rosiges Gesicht zur Tür herein.

»Brauchen Sie noch irgend etwas, Mrs. Carver?«
»Nein, danke schön, Mr. Jenkins. Nun, da die Schankstube geschlossen ist und wir Ruhe und Frieden haben, brauchen wir gar nichts mehr. Was für einen Lärm die Leute machen, wenn sie trinken!«
Mr. Jenkins kam herein und wärmte sich den Hosenboden am Feuer.
»Lärm — innerhalb vernünftiger Grenzen — ist immer ein Zeichen von Wohlbehagen.« Er zwinkerte Cyril Carver zu. »Eine stille Wirtschaft wäre ein trüber Ort, nicht wahr, Sir?«
»Das wäre es wirklich. Aber ich habe mit meiner Frau eine Menge zu besprechen.« Carvers Stimme klang scharf.
»Natürlich«, gab der Wirt zu. »Die Versteigerung und so. Hoffentlich klärt es sich bis morgen auf. Der Regen hält die Bieter ab. Zu schade, daß Miß Alice nicht noch bleiben konnte, um zu sehen, wer das Haus kauft. Sie wird inzwischen schon in Südafrika sein, bei diesen entsetzlichen Mau-Maus.«
»Sie sollte gestern in Johannesburg ankommen«, sagte Carver. »Und zu Ihrer Information, Mr. Jenkins, in der Südafrikanischen Union gibt es keine Mau-Mau.«
»Bisher noch nicht. Doch nach allem, was ich gelesen habe, ist Südafrika ein furchtbares Land — die Schwarzen alle in Konzentrationslagern und die Weißen bis an die Zähne bewaffnet.«
»Glauben Sie wirklich alles, was Sie in diesen Revolverblättern lesen?« fragte Harriet scharf.
Der Wirt kicherte. »Hauptsache, es ist ordentlich spannend. Ich habe immer gern ein bißchen Blut und Donner zum Frühstück. Das würzt die Eier auf Speck. Es geht doch nichts über so eine richtig aufregende Morgenzeitung mit einer Masse Verbrechen auf der ersten Seite!«
»Sie brauchen unseretwegen nicht aufzubleiben, Mr. Jenkins.« Harriet war empört, denn sie argwöhnte, daß Mr. Jenkins sie zum besten hielt.
Als der Wirt den Wink verstanden und sie allein gelassen hatte, wandte Harriet sich ihrem Mann zu. »Schmierig! Aber so sind

diese Leute nun einmal. Immer nach etwas Gemeinem schnüffeln.«

Carver nahm eine Zigarette aus dem Etui. Er war vor kaum einer halben Stunde aus London herübergekommen — müde und verdrossen. Das Geschäft, das ihn so lange in der Stadt aufgehalten hatte, war nicht zustande gekommen.

»Ist drüben im Haus der ganze Kram einigermaßen geschickt sortiert?« fragte er.

»Das kann man wohl sagen. Das Zeug ist in Partien aufgeteilt. Will man eine Sache kaufen, muß man mehrere andere dazunehmen, auch wenn man sie gar nicht haben will. Die Möbel werden nicht viel bringen. Ein paar anständige Stücke sind ja da, aber das meiste ist Plunder.«

»Zu schade, daß deine liebe Mutter nicht ging, als gebrauchte Möbel ein Vermögen einbrachten. Doch man kann solche Dinge nicht nach Belieben einrichten.«

»Kann man das nicht?«

Carver warf seiner Frau einen scharfen Blick zu. Ihr Gesicht hatte den 'wühlenden' Ausdruck — die Augen wie Nadelköpfe, die lange, spitze Nase zuckend, bereit, sich in das Dunkel der Erde zu wühlen, um etwas zu suchen — aber was?

»Du siehst aus, als hättest du etwas auf dem Herzen.«

»Es gibt viel Klatsch«, sagte Harriet.

»Klatsch?«

»Über Alice. Fliegt ab, ehe die Asche ihrer Mutter noch kalt geworden ist.«

»Dazu ließ sie ihr eine Woche Zeit. Genauso viel, wie man braucht, die Flugkarte, einen Platz und einen hübschen Vorschuß auf dieses Zweitausend-Pfund-Legat zu bekommen. Worauf sollte sie denn warten?«

»Auf die Versteigerung.«

»Warum? Sie wird ihre fünfzig Prozent automatisch erhalten.«

Harriet schob die dünnen Lippen vor: »Diese Eile war unanständig.«

»Und was glaubst du, weshalb sie solche Eile hatte?«

»Da steckt irgendwo ein Mann dahinter.«
Cyril Carvers von einem schmalen Streifen blonder Stoppeln geschmückte Oberlippe hob sich von den gelblichen Zähnen. Das Geräusch, das dabei entstand, ähnelte fast einem Mädchenkichern.
»Alice einen Freund? Wo hätte sie den wohl auflesen können? Selbst wenn sie in gewisser Hinsicht aus dem richtigen Holz geschnitzt ist, es fehlte ihr doch einfach die Gelegenheit. Deine Mutter nahm sie voll in Anspruch, das weißt du genau. Und du hast ihr nicht geholfen, meine Liebe. Hättest du deinen Anteil vom Groben auf dich genommen, hättest du auch deinen Anteil vom Glatten gehabt. Aber so gingen diese Zweitausend — ohne jede Erbschaftssteuer — an 'meine jüngere Tochter Alice Mary als herzlichen Dank für . . .'«
»Daran hätte auch meine Hilfe nichts geändert«, warf Harriet ein. Mutter hat Alice immer vorgezogen. Sie liebte Alices Vater, wie sie meinen haßte. Und diese Ersparnisse gehörten ohnehin Alices Vater. Ich glaubte nur, Mutter hätte sie längst verbraucht. Aber das war eben ein Irrtum.«
»Wieso? Alice hätte für dieses Geld ebensogut eine bezahlte Pflegerin — notfalls zwei — einstellen und sich ihr Leben nach ihrem Geschmack einrichten können.«
»Und wenn die Zweitausend verbraucht gewesen wären, hätten wir womöglich einspringen können, denn Alice säße dann vielleicht im Innern Afrikas — möglicherweise verheiratet.«
»Warum nicht? Wenn du dir einen Mann angeln konntest, kann sie es auch.« Es machte ihm Freude, sie zu verhöhnen.
Der Blick, den sie ihm zuwarf, war giftig. Doch das störte ihn nicht. Er war daran gewöhnt.
»Genau das hat Alice übrigens getan«, sagte sie wohlüberlegt. »Sie ist nach Südafrika geflogen, um sich ihren Mann zu angeln.«
Er beugte sich vor und legte ein Scheit aufs Feuer. Das Krachen des trockenen Holzes und das Klatschen der Regentropfen an den Fensterscheiben waren die einzigen Geräusche im Raum.
»Wie kommst du darauf?« fragte er schließlich.

»Als ich heute nachmittag ins Haus kam, war die Withinshaw da, die Aufwartefrau — sie suchte sich die Sachen aus, auf die sie bieten wollte.«

»Ach, diese alte Klatschliese!«

»Sie hält bestimmt Augen und Ohren offen — weit offen.« Harriet fröstelte und rückte ihren Stuhl näher zum Feuer. »Sie hatte mir einiges zu erzählen.«

»Zum Beispiel?«

»Sie erklärte, Alice habe ein . . . geheimes Leben geführt.«

Während Harriet in die Flammen starrte, sah sie wieder die große, grobknochige Frau vor sich, wie sie in dem kleinen Schlafzimmer stand, in dem die Kranke gelegen hatte, und hörte die heisere Stimme, die bösen Einflüsterungen.

»Scheußlich, wenn die Tage kürzer werden und der Winter kommt«, hatte die Withinshaw gesagt. »Wo Miß Alice jetzt ist, wird wohl die Sonne scheinen.«

Der Ton der Frau hatte Harriet geärgert. »Wo ist denn meine Halbschwester Ihrer Ansicht nach?«

»Ich nehme an, Miß Dimble vom Postbüro könnte eine Wette darauf abschließen. Es wird viel geredet, Mrs. Carver, sehr viel geredet.«

»Und was wird geredet?«

»Ihre Schwester war unergründlich, Mrs. Carver. Unergründlich wie das Meer. Sie verriet nie etwas von ihren Angelegenheiten — nicht einmal bei der längeren Unterhaltung! Aber da gehen Gerüchte!«

»Gerüchte?«

»Miß Alice hatte ihr *geheimes Leben.* Seit mehr als zwei Jahren steht Miß Alice in Verbindung mit einem Freund in Afrika — Briefe und Bücher und Gott weiß was sonst noch alles ging zwischen ihnen hin und her, regelmäßig wie eine Uhr. Es ist meine feste Überzeugung, daß er sie drängte, hier wegzugehen, zu ihm zu kommen — ihn zu heiraten . . .«

»Ihn zu heiraten!«

»Sie wußten also nichts davon? Das hatte ich mir gedacht.«

»Hat Miß Alice sich Ihnen anvertraut?«
»Miß Alice war kein Mensch, der sich verriet. Aber ich kannte sie besser als die meisten — weil ich jeden Tag herkam und ihr bei der armen Ma half. Sie müssen nicht vergessen, wenn ich kam, benutzte sie gewöhnlich die Gelegenheit, im Dorf ihre Besorgungen zu machen, egal, ob es regnete oder die Sonne schien. So kam sie ein bißchen an die Luft. Und immer, wenn sie irgend konnte, war sie draußen im Garten. Thrift, dieser alte Schurke mit dem Holzbein, sagte ja auch, sie habe eine 'Hand' für Pflanzen. Aber Miß Alice war derart vernarrt in dieses Stückchen Garten, daß ich mich manchmal gefragt habe, ob sie wohl die richtige Person für eine Krankenschwester war. Wenn man so einen hoffnungslosen Fall tagein, tagaus pflegen will, braucht man Geduld. Und sie mußte sich zur Geduld *zwingen.* Sie war geduldig, da ist nichts zu wollen, aber leicht ist es ihr nicht gefallen. Ich sah das gleich. Niemals hat sie sich gehenlassen. Vielleicht wär's besser gewesen, sie hätte es manchmal getan. Aber wenn Sie meine Meinung hören wollen: ihr geheimes Leben hielt sie aufrecht.«
»Was meinen Sie damit?«
Harriet hielt die Lehne des kleinen steifen Sessels vor dem Bett umkrampft, als sie diese Frage stellte. Die große Frau ließ sich dadurch nicht erschüttern; wie sie da an dem breiten Fensterbrett lehnte und ins Zimmer blickte, stand ihre Gestalt dunkel vor dem feuchtgrauen Himmel — Harriet vermochte Frau Withinshaws Gesichtsausdruck nicht zu sehen, während ihr eigener deutlich zu erkennen war: die hinterhältig forschende Neugier, die diese Frau wie einen Fisch köderte, gedämpft von dem Widerwillen, mit einer Aufwartefrau Familienangelegenheiten zu erörtern.
»Dieser Ausflug nach Afrika. Da will ich Ihnen was sagen. Man kann nicht einfach von heute auf morgen abfliegen, Mrs. Carver . . .«
»Meine Halbschwester tat es aber — wenigstens innerhalb einer Woche.«
»Das ist es ja. Mein Neffe — er kommt gerade von seinem Wehr-

dienst bei den Mau-Mau zurück —, vor ein paar Tagen hat er uns besucht. Der sagte zu mir: 'Sieh mal, Tante Eliza', sagte er, 'wenn du heutzutage nach Afrika fliegen willst, da gibt's *Formalitäten.* Du brauchst ein Attest, in dem steht, daß du gegen Pocken, und ein weiteres, in dem steht, daß du gegen Gelbfieber geimpft bist. Und das ist nicht im Handumdrehen zu machen. Die Gelbfieberspritze mußt du zehn Tage vor der Abreise bekommen haben, sonst lassen sie dich drüben nicht rein.' Miß Alice *wußte* das, Mrs. Carver. Miß Alice *hatte* ihre Atteste. *Sie war startbereit, ehe Ihre arme Ma noch die Augen geschlossen hatte.*«

»Wie können Sie das so bestimmt sagen?«

»Wenn ich Staub wische, mache ich das sehr sorgfältig. Als Miß Alice neulich aus London zurückkam, vielleicht vierzehn Tage bevor Ihre arme Ma verschied, wischte ich auch auf ihrem Schreibtisch Staub, und da sehe ich doch einen Paß und darin einen Zettel, auf dem steht 'Gelbfieber' gedruckt. Man macht sich ja auf all diese kleinen Dinge erst hinterher einen Reim. In ihrem geheimen Leben überließ Miß Alice nichts dem Zufall. Wenn Sie meine Meinung wissen wollen: sie hatte alles bis ins letzte vorbereitet.«

»Sie können meine Halbschwester nicht leiden, nicht wahr, Mrs. Withinshaw?«

»Ein- oder zweimal habe ich mit Miß Alice wohl einen Wortwechsel gehabt, aber ich paßte ihr, und mir paßte die Stelle. Wir sind immer miteinander ausgekommen.«

»Sie haben ihr nachspioniert.«

Die Silhouette vor dem Fenster schwoll an und wurde länger, als Mrs. Withinshaw sich zu ihrer eindrucksvollen Größe aufrichtete.

»Dieses Wort gefällt mir nicht, Mrs. Carver. Ich fordere Sie auf, es zurückzunehmen.«

»Also gut. Sie benutzten Ihre Beobachtungsgabe. Was haben Sie sonst noch bemerkt — außer dem Attest mit der Gelbfieberbescheinigung?«

»An dem Morgen, nachdem Ihre Ma verschied — niemand weiß

genau, wann sie starb, aber es ist in dieser Nacht geschehen –, kam mir etwas sehr merkwürdig vor. Sehr merkwürdig – falls es Sie interessiert . . .«

»Es interessiert mich ungemein.«

»Ja also, ich kam an diesem Tag ein bißchen spät – ich ahnte ja nicht, was passiert war! Mein Jackie lag mal wieder mit einer Halsentzündung, und ich mußte bei der Schule vorbeigehen und ihn entschuldigen, so war es wohl schon eher halb elf, bis ich hier war. Nun stellen Sie sich den Schlag vor, den es mir versetzte, als ich feststellen mußte, daß Ihre arme Ma in der Nacht dahingegangen war, und Dr. Barnet – das war der junge Arzt, der Dr. Manfield in seinem Urlaub vertrat – hatte schon den Totenschein ausgestellt, während Miß Alice noch zusammen mit Miß Swanson dabei war, sie aufzubetten. Sie kennen doch Miß Swanson, diese junge Schwester aus London, die beste Freundin von Miß Alice. Na, ich muß sagen, sie machten es wirklich sehr gut. Ich habe schon viele gesehen, die die Totenfrau hier aufgebahrt hat, aber nie hat eine so ordentlich und friedlich ausgesehen wie Ihre Ma. In ihrem ganzen Leben habe ich sie nicht so zufrieden gesehen, die arme Seele, und wie sie so dalag, dachte ich noch, das war ein gnädiges Hinscheiden!«

Harriet hatte genickt. Es war tatsächlich so, daß sie diesen Ausdruck friedlicher Ruhe, der wie eine Segnung über den gequälten Zügen lag, nie an ihrer Mutter wahrgenommen hatte.

»Miß Alice kommt mir entgegen, kühl, mit Verlaub zu sagen, nicht eine einzige Träne – nur sehr blaß und das Gesicht schmal eingefallen. Sie sagt: 'Mrs. Withinshaw, ich habe viel zu erledigen. Bitte fangen Sie an und räumen Sie auf wie gewöhnlich!' *Wie gewöhnlich!* Freilich muß ich sagen, daß Miß Alice sich immer gut in der Gewalt hatte, das muß ich sagen. Sie setzt sich also ans Telefon und ruft Mr. Pitt, das Bestattungsunternehmen, an, den Anwalt, die Zeitung, das Blumengeschäft und so weiter. Ihnen hatte sie wohl schon telegrafiert, denke ich mir. Und ich mache mich ans Aufräumen. Natürlich fing ich hier im Schlafzimmer an, für den Fall, daß Leute kämen, die Ihre Ma besuchen wollten. Ich fege aus, wische Staub und leere den Papierkorb . . .« Hier legte Mrs. Withinshaw eine Pause ein, die Harriet unendlich erschien. Eine Pause um des Effekts willen. Harriet kürzte sie mit einem scharfen »Na und?« ab.

Da hatte Mrs. Withinshaw weitergesprochen: »Seit Jahren helfe ich nun tagtäglich in diesem Haus, Mrs. Carver, schon lange ehe Ihre arme Ma krank wurde. Ich kenne die Gewohnheiten hier wie den Rücken meiner eigenen Hand. Jeden Abend gibt Miß Alice, ehe sie selber zu Bette geht, Ihrer Ma mit der Regelmäßigkeit einer Uhr ihre Spritze und wirft die leere Ampulle und den Tupfer in den Papierkorb unter diesem Tisch. Sie war nicht so, daß sie dies und das in der Nierenschale liegenließ. Immer räumte sie diese kleinen Sachen selber auf. *Aber an diesem Morgen, was muß ich da finden?*«

Ein Windstoß schüttelte die langen Ranken des Geißblatts vor dem Fenster, so daß sie an die Scheiben klopften wie Finger, die vergeblich Einlaß fordern.

»Und was haben Sie gefunden, Mrs. Withinshaw?«

»Ich fand *zwei* leere Ampullen und *zwei* benutzte Tupfer im Papierkorb. Ihre Ma hatte *zwei* Injektionen bekommen, ehe sie in dieser Nacht einschlief, Mrs. Carver.«

»Und was ist da weiter dabei? Dieser Dr. Barnet — Dr. Manfields Vertreter — hatte die Dosis wahrscheinlich erhöht.«

Die Frau hatte den Kopf geschüttelt. »Oh nein, so einfach ist das nicht. Miß Alice war schon die ganze Zeit sehr aufgeregt, weil ihre arme Ma an Einbildungen litt. Sie fürchtete sich vor allen — außer vor Miß Swanson. Ich muß sagen, Miß Swanson verstand es mit ihr. Sie konnte alles mit Ihrer Ma machen, nur war sie ja nicht oft da. Aber Ihre Ma hatte vor allen Angst — sogar vor Miß Alice. Und erst wenige Tage vor dem Ende fand ich Miß Alice mit bedrücktem Gesicht, und sie sagte zu mir: 'Es ist so traurig, Mrs. Withinshaw, wir können nur noch wenig für Mutter tun. Nicht einmal die Injektion können wir erhöhen. Ich habe Dr. Barnet gefragt, aber er sagt, Mutter bekäme schon die höchste Dosierung.' Sie sehen also, Mrs. Carver, in der Nacht, in der Ihre

Ma verschied, hat sie die *doppelte höchste Dosierung* gekriegt.«
Cyril Carver sah, wie seine Frau heftig schauderte, während sie im Gästeraum des Blauen Bären zusammengekrümmt vor dem Kamin saß.
»Was ist denn mit dir?« fragte er. »Du schüttelst dich ja, als ob du Fieber hättest.«
Ihre Finger zitterten, als sie die Handtasche öffnete. Sie nahm eine Streichholzschachtel heraus, die zwei leere Ampullen und zwei Tupfer enthielt, und ein südafrikanisches Luftpostbriefformular, eng mit einer sauberen schrägen Handschrift bedeckt.
»Das habe ich bei Mrs. Withinshaw gegen den Lehnstuhl in Mutters Schlafzimmer eingetauscht«, sagte sie.
Cyril Carver öffnete den Faltbrief, und die Worte, die er da las, veranlaßten ihn dazu, den Atem mit einem leisen pfeifenden Laut einzuziehen.
»Ich liebe Dich, Alice. So wie jetzt kann es nicht mehr lange mit uns weitergehen ... Die Jahre gleiten davon ... Ich möchte, daß Du zu mir kommst ... Es ist ungemein wichtig für uns, daß wir einander menschlich näher kennenlernen — nicht nur auf dem Papier ... Ich verstehe Deine Lage durchaus, aber irgend etwas *muß* geschehen, um Dich zu befreien ...«
Sorgfältig las er den Brief von Anfang bis Ende. Schließlich sagte er: »Das also war ihr geheimes Leben — ihr Liebesleben —, geschriebene Worte und keine Möglichkeit, sie in Fleisch und Blut, in einen Mann, eine Ehe und Kinder zu verwandeln.«
»Das klingt ja, als ob sie dir leid tut.« Harriet war fröstelnd aufgestanden. Sie war wieder sie selber und sprudelte ihm die Worte hin.
»Mein ganzes Leben lang hat mir noch nie jemand leid getan«, sagte er. »Wenn ich zu der mitleidigen Sorte von Menschen gehörte, würde ich mich selber bemitleiden. Es wäre besser, du erzähltest mir genau, was heute nachmittag in dem Haus geschehen ist.«
Als sie das getan hatte, sagte sie:
»Du siehst, es fügt sich alles zusammen — genau wie Mrs. Withinshaw andeutet.«

»Es fügt sich zusammen — und zu welchem Ergebnis?«
Sie gab keine Antwort. Sie saß wieder vor dem Feuer, die knochigen Schultern nach vorn geneigt, mit einem grübelnden Ausdruck in ihrem scharfen Gesicht.
Carver sagte:
»Es wundert mich, daß Mrs. Withinshaw so lange gewartet hat, ehe sie mit dir sprach.«
»Danach habe ich sie auch gefragt. Sie sagte, sie wollte abwarten, ob Alice wirklich nach Afrika ginge.«
»Damit das Motiv auch wirklich stichhaltig wird. Ich verstehe. Ich möchte lieber erst einmal mit Betty Swanson sprechen.«
»Die hat gestern geheiratet und ist zu einer viertägigen Hochzeitsreise nach Paris geflogen. Sie hat mich nämlich angerufen und mich gebeten, die französische Uhr im Eßzimmer für sie zu ersteigern. Das war, ehe Mrs. Withinshaw . . .«
». . . dir das Gift ins Ohr geträufelt hat. Nun, dann wollen wir mal sehen, wozu sich Mrs. Withinshaws Ergebnisse zusammenfügen. Werfen wir also die Gewichte in die Waagschale — gegen deine Halbschwester Alice Lang, die perfekte Krankenpflegerin und Tochter. Was haben wir? Ein Legat von zweitausend Pfund, das wahrscheinlich jedem zustatten käme. Einen Liebesbrief, in dem sie gebeten wird, ihren Dienst aufzugeben und zu ihrem Liebhaber zu kommen; den Beweis, daß sie bereits ein Gelbfieber-Attest besaß, ehe irgendeine Aussicht bestand, daß sie eine Reise unternehmen könnte; ein weiteres Beweisstück, daß sie möglicherweise eine tödliche Injektion anwandte. Lauter kleine Gewichte, die vielleicht im ganzen nicht viel ergeben. Doch ein großes Gewicht gibt es, das man gut den andern beifügen könnte — ein Gewicht, das die Waagschale sehr wohl zum Sinken bringen könnte. Kannst du es erraten, meine Liebe?«
Stirnrunzelnd zögerte sie. »Daß Alice schon immer versessen darauf gewesen ist, nach Afrika zu gehen. Meinst du das?«
Seine Oberlippe hatte sich zu einem Lächeln, das einem schweigenden Knurren glich, von den spitzen Zähnen gehoben.
»O nein, meine Liebe. Dieses große Gewicht in der Waagschale

kannst *du* natürlich nicht kennen. Du studierst die Menschen nicht so, wie ich es tue. Deine Phantasie bleibt innerhalb der engen Schablone des Egoisten.«
»Aber ich kenne Alice«, erwiderte sie bissig. »Sie hatte gute Gründe, sich die Freiheit zu wünschen — und sie sich zu nehmen.«
»Und vielleicht! sie zu *geben*.« Er sprach langsam und mit Nachdruck. »Hast du schon einmal daran gedacht, was es bedeutet, einen andern Menschen leiden zu sehen — jemand, den man liebt und dem man nicht helfen kann —, jemand, bei dem keinerlei Aussicht auf Heilung besteht?«
Es herrschte Totenstille in dem Raum — nur der Regen peitschte gegen die geteilten Fenster. Selbst das verlöschende Feuer war still.
»Darüber solltest du einmal nachdenken!« sagte er.

Sonnenaufgang in Kamp Eins

Alice erwachte, als es dämmerte. Durch das geöffnete Fenster des Rondawels sah sie die sichelförmige Wand von Bäumen und Sträuchern, die noch vor wenigen Stunden vom Feuer und Mondlicht erleuchtet gewesen war. Sie hörte das verschlafene Zwitschern der Vögel.
Nein, dachte sie, das kann doch nicht wahr sein. Ich bin nicht wirklich in Velaba. Wenn ich die Augen schließe und sie wieder öffne, sehe ich die Buche vor dem Fenster meines Hauses in England. Sie schloß die Augen und sank wieder in einen leichten Schlummer. Als sie sie öffnete, ging die Sonne in rubinroter Glut auf, und der Kamp-Boy summte vor sich hin, während er den Tisch mit den Kaffeetassen von dem Platz neben der bläulichweißen Holzasche des Feuers der vergangenen Nacht wegräumte.
Sie sprang aus dem Bett, zog Morgenrock und Pantoffeln an und rief dem Boy zu, sie möchte gern heißes Wasser zum Waschen haben.

»Ja, Nkosikasi«, sagte er mit seiner polternden Stimme und verschwand, um es ihr zu holen.
Nachher zog sie braune Leinenshorts und eine gestreifte Hemdbluse an und bürstete das Haar, bis es glänzte. Das Gesicht, das ihr aus dem Spiegel entgegenblickte, war jung, frisch und ausgeruht. Sie erkannte es kaum wieder. Sie war nicht mehr der gleiche Mensch, nicht mehr die müde, enttäuschte Krankenpflegerin, die eine lange eintönige Tagesarbeit vor sich und eine argwöhnische und unglückliche Patientin zu versorgen und aufzumuntern hatte. Sie war eine junge Frau, die ihr eigenes Leben führen konnte und einen Mann hatte, der auf sie wartete.
Als sie in den blitzenden, duftenden Morgen hinaustrat, verflogen alle Zweifel der Nacht. Alles würde gut werden. Im Staub sah sie die Spuren nächtlicher Besucher — die graziösen Hufabdrücke von Antilopen zwischen breiteren Fußtritten, die sie für die Smokeys hielt. Eine Menge gelber Büffel-Webervögel, metallisch schimmernder blauschwarzer Stare und gesprenkelter Nashornvögel flatterte und zwitscherte in den weit ausladenden, mit weißen, duftenden Blüten bedeckten Zweigen eines Schirmmahagonibaumes.
»Guten Morgen. Bereit zum Frühstück?«
Rusty, in Khaki-Shorts und Buschjacke, sah frisch gewaschen und aufreizend gesund aus. Seine gebräunte Haut glänzte, und sein dichtes Haar schimmerte wie poliert in der Sonne.
»Ich bin hungrig wie ein Wolf«, sagte sie.
»Oder wie eine Hyäne«, bemerkte er mit einem Blick auf die hundeähnliche Spur im Staub. »Hier hat jemand herumgestöbert, um nachzusehen, ob wir etwas von unserm *Braaivleis* übriggelassen haben. Dann kommen Sie, Alice, Jan Nelmapius erwartet uns zum Frühstück. Er ist kurz vor Mitternacht zurückgekehrt. Es wird Sie sicher freuen, zu hören, daß es Amos verhältnismäßig gutging, als er ihn im Krankenhaus einlieferte.«
Sie schlenderten zum Haus des Hegers hinüber. Ein halbes Dutzend schnupftabakfarbener Welpen kamen auf sie zugelaufen, um sie zu begrüßen.

»Smokeys Abkömmlinge«, bemerkte Rusty. »Erstklassige Löwenhunde für das Buschveld«.
Smokey beschnüffelte die Jungen mit väterlicher Gönnerschaft und begrüßte ihre Mutter mit sichtlichem Vergnügen. Der junge Nelmapius, auf dessen Schulter das Vervet-Äffchen hockte, erschien auf der Veranda.
»Kommen Sie herein!« nötigte er eifrig und entschuldigte sich dann wegen seiner Wohnung. »Sehr zivilisiert sieht es bei mir ja nicht aus. Der vorige Heger hatte Frau und Kinder. Als er fortging, habe ich gar nicht erst versucht, alle Zimmer zu möblieren. Ich bin ja doch nicht viel hier«.
Genaugenommen enthielt das Haus fast gar keine Möbel. Es wirkte ziemlich vernachlässigt, doch Alice sah sofort, daß man es nicht nur wohnlich, sondern ganz reizend hätte herrichten können. Er brauchte eine Mutter oder eine Schwester, der arme Junge, dachte sie, er weiß sich nicht zu helfen.
Das Wohnzimmer, in dem ein ausgezeichnetes Frühstück mit Eiern auf Speck auf sie wartete, wurde von einem riesigen, paraffinbetriebenen Kühlschrank beherrscht; auf einer Couch türmte sich ein Stapel alter Zeitschriften, und auf einer Kiste stand ein kleiner Batterie-Empfänger.
Als sie Kaffee tranken, hörte Alice ungewöhnlichen Lärm aus der Küche — Grunzen, Schnarchlaute und mehrmals ein dumpfes Geräusch, als ob sich jemand mit beträchtlichem Gewicht gegen die Tür warf. Jan machte einen unbehaglichen Eindruck, und Rustys blaue Augen wurden schmal, während er lachte.
»Ich habe Piccanin gesagt, er soll ihn draußen lassen«, erklärte Jan. »Ich fürchte nämlich, Miß Lang würde einen Schreck bekommen.«
»Ob Schreck oder nicht, William will herein«, entgegnete Rusty. »Und er ist gewöhnt, zu tun, was ihm gefällt. Alice, gleich werden Sie sehen, warum Jan seine Wohnung nicht mit Möbeln vollstopft. William ist impulsiv — mancher würde ihn sogar für abstoßend halten —, und wenn er es eilig hat, macht er sich erst gar nicht die Mühe, um die Möbel herumzugehen; sein liebster Weg

ist geradeaus. Die Tür wird keine halbe Minute mehr halten, wenn Piccanin sie nicht aufmacht.«
Der halberwachsene Piccanin, der das Frühstück hereingetragen hatte, war offensichtlich der gleichen Ansicht, denn während Rusty noch sprach, öffnete sich die Tür, und William hielt seinen Einzug. Einen Augenblick blieb er, erstaunt über die Anwesenheit von Fremden, stehen, dann trottete er, den quastengeschmückten Schwanz erhoben, rasch auf Jan Nelmapius zu.
In ihrem ganzen Leben hatte Alice noch nie ein so groteskes und einnehmend scheußliches Geschöpf gesehen wie William, das Warzenschwein. Seine winzigen Äuglein funkelten intelligent aus einem phantastischen grauen Gesicht, das zwei gekrümmte Hauer beherrschten. Die mit Haarbüscheln bewachsenen Backen schmückten warzige Auswüchse, und die kleinen aufgerichteten Ohren zuckten ebenso wie die flache Rüsselschnauze, die einer Staubsaugerdüse ähnelte. Jan reichte William ein Stück Toast, das er begeistert entgegennahm, und während er daran kaute, sprang das Vervet-Äffchen von der Schulter seines Herrn und landete genau auf Williams stämmigem Rücken.
»Jans Familie«, erklärte Rusty, »ein Nashornvogel gehört auch noch dazu, doch der ist vermutlich draußen bei den Hühnern und frißt ihnen das Frühstück weg. Aber ich glaube, jetzt müßten wir ins Büro hinübergehen. Wir haben keine Zeit zu verlieren.«
Alice wußte sich vor Lachen kaum zu halten, als sie mit den beiden Männern in die Sonne hinaustrat: William, von seinem Jockey angespornt, trottete rasch vor ihnen her und verschwand unter den Bäumen.
Auf einer Leine vor dem dichten Dornwall hingen Streifen Fleisch in der Sonne zum Trocknen.
»Fleisch für die Hunde«, sagte Jan, »von einem Löwen, der in der vorletzten Nacht in die Ställe einbrach: einer unserer Wildhüter schoß ihn ab. Das arme Tier muß irgendwann in eine Falle geraten sein und hatte sich eine Tatze abgebissen, um freizukommen. Nun war es zu lahm, um seiner eigentlichen Beute nachgehen zu können. Es war ein schöner schwarzmähniger Bursche.«

»Essen die Bantus Löwenfleisch?« fragte Alice.
»Manche ja, manche nicht. Unter den Eingeborenen gibt es viel Aberglauben um den Löwen. Manche würden nicht einmal einen toten Löwen abhäuten — aus Furcht, zur Strafe von einem Löwen geholt zu werden. Andere glauben, wenn sie Löwenfleisch essen, bekommen sie die Stärke des Königs der Tiere — etwas von seiner Kraft.«
Plötzlich wendete sich Alice Rusty zu.
»Haben Sie schon einmal Löwenfleisch gegessen?« Der Gedanke kam ihr, daß Rusty — Ratau, der Löwe der Löwen — keineswegs ganz frei vom Aberglauben der Eingeborenen sei.
Er lachte. »Manchmal habe ich den Verdacht, daß Nimrod mein Wild-Stew mit Löwenfleisch würzt. Nimrod schließt mich immer gern in seinen Zauber mit ein, ob ich es weiß oder nicht.«
Und er hat nichts dagegen, dachte sie. Er ist selbst so etwas wie ein Wilder.
»Wenn Sie Lust hätten, mit ins Büro zu kommen, Miß Lang«, sagte Nelmapius, »dann könnten wir Ihnen eine Karte des Reservats zeigen. Das macht Ihnen die Reise vielleicht interessanter.«
»Ja, danke«, sagte sie, »die würde ich gern sehen.«
Das Büro des Hegers war ebenso kahl wie seine Wohnung. Nur das unbedingt Notwendige war vorhanden — ein Schreibtisch, zwei Stühle, Wandkarten und ein Eckregal mit ein paar Medikamenten für die Eingeborenen. Über einem Aktenschrank hing ein Gewehrständer, in dem drei Waffen standen: ein Karabiner von 8 mm, eine schwere Büchse von 9,5 und eine leichte Flinte von 5,6 mm für kleineres Wild.
»Die Lieblingswaffe der Wilderer«, erklärte Rusty, während er die Flinte berührte. »Sie ist leicht und fast geräuschlos — genau das Richtige für Antilopen. Ich glaube, irgendwer schmuggelt diese Waffen zu den Eingeborenen an der Grenze des Reservats.«
»Antilopen-Biltong bringt im Bergwerksgebiet und in jeder Stadt hohe Preise«, erklärte Nelmapius. »Und auf diese Weise werden unsere Herden ausgerottet. Sehen Sie hier, Miß Lang, die Grenze, die wir zu kontrollieren haben, ist lang — fast fünfhundert Kilo-

meter. Natürlich ohne Zäune. Einmal würde es zu teuer sein, und dann muß das Wild die Möglichkeit behalten, sich bei Trockenheit sein Wasser auch außerhalb des Reservats zu suchen.«
Er breitete eine Karte auf dem Schreibtisch aus.
»Da, schauen Sie, was für ein langer und schmaler Streifen Velaba ist«, sagte Rusty. »Hier, im Osten, stoßen wir an das Schwarze Mambagebirge — unsere Hauptwasserscheide —, und im Westen haben wir die Eingeborenen-Reservationen und eine Anzahl von Farmen, die ihre Arbeitskräfte aus den benachbarten Kraals rekrutieren. Die Farmer verkaufen uns alle landwirtschaftlichen Produkte, deren wir bedürfen, weil es in einem Gebiet, das dem Wild vorbehalten bleibt, unmöglich ist, etwas anzubauen. Dort im Norden ist der Polizeiposten Poinsettia, der nächste in Duiker's Drift. Wir sind also fast völlig auf unsere eigenen Wildhüter und Heger angewiesen, um an unserer Grenze Ordnung zu halten.«
»Können Ihre Wildhüter Leute verhaften?« fragte Alice.
»Auch *Sie* könnten jemand verhaften, wenn Sie sehen, daß er das Gesetz übertritt.« Er lächelte. »Genauso wie wir. Und die Wildgesetze sind streng.«
»Kann man sich auf Ihre Bantu-Wildhüter verlassen?«
Rusty runzelte die Stirn. Im allgemeinen konnte man das. »Die Eingeborenen haben viel Verständnis für das Prinzip des Wildschutzes und die Verantwortlichkeiten, die es mit sich bringt, doch seit kurzem habe ich hinsichtlich einiger unserer Leute meine Zweifel. Wir fragen uns sogar, ob nicht langsam, aber sicher direkt hier im Innern von Velaba eine Fünfte Kolonne aufgebaut wird.« Er wandte sich plötzlich an Nelmapius.
»Übrigens, Jan, ich hörte, Boryslawski habe Gras an seiner Grenze abgebrannt.«
»Ja«, sagte der Heger, »das hat er getan.« Für Alice setzte er hinzu: »Dieser Farmer Boryslawski hat ein großes Besitztum, das sich an der Grenze des Wildschutzgebietes hinzieht. Wenn er Gras abbrennt und die neuen Triebe herauskommen, wird das Wild davon angelockt. Natürlich hat er eine Lizenz, eine bestimmte Menge Wild zu schießen, aber wir haben den Verdacht, daß er die

Zahl weit überschreitet. Er ist ein übler Bursche. Die Eingeborenen nennen ihn Radinoxa, den König der Schlangen.«
»Seine Farm liegt hier.« Rustys sehniger Zeigefinger ruhte zwischen Kamp Zwei und einem Punkt auf der Karte, der Sweet Spruit benannt war. »Daran schließt sich der Kraal des alten Häuptlings. Und hier, am Sweet Spruit, hatte Amos seinen — Unfall. Dorthin wollen wir heute fahren und das Märchen mit dem Tokolosie ein wenig genauer untersuchen.«
Wie unerbittlich er aussehen kann! dachte Alice. Ganz plötzlich verändert sich sein Gesicht. Alles Jungenhafte ist daraus verschwunden, und es ist hart wie Eisen, von kalter Grausamkeit.
Nelmapius sagte:
»Job erzählt mir, daß March — der Begleiter von Amos — Freunde im Häuptlingskraal hat und daß er irgendwo in der Nähe gewesen zu sein scheint, als der Angriff auf Amos stattfand. Er muß inzwischen auf dem Rückweg zu seinem Außenposten sein«.
»Er wird im Lauf des Vormittags dort ankommen — und wir auch. Ich habe eine Reihe von Fragen für unsern Freund March. Hier, auf dem Hügel über dem Fluß, werden wir Rast machen und essen; und nachher inspiziere ich den Straßenbau. Aber wir nehmen nicht die direkte Straße nach Kamp Zwei. Wir machen den weiten Umweg über den Sweet Spruit und fahren beim 'Tokolosie' und beim Häuptlingskraal vorbei. Vielleicht unter irgendeinem Vorwand auch noch bei Boryslawskis Farm.«
»Dann werden Sie aber spät im Kamp Zwei sein. Und wenn Ihr Bruder heute abend um acht anruft, wird er Sie nicht erreichen.«
»Wenn das der Fall sein sollte, sagen Sie ihm, er möchte neun Uhr dreißig noch einmal rufen. Und nun will ich ein paar Worte mit Job sprechen. Allein.«
Während Rusty mit dem alten Wildhüter redete, der Nelmapius' Begleiter auf seinen Trecks und Inspektionen war, führte der junge Heger Alice in die Fellkammer, die neben seinem Büro lag. Es war ein kleiner dunkler Raum mit einem Ausgang ins Freie. Er roch übelkeiterregend nach Gerbstoffen.
Auf Regalen lagen ungeglättetes Gehörn und Streifen von Fluß-

pferdhaut; über einer mitten durch den Raum gespannten Leine hingen zahllose Häute und Felle. Nelmapius nahm einige davon und breitete sie draußen in der Sonne aus.
»Zebra, Giraffe, Wildebeest, Impala«, sagte er. »Das da mit den Rosetten ist ein Leopardenfell — ganz anders als dieser Gepard mit seinen Tupfen. Und hier ist der Löwe mit der verkrüppelten Tatze — der, den Esau vorgestern nacht erschossen hat und dessen Fleisch an der Umzäunung trocknet. Dies ist das Fell einer gefleckten Hyäne. Im Grunde habe ich einen Haß auf Hyänen, es sind feige Aasfresser, aber dieses arme Vieh ist zu bedauern, es geriet mit der Schnauze in eine Drahtschlinge. Irgendwie vermochte es zwar noch zu entkommen, aber die Schlinge hatte sich zusammengezogen und wirkte wie ein Maulkorb. Wir fanden das Tier halbverhungert, und der Draht, den es noch hinter sich herzog, hatte das Fleisch der Backen bis auf die Knochen durchgeschnitten. Diese Häute hier sind alle von Fallen beschädigt.«
»Grausam, diese Fallen«, sagte Alice schaudernd.
»Und dabei ist gar nichts dran«, entgegnete Nelmapius. »Sehen Sie hier. Einfach eine Drahtschlinge mit einem gleitenden Knoten. Man bringt sie auf einem Wildpfad an, der zu einem Wasserplatz führt, und dann erwürgt sie, was gerade kommt. Es werden zwar auch Eisenfallen benutzt, doch die sind alle sehr altmodisch, weil der Verkauf verboten ist.«
»Haben Sie auch Stoßzähne unter diesen — Trophäen?«
»Elefantenstoßzähne? Nein. Das Elefantenland liegt weiter im Norden. Elefantenstoßzähne finden Sie in Kamp Drei.«
Alice hätte gern über Andrew mit ihm gesprochen und versuchte daher, das Gespräch auf ihn zu bringen. Sie war ein wenig weitergegangen — weg von dem unangenehmen Geruch der Fellkammer und den traurigen Erinnerungen an Hilflosigkeit und Qual.
»Kommen Sie oft nach Kamp Drei?« fragte sie.
»Immer, wenn ich einen Vorwand finde.«
Sie sah, daß seine helle, sonnenverbrannte Haut rot wurde, und lächelte, während sie sich fragte, was — oder wer — an seinem Erröten schuld sein mochte.

»Ist Kamp Drei denn so reizvoll?«
»Für mich ja.«
Alice lachte.
»Wer ist es denn, und wie sieht sie aus?«
»Dorothea Hurley, das hübscheste Mädchen, das ich je gesehen habe.«
»Die Tochter des Missionsars, die noch zur Schule geht? Andrew hat sie in seinen Briefen erwähnt . . .« Aber schon rief sie sich zur Ordnung. Sie hatte geredet, als wüßte Jan von Andrews Briefen und von deren Bedeutung für ihr Leben. Doch der junge Mann hatte nichts bemerkt.
»Sie geht nicht mehr zur Schule«, sagte er. »Sie ist achtzehn. Meine Mutter war mit achtzehn schon verheiratet.«
»Thea ist also Ihre Freundin?«
Sein Gesicht wurde betrübt. »Ich wünschte, es wäre so, Miß Lang.«
»Ist denn ein anderer im Spiel?« Sie wollte nicht neugierig erscheinen, aber sie hatte den Eindruck, als wünsche er, sich ihr anzuvertrauen.
»Manchmal glaube ich das. Aber sie behauptet, es sei nicht der Fall.«
»Ich will Ihnen einen Rat geben. An Ihrer Stelle würde ich mir den Bart abnehmen.«
Abwehrend fuhr seine Hand an den goldigen Flaum, und sie erkannte, wie sehr es ihm um dieses Symbol seiner Männlichkeit ging und wie unsicher er sich fühlte, weil er noch so jung war.
»Ich meinte nur, daß manche Mädchen Bärte nicht leiden mögen«, sagte sie. »Andere haben eine Vorliebe dafür — wie Meg, Rustys Schwester. Ihr Mann hat einen richtigen Pionierbart.«
»Ich will es mir überlegen. Würden Sie ihr inzwischen etwas ausrichten? Ich habe ihr einen jungen Hund aufgehoben. Einen von Smokeys Welpen — von den allerbesten. Als Buschveldhund findet man keinen Besseren. Das nächste Mal, wenn ich nach Norden komme, werde ich ihn mitbringen.«
»Das werde ich ihr ausrichten. Sonst noch etwas?«

»Grüßen Sie sie bitte von mir.«
»Das will ich tun.«
»Sie ist sehr verständnisvoll«, sagte er mit einem lebhaften Lächeln, und sie fragte sich, wie die hübsche Tochter des Missionars der Ergebenheit dieses jungen Adonis aus dem Buschveld zu widerstehen vermochte.
War sie wirklich verständnisvoll? Die starke Morgensonne schien sich geradewegs in ihre Adern zu ergießen, während sie neben Jan Nelmapius stand. Wenn Verständnisvollsein bedeutete, sich als Teil des Lebens um sie her zu fühlen, dann war sie es zweifellos. Noch nie hatte sie sich so intensiv lebendig, so ganz sie selber gefühlt. Ihr neuentdecktes Freiheitsgefühl schwang in ihrem Bewußtsein mit einem klaren heimlichen Ton, hell wie Gläserklingen. Das Wissen, frei zu sein, hatte sie fähig gemacht, diese unbekannte Welt, der sie sich so völlig hingab, in sich aufzunehmen. Ja, Jan hatte recht. Ihr Verständnis kannte keine Grenzen mehr. Sie hatte ebenso teil an dem Schicksal dieses jungen Mannes, der Thea Hurley liebte, wie an der düsteren Tragödie um Amos, der von geheimnisvollen Kräften des Bösen vertümmelt worden war. Sie gehörte zu diesem strahlenden, sonnenübergossenen Land, teilte das jubelnde Entzücken der Vögel, die in den Dornbäumen sangen, und litt mit den armen Tieren, deren Felle auf dem Boden lagen, jenen Geschöpfen, die durch die Gier und List des Menschen ein qualvolles Ende gefunden hatten.
»Woran denken Sie?« fragte Jan Nelmapius. »Sie sind völlig abwesend.«
Sie zeigte auf das schäbige Löwenfell, dem ein Bein fehlte und das neben dem der gefleckten Hyäne lag, die in dem freigebigen Busch fast Hungers gestorben war.
»Ich dachte gerade, wie doch jede Falle ihre Wunden und Narben hinterläßt.«
»Jede Falle? Ja, natürlich. Und die schlimmsten Wunden gibt es bei dem Versuch, sich daraus zu befreien. Und man muß sich immer vor Augen halten, daß ein in die Falle gegangenes Geschöpf — solange noch Leben in ihm ist — am allergefährlichsten ist.«

Sie sah ihn ruhig an. Das Lächeln war aus ihren dunklen Augen verschwunden. Ihr Gesicht war finster.
»Das weiß ich, Jan. Und ich kann das gut begreifen.«

Grund zur Furcht

Es war noch nicht neun Uhr, aber die Sonne brannte heiß. Rusty und Alice hatten die vorderen Fenster von 'Sweet Sue' ganz heruntergelassen, während Nimrod auf dem Rücksitz durch die Scheibe spähte; neben ihm saß Smokey mit jener vornehmen Herablassung eines Hundes, dessen Herr gleichzeitig sein Chauffeur ist.
Das Veld, durch das sie fuhren, hatte den Reiz einer Parklandschaft, wenn das rote Gras auch hoch genug war, einen Löwen zu verbergen. Das zarte Laub der Terminaliabäume bewegte sich im warmen Wind, und hin und wieder wurde die silberne Gleichförmigkeit von dem üppigen, sich weit ausbreitenden Grün eines wilden Feigenbaums oder einer Kassie mit ihrem gelben Blütenschleier unterbrochen. Das Land war von unzähligen trockenen Spruits und Wasserläufen durchzogen, an denen Palmen und Buschveld-Weiden standen. Die hohen Eukalyptusbäume mit den vielen Nestern der gelben Büffel-Webervögel sahen aus, als trügen sie Girlanden. Der rankende Diptam-Strauch bot seine dichten Büschel brennendroter Blüten dar.
Rusty, der auf der langen Straße von Duiker's Drift nach Velaba sehr schnell gefahren war, ließ den Wagen jetzt nicht mehr als vierzig oder noch weniger laufen.
»Ein gemütliches Tempo«, sagte Alice. »Das mag ich gern.«
»In Wohngebieten überschreitet man eben nicht die Geschwindigkeitsbegrenzung.«
»Diese Gegend kann man doch eigentlich nicht als Wohngebiet bezeichnen.«
»O doch. Durchaus. Hier haust die Bevölkerung sogar — genau

wie in der Stadt — in mehreren Etagen übereinander. Da sind die Kellerbewohner in ihren Löchern, im Erdgeschoß die Antilopen und Löwen und in den oberen Stockwerken die Affen und andern Baumbewohner — ganz zu schweigen von den Vögeln und Insekten. Und Wasservolk haben wir auch — Flußpferde, Krokodile und die Fische, die glücklich genug waren, am Leben zu bleiben. Und wenn sich manche auch zu den verschiedenen Jahreszeiten auf die Reise begeben, wie die Notwendigkeit es von ihnen fordert, so lieben sie doch ihre Heimat und kommen wie wir Menschen wieder zurück. Schauen Sie, Alice, dort links grast eine Herde von Wildebeesten mit ihren Freunden, den Zebras. Sie bevorzugen das offene Land — wie übrigens auch ihre Jäger, wegen des besseren Schußfeldes. Mein Großvater war ein bedeutender Jäger, bevor er Heger wurde — der Räuber, der sich in einen Polizisten verwandelte.«
Als 'Sweet Sue' langsamer fuhr, wandten sich die traurigen, bärtigen Gnugesichter dem Wagen zu, während die gestreiften, rosig angehauchten Zebras forschend die hübschen Ponyköpfe hoben. Fohlen trotteten neben den Muttertieren, und bei fast allen saßen kleine dunkle Vögel auf dem Rücken, die hin und wieder nach den Schmarotzern pickten, von denen sie sich nährten.
»O Rusty, wie reizend! Ich kenne diese Gesichter so gut von den Marken auf Andrews Briefen. Und hier wird nun diese Galerie von Miniaturporträts lebendig!«
»Sie kennen die Gesichter, aber Sie müssen ihren Charakter noch kennenlernen — genau wie bei Andrew. Das Wildebeest ist ein melancholischer Clown und das Zebra ein rechter Galgenstrick. Es macht ihm Vergnügen, unsere Pferde und Packesel, wenn wir auf Treck gehen, zur wilden Flucht zu veranlassen. Nur so, zum Jux — die reinste Schuljungenmentalität. Ein Stück weiter sehen wir vielleicht sogar ein paar Säbelantilopen. Das sind Aristokraten, wie sie im Buche stehen.«
Kaum zwei Meilen weiter konnte Rusty ihr die gefurchten krummschwertförmigen Hörner eines prächtigen Säbelbullen zeigen, der in der Landschaft erstarrte, als sie näher kamen. Sein

Weibchen, mit weniger kühn geschwungenen Hörnern, graste ruhig neben ihm.

»Woher wußten Sie, daß die hier sind?« fragte Alice.

Rusty lächelte.

»Diese Herrschaften überlassen nichts dem Zufall. Sie nehmen ihre Mahlzeiten regelmäßig und in bestimmten Restaurants ein und haben ihre bevorzugten Trinklokale, wo sie sich mit ihren Freunden treffen. Während der trockenen Jahreszeit sind allerdings zahlreiche dieser beliebten Trinklokale geschlossen, und die Säbelantilopen müssen wie die meisten Tiere größere Strecken zu andern Wasserlöchern zurücklegen, aber man hat bald heraus, wo man sie erwarten kann. Und wenn ein böser Mann — ein gefährlicher Kerl — ins Lokal kommt, verlassen alle andern die Wirtschaft. Denn die Fleischfresser sind hier in der Gegend die Gangster; doch der Mensch ist noch immer der Erzverbrecher — Staatsfeind Nummer eins.«

»Sie sagen das, als hielten Sie nicht viel von den Menschen.«

»Die Tiere sind mir lieber. Bei einem wilden Geschöpf weiß man, woran man ist. Es tötet, um zu fressen, oder weil es verwundet ist oder sich fürchtet. Unter den Menschen aber gibt es sehr viele, die um Gewinn oder aus Blutdurst töten — wie mein Großvater in der Zeit vor seiner Wiedergeburt.«

Sein grobes, humorvolles Gesicht wandte sich ab, während sein kundiger Blick über die ungepflasterte Straße und das Veld schweifte. Plötzlich hielt er nach einem Ausruf Nimrods den Wagen neben einem ungeheuren Jakkalsbessie-Baum an. Vor ihnen auf dem Termitenhügel saß ein ausgewachsener Leopard, einsam und königlich.

»Da haben Sie einen der Gangster«, sagte Rusty. »Wilder als der Löwe und rascher auf der Fährte.«

»Schön ist er«, erwiderte sie. »Faszinierend.«

»Das sind die gefährlichen Leute oft.«

Zu Alices Überraschung begegneten sie Frauen und Kindern, die über die Straße wanderten. Die Frauen in ihren hellen Sarongs,

Säuglinge auf den Rücken gebunden, trugen Bündel oder Kürbisflaschen auf den erhobenen Köpfen, die Piccaninnies sprangen munter umher und winkten ‘Sweet Sue’ zu. Viele von ihnen waren splitterfasernackt, doch einige trugen kleine Schurztaschen aus Fell oder Affenhaut. Die Frauen gingen immer zu zweien oder in Gruppen.

»Wohin wollen sie?« fragte Alice.

Rusty lachte. »Vater wünscht seine häusliche Bequemlichkeit — sein Bier und seine Frau. Die Weiber brauen das Marulabier und bringen es ihren Männern. Wir haben viele Saisonarbeiter eingestellt, Bautrupps, Leute für Straßenausbesserungen, Feuerwehrverstärkungen während der trockenen Monate; sie bauen sich für diese Zeit Hütten und bilden Siedlungen. Dann lassen sie eine ihrer Frauen kommen, die ihnen Gesellschaft leisten muß.«

»*Eine* ihrer Frauen?«

»Gewiß. Und wenn die ihren Mann langweilt, jagt er sie nach Hause und sagt ihr, sie solle eine andere schicken. Keine schlechte Idee! Dann geben sie sich wenigstens Mühe.«

»Wie viele Frauen hat ein Mann denn durchschnittlich?«

»Das kommt ganz auf seine Mittel an. Wenn er reich ist, vier. Nimrod hat zwei. Amos, der Boy, dem die Zunge herausgeschnitten worden ist — hat nur eine, aber das ist eine kleine Schönheit. Dreißig Rinder hat er für sie gegeben — ein hoher Brautpreis in jeder Gesellschaft. Er zieht Qualität der Quantität vor.«

»Macht es den Frauen denn nichts aus, ihren Mann teilen zu müssen?«

»Nicht im mindesten. Sie kennen es nicht anders, als daß der Mann polygam ist wie die Tiere.«

»Haben diese Frauen einen weiten Weg?«

»Teils, teils. Ihre Kraals liegen außerhalb der Grenzen von Velaba. Vielleicht ein, zwei oder auch drei Tage.«

»Aber das ist doch Löwengebiet. Ob sie denn keine Angst haben?«

»Sie sind hier aufgewachsen und daran gewöhnt. Immer wieder

wird einmal ein Mensch von einem Löwen, einem Krokodil oder einem Leoparden getötet, aber das gehört zum täglichen Leben. Der eine ist den Gefahren der Großstadt ausgesetzt, der andere denen der Wildnis. Hier wie dort bringt man die Unfälle in die Krankenhäuser.«

»Aber sie müssen sich doch fürchten«, sagte sie noch einmal. »Wie wäre es anders möglich bei den vielen Gefahren von allen Seiten?«

»Es haben nicht alle Menschen die gleiche Furcht«, erwiderte er. »Was den einen ängstigt, ist dem andern eine Selbstverständlichkeit. Es gibt nur eine einzige Furcht, die allen gemeinsam ist — die Furcht vor dem Unbekannten. Für die Eingeborenen ist dieses Land etwas Bekanntes — was sie respektieren. Für Sie dagegen ist es das Unbekannte — deshalb fürchten Sie es.«

»Es wird mir nicht unbekannt bleiben.«

Er warf ihr einen Blick von der Seite zu. Ihre Züge waren von der Entschlossenheit härter geworden, wie er sie auch schon am Abend zuvor hatte härter werden sehen, als sie eine ihrer Ängste bekämpft und besiegt — und mit seinem Bruder die Verbindung über das Funksprechgerät aufgenommen hatte.

»Möglich«, gab er zu. »Sie scheinen zu allem fähig zu sein und werden mit Ihren Ängsten fertig.«

»Man muß mit so vielem fertigwerden — mit der Angst, die von außen kommt, der Angst vor Schlangen und Blitzen, und mit der tiefen — der inneren Angst.«

»Ja, die innere Angst. Um die geht es. Die Leute hier begreifen durchaus, daß ein Löwe kein Wesen ist, mit dem man scherzt. Aber sie fürchten sich weit weniger vor dem natürlichen Löwen, der im hohen Gras lauert, als vor einem von Ndlovukasis Papierlöwen. Der Papierlöwe ist das Unbekannte — das Übernatürliche. Er verkörpert das drohende Verhängnis und beschwört den Tod herauf. Welches sind denn *Ihre* inneren Ängste, Alice?«

»Ich habe noch nie versucht, sie zu analysieren. Und Ihre?«

»Die sind meine Sache.« Er grinste. »Schaun Sie mal dort hinüber, in die Akaziengruppe.«

Im fleckigen Schatten der alten Dornbäume standen zwei junge Giraffen und liebkosten einander mit den kurzen samtigen Hörnern.
»Wie Eskimos, die sich die Nasen reiben.« Alice lachte. »Und sehen Sie nur, die kleinen Vögel, wie sie ihnen um die Köpfe flattern — ihnen in die Ohren fliegen!«
Nicht weit davon knabberte ein unglaublich großer Giraffenbulle von einem fast sieben Meter über dem Boden befindlichen Ast die Frühlingstriebe ab. Neben ihm äste die hellere Kuh, den honigfarbenen, gefleckten Säugling zwischen den Vorderläufen — mit denen sie, wenn es galt, ihr Kalb zu verteidigen, kräftig zuschlagen und selbst einem Löwen tödliche Verletzungen zufügen konnte.
»Erstaunliche Geschöpfe, nicht wahr?«
»Unglaublich«, erwiderte sie. »Je tiefer man in die Wälder hineinblickt, desto mehr sieht man. Es gelingt mir schon viel besser, die Tarnung zu durchschauen.«
Rusty bremste, als sie hügelabwärts in einen trockenen Wasserlauf fuhren, der von den Spuren unzähliger Vierfüßler und Vögel gezeichnet war. Dort, wo zwischen den weidenbestandenen Ufern rote und goldene Finken und blitzende Honigsauger durch das Schilf schossen, trafen sie auf ein Rudel Impalas mit den zuckenden Schwänzen zwischen den muskulösen, weißgebänderten Hinterläufen. Manche der glattbraunen Murmeltiere hatten Lämmer bei sich. Es war ein sylvanisches Bild. Alice erwartete fast, die schlanke Gestalt der Artemis zu sehen, der Göttin allen Wildlebens.
»Irgend etwas beunruhigt sie«, sagte Rusty. »Wir nicht. Vielleicht ein Leopard oder ein Löwe.«
Noch während er sprach, warnte der Instinkt die Tiere vor der drohenden Gefahr, und wie ein Schwarm Vögel in einem einzigen Impuls auffliegt, so sprangen die rotgoldenen Antilopen mit schwebenden Sätzen davon, die Uferböschung hinauf.
»Vielleicht sind sie der Lämmer wegen nervös«, meinte Alice. »Hier scheinen alle Leute Säuglinge zu haben.« Sie hatte Rustys

Art, von den Tieren wie von Menschen zu sprechen, bereits angenommen.

»Der Oktober ist der Monat der Geburt und des neuen Lebens«, erwiderte er. »Im Oktober kommen die Regen, und das ganze Veld blüht.«

Der Monat des neuen Lebens. Für Alice hatten diese Worte tiefere Bedeutung, als Rusty ihnen beimaß. War der Oktober — dieser helle und warme Frühlingsmonat — auch für ihre eigene mystische Wiedergeburt in dieser primitiven Welt bestimmt, zu der sie geistig bereits gehörte? Es war eine seltsam süße Vorstellung. Sie spürte, wie eine Gänsehaut sie überlief, und Ehrfurcht durchdrang ihr ganzes Wesen, als stünde sie auf der Schwelle einer unerforschten Wahrheit. Einen Atemzug lang schien es ihr, als blicke ihr eigenes Gesicht sie aus einem tiefen, dunklen Weiher an, wellenbewegt und verschwommen. Dann glättete sich das Wasser, und sie sah, daß die Augen des Spiegelbildes von einer alten Furcht verdunkelt waren — von der tiefen Furcht, die sie vier Jahre lang bedrückt hatte. Nun erkannte sie sie, die Furcht, daß ihre Träume und ihre Jugend hinter den unsichtbaren Gittern eines Liebesdienstes verwelken könnten, den sie nicht verweigern dufte. Doch obwohl sie schließlich ihre Freiheit erhalten hatte, obwohl es nicht zu spät für sie zum Leben und zur Liebe war, nicht zu spät, neues Leben zu schenken, war sie sich bewußt, daß sie nur eine Furcht gegen eine andere eingetauscht hatte. War sie stark genug, sich mit einem Dasein der Einsamkeit und Gefahr abzufinden? Ja. Wenn Andrew der richtige Mann sein sollte — ja. Aber war Andrew der richtige Mann? Je näher sie ihm kam, desto weniger schien sie ihn zu kennen. Im Augenblick ihrer Begegnung würden ihre tiefsten Ängste ausgelöst werden. Sie wünschte diesen Augenblick herbei und fürchtete ihn. Sie war noch nicht für ihn bereit.

Rustys Stimme kräuselte wie ein Windhauch die Oberfläche jenes unsichtbaren Weiherspiegels. Das Bild bebte und zerrann.

»Dort drüben scheint es etwas zu geben — dort, bei dem hohen Baum«, sagte Rusty gerade. Und als ihr Blick der angegebenen

Richtung folgte, sah sie, daß der Baum mit großen Vögeln bedeckt war. Mit träger Geduld saßen sie in in den Ästen. »Geier. Sie warten.«
»Sie meinen, darauf, daß ein Tier verendet?«
»Nein. Daß der Löwe seine Beute verläßt. Die Straßenkehrer sitzen nicht mit dem König zu Tisch. Sie essen nach ihm. Wir wollen uns das mal ansehen. Drehen Sie die Scheibe hoch. Ich möchte nicht, daß Smokey hinausspringt.«
»Oder ein Löwe herein!« Sie lachte, doch ihr Mund war trocken vor Erregung.
»Nimrod wird erst erkunden.«
Rusty wandte 'Sweet Sue', bereit, sie in das hohe rote Gras zu fahren. Der Motor lief leise im Leerlauf. Nimrod stieg aus, und der Hund starrte aus dem Fenster, als säße er auf Beobachtungsposten.
Alice beobachtete Nimrods erste instinktive Bewegung: Als er den Wagen verließ, tastete er nach dem Jagdmesser in der Scheide aus einem Impala-Lauf. Es hing griffbereit für die rechte Hand am Gürtel. Seine lockeren Glieder spannten sich, als er behutsam in das hohe Gras eindrang. Er war aufs äußerste konzentriert. Von seiner Wachsamkeit konnte sein Leben abhängen, denn wenn er den Wagen verlassen hatte, war er kenntlich; er war der Mensch, mit der Gestalt und dem Geruch des Feindes. Der Löwe würde kaum hungrig sein, da er seine Beute vor sich hatte, doch die Löwin mit ihren Jungen konnte sehr wohl gefährlich werden. Nimrod zögerte und blickte sich nach allen Seiten um.
»Würden Sie das auch tun?« flüsterte Alice Rusty zu.
»Mich umblicken und die Lage prüfen? Das will ich meinen!«
»Nein, aussteigen, wenn Löwen in der Nähe sind.«
Er wurde eisig. Sie spürte seine Empörung und erkannte erneut seine Abneigung gegen sie. Mit ihrer Frage hatte sie ihre Verständnislosigkeit einem Grundprinzip gegenüber bewiesen — das hätte sie wissen müssen.
»Kein Heger verlangt von einem Wildhüter etwas, was er selbst nicht tun würde.« Rustys kurze Oberlippe hatte sich verächtlich

verzogen, und die blauen Augen waren zusammengekniffen. Sie erinnerte sich seiner Worte: 'Nimrod ist mein Veldbruder.'«

Plötzlich kam Nimrod, der sich weiter vorwärtsbewegt hatte, mit langen, springenden Schritten zum Wagen zurück. Rusty hielt ihm die Tür auf, und der Boy warf sich mit einem breiten Grinsen hinein, das seine prächtigen weißen Zähne und das rosa Fleisch zeigte. Im lohfarbenen Gras hatte er das Spiel der Ohren und den Schatten einer schwarzen Mähne gesehen, und darauf ein zweites Ohrenpaar und einen peitschenden Schweif. Er wechselte ein paar Worte mit Rusty, und sie lachten beide. Alice war ausgeschlossen. Hier im Buschveld sprachen sie die gleiche Sprache in der vollsten Bedeutung des Wortes.

»Spricht er nicht Englisch?« Ihr Ton klang scharf.

»Er kann auf englisch und afrikaans guten Morgen und gute Nacht sagen. Vielleicht noch ein paar andere Sätze. Sonst sehr wenig.«

Rustys gute Laune war zurückgekehrt, als er nach Anweisung des Boys den Wagen in das hohe Gras lenkte. Er wird ebenso rasch ärgerlich, wie er bereit ist zu lachen, dachte sie. 'Sweet Sue' schwankte über das Veld wie ein Boot bei hoher See. Alices Zunge war trocken, sie klebte am Gaumen und machte ihr das Sprechen schwer. Habe ich Angst? fragte sie sich. Ich werde einen Mörder von nahem sehen, der nicht hinter Gittern sitzt. Ob Löwen den Wagen angreifen? Rusty hatte nichts gesagt, um ihre Sorge zu zerstreuen.

»Hier, auf meiner Seite, gleich ein paar Meter weiter«, erklärte er.

Im federweichen Gras sah sie das prachtvolle schwarzbemähnte Haupt, den Blick auf 'Sweet Sue' gerichtet. Der Schwanz mit der dunklen Quaste schlug langsam hin und her. Wie verschieden sie waren – diese lodernden Bernsteinaugen der Löwen oder Leoparden, hell und grausam, und die sanften feuchten Augen der Giraffen und Antilopen – die Augen des Mörders und des Opfers!

»Solange wir im Wagen sind, bekommt er nicht unsern Geruch«,

sagte Rusty. »Und Smokey nicht den seinen. Und außerdem ist er, wie Nimrod meint, nicht gefährlich.«
»Woher weiß er das?«
»Er hat ihm in die Augen geblickt. Das ist eine Sprache, die er versteht. In den Augen eines Tieres liest er, ob es ihn angreifen wird oder nicht, genau wie er in den Augen einer Frau liest, ob sie zur Liebe bereit ist.«
Alice war vor allem mit dem Löwen beschäftigt, doch irgendwo in ihrem Geist formte sich die unausgesprochene Frage: Wie kann Rusty so viel von Nimrod wissen — so viel Persönliches? Worüber sprechen sie, wenn sie tage- und nächtelang allein miteinander im Buschveld sind?
Der Löwe erhob sich und entfernte sich langsam. Smokey, der ihn erst jetzt entdeckte, gab Laut.
»Ruhig, alter Junge, keine Sorgen!« Rusty drehte sich um und klopfte dem Hund, der noch immer warnend knurrte, das Fell. »Ein schöner Bursche war das! Suchen wir einmal nach seiner Familie.«
'Sweet Sue' pflügte sich wieder vorwärts, auf einen Maulbeerfeigenbaum zu, um den die Erde von den Hufen eines großen Tieres zertreten worden war. Die Geier in den nahen Ästen ließen sich nicht stören. Zwei prächtige Löwinnen lagen im Schatten des Baumes und beobachteten 'Sweet Sue' gespannt. Drei Junge spielten in der Nähe und sprangen dabei übereinander wie große junge Welpen. Smokey bellte und warf sich gegen das Fenster, doch für die Löwinnen war er nur irgendein bewegter Teil von 'Sweet Sue', dem großen neuen Tier, das gelegentlich in ihr Gebiet eindrang und sich bisher als harmlos erwiesen hatte. Sie rochen weder den Hund, noch erkannten sie seine Gestalt.
»Ein unglaubliches Schauspiel!« flüsterte Alice.
»Aber ein trauriges. Die Mörder hausen in der verlassenen Heimatstadt des alten Mannes.«
»Alten Mannes?«
»Ja, ein alter Wildebeest-Bulle, möchte ich annehmen. Überall, rund um den Baum, finden sich seine Zeichen. Das ist seine

Heimstatt und sein Stampfplatz. Wenn die Geschlechtskraft nachläßt, wird das Wildebeest oft ungesellig, meidet die Herde und zieht es vor, mehr oder weniger allein zu leben. Es wird ein leichter Fang gewesen sein.«

Die beiden Löwinnen hatten sich gemächlich erhoben und verschwanden mit ihren Jungen zwischen den Bäumen. Ein Bild träge schlummernder Kraft und satten Behagens. Rusty fuhr zu dem Geierbaum hinüber; da lagen in einer Donga die Überreste eines halbverzehrten Wildebeests.

»Das ist alles, was von ihm übrigblieb — armer alter Kerl!«

Er sprach von dem gerissenen Tier, als wäre es sein Freund gewesen, der einem Verbrechen zum Opfer gefallen war; und nun fand er die Eindringlinge und Straßenreiniger auf der Schwelle seines leeren Hauses. Doch so war das Gesetz der Wildnis, und er nahm es hin.

»Vergangene Nacht haben Sie die Stimme des Löwen gehört«, sagte Rusty. »Heute machen Sie seine Bekanntschaft. Gefällt es Ihnen?«

»Ich bin ungemein beeindruckt.«

Als der Wagen wieder unterwegs war, sagte sie:

»Mir ist etwas aufgefallen. Jedes Geschöpf, das uns begegnet ist, sieht so gesund aus — so glatt und vollkommen, als würden sie alle sorgfältig gepflegt. Wie kommt das?«

»Sie sehen gesund aus, weil sie gesund sind. Hier ist das Gesetz hart und gut. Es ist das Gesetz der Natur — der Geeignetste bleibt am Leben. Die Alten und Lahmen dienen den Raschen und Starken zur Nahrung. Denken Sie nur an unsern alten Freund dort hinten. Er hatte sein Teil vom Leben gehabt, seine Stunde war gekommen, und er wurde dahingerafft. Das ist recht und billig.«

»Es klingt grausam, gefühllos!«

»Finden Sie das wirklich? In Ihrem Beruf helfen Sie den lebenden Toten, sich weiter hinzuschleppen. Ist das nicht grausamer? Ihr Beruf ist geradezu die Verneinung des Naturgesetzes.«

Er sah, wie sie trotz der Sonne fröstelte.

»Es tut mir leid«, sagte er. »Verzeihen Sie. Ich hatte es vergessen.«

Er nahm seine breite starke Hand vom Lenker und legte sie auf die ihre. Diese unerwartete Weichheit nahm ihr die Fassung. Die linke Ecke ihrer Unterlippe zitterte, und sie zwinkerte die Tränen aus den Augen.
»Sie haben eine schwere Zeit hinter sich, Alice. Verzeihen Sie mir. Wir können Gott nicht aufsuchen und ihn fragen, was recht und was falsch ist. Wir müssen tun, was in unsern Kräften steht. Ich kam direkt von der Schulbank in den Krieg, man lehrte mich, meine Mitmenschen zu töten, nicht, sie zu pflegen; und seitdem habe ich zu sehr nach dem Gesetz der Natur gelebt. Sie sind eine Heilende, und das ist richtig.« Seine Hand ließ die ihre los und legte sich wieder auf den Lenker. Der Augenblick des Mitgefühls verging, und sie waren wieder getrennt, jeder mit seinen verborgenen Ängsten und seiner unüberwindlichen Einsamkeit.

Oase

»Dieser Weg ist ziemlich schlecht«, sagte Rusty, als 'Sweet Sue' über die staubigen Löcher holperte, »aber es ist auch nur eine Brandschneise, die zu dem Außenposten führt, den der Wildhüter Amos mit einem Mann namens March teilt. Unsere Wildhüter arbeiten immer zu zweit. Das ist sicherer.«
»Wird March heute morgen da sein?«
»Er müßte ungefähr um diese Zeit zurückkommen. Ich hoffe, daß es der Fall ist, weil ich ihn einiges zu fragen habe. Die Unterhaltung mit Job, ehe wir Kamp Eins verließen, hat mich recht nachdenklich gemacht.«
»Ist Job der ältere Bantu, der Amos auf den Knien hielt, als wir gestern dem Jeep begegneten?«
Gestern? Das konnte doch nicht erst gestern gewesen sein, als Rusty sie in Duiker's Drift abgeholt hatte — als sie zusammen nach dieser neuen Welt Velaba aufgebrochen waren! Schon war der Abgrund zwischen Vergangenheit und Zukunft größer gewor-

den, als man es sich vorstellen konnte. Sie hatte das Gefühl, als sei sie unendlich weiter in Zeit und Raum vorgerückt als einige Dutzend Stunden und ein paar tausend Meilen.

»Da ist er. Job begleitet Nelmapius auf jedem Treck. Sie waren auch zusammen, als sie Amos gestern morgen in diesem entsetzlichen Zustand fanden. Ein Punkt daran interessiert mich. Bevor Amos gefunden wurde, hatte er versucht, sich von dem nächsten Dorf — dem Dorf des Alten Häuptlings — *hinwegzuschleppen.* Man müßte aber erwarten, daß ein Mann in seiner Verfassung bei der nächsten menschlichen Behausung Hilfe zu finden versucht.«

»Ja«, erwiderte sie. »Aber er war fast von Sinnen vor Schmerz und von dem Schock. Und er konnte nichts sehen.« Sie schauderte. »Wie sollte er wissen, in welche Richtung er sich schleppte?«

»Diese Menschen handeln aus Instinkt, und Amos kennt dieses Gebiet genau. Ich glaube, daß er sich instinktiv diesem Dorf zugewandt hätte — es sei denn, er hatte gute Gründe, es *nicht* zu tun.«

»Was könnte so ein Grund sein?«

»Das möchte ich eben gern wissen. Als sie Amos fanden, luden sie ihn sofort auf einen der Lastesel. Während Nelmapius dann nach Kamp Zwei weiterritt, folgte Job der Blutspur zurück bis zum Schauplatz des Verbrechens. Es führte ihn zum Sweet Spruit — einem in dieser Jahreszeit ausgetrockneten Bachbett, das die Eingeborenen für die Behausung eines Tokolosie halten. Als Job dorthin kam, sah er March, wie er auf die Spuren des schrecklichen Kampfes starrte. March erzählte Job, daß Amos hierhergekommen sei, um sich in der Nacht mit einem Mädchen zu treffen, und daß der Tokolosie ihn aus Eifersucht angefallen haben müsse.«

Sie zuckte ungeduldig mit den Schultern. Tokolosie!

»Wo hatten March und Amos die Nacht verbracht?« Ihrer Stimme war zu entnehmen, daß Tatsachen für sie gewichtiger waren als Märchen.

»Wenn man March glauben darf — was ich bezweifle —, im Dorf des Alten Häuptlings. March hat dort Verwandte, und er erzählte Job, daß die Frau, um die es ging, aus diesem Dorf war. Als Amos sich am nächsten Morgen nicht zeigte, ging er auf die Suche nach ihm.«

»Ist Job ins Dorf gegangen und hat die Frau gefragt?«

»Nein. Er hat March auf seinen Außenposten zurückgeschickt und ist Nelmapius nachgeritten, um ihm zu melden, was er gefunden hatte. Ich habe vor, heute selber zu der Stelle hinüberzufahren. Und wenn ich March gesprochen und seine Aussagen nachgeprüft habe, werde ich dem Alten Häuptling einen Besuch abstatten und mich ein wenig mit der fraglichen Frau unterhalten.«

Rustys Gesicht war finster. Welch seltsamer Fall, dachte Alice, voll von Zauberei und Phantasiewesen mit grausigen Gewohnheiten. In ihrer nüchternen Art sagte sie:

»Das ist doch närrisch, Rusty, daß March oder Job oder sonst irgend jemand an einen sagenhaften Zwerg glauben, der solche Scheußlichkeiten begeht. Diesen Mann haben menschliche Hände geblendet, und ein Messer hat ihm die Zunge herausgeschnitten.«

»Glauben Sie an Gespenster oder böse Geister?«

»Ich glaube einfach an menschliche Bosheit«, sagte sie fest. »Davon habe ich während meiner Ausbildung zuviel erlebt — Frauen, die ins Krankenhaus gebracht wurden, weil ihre Ehemänner sie zusammengeschlagen oder mit Rasiermessern verletzt hatten, Männer, von Pistolenkugeln zerrissen, und kleine Kinder, die halb verhungert waren, weil sich niemand um sie kümmerte, aber ich glaube *nicht* an Geister, die fähig sind, Verbrechen durch körperliche Gewalt zu begehen.«

Doch dann zögerte sie. Plötzlich war sie nicht mehr so sicher, wo die Grenze der Glaubwürdigkeit begann und endete. Erst heute morgen hatte sie tief in Wald und Busch geblickt, die ihr auf den ersten Blick völlig leer erschienen waren, und hatte erfahren müssen, daß sie um so mehr sah, je länger sie schaute. Vielleicht mochte es das alles irgendwo geben — vielleicht in Dimensionen, die sie sich nicht vorstellen konnte.

»Wir alle haben unsern Glauben und Aberglauben«, sagte Rusty.

»Und diese Menschen haben den ihren. Aber bei ihnen ist jeder Teil des Lebens davon erfüllt. Sie stehen völlig im Bann der Zauberei. Für sie ist der Tokolosie ebenso wirklich wie Smokey für mich.«
Sie lächelte. »Tokolosie ist ein komisches Wort. Es klingt wie ein Insekt.«
»Und sieht aus wie ein Affe. Ich will Ihnen etwas erzählen. Der Zoo in Pretoria hat Tiere aus aller Welt, und vor einiger Zeit bekam er den ersten Schimpansen, den es in Südafrika nicht gibt; sie kommen aus Westafrika und vom Kongo, deshalb war dieser Bursche eine Seltenheit. Kurz nachdem er eingetroffen war, strömten die Eingeborenen aus dem ganzen Land in den Zoo. Sie kamen so zahlreich, daß es nur mit einer Wallfahrt zu vergleichen war; und das Ziel ihrer Reise war der Schimpanse. Unter den Negern hatte das Gerücht die Runde gemacht, im Zoo von Pretoria sitzt ein Tokolosie im Käfig.«
Sie lachte. »Ich gebe auf. In Afrika ist alles möglich.«
»Hier sind wir beim Außenposten«, sagte er. »Und es ist Viertel vor elf, die richtige Zeit für eine Tasse Kaffee.«
Der kleine Eingeborenen-Außenposten bestand aus drei schilfgedeckten Hütten innerhalb einer hohen Einfriedung aus starken Zweigen von Bäumen, die nicht von den Termiten angegriffen wurden. Wie alles andere im Buschveld erschien er als Teil der Landschaft. Die silbrigen Terminaliabäume waren dem Dornveld gewichen, dem bevorzugten Gebiet der Giraffe, die sich von dem jungen Laub der hohen Akazien nährte, des Impalas, das sich gern im dichteren Busch verbarg, und natürlich des hungrigen Löwen.
Als sie aus dem Wagen stiegen, kam kläffend ein Kaffernhund auf sie zugestürmt; Smokey knurrte drohend, bis er entdeckte, daß der Wachhund eine Dame war. Das Tor in der Einfriedung stand offen, und Alice, Rusty und Nimrod betraten eine abgesonderte winzige Welt.
Ein breit ausladender wilder Feigenbaum warf freigebig seinen Schatten über die kleine Siedlung; hinter den drei Lehmhütten

standen Dattelpalmen und Papayabäume, und neben einem schmalen Kaffernkornacker blühten duftende Tabakpflanzen. Ein paar Hühner pickten im Staub unter einem kleinen schilfgedeckten Stall, der auf Pfählen ruhte, damit er vor Schlangen und Nagern sicher war. In der Asche eines ausgebrannten Feuers stand ein dreibeiniger Eisenkochtopf; daneben ein Hackklotz, ein hölzerner Schemel und ein Mörser aus Eisenholz, in dem sich zerstampfte Erdnüsse befanden. Biltong-Streifen trockneten unter einem gedeckten Schuppen vor der Umzäunung. Doch diese Umgebung war nur der bescheidene Rahmen für das Bild einer jungen Frau mit ihrem Kind.

Sie saß im Schatten auf einer Binsenmatte, die schlanken dunklen Beine lang ausgestreckt, das Kind im Schoß. Sie trug einen kurzen, bunten Baumwollsarong, ein Kopftuch und eine Menge blitzender Hals-, Arm- und Knöchelreifen aus Messing. Ihre vollen Brüste waren nackt, und die feste Haut wirkte wie indigofarbene Seide. Ihr Gesicht trug Schmucknarben in dem gleichen klassischen Muster wie das von Nimrod; die Züge waren ebenmäßig und klar, die weichen Lippen voll wie purpurne Weinbeeren, und in den durchbohrten Ohrläppchen hing schwerer Messingschmuck. Die großen schwarzen Augen, die sich ohne besonderes Interesse auf die Besucher richteten, erinnerten Alice an die der schönen Antilope, die im dichten Dornbusch geäst hatte. Ihr Sohn, vielleicht achtzehn Monate alt, war nackt bis auf eine Perlenschnur und einen Fußreifen. Alice fand, er sei das reizendste Kind, das sie jemals gesehen hatte.

Die junge Frau erhob sich nicht, um sie zu begrüßen; ohne ihre Stellung zu verändern, antwortete sie in ihrer Sprache auf Rustys Fragen, und als Alice ihr zulächelte, reagierte sie mit einem kaum merklichen Lächeln.

Nimrod hockte bereits vor der Asche, häufte Zweige auf, zündete sie an und setzte Wasser für den Kaffee auf. Der Messingring, den er im linken Ohr trug, und die drei Ringe an seinem knochigen linken Handgelenk funkelten in der Sonne. Die junge Frau rührte sich nicht, um ihm zu helfen. Er war nicht ihr Mann.

Rustys breitkrempiger Hut beschattete seine Augen, aber dennoch merkte Alice, daß die Anwesenheit der Frau ihm Kopfzerbrechen verursachte.
Das war ein Faktor, mit dem er nicht gerechnet hatte.
»Das ist Oase — die Frau von Amos«, sagte er. »Ich wußte nicht, daß er sie hatte kommen lassen, aber sie ist schon über einen Monat hier, und nun wartet sie darauf, daß er von seiner Patrouille zurückkehrt. Seit einer Woche ist sie ganz allein hier — und heute erwartet sie ihn zurück, ehe die Regen beginnen.«
Allein — eine Woche lang ganz allein, nur mit einem Bastardhund als Schutz vor Leoparden und Löwen — wartete sie auf die Rückkehr ihres Mannes. Und dieser Mann war grausam verstümmelt unter Umständen, die keiner von ihnen verstand. Alice sah das aschfarbene, gemarterte Gesicht des verletzten Mannes wieder vor sich, spürte den raschen leichten Puls, sah die geschwollenen, blutverschmierten Lippen, während er matt und dem Tode nah an den Knien seines finsteren Kameraden Job lehnte.
»Aber March wird ohne Amos zurückkommen«, sagte sie. »March wird allein kommen.«
Rusty hatte den Hut abgenommen. Er saß auf dem Klotz, nachdenklich und mit gerunzelter Stirn.
»Ja«, erwiderte er. »March wird allein kommen.«
»Wer wird ihr sagen, was ihrem Mann zugestoßen ist?«
»Nimrod. Wir gehen in die Hütten, und ich zeige Ihnen, wie ein Bantu-Wildhüter hier draußen in der Wildnis lebt; und während dieser Zeit erzählt Nimrod es ihr.«
»Er soll ihr sagen, daß ihr Mann wieder gesund wird — daß er in guten Händen ist«, erklärte sie. So machte man es im Krankenhaus. Mit diesem 'in guten Händen' beruhigte man die Verwandten.
Rusty hatte seinen Leopardenfellbeutel aus der Tasche gezogen und stopfte sich eine Pfeife. Sein Gesicht war finster und traurig. »Wir leben hier in einem wilden Land, Alice. Männer und Frauen wünschen sich ihre Gefährten stark — unverletzt. Kein Arzt kann Amos wieder heil machen. Und er kann nicht Wildhüter

bleiben. Wir werden Arbeit für ihn finden, aber mit dem Abenteuerleben ist es aus für ihn.«
Wie wenig ich von diesem Land weiß, dachte sie. Ich bin nicht klüger als dort das Kind im Schoß seiner Mutter.
Während Rusty mit Nimrod sprach, beobachtete Alice die junge Frau Oase. Sie saß immer noch auf der Matte, spielte mit dem Kind und klappte ihre rosigen Handflächen gegen die des Kleinen. Der Junge lachte und griff nach ihren Fingern — überraschend zarte Finger. Alice hatte einmal eine Masseuse gekannt, die Hände hatte wie diese junge Frau — schmal, weich und elastisch wie Stahl. Plötzlich richtete sich das Kind auf, um das Gesicht seiner Mutter zu berühren. Diese Bewegung schien ihr ans Herz zu greifen. Ein Lächeln reinen Entzückens teilte ihre Lippen und zeigte die glänzenden Zähne; sie drückte den Sohn an die nackten Brüste, hob seine Handflächen an ihren Mund und machte leise küssende Laute. Alice wandte sich tief bewegt ab. Madonna mit dem Kind, dachte sie, junge schwarze Madonna.
Rusty war aufgestanden. Er winkte Alice, ihm zu folgen, und sie bückten sich, um in eine der drei Hütten einzutreten. An einem Baumwollrock und einer Bluse, die neben einer Kinderdecke auf der Leine hingen, sahen sie sofort, daß sie in Oases Hütte waren. Nach der Sonnenglut draußen war es hier drinnen wunderbar kühl, und als Alices Augen sich an die Dämmerung gewöhnt hatten, stellte sie mit einem raschen Blick fest, daß alles ungemein sauber war. Eine Schlafmatte aus Binsen stand zusammengerollt an der Lehmwand hinter einer hölzernen Kopfstütze. Neben der Tür waren Kartons mit getrockneten Bohnen, Erdnüssen, Mais und Biltong, eine kleine Axt, ein Binsenbesen und ein Spaten. Auf einem Regal standen eine Kalebasse und ein Topf mit einer Kräutersalbe.
»Schauen Sie!« sagte Alice. »Zeichnungen an der Wand!«
Primitive Kreidezeichnungen von Vögeln und Vierfüßlern schmückten die dunklen Lehmwände — ein Krokodil, ein Strauß, eine Giraffe und verschiedene Antilopen.
»Damit vertreibt sie sich die Zeit. Sie müssen berücksichtigen,

daß sie oft tage- und nächtelang allein hier ist und kaum etwas zu tun hat, außer mit ihrem Kind zu spielen oder Binsenmatten zu flechten.«

Die heißen, einsamen Tage und die langen gefährlichen Nächte mit dem Kind und einem Hund als einziger Gesellschaft schienen auch dem Schlafplatz der jungen Frau das Gepräge zu geben. Alice sah sie im Geist hier kauern, leise vor sich hinsummend, während der Säugling über den Lehmboden kroch und Erinnerung und Phantasie ihr die Bilder der wilden Tiere eingaben, die ihr ebenso vertraut waren wie Alice ein Haushund oder eine Katze. War es das, was Andrews Schwester Meg gemeint hatte, als sie sagte: »Die Furcht wird an Ihre Tür klopfen . . . Sie werden die Bedeutung des Wortes Einsamkeit erfahren? . . .« Für eine weiße Frau würde es kaum anders sein als für eine schwarze. Megs Großmutter wurde tot aufgefunden, während ihr dreijähriger Sohn sich bemühte, die Hände zu wärmen, die ihn nie wieder halten oder streicheln sollten. Megs Mutter war in den Armen eines eingeborenen Dieners gestorben, während man ihren Mann suchte. Das Gift der Mamba tötet innerhalb weniger Minuten . . . Ihre Hand griff nach der Kehle. Wie stark bist du, Alice Lang? Wie tapfer? Wie groß ist deine Liebe zu dem Mann, den du zu heiraten beabsichtigst? Mit plötzlicher panischer Angst dachte sie: Sie war ja noch nicht einmal zum Leben erwacht — und wie könnte sie es, ehe er mich in seinen Armen gehalten hat — ehe unsere Lippen sich berührt haben — ehe mein Körper vor Hunger dem seinen nachgibt? Ihr Herz hämmerte. Was wußte sie überhaupt von Liebe, vom geschlechtlichen Leben, von der Geburt? Theoretisch kannte sie es — aber sonst? Die körperliche Hingabe, die Ekstase und Erfüllung, das alles lag noch vor ihr — falls Andrew der Mann für sie war — der einzige Mann.

»Kommen Sie«, sagte Rusty. »Wir wollen zu Amos' Hütte hinübergehen. Dann rekonstruieren wir einmal das Familienleben eines Bantu-Wildhüters.«

»Sagt Nimrod es ihr jetzt?« fragte sie, als sie in die Sonne hinaustraten.

»Dazu braucht er Zeit. Sie fallen nie mit der Tür ins Haus. Ganz allmählich wird sie es seinen Worten entnehmen — aber es wird geschehen. Und sie wird alles erfahren.«
Einen Augenblick standen sie in dem hellen Licht zwischen der Hütte der Frau und der des Mannes. Auf dem Boden lag eine dicke Schilfmatte und eine zweite aus dem langen Tamboekie-Gras, das auch zum Dachdecken benutzt wurde; daneben ein alter Fahrradreifen, aus dem Teile für Veldsandalen herausgeschnitten waren. Auf der andern Seite der kleinen Niederlassung sah Alice Nimrod vor dem Feuer hocken, um den Kaffee zu bereiten. Er redete leise zu Oase in der Sprache, die wie das Lied eines Vogels klang. Sie saß neben ihm und stillte ihr Kind. Ihr Gesicht vermochte Alice nicht zu sehen. Sie überlegte, daß der Junge doch schon viel zu alt sei, um an der Brust der Mutter zu trinken. Als wolle er ihre Gedanken beantworten, sagte Rusty:
»Sie glauben, solange sie ein Kind stillen, empfingen sie kein anderes.«
Er führte sie in die zweite Hütte.
»Diesem Ammenmärchen begegnet man überall«, sagte sie lebhaft. »Aber es stimmt nicht.«
Er lächelte. »Sie sind manchmal so sachlich! Im Handumdrehen verwandeln Sie sich aus einer Frau in eine Krankenschwester.«
»Tue ich das?« Ihre Stimme klang erstaunt. Sie stand in der kühlen Dämmerung der Hütte und sah ihn an, während ihr Puls sich beschleunigte; das war ihr so ungewohnt, daß sie einen Augenblick überlegte, ob wohl die Hitze und das andere Klima diese Wirkung auf sie ausübten. Aber dann wurde ihr klar, daß sie sich darüber freute, in erster Linie als Frau und nur hin und wieder als Krankenschwester von ihm angesehen zu werden. Sie wußte kaum, wie es war, eine Frau zu sein. Immer hatte die Schwester in ihr die Oberhand gehabt. Die gestärkte Tracht der Krankenhausschwester hatte Herz und Seele der Frau Alice Lang mit einem Panzer umhüllt, wie ein Gipsverband ein gebrochenes Glied umgibt und unbeweglich macht. »Ich scheine mich selber nicht mehr zu kennen«, setzte sie hinzu.

»Wer vermag das schon? Wir kennen weder uns selbst noch irgendeinen andern richtig.«
»Sie müssen ein sehr einsamer Mensch sein, Rusty«, sagte sie.
»Wer ist das nicht?«
Sie lächelte, als ihr Betty Swanson einfiel, die immer so fröhlich und unkompliziert war.
»Meine Freundin, Betty Swanson, ist niemals einsam«, entgegnete sie. »Entweder hat sie zu viel zu tun, oder sie ist zu verliebt, um einsam zu sein. Sie wird dieser Tage einen Mann heiraten, den sie anbetet. Ich glaube, Betty hat noch nie darüber nachgedacht, was das Wort Einsamkeit bedeuten könnte.«
»Arbeit mag ein Mittel gegen Einsamkeit sein«, sagte er. »Sie ist bestimmt ein Heilmittel. Aber glauben Sie wirklich, Liebe und Heirat seien das auch?«
»Sie könnten es wenigstens sein.«
Sie erwartete fast, er würde widersprechen, und sie glaubte schon zu sehen, wie seine schmale Oberlippe sich in der häßlichen, bitteren Weise verzerrte. Doch er blickte sich nur mit mitleidigem Gesicht in der kleinen Hütte um. Das Mitleid machte seine Züge weich.
»Vielleicht haben Sie recht.«
Sie wußte, daß er an Oase dachte – die schöne Frau des jungen Wildwächters, deren sanfte Tieraugen Amos gesagt hatten, daß sie zur Liebe bereit sei – Augen, deren Botschaft er nie wieder lesen würde. Hier hatten sie die Einsamkeit mit Lachen und Liebesspiel, mit Leidenschaft und Hingabe überwunden. Alles in diesen kleinen Hütten, die Schutz boten vor Sonne, Regen und langen Nächten, sprach von einem primitiven Leben, in dem aber doch gewisse Ansprüche erfüllt wurden.
Amos hatte nicht wie seine Brüder im Kraal auf dem Boden geschlafen, er besaß eine eiserne Bettstelle mit Matratze und Kopfkissen und einer grauen Wolldecke. Auf einer Kiste lagen neben seiner Sturmlaterne Notizbuch und Bleistift, denn er hatte auf der Missionsstation eine Ausbildung erhalten und konnte in seiner Sprache lesen und schreiben. Eine kleine Felltasche enthielt Näh-

material und Ersatz-Uniformknöpfe. Dahinter stand eine Flasche mit Haaröl. Rusty zog den Korken heraus.
»Riechen Sie nur«, sagte er zu Alice, »ein richtiger Dandy, dieser Amos.«
Sie roch an dem Öl; der Duft war überwältigend. Sie zog eine Grimasse, aber Rusty lachte. »Oase mag das sehr gern. Es ist eine Frage des Geschmacks.«
Eine zweite Uniformjacke, Shorts und Polizeigürtel hingen an der Wand neben zwei Uniformhüten, deren Krempen an einer Seite keck hochgeschlagen waren. Dicht neben der Tür lehnten ein Assagai, eine Axt und ein *Knopkierie* — ein keulenförmiger Knüppel.
»Die Waffen des Wildwächters«, sagte Rusty. »Eine Ausrüstung hat er bei sich, die zweite läßt er zu Haus. Und hier ist etwas von seiner Zaubermedizin.«
Er zeigte ihr eine nichtidentifizierbare Sammlung getrockneter Kräuter und Streifen von Fleisch und Häuten, die zwischen dem Dach und dem Balkenwerk der Hütte aufbewahrt lag.
»Dies ist ein Tsessebe-Fuß. Die Tsessebe ist die schnellste der Antilopen. Wenn einen Mann der Teufel plagt, kann er ihm mit Hilfe eines Tsessebe-Fells entfliehen; und hier ist ein Fliegenwedel, aus dem Schwanz eines Wildebeests gemacht. Die Zauberdoktoren haben gewöhnlich eine Peitsche aus einem Wildebeestschwanz bei sich. Wenn ein Mann toll ist, Dummheiten begeht und sich selber zum Narren macht, wie es das Wildebeest tut, bringen ihn ein paar Schläge mit der Peitsche übers Gesicht zur Ernüchterung.«
»Schauen Sie«, sagte sie. »Seine Gitarre.«
»Ja, er war wirklich ein Troubadour«, erklärte Rusty.
Schüchtern berührte Alice die Gitarre mit den Fingerspitzen. Welche Lieder von Tapferkeit und Liebe mochten unter den Sternen am Lagerfeuer erklungen sein? Und nun würde der Spielmann nie wieder singen — der Geschichtenerzähler keinen mehr in seinen Bann schlagen — die geflüsteren Liebesworte würden ohne Musik sein . . .

Sie drehte sich um und blickte auf, als Rustys Hände ihre Schultern packten. Der harte plötzliche Griff ging wie ein Feuerstrom durch ihre Adern.
»Was . . . ?«
»Still — hören Sie . . .«
Von draußen erklang ein hoher, scharfer Schrei — ein gequälter Vogelton, der anstieg und fiel, anstieg und fiel, in einem unerträglich quälenden Rhythmus. Alice zitterte. Kummer bei andern war ihr nicht fremd, doch nie hatte sie solche Laute vernommen.
»Sie weiß es«, sagte Rusty leise. »Das arme kleine Ding — nun weiß sie es.«
Der Vogelton war zu einem langen tiefen Stöhnen geworden, in das sich das laute Wimmern des Kindes mischte.
»Entsetzlich«, flüsterte Alice mit versagender Stimme. »Es ist kaum zu ertragen . . .«
Die Verletzungen des Mannes — barbarisch und vorsätzlich —, die Klage der Frau, wortlos und unmenschlich, lagen jenseits ihrer Erfahrung. Sanft ließ Rusty ihre Schultern los.
»Das ist Afrika«, sagte er. »Es ist ein grausames Land, Alice. Sie sind weit von Ihrer Heimat entfernt.«
Das Schweigen zwischen ihnen wurde nur von Oases Stöhnen durchbrochen. Endlich sagte Alice in nüchternem Ton: »Wo ist sie zu Hause? Wo wohnen ihre Verwandten?«
»Amos stammt aus einem Kraal in der Nähe von Kamp Zwei. Seit sie seine Frau ist, gehört sie zu seinem Dorf.«
»Können wir sie dort hinbringen?«
»Ja. Es liegt fast auf unserm Weg.«
»Ich werde hinausgehen und mich um das Kind kümmern, während sie sich fertigmacht.«
»Sie glauben, sie sei hier nicht mehr sicher?«
»Allein wäre sie sicherer als mit March«, sagte Alice finster. »Für March wird es hier auch kein Vergnügen gewesen sein. Vergessen Sie nicht die dritte Hütte in diesem Winkel des Gartens Eden!«
Er sah, wie sie Kopf und Schultern beugte, als sie durch die Tür der Hütte ging, und wie sie sich draußen aufrichtete und rasch

über den kleinen heißen Hof zu der stöhnenden Frau schritt, die das Kind in ihren Armen wie rasend hin und her wiegte.
Sie ging mit der entschlossenen Tüchtigkeit ihres Berufs — Alice Lang, die Pflegerin. Rustys Pfeife war ausgegangen, und er zündete sie mit sorgsamer Bedächtigkeit wieder an. Aber nein, dachte er, das ist nicht die Schwester in ihr, die ahnt, was dieser kleine Hausstand für einen Mann wie March bedeuten mußte, einen Mann, dessen Hunger ungestillt und der von schlummernder Wildheit erfüllt ist. Das ist der weibliche Instinkt, der ihr sagt, was die Rückkehr von March — allein, ohne Amos — bedeuten würde.

March

Die junge Frau hatte sich nicht geweigert, den Außenposten zu verlassen. Sie hatte ihre wenigen Habseligkeiten und die ihres Mannes zu zwei ordentlichen Bündeln zusammengepackt, und Nimrod hatte Lebensmittel, Amos' Ausrüstung und das Fahrradwerkzeug in 'Sweet Sue' verstaut. Obenauf hatte er sorgfältig die Waffen des Wildhüters gelegt — die Axt, den Assagai und die *Knopkierie.*
Sie waren etwa eine halbe Stunde gefahren, als Rusty auf die Bremse trat.
»Da ist er — unser Freund March.«
Ein Mann in der Uniform des Wildhüters kam ihnen auf dem Fahrrad entgegen. Neben 'Sweet Sue' stieg er ab. Er salutierte und stand wartend da.
Rusty stieg aus dem Wagen, und unverzüglich folgte ihm Nimrod, nach dem Messer tastend — eine Bewegung, die Alice schon früher beobachtet hatte.
Oase drückte sich noch enger in ihre Ecke auf dem Rücksitz des Wagens. Sie hatte die kleine Bluse angezogen, die Alice auf der Leine in der Hütte hatte hängen sehen; das Kind lag schlafend in

ihrem Schoß. Tombazane, die Bastardhündin, hatte sich neben ihr zusammengerollt, und Smokey saß da in seiner zurückhaltend würdevollen Stellung und blickte aus dem Fenster, das Nimrod ihm grob vor der Nase geschlossen hatte.

Alice starrte March mit unverhohlenem Interesse an.

Er war kräftiger gebaut als Nimrod oder der verletzte Amos; seine Züge waren roh und völlig ausdruckslos. Alice fand, daß die nachtschwarze Hautfarbe den Ausdruck undurchdringlicher Stumpfheit, der auf seinem Gesicht lag, noch verstärkte. Er stand in Grundstellung neben dem Rad, das mit seiner Lagerausstattung beladen war: einer Zeltbahn, einem eisernen Kochtopf, Wasserflaschen, dem unvermeidlichen Assagai, dem Beil und der Keule, einem Beutel mit trockenen Bohnen, Maismehl und Biltong. Am spiegelblank polierten Gürtel trug er das Scheidenmesser, und auf dem Rücken die Büchse, die seinem dienstälteren Kameraden Amos anvertraut worden war. Falls er die Anwesenheit der jungen Frau und des Kindes im Wagen bemerkte, so äußerte er doch nicht das mindeste Erstaunen oder Erkennen.

Rustys Verhalten March gegenüber unterschied sich völlig von der freundlichen Art, in der er immer mit Nimrod umging. Er war kleiner als der Bantu, doch die Haltung seines Kopfes und der vorgeschobene Unterkiefer riefen den Eindruck hervor, als blicke er auf March hinab. So wie er die Eingeborenensprache jetzt redete, klang sie mit ihren Zischlauten grimmig und drohend. Er stellte seine Fragen knapp und mit Nachdruck, und Marchs Antworten schienen ihn zu befriedigen. Endlich entließ Rusty ihn mit dem kurzen Befehl, weiterzufahren und sich in Kamp Eins zu melden, falls die Polizei in Duiker's Drift ihn zu verhören wünsche. Selbst das Wort Polizei änderte nichts an Marchs unbewegter Teilnahmslosigkeit. Er sagte nur in seiner tiefen, klangvollen Stimme: »Jawohl, Nkosi.«

Erst die junge Frau brachte Leben in diese starre Maske unerschütterlicher Gleichgültigkeit. Bis zu diesem Augenblick hatte sie ihn völlig ignoriert, doch plötzlich beugte sie sich vor und rief ihn mit einem Ton an, der Alice kaum noch menschlich schien.

Es war der Schrei eines Vogels, dem man seine Eier geraubt hat, wild und fast hysterisch. Zum erstenmal zeigte der Bantu eine Gefühlsregung. Sein Gesicht verdunkelte sich unheilvoll, die Hände, die schlaff an den Seiten herniederhingen, ballten sich krampfhaft, und seine Augen starrten sie haß- und angsterfüllt an. Das Weiße in ihnen war, wie Alice bemerkte, gelb und blutunterlaufen wie bei einem Mann, der eine schlaflose und ausschweifende Nacht hinter sich hat. Doch trotz der Herausforderung durch die junge Frau gab March keine Antwort. Er salutierte, schwang sich auf sein Rad und fuhr den staubigen Weg hinab.

Oase sank in ihre Ecke zurück. Alice sah ihr Bild im Mittelspiegel. Alles Leben schien aus ihr gewichen. Nichts mehr von der lebendigen, strahlenden Schönheit, die sie noch vor einer Stunde ausgezeichnet hatte; ihr Gesicht war kittfarben und verschwollen und wirkte krank neben der feucht-gesunden Haut des Kindes, das noch immer friedlich in ihren Armen schlief.

»Was hat sie zu ihm gesagt?« fragte Alice, als Rusty den Motor anließ.

»Sie sagte, sie werde einen Löwen kaufen. Er weiß, daß sie Ndlovukasis Nichte ist und daß dieser Löwe mit besonders starkem Zauber ausgestattet sein wird.«

»Hat er wirklich Furcht?«

»Sie haben ja sein Gesicht gesehen. Sie hat das Urteil gesprochen. Ein Löwe wird March holen, noch ehe das Jahr um ist.«

Alice schüttelte zweifelnd, wenn auch nicht mehr verwundert, den Kopf.

»Ich überlege, warum sie ihn so sehr haßt«, sagte sie.

»Ich überlege noch viel mehr.«

»Wie lautete Marchs Bericht?«

»Ziemlich genau wie der, den ich von Job bekam. Er scheint ihn nicht zu variieren. March erklärt, er habe mit Amos die Grenze in der Nähe vom Kraal des Alten Häuptlings kontrolliert, und sie hätten beide beschlossen, die Nacht dort zu schlafen. Amos habe March dann anvertraut, daß er beabsichtige, sich mit einer Frau während der Nacht am Sweet Spruit zu treffen. Der Mann dieser

Frau arbeitet seit einigen Monaten in den Bergwerken am Witwatersrand, und angeblich soll sie während seiner Abwesenheit auf dumme Gedanken gekommen sein. March sagt, er habe mit Amos verabredet, daß sie am Morgen bei Dämmerung aufbrechen wollten, und sei dann zum Schlafen in die Hütte eines Vetters gegangen. Als die Dämmerung kam und Amos nicht da war, habe March Nachforschungen angestellt. Die Frau habe geschworen, sie hätte es sich anders überlegt und Amos nicht mehr treffen wollen und habe deshalb ihre Hütte überhaupt nicht verlassen. Darauf habe Marsch sich auf die Suche nach Amos gemacht.«

»Wie konnte er wissen, wohin er sich wenden müsse?«

»Er sagt, Amos sei ihm wie ein Bruder und habe ihm mitgeteilt, wo er sich mit der Frau treffen wollte. Ich fragte, warum Amos ausgerechnet einen Platz gewählt haben könnte, der im Rufe stehe, Wohnort böser Geister zu sein; darauf erwiderte er, Amos habe gehofft, niemand würde wagen, der Frau dorthin zu folgen, falls bemerkt wurde, daß sie den Kraal verließ. March fand Anzeichen eines furchtbaren Kampfes dort unten im Spruit und beharrt darauf, der Tokolosie müsse Amos gepackt haben. Bekanntlich ist der Tokolosie grausam und rachsüchig, wenn er einen Mann mit der Frau eines andern ertappt.«

»Wenn man March glauben will, kann der Tokolosie Amos aber nicht mit der Frau eines andern ertappt haben. Denn wie er behauptet, blieb die Frau ja zu Hause.« In Alices Stimme klang der Ärger eines Menschen, dessen Intelligenz bezweifelt wird. Rusty lächelte. Sie war ganz die Stationsschwester, die sich weigert, die weithergeholten Ausreden einer Untergebenen für irgendein grobes Versäumnis anzuerkennen.

»Was aber noch entscheidender ist«, setzte sie hinzu, »ich glaube einfach nicht, daß Amos im mindesten an der Frau eines andern interessiert war.«

Rusty hob in amüsiertem Zynismus die Augenbrauen. »Ein treuer Mann — selbst wenn er ein auf der Missionsstation erzogener Christ ist wie Amos — ist ebenso selten wie ein Vogel mit Zähnen.«

»Mag sein«, erklärte sie mit der Hartnäckigkeit, die er nun schon an ihr kannte. »Aber dieser Fall ist eine Ausnahme. Dessen bin ich sicher.«

»Wieso? Weil die Frau schön ist? Sie glauben, Schönheit könne einen Mann halten?«

»Nicht unbedingt. Aber Achtung vielleicht. Sie haben mir selbst erzählt, Amos ziehe Qualität der Quantität vor, soweit es sich um Frauen handelt. Jeder vermag die Qualität dieser Frau zu sehen. Sie ist stolz und schön wie eine Prinzessin. Und Amos hat dreißig Stück Vieh für sie gegeben. Sie sagten, das sei ein hoher Brautpreis.«

»Er war interessiert. Das ist es bestimmt — eine hohe Lobola, der Preis für eine Aristokratin.«

»Nun, ein Mann wird doch wohl sein Eigentum achten, wenn er so viel dafür gegeben hat, um es zu besitzen? Ich möchte annehmen, diese dreißig Stück Vieh, die er ihrem Vater gezahlt hat, sprechen für große Achtung und Zuneigung.« Sie lächelte vieldeutig. »Wenn ein Mann glaubt, ich sei dreißig Stück Vieh wert, würden meine Selbstachtung und mein Selbstvertrauen sich hoch aufschwingen. Und ich würde ihn ganz besonders lieben, weil er bereit ist, sich um meinetwillen davon zu trennen.«

Er lachte.

»Er würde sich also Ihrer Ansicht nach nicht davon trennen, wenn er nicht sehr nach Ihnen verlangte. Und außerdem würde er Sie — des hohen Preises wegen — nicht leichtfertig behandeln. Sie gehen an diese Dinge heran wie an ein Rechenexempel, nicht wahr? Wissen Sie was, Alice Lang, ich möchte einmal erleben, daß Sie den Kopf, das Herz und alle Ihre Maßstäbe verlören. Menschen sind keine Addiermaschinen. Sie sind aus Fleisch und Blut, von plötzlichen Stürmen und Leidenschaften getrieben — von Emotionen, die Sie niemals verstehen würden. Es gibt etwas, was man Versuchung nennt — die stellt im menschlichen Leben eine ziemlich entscheidende Kraft dar.«

Sie mußte tief Luft holen. Versuchung! Glaubte er vielleicht, sie wisse nichts von Versuchungen? Bildete er sich etwa ein, sie sei der Leidenschaft unfähig — nicht in der Lage, das heiße Blut der Jugend zu verstehen? Glaubte er wirklich, sie begnüge sich mit einer papierenen Liebesgeschichte — sie, die sich jahrelang bemühen mußte, das Feuer des Temperaments mit der dünnen, staubigen Asche der Pflicht einzudämmen? Mit leiser, angespannter Stimme sagte sie: »Sie brauchen mir nichts über . . . über etwas, was man Versuchung nennt, zu erzählen . . . nicht einmal über menschliche Torheiten. Vielleicht weiß ich mehr über diese Dinge, als Sie auch nur ahnen können. Doch in diesem Fall — in diesem besonderen Fall Amos und Oase — bin ich naiv genug, an Liebe zu glauben. Sie lieben sich, und ich setze mein Leben dafür, daß es keine Frau gibt, mit der er sich in jener Nacht am Sweet Spruit treffen wollte. Er war auf dem Heimweg zu seiner Frau. Er wünschte sich nichts, als zu ihr zu kommen.«

Nun war sie wieder bei ihrem Ausgangspunkt angelangt. Das war ihre Art. Doch trotz seiner Enttäuschung stellte Rusty fest, daß sie ihn mit ihrer Heftigkeit halb überzeugt hatte. Ihre schönen dunklen Augen glühten beim Sprechen, und er wußte, daß sie in der Hütte des Wildhüters dort oben in dem einsamen Außenposten etwas von der unfaßbaren Aura einfacher, primitiver Liebe verspürt hatte. Aber er sagte nur:

»Sie gründen Ihren Glauben an Amos' Treue auf weibliche Intuition.«

»Ja. Und ich gründe mein Mißtrauen gegen March auf die gleiche Ahnung.«

Und wenn er sich der Art erinnerte, in der Oase March ihre Drohung zugeschrien hatte, so mußte er zugeben, daß ihre Ahnung möglicherweise richtig war.

»Ich habe keine Einwände gegen Ihre Ansicht.«

»Danke«, sagte sie trocken.

Die Mittagssonne war glühend heiß. Sie brannte aus einem wolkenlosen Himmel herab. Der Busch schien völlig verlassen, die meisten Tiere hatten ihre Ruheplätze aufgesucht, um im Schatten zu liegen. Und dann kamen die Paviane zwischen den Dornbäumen hervor und überquerten auf dem Weg zum Fluß hinunter

die Straße. Der Trupp trottete durch das Gehölz, ohne sich durch die Anwesenheit von 'Sweet Sue' im geringsten stören zu lassen. Selbst als Smokey und Tombazane sie anbellten, zeigten ihre intelligenten, tiefliegenden Augen keinerlei Bosheit. Die kleinen Paviane ritten vergnügt auf dem Rücken ihrer Verwandten, während die Säuglinge sich an das weiche Fell unter dem Bauch ihrer Mütter klammerten. Wenn ein kleines Tier zurückblieb, hob irgendein Onkel oder eine Tante in der Nähe es auf und ließ es mitreiten. Sie überschritten den Weg unmittelbar vor dem Kühler von 'Sweet Sue', und Alice schüttelte sich vor Lachen, als eine Mutter plötzlich die Geduld mit ihrem Jungen verlor, ihm ein paar tüchtige Maulschellen versetzte und es in den Busch jagte.
»Die würde Ihrem Neffen Dicky gefallen!« sagte sie. »Sein Lieblingsspielzeug ist ein schwerbeschädigter Affe namens Lily.«
»Wenn die Jungen ein bißchen älter sind, können sie in den Herbstferien hierherkommen und ein paar Wochen im Buschveld verbringen«, sagte er. »Das heißt, wenn Meg bereit ist, sich mit der Gefahr abzufinden, daß sie dem Hegerleben möglicherweise Geschmack abgewinnen.«
»Das wird sie nie«, erwiderte Alice. »Nie, wenn ich sie auch nur ein wenig beurteilen kann. Da gehen sie hin, die letzten Nachzügler. Wie spaßig sie sind!«
»Ja, sie sind komisch«, stimmte Rusty ein. »Erstklassige Karikaturen der menschlichen Rasse, doch nicht einmal das macht sie mir sympathisch. Im Gegenteil, ich finde sie gemein in ihrer grundlosen Zerstörungswut. Einmal ertappte ich einen alten Pavianrüden, wie er einem unserer Impala-Lämmer den Bauch aufriß. Offen gestanden, ich hasse die Paviane. Ich bin nicht wie mein Bruder Andrew, der unterschiedslos alle Tiere liebt, die guten wie die bösen. Sogar Elefanten.«
Andrew? Wie seltsam! Den ganzen Tag hatte sie noch nicht an ihn gedacht. Monatelang waren ihre Gedanken ständig bei ihm gewesen; wie ein Schatten war er stets an ihrer Seite. Doch hier in Velaba, in seinem eigenen Gebiet, hatte er sich plötzlich zurückgezogen und sie freigelassen, so daß sie ohne ihn zu leben ver-

mochte. Sie war so völlig der Gegenwart hingegeben, daß sie Vergangenheit und Zukunft ganz vergaß. »Sogar Elefanten . . .?« wiederholte sie.

»Ich liebe die Bäume«, erklärte Rusty, »deshalb hasse ich die Elefanten. Diese verfluchten Tiere sind wie große Planierraupen. Sie bahnen sich den Weg durch alles, was sich ihnen entgegenstellt, sie reiben ihre mächigen Schultern an den Baumstämmen, bröckeln dabei die Rinde ab, so daß sie wie geschält aussehen, oder knicken die Bäume einfach um, damit sie die Wurzeln oder die zarten jungen Blätter an der Spitze erreichen. Ich könnte jedesmal verrückt werden, wenn ich sehe, was diese Elefanten in unsern Wäldern anrichten. Doch Andrew findet Entschuldigungen für sie, paßt sie in den göttlichen Entwurf der Natur ein und billigt diesen Entwurf. Er besitzt eine himmlische Liebe zu allen Geschöpfen. Er würde glatt erklären, daß ein Elefant, der einen Baum umlegt, die Wurzeln und jungen Triebe automatisch in Reichweite für andere laub- und wurzelfressende Tiere bringt, die sie vielleicht sehr dringend brauchen. Mein Bruder betrachtet alles von höherer Warte. Aber das wissen Sie ja. Er erzählt Ihnen ja schon seit einiger Zeit von seinen Gedanken und Theorien.«

Sie schwieg; bedrückt von der neuen Erkenntnis, wie groß die Lücken in ihrem Wissen um den Geliebten waren.

»Wir sind über vieles geteilter Meinung«, fuhr Rusty fort.

»Das habe ich schon gemerkt.« Ein schiefes Lächeln verzog ihren linken Mundwinkel.

»Gewiß. Über Sie nämlich auch. Sie sind ein wesentlicher Beweis für Andrews Vorliebe für die Theorie. Theoretisch sind Sie das Mädchen für ihn. Sie haben sich als Mensch von Charakter, als empfindsam und aufopfernd erwiesen, und Sie besitzen selbst eine leichte Manie für Afrika — ebenfalls in der Theorie. Sie lieben sich — geistig. Es wird interessant sein, zu sehen, was geschieht, wenn Sie beide Ihre verschiedenen Theorien in die Praxis umsetzen und aneinander erproben. Ich bin zufällig ein nüchternes Individuum. Wenn ich zum Beispiel ein schwerverletztes Tier sehe, erschieße ich es. Das ist meine Vorstellung von Menschlichkeit.

Nicht so Andrew. Er ist der Meinung, es sei Gottes Wille, daß dieses Tier benachteiligt werde — daß ein Zweck dahinter verborgen sei. Ein Bock etwa, der in einem Kampf verwundet wird und lahmt, ist eine sichere Beute des Löwen. Sehr schön, der Löwe holt also den lahmen Bock, und weil er das tut, ist es durchaus möglich, daß eine gesunde Kuh verschont bleibt. Der Schwache wird gefressen, und ein anderer bleibt am Leben. Das ist das Gesetz.«

»Und wie steht es mit einem Tier, das in eine Falle gerät — wie die Hyäne, die verhungert wäre, weil ihre Schnauze noch in der Schlinge steckte?«

»Diese Hyäne würde Andrew genauso von ihren Todesqualen befreien, wie Jan Nelmapius es tat. Er würde es damit begründen, daß es nicht in der Absicht der Natur liege, ein Tier auf diese Weise verenden zu lassen. Die Hyäne war das Opfer eines menschlichen Verbrechens gegen die Natur.« Plötzlich wandte Rusty sich halb zurück und sagte etwas zu Nimrod, der rasch antwortete und in den Wald zeigte.

»Da können Sie sehen, was ich meine, Alice! Schauen Sie sich dort die Bäume an!«

Sie erblickte ein halbes Dutzend schlanke Buschveldbäume, die mit flachen, aus der Erde gerissenen Wurzeln dalagen; andere hatten heruntergebrochene Äste, und die Rinde hing in Fetzen von den Stämmen. Die Baumgruppe, die noch vor kurzem grün war und von dem aufsteigenden Frühlingssaft blutete, sah aus, als hätte ein Tornado darin gewütet.

»Deshalb hasse ich den verdammten Elefanten«, sagte Rusty. »Er ist in unserer Gegend der große Zerstörer. Der Löwe ist der König, doch der Elefant ist der Gott, und keiner lehnt sich gegen seinen Willen auf — außer dem Menschen, dem schwachen, überheblichen, kleinen Menschen, der selbst einen Gott in einer Drahtschlinge oder einer kunstreich angelegten Grube fängt.«

Wenn er ärgerlich ist, dachte sie, wird seine Oberlippe kürzer, zieht sich unter der Nase hoch, und sein Unterkiefer schiebt sich auf aggressive Weise vor. Er gehört zu den kämpfenden Men-

schen, und ich kann verstehen, wie er es haßt, sich mit Theorien abzugeben. Er beschäftigt sich mit Tatsachen. Aber das Übernatürliche lehnt er nicht ab. Er blickt Leuten wie Nimrod und Amos — und sogar Oase — in den Geist, wie ich in einen Kochtopf schaue. Er vermag all die Ingredenzien, die darin brodeln, recht gut abzuschätzen, er riecht die Gewürze heraus, wie unwahrscheinlich sie auch sein mögen. Rusty erkennt die Dinge instinktiv, die Andrew erst analysieren müßte.«
Vor ihrem Geist stieg ein Bild von Andrew, dem Kriegsgefangenen, auf, der sich verbissen durch dicke Bände über Anthropologie, Ethnologie, Zoologie, Ökologie und den Aufbau der Bantusprachen durcharbeitete. Dieses Erlebnis — die Jahre hinter Stacheldraht — hatte ihm den Abscheu davor eingeflößt, ein Tier eingesperrt zu sehen. Seine angeborene Liebe zu den wilden Geschöpfen hatte dazu geführt, seine persönlichen Leiden aus dem Krieg, die Wunden und die Gefangenschaft, auf den Jäger, den Gejagten und den Käfig zu übertragen. Der bloße Gedanke an einen Leoparden hinter Gittern, der hin und her trottete, schön und tragisch in seinem beschränkten Raum, der niemals wieder unter dem heißen klaren Himmel durch den Busch streifen oder seine Beute schlagen sollte, wie die Natur es ihn hieß — quälte Andrew so sehr, daß er vor Mitleid mit dem unglücklichen wilden Gefangenen zittern konnte. Das alles wußte Alice. Das hatte er ihr geschrieben, und es hatte sie zu ihm hingezogen. Auch sie hatte die geheime Bedrohung des Käfigs erlebt, den Alpdruck unsichtbarer Gitterstäbe, die sie fester als Stahl umklammerten und sie von der Freiheit ausschlossen.
'Sweet Sue' fuhr zum Flußbett hinunter und überquerte einen Steindamm, der durch das flache, schläfrig gurgelnde Wasser führte. Krokodile sonnten sich auf glatten Felsvorsprüngen. Minuten später fuhren sie einen steilen Abhang jenseits des breiten Tales hinauf. Auf dem Hügel bog Rusty von der Straße ab in den kühlen Schatten einer Lichtung zwischen gelbblühenden Kassien.
»Da sind wir — der Platz für unsere Mittagsrast. Die Welt liegt Ihnen zu Füßen, Miß Lang.«

Nimrod sprang aus dem Wagen und öffnete ihr den Schlag mit einem Lächeln, das seine blitzenden Zähne und das rosige Zahnfleisch zeigte. Sie stieg aus und ging einige Meter bis zu einem Fleck, von dem sie das Buschveld bis hin zu den Schwarzen Mambabergen überblickte. Flimmernder blauer Dunst lag über dem Land; der Himmel war hyazinthblau und die Berge vom Blau der Jacarandablüte. Ich bin hierher 'ins Blaue' gekommen, dachte sie. In dieses ätherische Blau Afrikas, von dem man so viel liest.

Mit einer Geste des Entzückens streckte sie die Arme hoch in die Luft.

»Und die Sonne«, flüsterte sie, »die heiße, goldene afrikanische Sonne!«

So verhielt sie einen Augenblick, in dem sie die Luft tief einatmete, und stand schlank und aufrecht in ihren Shorts und der dünnen Hemdbluse, gegen die sich die festen Brüste preßten. Ihr Mund war weich und entspannt, die olivfarbene Haut leuchtete, und ihre Augen blitzten unter den starken, geschwungenen Brauen.

Wie sie sich verändert! dachte Rusty. Sie öffnet sich in der Sonne wie eine fest geschlossene, vom Frost verschonte Blüte. »Beten Sie die Sonne an?« Seine Kehle war trocken.

Ihr schlanker Hals streckte sich, während die Arme an den Seiten herabsanken. Sie warf den Kopf zurück, und violette und goldene Lichter tanzten in dem glatten schwarzen Haar. Sie lachte wie ein blutjunges Mädchen, das von einer neuen hinreißenden Entdekkung berauscht ist.

»Ich bete meine Freiheit an, Rusty. Freiheit — ein wunderbares, reizvolles Wort!«

Die Rast und der Traum

In der Mittagshitze lag etwas Lähmendes — als sei alles Leben unterbrochen. Nur die Zikaden schrillten eine Begleitung zu dem Hitzedunst, der über dem Gras tanzte. Sonst war es ganz still. Sogar die Vögel hatten sich in die schweigende Geborgenheit der Zweige verzogen.

Unter einem großen, wilden Feigenbaum hatte Rusty eine Decke und ein Kissen für Alice ausgebreitet, und nun lag sie da und schaute hinauf in das Mosaik von Laub und Himmel. Büschel braunroter Feigen hingen regellos an dem grauen Stamm und den gekrümmten Ästen des Baumes. Rusty saß auf einem glatten Granitblock und steckte sich eine Zigarette an. Alice rauchte nicht, wie er festgestellt hatte. In England war es zu teuer, hatte sie gesagt, und jetzt anzufangen hat keinen Sinn. Das durch Laub sickernde Licht vergoldete den Flaum auf Rustys nackten Armen und Beinen. Smokey lag neben ihm, den Kopf auf den Veldschuhen aus Straußenleder, und Tombazane hatte sich gesellig an seiner Seite ausgestreckt. Oase suchte, das Kind auf dem Rücken, Feuerholz. Offenbar wollte sie ihre Rückfahrt 'abarbeiten'. Nimrod hatte einen starken, gegabelten Zweig gesucht und spitzte die beiden Gabelenden mit seinem Jagdmesser an. Alice drehte sich auf die Seite, um ihm zuzusehen. Sie war von seinen geschickten Händen gefesselt.

»Er hat eine leichte Hand und ein ungewöhnlich ausgeprägtes Fingerspitzengefühl«, sagte sie. »In der Ruhe hängen die Hände schlaff an den Seiten herab, als gehörten sie ihm gar nicht, und plötzlich erwachen sie zum Leben, flink und gewandt.«

»Das ist typisch für diese Menschen. Sehen Sie sich an, wie er das Holz fürs Feuer ordnet. Nicht, wie es gerade kommt — so würde ich es machen —, sondern mit einer gewissen Kunstfertigkeit.«

Mit weichen Fingern fegte Nimrod wie mit einem Staubwedel nun das dürre Laub und Gras an einer Stelle unter einer hohen Kassie beiseite — so weit, daß das Feuer sich nicht ausbreiten konnte. Oase häufte das Holz, das sie gesucht hatte, am Fuß des

Baumes auf, und Nimrod schichtete Zweig für Zweig übereinander — wie bei einem schwierigen Zusammensetzspiel. Als er das Feuer angezündet hatte, spießte er Fleischstücke und ein paar Scheiben *Boerwors* auf die zugespitzten Zinken seiner Gabel und hockte sich damit vor die Flammen. Alice konnte seinen Körper nun nicht mehr sehen, da Nimrod im Schutz des Baumstammes saß, nur die schmale Hand mit dem selbstgemachten Spieß blieb sichtbar. Die Messingreifen an seinem Handgelenk blitzten, und die ruhige Luft duftete bald nach Holzrauch, bratendem Fleisch und würziger Wurst. Das Kind in der Schlinge lehnte sich zufrieden an den Rücken seiner Mutter, die weiter Holz auflas.

»Ich lernte einmal einen Neger-Chirurgen kennen«, sagte Alice. »Er hatte Hände wie Nimrod. Auf Hände achte ich sehr.«

»Sie achten auf die meisten Dinge. Ein Chirurg ist ein Kunsthandwerker, genau wie Nimrod. War Ihr afrikanischer Bekannter ein guter Chirurg?«

»Ja, ein sehr guter. Er verstand sein Handwerk.« Sie zögerte. »Doch manchmal fiel mir auf, daß es ihm an Phantasie mangelte. Er konnte sich wohl die Wirkung des Schmerzes und die seelischen Leiden der Patienten nicht vorstellen — ihre Angst, die Besorgnis . . . Aber das ist bei den meisten Chirurgen so — im Gegensatz zu uns Schwestern. Für sie sind die Patienten Fälle. Für uns sind sie Menschen.«

Sorgfältig trat Rusty seine Zigarrette aus. Feuer — selbst der kleinste Funke — war in diesem trockenen Grasland stets eine große Gefahr.

»Mit dem Schmerz ist es wie mit der Furcht«, sagte er. »Wir alle erleiden sie in verschiedenem Maß, je nach unserer Mentalität. Und es ist schwierig für uns, den Grad der Schmerzen eines andern abzuwägen. Die Afrikaner sind unglaublich tapfer bei körperlichen Leiden — wenn die Verletzung sichtbar ist. Ihr Geist arbeitet genau umgekehrt wie der unsere. Eine blutende Wunde, die wir *sehen*, verstärkt unser Angst- und Schmerzgefühl. Sie dagegen verstehen die Ursache ihres Schmerzes, sobald die Wunde sichtbar ist. Und irgendwie wird es dadurch leichter für sie, diese

Pein zu ertragen. Doch die unsichtbaren Dinge — Kopf- oder Leibschmerzen — bedrücken sie sehr. Dann steigen die alten abergläubischen Ängste in ihnen auf, sie seien behext worden. Deshalb ist es für unsere Ärzte oft schwer, ihre Einstellung zum Schmerz zu begreifen, aber ein afrikanischer Arzt muß wohl seine gesamte Vorstellungswelt umkehren, wenn er es mit einem europäischen Temperament zu tun hat.«

»So ist es wohll. Doch die Zeit und die Erfahrung werden das zuwege bringen. Heute gibt es Hunderte von afrikanischen Medizinstudenten in London. Auch Krankenschwestern. Sogar einfache Pflegerinnen. Betty hat mir erzählt, daß sie auf ihrer Station ein Mädchen aus Jamaika hat, das die ganze Zeit, wenn sie fegt und Staub wischt, Kalypsos singt. Die Kranken finden es beruhigend — wie ein Wiegenlied —, endlose Wiederholungen einer Weise in Moll.«

»Musik liegt dem Afrikaner im Blut — Musik und Tanz.«

Sie schwiegen beide, weil sie an die Gitarre auf Amos' Bett dachten. Noch in letzter Minute war Oase zurückgegangen, um sie zu holen. Blind und stumm mochte ihr Mann sein, aber er würde wieder für andere spielen, wenn sie sangen und tanzten.

»Die Musik Afrikas, sie ist so traurig und quälend. Die Plantagenlieder, die Neger-Spirituals . . .«

»Das sind Weisen aus der Zeit der Sklaverei«, sagte Rusty. »Die meisten Bantulieder sind heldischer Art, heiter und kriegerisch, voller Stolz und Prahlerei. Der Eingeborene in Südafrika war niemals vom weißen oder schwarzen Mann versklavt worden. Selbst so unüberwindliche Häuptlinge wie Dingaan und Tschaka, die vor hundertfünfzig Jahren hier ein großes Zulureich begründeten, machten ihre besiegten Feinde nicht zu Sklaven. Sie absorbierten schwächere Stämme oder rotteten sie aus.«

»Aber in der alten Kapkolonie hat es Sklaven gegeben. Darüber habe ich etwas gelesen.«

»Gewiß, dort gab es welche. Aber sie wurden importiert — gewöhnlich aus dem Osten oder von Madagaskar. Übrigens sehr teuer, wenn man berücksichtigt, daß es am Ort genügend Einge-

borene gab. Aber es war die Politik der Holländer, die Eingesessenen nicht zu Sklaven zu machen. Bantus sind — wie die Briten — niemals Sklaven gewesen und werden es auch niemals sein — *niemals,* meine Liebe.«
Seine weißen, ungleichmäßigen Zähne blitzten in dem sonnenverbrannten Gesicht, das wieder den zynischen Ausdruck angenommen hatte. Sie sah ihn düster an. Sie hat die Augen einer Giraffe, die mit Geist und Seele begabt ist, dachte er, sanfte Augen mit langen Wimpern.
»Hoffentlich ist es so«, sagte sie.
»In jedem Land wird es immer Herren und Diener geben. Die Königin ist die Herrin und Dienerin ihrer Untertanen. Und ich bin im Augenblick der Sklave meines Appetits.«
Als sie gegessen hatten, legte Rusty die Fleischreste auf eine Papierserviette und gab sie Nimrod, der sie mit einer ebenso höflichen wie würdevollen Geste entgegennahm. An der Art, wie er seine rosigen Handflächen gleich einer Schale hinhielt, war nichts Unterwürfiges, und während Rusty mit ihm sprach, erhellte sein ausdrucksvolles Lächeln einen Augenblick die edle, leidenschaftslose Dunkelheit seines Gesichts. Doch Oase wollte nicht essen. Sie schüttelte den Kopf und wandte sich ab.
»Sie ist zu verstört«, sagte Alice.
»Wahrscheinlich. Jedenfalls ist sie auch nicht an eine Mahlzeit mitten am Tag gewöhnt. Es entspricht der Gewohnheit ihres Volkes, spät zu frühstücken und dann erst wieder nach Sonnenuntergang zu essen. Ein Brei aus Kaffernkorn oder Bohnen und von Zeit zu Zeit Fleisch.«
Nun goß Nimrod einen Kessel Wasser über das erlöschende Feuer, um zu verhüten, daß ein Funke zurückblieb. Er packte den Picknickkorb mit seiner üblichen Sorgfalt und verstaute ihn im Wagen.
Rusty erhob sich träge und widerwillig.
»Es ist verflucht ärgerlich, aber die Pflicht ruft. Ich muß unsere Straßenbaukolonne, etwa zehn Meilen von hier entfernt, inspizieren. Ich werde ungefähr eine Stunde wegbleiben. Nimrod und

Smokey werden für die Frau und das Kind sorgen. Sie sind hier sicher, Alice, aber wenn Sie Zweifel haben, klettern Sie auf einen Baum.«

Sie lachte. »Es ist schon eine ganze Weile her, seit ich auf Bäume zu klettern pflegte. Doch wenn es sein muß, bringe ich es wahrscheinlich noch fertig.«

»Davon bin ich überzeugt.«

Er rief Nimrod und hieß ihn das leichtere der beiden Gewehre aus dem Wagen nehmen. Kurz darauf hörte Alice, wie sich das Geräusch von 'Sweet Sues' Motor den Hügel hinab entfernte.

Als die Stille sie wieder umgab, legte sie sich auf das Kissen zurück. Kleine Geräusche ab und an erhöhten die ungeheure Einsamkeit des Busches. Eine Zikade schrillte mit regelmäßigen Unterbrechungen, und über Alices Kopf flitzte ein kleiner grauer Vogel mit Haube und langem Schwanz in den Zweigen hin und her. Kunstvoll baute er ein schlangensicheres Nest für sein Weibchen. Glückliches kleines Vogelweib, dachte sie, einen Partner und ein Heim zu haben — etwas, wo du deine Eier legen und deine Jungen ausbrüten kannst.

Alice schloß die Augen und schlief ein.

Sie war wieder auf der Straße, das Ende der Fahrt war nahe, die letzte Kurve in Sicht. Gleich würden sie Andrews Haus erreichen, ihr Heim in der Wildnis. 'Wenn wir zu den Bäumen dort kommen, sehen Sie es', sagte Rusty. Die Bäume waren wilde Feigen, dichtbelaubt und weit ausladend. Sie wußte, was ihr Blick finden würde: einen weißen Bungalow mit rotem Blechdach, dahinter das eiserne Gerüst eines Windrades. Giraffen blickten aus ihrer phantastischen Höhe verächtlich auf 'Sweet Sue' nieder, ein Löwe spähte mit schimmernden Bernsteinaugen aus dem hohen Gras, und dann trafen sie auf eine Impala-Herde. Sie rief: 'Nein! Wir müssen zurückfahren, Rusty, und den Löwen erschießen. Sonst schlägt er ein Impala.' Und Nimrod sagte auf englisch: 'Ich habe Ratau, dem Löwen, in die Augen gesehen, er ist gefährlich. Es ist einer von Ndlovukasis Löwen . . .' Aber Rusty lachte nur. Voller Entsetzen war sie sich seiner körperlichen Stärke bewußt,

der erregend wilden Vitalität, die wie eine goldene Aura um ihn her flimmerte, wie der Hitzedunst, der über dem Veld tanzte. Er war Ratau, der Löwe — *er!* Er war grausam, er war ihr Feind. Alle waren sie ihre Feinde, und sie wußten etwas, was sie nicht wußte. Was war es nur? Oase zupfte die Gitarre und sang leise vor sich hin: 'Es ist der verborgene Schmerz, der tötet — die Wunde, die keine Narbe hinterläßt . . .' Das summte sie immer wieder in einem unheilvollen Kalypso. Sie fuhren um die Biegung der Straße, und vor ihnen lag das Wasserrad, genau wie sie es schon vorher gewußt hatte. Doch das Haus davor war nicht Andrews Haus. Es war ihr Häuschen in London. Rusty fuhr durch den Staub bis vors Tor. 'Geh hinein!' sagte er. 'Die Treppe hinauf — du weißt, welches Zimmer —, dort wartet er.' Sie versuchte aufzuschreien — sich zu weigern, aber kein Wort kam aus ihrer Kehle. Sie hatten ihr die Zunge ausgerissen, doch es tat nicht weh. Schmerz ist wie Furcht . . . des einen Pein ist des andern Vergnügen, des einen Schmerz des andern Gift . . . Sie schoben sie die Treppe hinauf und in das Zimmer des Todes hinein.
'Da ist er! Das ist Andrew!'
Er stand, den Rücken der Tür zugekehrt, vor dem Fenster. Was tat er? Er hielt etwas gegen das Licht. Eine Injektionsspritze? Nein, eine kleine Schachtel; und mit der hellen Stimme, die sie schon im Funksprechgerät überrascht hatte, zählte er laut: 'Eins, zwei, drei, vier fünf — aber es *müßten* sechs sein. Eins, zwei — drei . . .' Es wurde zum Taktschlag, zum Rhythmus. Oase stand auch dort am Fenster und zupfte mit ihren schönen schlanken Händen die Gitarre. Sie sang mit ihm: 'Eins, zwei, drei, vier, fünf — aber es *müßten* sechs sein . . .' Endlos wurde der Kehrreim wiederholt, wie der Schlag eines Herzens, das Klopfen des Pulses. Ewig würde es so weitergehen — bis er sich umdrehte, bis sie sein Gesicht sah. Und wenn er sich umdrehte und sie sein Gesicht sah, würden Herz und Puls aufhören zu schlagen. Das Gesicht würde das Gesicht eines Elefanten sein — das Gesicht des Schicksals selbst. Der Löwe war hier König, der Elefant war Gott . . . der Elefant war Gott . . . war Gott . . . Gott . . . Er begann sich vom

Fenster abzukehren, sich langsam dem Zimmer zuzuwenden. Doch sein Gesicht war noch immer unsichtbar, dunkel vor dem Licht. Sie konnte das Gesicht des Elefanten, das Gesicht Gottes nicht sehen. Doch er kam auf sie zu. Wenn er sie berührte, würde sie sterben ...

Er streckte die Hand aus, eine lange, geschmeidige Hand, dunkel und gefährlich, die Nägel bleifarben, die Handflächen rosig. Konnte *das* die Hand Gottes sein?

Ah, jetzt berührte er sie! Strich über ihren nackten Arm. Ihr Körper krümmte sich vor ihm zusammen — er kreischte auf, weil sie ihr die Zunge herausgerissen hatten und ihr Mund stumm war ... Ihr Körper fuhr zurück und schrie, flehte ihn an, wegzugehen, doch ihr Mund schwieg, erstickt von den Bitten, die sie nicht zu äußern vermochte.

Seine kalten Fingerspitzen lagen auf ihrer ersterbenden Haut, streichelnd berührten sie sie mit dem Hauch des Todes ... 'Eins, zwei, drei, vier, fünf — aber es müßten ...'

»Nkosikasi, Nkosikasi!«

Schweißnaß wachte sie auf, ihr Herz hämmerte, die Lippen formten Worte, die nicht kommen wollten. Ihr entsetzter Blick traf die feuchten, dunklen Augen der jungen Frau Oase, deren kleine Hand auf der blassen Haut von Alices ausgestrecktem Arm ruhte. Die Hand zog sich zurück, das schöne verstörte Gesicht, das auf sie niederblickte, entspannte sich. Die junge Frau sagte etwas, was Alice nicht verstehen konnte, und sie antwortete schwach: »Danke!« Erschöpft lag sie da und starrte nach oben. Der kleine Vogel mit der Haube und dem langen Schwanz flitzte noch immer zwischen den Zweigen hin und her, und der Himmel war von reinem Blau. Aber irgend etwas hatte sich verändert. Plötzlich wußte sie den Grund. Ein Windhauch bewegte die Blätter, die vorher ein starres Muster auf blauem Grund gebildet hatten. Nun waren sie lebendig geworden, regten sich und flüsterten. Ein warmer Wind fächelte ihre heißen Wangen. Langsam richtete sie sich auf und stützte sich auf den Ellbogen; dann erhob sie sich und lehnte sich mit zurückgebeugtem Kopf an den Stamm des

Baumes. Sie schloß die Augen. Sie mußte wissen, ob das gefürchtete Bild noch hinter ihren Lidern lauerte. Doch da war nur das sanfte Gesicht der jungen Frau Oase.

»Der Teufel ist aus ihr gewichen«, sagte Oase in ihrer singenden Sprache zu Nimrod. »Er war sehr stark. Es war ein Habicht, der seine Krallen in das Herz von Likwezi geschlagen hatte. Doch nun ist er davongeflogen.«

Wie lange mochte Rusty schon fort sein? Alice blickte auf die Uhr. Eine Stunde war vergangen. Er hatte gesagt, in einer Stunde wolle er zurücksein. Von ferne hörte sie das Summen des Motors. Sie schaute die Straße entlang und sah die Wolke goldenen Staubes. Erbarmungsloses Schalten schien 'Sweet Sues' Eingeweide zu zerreißen. Alice lächelte. Damit würde sie Rusty necken. Gewöhnlich ging er nicht so mit 'Sweet Sue' um. Sie winkte, als der Wagen von der Straße auf die Lichtung einbog. Niemals hatte sie sich so gefreut, ein Ding oder einen Menschen begrüßen zu können. Befreit atmete sie auf. Ihr Herz war wieder leicht.

Doch am Lenker saß nicht Rusty.

Ein kleiner, verschrumpelter, affenartiger Mann kroch hinter dem Lenkrad hervor. Sein uraltes Gesicht war schwarz wie eine mondlose Nacht und von Runzeln und Stammesnarben zerfurcht. Seine breite, flache Nase erschien fast konkav, und seinen Kopf bedeckte eine Krause grauen Haars.

Sein knochiger Körper war bis auf ein Lendentuch, eine lange Halskette aus Leporaden-, Krokodil- und Löwenzähnen und einem Gürtel aus der Haut einer Pythonschlange völlig nackt. In dem Gürtel steckte ein Messer, und eine Affenfelltasche hing daran, die offenbar ein paar besonders geschätzte Habseligkeiten barg.

»Wo ist Nkosi?« fragte sie ihn.

Er antwortete in der Sprache, die sie nicht verstand.

»Nimrod!« rief sie. »Nimrod! *Irgendwie* — ganz gleich, wie — irgendwie mußt du es mir sagen — was ist Nkosi geschehen? *Du mußt es mir sagen!«*

Dumela

Als Rusty den Rastplatz verlassen hatte, war er quer durch das Veld gefahren, bis er zu der neuen Straße kam, die gerade gebaut wurde.
Wohin er auch blickte, überall traf er auf Elefantenspuren. Das stimmte ihn bedenklich. Im allgemeinen wanderten die Elefanten nicht so weit nach Süden, doch während der Trockenheit konnte es geschehen, daß einige Leitbullen neue Gebiete erkundeten; wenn sie ihnen zusagten, kehrten sie zur Herde zurück, um sie zu diesen besseren Weidegründen und zum Wasser zu führen.
Auch der Mensch hatte in diesem Distrikt Bäume gefällt, jedoch methodischer und genauer als der Elefant. Bald würde die Straße bereit sein für die Planierraupen, die hin und her ratterten, Staub aufwirbelten und das Wild verscheuchten. Dann würden die Walzen kommen, Kamps würden gebaut werden, und die Touristen würden von Velaba Besitz ergreifen. Rusty bedauerte es, daß diese Straßen gebaut wurden; ihm wäre es lieber gewesen, wenn Velaba nur von Waldwegen und Wildpfaden durchzogen bliebe; aber Touristen durften nicht ohne Wagen kommen, und der Nationalpark konnte sich ohne Touristen nicht tragen, also waren Straßen von entscheidender Wichtigkeit.
Das Auto war tatsächlich das 'neue Tier' im Wildreservat. Bald würde es in großer Zahl auftreten und wie jedes andere Tier seine Spur vom Schlafplatz zum Weidegrund, vom Wasserloch zum Sonnenbad, von der Suhle zur Salzlecke hinterlassen. Man würde sich an seine Gepflogenheiten gewöhnen, seine Harmlosigkeit würde sich erweisen, Geruch und Gestalt seiner menschlichen Insassen würden verborgen bleiben, und allmählich würde es von den Tieren als eines der Ihren anerkannt werden — eine neue Art, aber mit allem, was üblicherweise dazugehörte: Augen und Zähne, ein arteigenes Brüllen und ein feststehendes Verhalten, das sich den Regeln von Zeit, Ort und Jahreslauf anpaßte. Sein Bruder Andrew hatte eine Theorie des 'Autotieres' im Natonalpark entwickelt. Es mußte ein Tagtier sein — einer strengen Disziplin

unterworfen, wenn es dem Touristen wirkliche Sicherheit bieten sollte.

»Wir dürfen eines nicht vergessen, Rusty: Gibt es auch nur ein einziges Unglück, dann ist es mit dem ganzen Gedanken des Schutzgebiets aus und vorbei!« Und obwohl Rusty meistens wenig Geduld für die Theorien seines Bruders aufbrachte, mußte er zugeben, daß Andrew hier auf dem richtigen Weg war. Für Andrew war der Tourist ein notwendiges Übel, ein lästiges Geschöpf von besonderer Verwundbarkeit, ein Tier, das um jeden Preis vor seiner eigenen Torheit geschützt werden mußte.

Als Rusty sich der Straßenbaustelle mit den Arbeiterzelten näherte, fiel ihm eine drückende Stille auf. Weshalb hieben die Picken nicht in den Boden, schlugen die Äxte nicht ins Holz, gruben die Spaten keine Wurzeln aus? Weshalb sangen da keine Männer, die sich in die Seile legten, um die größeren Bäume zum Stürzen zu bringen? Kein Gesang, kein Geschwätz, kein Gelächter? Dann sah er den Trupp mit aschfahlen, entsetzten Gesichtern auf der Lichtung. Er fuhr heran, sprang aus dem Wagen und trat zu ihnen. Sie starrten ihn an mit Augen, in denen sich das unaussprechliche Grauen über den gewaltsamen Tod widerspiegelte, der sich eben ereignet hatte.

»Was ist geschehen? Sag du es mir, Dlameni, mein Alter!«

Der kleine verschrumpelte Vorarbeiter trat auf ihn zu, elfenbeinweiß hob sich die Halskette aus Raubtierzähnen von der dunklen eingefallenen Brust ab.

»Mbula ist tot, Nkosi. Dumela hob ihn mit seinem Rüssel hoch und schmetterte ihn zu Boden. Dann zertrampelte er ihn. Nichts ist übriggeblieben, was zeigt, daß Mbula noch vor kurzer Zeit ein Mann war.«

Die Gruppe machte Platz, und Rusty sah die blutige Masse. »Wie geriet er an Dumela? Womit hat er den Elefanten gereizt?«

»Mbula kam von den Zelten zwischen den Bäumen; er wußte nicht, daß der große Elefant so nahe war. Dort stand Dumela, Nkosi, dort, unter dem großen Marulabaum, still wie ein Fels, vielleicht schlief er. Mbula berührte ihn aus Versehen, und dann war es zu spät, um Gnade zu rufen. Der Große hatte ihn schon gepackt.«

»Wann ist der Elefant in diese Gegend gekommen? Und warum?«

»Seit drei Tagen sieht man ihn — bald hier, bald dort. Er ist aus der Herde ausgestoßen worden und sucht nun ein Weib. Er ist riesig, Nkosi. Nie habe ich so prächtige Stoßzähne gesehen, und ich habe viele gesehen in meinem langen Leben. Aber sein Auge ist rot vor Wut, und seine Stimmung ist die eines von Dagga berauschten Mannes. Er ist wild und ein Mörder, angefüllt mit Bosheit. Er muß sterben.«

Wenn ein Mann, der in einem Wildpark beschäftigt ist, bei seiner normalen Pflichtausübung von einem wilden Tier getötet wird, ohne daß er dieses Geschöpf belästigt hat, dann ist das Leben des Tieres verwirkt. Wenn Rusty seiner Verpflichtung in dieser Angelegenheit nicht nachgekommen wäre, hätte keiner seiner Leute sich mehr sicher gefühlt.

»Du hast recht, mein Alter. Dumela muß sterben. Mbula wird noch heute gerächt werden. Einer von euch wird mit mir kommen, wir wollen seiner Spur folgen, solange sie frisch ist.«

Obwohl Rusty zuversichtlich sprach, war ihm keineswegs besonders wohl zumute bei dieser Aufgabe. Wenn nur Nimrod mit dem zweiten Gewehr hier wäre! Doch zum Rastplatz zurückzufahren und ihn zu holen, hieße wertvolle Zeit verschwenden, und außerdem wäre es gefährlich, Alice, Oase und das Kind ohne Schutz zu lassen. Es war eine verteufelte Sache, bei so einer Angelegenheit ein Frauenzimmer am Hals zu haben. Man war erheblich durch sie behindert.

Er sah sich in der Gruppe um. Wer wollte ihn freiwillig begleiten? Ein Bursche mit kühnen Augen und einem kräftigen glänzenden Körper meldete sich.

»Laß mich mit dir gehen, Nkosi. Mbula war mein Bruder.«

'Bruder' konnte Freund oder Stammesgenosse heißen, aber auch die volle Blutsverwandtschaft bedeuten. Es war kein Unterschied darin. Rusty kannte den jungen Mahuli als einen brauchbaren

Fährtenleser, der schon als Wildhüter gearbeitet hatte, jetzt jedoch wegen des höheren Lohnes Lastwagenfahrer war.
»Gut«, sagte er. »Abgemacht. Du kommst mit mir, Mahuli. Und du, Dlameni, wirst meinen Wagen zum Rastplatz auf dem Hügel der Kassiabäume zurückfahren. Sag meinem Wildhüter Nimrod, daß ich nicht eher zurückkomme, bevor der Elefant tot ist. Habe ich recht, wenn ich annehme, daß du fahren kannst?«
Voller Stolz erwiderte Dlameni, daß er tatsächlich ein Fahrer von großer Geschicklichkeit sei. Überdies kenne er den Hügel der Kassiabäume, und Nimrod sei der Neffe der vierten Tochter von der dritten Frau des Schwagers seiner Schwester. Also ein naher Verwandter.
Rusty wußte, daß Nimrod tief bekümmert sein würde, wenn ein anderer als er seinen Herrn bei einer so gefährlichen Jagd begleitete. Es würde eine schwere Versuchung für ihn sein, sich allein aufzumachen, um Rusty und Mahuli zu finden. Aber das durfte auf keinen Fall geschehen.
»Sag Nimrod, daß er den Rastplatz nicht verlassen darf. Er und die junge Frau Oase sollen einen Dornwall um den Platz bauen, denn wir müssen die Nacht dort verbringen. Und sie müssen viel Holz sammeln, damit unser Feuer nicht ausgeht. Außerdem muß er sich um die weiße Nkosikasi kümmern, die mit mir reist, falls der Elefant dorthin kommt.«
Er blickte auf den blutigen Boden und die zerschmetterten Knochen des braven Boys und sagte:
»War Mbula Christ?«
Sie schüttelten den Kopf.
»Dann begrabt, was von ihm geblieben ist, nach dem Brauch seines Stammes. Danach beginnt wieder mit der Arbeit.« Er wandte sich an Mahuli: »Woher kam Dumela, als Mbula auf ihn stieß?«
»Er stand still, doch er ruhte nur aus, ehe er die Straße überquerte, um zum Wasser zu gehen. Er kam aus den Mopane-Wäldern.«
So hatte Rusty es sich auch gedacht. Der Elefant kehrte von seinem Weideplatz zurück zum Fluß. Auf diesem Weg lag der Rastplatz.

Er ging zu 'Sweet Sue' hinüber, nahm seine schwere Büchse heraus und reichte sie Mahuli.
»Du trägst das Gewehr, bis wir Dumela nahekommen, dann werde ich es nehmen.«
Dlameni, der kleine affenartige Mann, kletterte in den Fahrersitz und ließ 'Sweet Sue' an. Mit einer Reihe von Schaltungen, die an Rustys abgehärteten Nerven rissen, fuhr er seines Weges. Rusty legte seinen Patronengurt um.
»Wir wollen uns aufmachen«, sagte er zu Mahuli. »Vielleicht haben wir viele Meilen zu gehen.«
Die tellerähnliche Spur des Ungeheuers führte sie in die südlich gelegenen Wälder. Entwurzelte Bäume, abgerissene Rinde, zerbrochene Äste und zertretenes Gras bezeichneten den Weg des bösen Tieres. Grüne Fliegen summten über einem Haufen dampfenden Dungs. Dumela hatte keinen großen Vorsprung.
Die Sonne brannte auf das Veld herab. Kein Blatt rührte sich, kein Halm des hohen roten Grases zitterte. Mahuli wanderte vor Rusty. Ihm war jeder Zoll des Gebietes vertraut. Wären sie südlich des Flusses gewesen, hätte Rusty die Führung übernommen, denn jene Gegend war ihm so genau bekannt wie diese dem jungen Mahuli. Die Reihenfolge, in der sie gingen, wurde nicht von Autoritäts- oder andern Unterschieden bestimmt. Hier zählten nur Erfahrung und Klugheit.
Sie zogen bereits länger als eine halbe Stunde quer durch das Land, bevor der erste Windhauch die atemberaubende Hitze ein wenig erträglicher machte.
»Gut, daß der Wind in dieser Richtung weht«, sagte Mahuli. »Dumela wird unsere Witterung nicht bekommen.«
»Nur schade, daß der Wind noch keinen Regen bringt«, erwiderte Rusty.
»Bei Sonnenuntergang wird er sich drehen, Nkosi. Das ist häufig so. Wenn die Hitze groß ist, kommt der Regen bald.«
»Hoffentlich hast du recht.«
Sie sprachen nur selten und sehr leise, während sie dem Elefanten auf den Spuren seiner Zerstörung folgten. Obwohl Dumela —

'Der, der angreift' — ihr Ziel war, konnte es sehr wohl sein, daß in dem hohen Gras Löwen, ein Leopard oder giftige Schlangen verborgen waren. Sicherheit gab es nie.
Rusty spürte, wie die Erregung in seinem Blut wuchs, der alte, seit Urzeiten bestehende Reiz der Jagd, die aufsteigende Blutlust. Sein Großvater, der Elfenbeinjäger, mußte dieses Gefühl gehabt haben, wenn er seine Beute verfolgte und die Todesgefahr dabei auf sich nahm. Der Mann war von Natur aus Jäger, und Rusty dachte verächtlich, daß der Mann als Wildheger eine unnatürliche Erscheinung sei, geboren aus einer dekadenten, intellektuellen Einstellung zum Leben des Wildes. Verfolgen, hetzen und töten, das war das Ursprüngliche. Die Hege war etwas für Idealisten, für kultivierte, hochzivilisierte Männer wie Andrew.
Wir sind ein merkwürdiges Gespann, Andrew und ich, überlegte Rusty. Wir lieben die gleichen Dinge, das ist immer so gewesen, aber unsere Anschauung von den Dingen, die wir lieben, ist sehr verschieden. Wenn Andrew jetzt an meiner Stelle wäre, würde er die Notwendigkeit, den Einzelgänger erschießen zu müssen, ehrlich bedauern. Er würde keine Feindschaft gegen den Mörder von Mbula spüren — nur jenes göttliche Mitleid, mit dem er alle Geschöpfe umfaßt. Er würde ohne die geringste Freude darüber, einen triftigen Grund für diese Jagd zu haben, ans Werk gehen — nur mit der kalten juristischen Allmacht des Richters, der gleichzeitig Henker ist. Ich dagegen kann niemals ein Wildrudel sehen, ohne mir sofort das schönste Gehörn auszusuchen und zu überlegen, von wo aus ich schießen müßte, wenn ich auf Jagdtrophäen aus wäre. Oder wie er auf die Freite geht — mit Feder und Tinte! Wenn ich Alice Lang hätte haben wollen, hätte ich niemals meinen Bruder geschickt, sie zu holen. Ich hätte gesagt: Zum Teufel mit den Wilderern und dem ganzen Nationalpark-Kuratorium! Ich hätte auch auf dem Bahnhof nicht abgewartet, ob ich ihr gefalle, sondern hätte sie einfach, wie sie da stand, in den Arm genommen und auf den Mund geküßt, dessen linker Winkel zittert, sobald sie sich einmal nicht ganz in der Hand hat; ich hätte . . .
»Nkosi! Die Spuren sagen, daß Dumela zum Kassia-Hügel geht.

Am Hang dieses Hügels stehen Mopane-Bäume. Dort wird er auf dem Weg zum Fluß vorüberwollen.«

»Wir müssen schneller sein als er, Mahuli. Das ist dicht bei unserm Rastplatz. Der Wind wird Dumela die menschliche Witterung zutragen, und alle da oben sind bedroht. Lauf, Mahuli! Lauf!«

Mahuli hatte die Absichten des Einzelgängers richtig erkannt Der Elefant war einem ausgetretenen Wildpfad gefolgt, bis er die Senke am Fuß des langgestreckten Hügels erreichte. Dort war er eine Zeitlang geblieben und hatte den nassen Schlamm getreten, bis genügend Wasser an die Oberfläche gedrungen war, um seinen Durst zu löschen. Dann begann er den Hang hinaufzusteigen, der Mopane-Gruppe zu, die kaum hundert Meter von Alice Lang entfernt war; das Mädchen stand auf dem Gipfel des Hügels, beschattete die Augen vor der untergehenden Sonne und spähte über das dichtbewaldete Tal hinweg.

Neben ihr wartete Nimrod, das Gewehr in der Hand, lauschend, beobachtend.

Für Alice wollte der Nachmittag kein Ende nehmen, es war bestimmt der längste ihres Lebens. Seit Dlameni, der zerfurchte, affenartige Alte aus dem Wagen geklettert war, hielt die Furcht sie in den Fängen — die Angst um Rusty und die Angst um sich selbst. Gemeinsam hatten Nimrod, Oase und Dlameni ihr erklärt, daß Rusty einen Elefanten verfolge, der einen Menschen getötet habe. Die junge Frau hatte die Geschichte mit kleinen Bildern erzählt, die sie in den Sand zeichnete, und Nimrod konnte, wie Alice entdeckte, viel mehr Englisch, als sie angenommen hatte. Doch immer noch fand sie es fast unglaublich, daß wenige Meilen entfernt ein Mensch zu Tode getrampelt worden war und daß Rusty den Mörder verfolgte.

Sie hatte Nimrod und Dlameni dabei zugesehen, wie sie Zweige von den Dornbäumen hieben und einen Wall um den Rastplatz bauten. Sie hatte erkannt, daß sie, was auch geschehen mochte, die Nacht hier schlafen würden, und hatte Oase beim Suchen von Brennholz geholfen. Jede Tätigkeit war besser, als nichts zu tun.

Von Zeit zu Zeit hatte Nimrod sie verlassen, um über das Land hinauszuspähen, doch als sie ihn begleiten wollte, hatte er den Kopf geschüttelt. Aber schließlich hatte ihre nervöse Unruhe seinen Widerstand überwunden. »Jetzt gehe ich mit dir«, hatte sie gesagt. Und wie ein Tier, das die Bedeutung aus dem Ton, nicht aus den Worten versteht, hatte er sich ihrem Entschluß gefügt. Was Likwezi tun wollte, würde sie tun.

Als sie nebeneinander auf dem Gipfel des Hügels standen, der leichte Wind ihr Haar zerzauste, die Haut kühlte und die Hitze des Tages beim Nahen des Abends nachließ, bemerkte Alice plötzlich, wie Nimrods Körper sich spannte und seine Hand das Gewehr fester umschloß. Er war erstarrt, wie sie es bei Tieren gesehen hatte, die beim ersten Zeichen von Gefahr erstarren; er lauschte mit seinem ganzen Wesen — mit Ohren, Augen, Nerven und all den winzigen unsichtbaren Fühlern des Jägers. Er suchte die genaue Richtung, aus der ein merkwürdiges neues Geräusch kam. Wie weit war es entfernt? Wo war es?

Vorsichtig bewegte sich Nimrod über die flache Kuppe des Hügels, bis er den sanften Hang hinabzublicken vermochte. Dort irgendwo würde er Dumela finden. Ein Rumpeln in den Eingeweiden des Elefanten hatte seine Gegenwart verraten. Nimrod späte in eine Gruppe von Mopane-Bäumen, und dabei sah er, wie der schlangengleiche Rüssel einen Zweig herabzog und abbrach.

»Dumela!« flüsterte er. »Dumela!«

Ein wenig weiter hangabwärts sah er gerade noch die winzigen Gestalten seines Herrn und Mahulis, die sich dem Elefanten näherten.

Alice war Nimrod gefolgt, doch obwohl sie in die gleiche Richtung blickte wie er, vermochten ihre ungeschulten Augen Dumela nicht sofort zu erkennen. In den langen Schatten des Spätnachmittags hätte die ungeheure Gestalt ebensogut ein vier Meter hoher Termitenhaufen oder ein Granitblock sein können. Doch als der Wind dem Einzelgänger die menschliche Witterung zutrug, hob er den Kopf, und die schönen Elfenbeinstoßzähne glänzten im Licht. Der lange Rüssel begann sanft hin und her zu schwingen und die Luft nach Gefahr abzusuchen. In dem Augenblick sah ihn Alice, und es verschlug ihr den Atem. Selbst auf diese Entfernung sah er ungemein bedrohlich aus — ein prähistorischer Mörder. Früher oder später mußte es zum Kampf zwischen Rusty und diesem Mastodon kommen — es galt Rustys Leben oder das Leben dieses Einzelgängers.

Der Elefant breitete die großen Ohren aus und klappte sie vor und zurück. Er war auf der Hut und wußte nicht, was er tun sollte. Er schien sehr reizbar, und die menschliche Witterung wurde stärker, als der Wind auffrischte. Er hatte getötet und konnte wieder töten. Das Fieber des *Musth* strömte durch sein Blut und rötete die boshaften kleinen Augen, doch die alte Gewohnheit, dem Menschen auszuweichen, war tief eingewurzelt, und es entsprach nicht den Gepflogenheiten Dumelas, bergauf anzugreifen. Langsam schlug der große Rüssel hin und her. Nimrod machte Alice ein Zeichen, sie solle bleiben, wo sie sei, während er sich in geräuschloser Eile in einem Halbkreis auf das Tier zubewegte, bis er sich an seiner Flanke befand. Als dunkler, fliegender Schatten näherte Nimrod sich der ungeheuren Gestalt, die ihn weder sah noch witterte. Und jetzt erkannte Alice Rusty, der die Büchse zur Schulter hob.

Zwischen Rusty und dem Einzelgänger lagen kaum mehr als fünfundzwanzig bis dreißig Meter. Doch bis dahin war der Elefant durch ein dichtes Dorngebüsch geschützt gewesen und hatte dem Jäger den Rücken zugekehrt. Als Dumela sich jetzt halb umwandte, legte Rusty den Sicherungshebel um und zielte.

Das massige Haupt war wütend und argwöhnisch erhoben, die großen Ohren flappten vor und zurück, der Rüssel schwang hin und her. Das Tier kehrte Rusty das teilweise von Laub verdeckte Profil zu, während die Strahlen der sich neigenden Sonne auf den mächtigen grauen Rumpf fielen und das Elfenbein leuchten ließen. Die starke Erregung des Jägers im Augenblick der Erprobung ergriff Rusty. Doch in diesem Gefühl war nichts von zitternder Leidenschaft; es war nur noch die eiskalte Entschlossenheit, das Geschoß in Dumelas Gehirn zu bringen. Es ging um ei-

nen Kampf auf Leben und Tod zwischen ihm und dem Einzelgänger, in dem es kein Element der Überraschung gab. Der Elefant war ebenso darauf aus zu töten, wie der Mensch. Und soweit Rusty wußte, gab es kein zweites Gewehr, das ihn unterstützen konnte, falls er sein Ziel verfehlte. Es mußte das Gehirn sein. Sein Blick suchte genau die Stelle zwischen Auge und Ohr, durchdrang die dicke graue Haut bis hinein in die Masse des Gehirns, die von dem Geschoß zerschmettert werden mußte. Rusty *sah* in dieses Gehirn hinein. Er zielte nicht *auf* den großen Kopf, sondern in ihn *hinein*. Seine Hand war stark und ruhig, die langen heißen Stunden des Marsches vermochten ihn nicht zu schwächen. Er war Herr der Situation und seiner selbst. Jetzt . . . sollte er sein Teil erhalten!
Doch das Geschoß, das in Dumelas Wange schlug, traf eine Kleinigkeit zu tief und machte das große Tier nur noch wütender. Als es sich seinem Feind zuwandte, fiel sein entzündetes, kurzsichtiges Auge auf den Mann, der ein Stück hangabwärts die Büchse von neuem lud.
Dumela zögerte nicht. Er trat die paar Schritte zurück, die den Angriff einleiten, breitete die riesigen Ohren aus wie zwei große Segel, hob den Kopf, ringelte den Rüssel zusammen und öffnete weit das Maul zu einem gräßlichen, ohrenbetäubenden Schrei der Wut und des Schmerzes. Dann kam er.
»Nkosi! Nkosi!«
Mahuli, wenige Schritte hinter Rusty, sprang dem Ungeheuer aus dem Weg und erkletterte mit affenartiger Behendigkeit den nächsten Baum. Die Erde bebte, und die Bäume zitterten, als der rasend gewordene Elefant den Hang hinabstampfte und seinen gräßlich urtümlichen Kampfschrei ausstieß. Alles, was Dumela im Wege stand, stürzte. Büsche und Äste trug er wie zur Tarnung auf der mächtigen Brust und dem Kopf. Rusty richtete die Büchse auf das offene, schreiende Maul. Durchs Maul ins Gehirn! Es war die einzige Rettung. Wenn er sein Ziel verfehlte — einen dritten Schuß gab es nicht! Das wäre das Ende.
In hypnotisiertem Entsetzen sah Alice zu, wie das kurze Drama

zu Ende ging. Für den Bruchteil einer Sekunde wurde das Schreien des Tieres von dem zweiten Schuß übertönt; und dann kam aus einer andern Richtung der dritte. Der Dickhäuter schwankte und schien abzubiegen, er sank in die Knie und verschwand langsam wie ein graues Schlachtschiff in einem tiefen Laubmeer. Sie sah, wie Nimrod auf das verendende Tier zusprang, und dann raste der kleine Affenmann Dlameni an ihr vorüber ins Tal hinunter, Smokey folgte ihm auf den Fersen.

Sie wollte ihnen nach, doch das Entsetzen lähmte sie. War Rusty unter das ungeheuerliche Gewicht gefallen? Ihre Hand fuhr zur Kehle. Sie fühlte sich elend, als würde sie ohnmächtig. Sie lehnte sich an einen Baum und schloß die Augen. Ihre Knie zitterten, und die Hände waren feucht. Welch entsetzliches Bild erwartete sie im Tal? Das war der Alpdruck – der Traum von Angst, in die lebendige Wirklichkeit übertragen. Dort unten erwartete sie etwas, was sie sich nicht vorzustellen wagte.

Eine leichte Berührung am Arm ließ die Augen mit einem Schauder öffnen, der ihren ganzen Körper erschütterte. Oase, die junge Frau, stand neben ihr mit aschfahlem Gesicht. Das Kind auf ihrem Rücken kreischte. Sie weiß, daß Rusty tot ist, zerschmettert und zertreten, dachte Alice. Nun ist sie meinethalben traurig, wie ich es um ihretwillen war. Das ist die Sprache ihrer Augen. Sie sprechen von ihrer Furcht, von ihrer Sorge und von ihrem Mitgefühl, weil mein Mann wie der ihre entsetzliche Verletzungen erlitten hat.

Laut sagte sie: »Aber Rusty ist nicht mein Mann, Oase ... er ist nicht mein Mann ...«

Der Klang der eigenen Stimme gab ihr wieder Kraft. Sie richtete sich auf und holte tief Luft.

»Geh nicht dort hinab, Nkosikasi!« flehte Oase in ihrer Sprache. Doch sie wußte, daß ihre Warnung in den Wind geschlagen wurde. Likwezis Gesicht war stark und hart und ihre Augen dunkel wie der Himmel vor dem Sturm. Sie ging vorwärts – hinab ins Tal. Was immer sie dort auch erwarten mochte, nichts würde sie aufhalten.

Oase sah ihr nach. Ein Teufel war an diesem Tag verreckt. Am frühen Nachmittag war Likwezi im Schlaf von diesem Teufel besessen gewesen, und als er sie verließ, war er zweifellos in Dumela gefahren. Er hatte versucht, Nkosi zu vernichten, und war dabei selber getötet worden. Oase hockte sich auf dem Gipfel des Hügels nieder, beobachtete und wartete. Schon schwangen sich Geier über den glühenden Himmel und sanken hernieder. Der Wind erstarb, als die Sonne unterging. Die Hündin Tombazane kroch näher zu Oase und leckte ihr die Hand, und ihre schlanken dunklen Finger streichelten sie.
Sie begann vor sich hin zu summen. Es war ein trauriges Lied, ein Wiegenlied der Klage, doch während das Kind zuhörte, verging sein Schluchzen, und es schlief ein.

Thea

Andrew schaute vom Schreibtisch auf. Die Fliegenschutztür draußen hatte sich geöffnet, war wieder zugefallen, und ein leichter Schritt überquerte die Veranda.
Die vertraute Gestalt eines Mädchens zeichnete sich als Silhouette in der Türöffnung seines Büros ab — eine Gestalt, die er seit vier Jahren kannte und immer willkommen hieß. Doch wie sie sich verändert hatte! Thea Hurley, das kleine Schulmädchen, das den ersten Hegemeister so offen und kindlich angeschwärmt hatte, war zu einem großen, gertenschlanken Geschöpf herangewachsen, das ihn jedesmal, wenn sie auf Ferien nach Haus kam, überraschte. Die Jahre zwischen vierzehn und achtzehn — dachte er — scheinen in jeder Hinsicht formbildend zu sein.
»Störe ich Sie, Andrew?«
»Ja. Macht es dir etwas aus?«
»Nein. Ihnen?«
»Grundsätzlich ja. Im Sonderfall nein. Aber ich muß mit diesem Plan hier fertig werden.«

»Wofür ist der?«
Sie trat in das Büro und setzte sich auf die Ecke seines Schreibtisches, während sie ihre langen, nackten Beine baumeln ließ. Ein breiter roter Gürtel schlang sich um die Taille ihres bedruckten Baumwollkleides — eine sehr schlanke Taille, wie er bemerkte. Was war aus seiner 'welpenhaft dicken' kleinen Freundin geworden? Hatte sie sich über Nacht verwandelt, oder war das so allmählich geschehen, daß es eines scharlachroten Gürtels bedurfte, seine Aufmerksamkeit darauf zu lenken?
Während er sie so vor sich sah, sagte er mit ziemlich bekümmertem Gesicht:
»Der Plan ist für Velaba. Wir müssen den Park so bald wie irgend möglich für die Touristen öffnen. Das kann jeden Tag geschehen. Ich arbeite gerade eine Liste von Erfordernissen und Vorschlägen aus — die Kamps, die wir errichten müssen, die Bautrupps, die wir dazu brauchen, die Läden, die notwendig sind, neue Heger —, also das Skelett einer arbeitsfähigen Organisation, die eine reizvolle finanzielle Belastung in eine Einnahmequelle verwandelt.«
Mit dem Zeigefinger drehte Thea die Karte, die auf seinem Schreibtisch lag, so, daß sie sie studieren konnte, ohne ihre Stellung zu verändern. Ihre dichten goldbraunen Wimpern warfen ausgezackte Schatten auf ihre Wangen. Trotz der Sonnenbräune war ihre durchsichtige Haut so hell, daß Andrew glaubte, das Blut in ihren Adern zu sehen. Ihr Haar hatte einen Schimmer von Silber und Gold. Es war etwas Unschuldiges an ihr, vielleicht, weil sie so wenig Make-up benutzte — nur eine Spur Puder —, oder vielleicht auch, weil er sie immer mit der Mission in Zusammenhang brachte. Gewiß war ein Mädchen, das in dieser abgelegenen Gegend von so frommen Eltern erzogen worden war, nicht so weltklug und aufgeklärt wie ihre städtischen Altersgenossinnen. Wenn man Meg glauben durfte, dann wußten die Sechzehn-, Siebzehnjährigen heutzutage über weit mehr Dinge Bescheid als früher mancher Erwachsene. Aber schließlich war Thea auch in Pretoria auf einer Internatsschule gewesen und hatte

dort bestimmt mehr als Lesen, Schreiben und Rechnen gelernt. Ihr plötzlicher Ausruf klang wie ein Schmerzensschrei.
»*Hier* darf kein Kamp her! O Andrew, wie können Sie so etwas vorschlagen — das dürfen Sie einfach nicht!« Ihr Zeigefinger preßte sich auf einen Punkt, etwa zwanzig Kilometer von Kamp Drei entfernt, den er markiert hatte. »Das ist doch unser Platz . . .«
Er strich sich mit der Hand über die Stirn — eine Bewegung, die sie so gut kannte.
»Aber Thea, es ist ein idealer Platz für ein kleines Kamp. Das Wasserloch ist nur wenige Minuten entfernt — und die Touristen sind dort mitten im Elefantengebiet. Und man kann das Kamp hoch genug legen, damit die Elefanten es nicht angreifen. Ich kann nicht so tun, als gäbe es diesen Platz nicht.«
Die Farbe, die ihr ins Gesicht gestiegen war, verblaßte. »Das ist ein Sakrileg.«
»Die Tochter eines Missionars sollte so ein Wort nicht leichtfertig gebrauchen.«
Er nahm die Brille ab, die er zum Schreiben aufgesetzt hatte, und sie sah, daß die schönen, müden grauen Augen sie anlachten, herzlich, nachsichtig. Aber sie erwiderte dieses Lächeln nicht. Sie sprang ungeduldig vom Tisch und trat zur Wand, wo sie auf ein paar angeheftete Tabellen starrte. *Veld-Leitung, Raubtier-Überwachung, Wilderei, Veld-Brände.* Die Überschriften verschwammen vor ihren tränengefüllten Augen; sie hatte das Gefühl, als habe sie plötzlich etwas verloren — Beziehungen, die nie wieder so sein würden wie früher . . . Andrew . . . Velaba . . .
»Was kann man machen?« sagte er. »Der Touristenverkehr war schließlich das Ziel dieses sich ziemlich lange hinziehenden Unternehmens — der Aufbau Velabas als Nationalpark.«
»Alles wird nun anders werden — alles!« Sie hatte die Fäuste geballt. »Ich kann's nicht ertragen.«
Ihm ging die volle Bedeutung ihres Kummers nicht auf. Er wußte, daß sie das Schutzgebiet liebte. In den Ferien war es immer ihre größte Freude gewesen, ihn zu begleiten, wenn er eines der bestehenden Wildgebiete inspizierte oder ein neues plante, und das

Wasserloch, das eine große Attraktion in der Nähe eines Touristenkamps sein würde, war ihr Lieblingsplatz. So manche glückliche Stunde hatten sie dort gemeinsam verbracht und den Tieren zugesehen, die in der Abendkühle zur Tränke kamen. Es war ihre Freude und ihr Stolz, daß er sie dorthin mitgenommen hatte, wo nie eine andere Frau gewesen war. Und deshalb war es nicht verwunderlich, daß es sie schmerzte, dieses Vorrecht nun mit Dutzenden interessierter Touristen teilen zu sollen.

»Wir müssen es ertragen, Thea. Mir gefällt es auch nicht. Aber wir dürfen nicht selbstsüchtig sein. Denk an die Herrenhäuser in England — alle Abgeschiedenheit ist dahin, die Eigentümer beschränken sich auf wenige Räume und betätigen sich an Feiertagen und während der Urlaubszeit als Fremdenführer für den *Hoi-polloi.*«

»Halten Sie mir keine Predigt, Andrew! Davon bekomme ich zu Hause schon genug zu hören.«

»Gut, ich werde es lassen. Aber da du gerade von zu Hause sprichst, wissen deine Eltern, daß du hier bist?«

»Ich habe ihnen nichts davon gesagt. Mir kam ganz plötzlich der Gedanke, als ich auf dem Rad am Tor des Schutzparks vorüberfuhr. Der alte Saul hatte Dienst am Tor, setzte sich auf sein Rad und begleitete mich. Aber das wäre gar nicht nötig gewesen. Es ist uns nicht ein einziger Löwe, kein Elefant oder sonst etwas begegnet, nur ein paar Antilopen.«

»Wird deine Mutter sich keine Sorgen machen?«

»Warum? Ich bin erwachsen und alt genug, um für mich selbst zu sorgen.«

»Bist du das wirklich? Mir bist du nie sehr erwachsen vorgekommen.«

»Das ist es ja«, sagte sie mit erstickter Stimme. »Es hat zu lange gedauert, bis ich erwachsen wurde — und dann war es zu spät.«

Er legte seine Papier in eine Schublade und ging durchs Zimmer auf sie zu.

»Was ist denn los, Thea?«

»Ach, lassen Sie nur! Sie hinken übrigens heute stärker als sonst.«

»Ein gutes Zeichen. Dann ändert sich das Wetter.«
Sie drehte sich ihm rasch zu, ihre Züge wurden weich vor Mitgefühl.
»Armer Inyanga! Diese gemeine alte Wunde! Aber wir brauchen den Regen so dringend.«
»Das Jahr war sehr trocken. Du kannst die Schadenfeuer auf der Karte direkt hinter dir sehen — die riesigen verwüsteten Gebiete sind rot eingezeichnet. Trotzdem wäre es mir lieb, wenn das Wetter erst in vierundzwanzig Stunden losbräche — damit Rusty und Alice Lang noch vorher da sind.«
»Natürlich. Eigentlich bin ich heute abend herübergekommen, um Sie zu fragen, ob ich hier ein paar Blumen für morgen aufstellen soll. So einen weiblichen Hauch . . . nur Begrüßung für Alice Lang.«
»Das ist reizend von dir — aber sie wird ja bei euch wohnen — in der Missionsstation.«
»Ich dachte nur, sie sollte einen guten Eindruck von Ihrem Haus bekommen. Es wird ja schließlich ihr Heim werden . . .«
»Wer hat dir denn das gesagt?« unterbrach er rasch.
»Mutti. Sie meinte wohl, es sei besser, wenn ich es wüßte. Mir wäre es lieber gewesen, Sie hätten es mir selbst gesagt. Ich kann mir auch nicht vorstellen, warum Sie es nicht getan haben.«
Sie öffnete das Fenster und blickte mit abgewandtem Gesicht in den Garten hinaus.
Es war ein Obstgarten voll blühender Bäume. Kamp Drei war früher einmal Teil einer Ranch gewesen, und der ursprüngliche Eigentümer hatte eine kleine Jagdhütte gebaut — das jetzige Haus des Hegemeisters. Er hatte es mit blühenden Sträuchern, Zitrus-, Mango- und Papayabäumen umpflanzt. Nun trug der Abendwind exotische Düfte von zarten Bauhinien, Steinbrechgewächsen, Apfelsinen- Zitronen- und Mangoblüten zu Thea herein. Hell flammte der Himmel über dem bewegten Spiel der Blätter, und hinter den einfachen Umrissen des Hauses sah sie die düstere Silhouette des Gebirges. Wie sie diesen Platz liebte — wie sie ihn liebte! Andrew stand neben ihr. Sie spürte seine Nähe, als berühre

er sie — seine Wärme, seinen Körper, die sonnengebräunte Haut, den Geruch von Zigarettenrauch, der ihn umgab. Er rauchte zu viel, seine Finger waren vom Nikotin gebräunt. Sie brauchte ihn nicht anzusehen, um zu wissen, daß seine Augen — dunkelgrau und sanft, mit Krähenfüßen an den Außenwinkeln — voll Verlegenheit waren, weil er nicht wußte, womit er sie verletzt haben könnte. Er würde sie niemals verletzen wollen — sie nicht und kein lebendes Wesen.

»Und was hat deine Mutter dir über Alice Lang erzählt — und über mich?«

»Daß Sie vorhaben, sie zu heiraten. Und daß sie nicht eher zu Ihnen kommen konnte, weil sie ihre Mutter pflegen mußte, die an einer unheilbaren Krankheit litt.«

Sie hörte, wie er tief atmete.

»Ach . . . und was sonst?«

»Daß Sie sie noch nie gesehen haben — daß Sie sich seit über zwei Jahren schreiben — daß Sie geistig aufeinander abgestimmt sind. Eingestimmt. Das ist Mutters Ausdruck.«

»Und was hältst du davon?«

»Ich weiß nicht. Kann man sich in den Geist eines Menschen verlieben — nur in den Geist? Ich bin ein gewöhnliches Mädchen und kann mir so etwas nicht vorstellen. Für mich bedeutet Liebe einen Menschen, den ich sehen, mit dem ich reden — und den ich berühren kann, ein Gesicht, von dem ich nachts träume.«

»Was weißt du schon von Liebe — mit deinen achtzehn Jahren?« Ihr Lachen klang, als sei es gesprungen. »Ihr Hausboy Maxim hat eine Frau von fünfzehn. Sie bekommt schon ein Kind.«

»Bei Eingeborenenmädchen ist es anders.«

»Das glaube ich nicht.«

»Sie werden früh reif — diese Kinder der Sonne.«

»Ich bin ein Kind der gleichen Sonne. Reife ist die Fähigkeit, ein Kind zu haben.«

Sie sprach sehr heftig. So hatte er sie noch nicht kennengelernt. Sie war dunkelrot, und kleine Schweißperlen standen auf ihrer Oberlippe. Achtzehn. Natürlich konnte ein Mädchen mit acht-

zehn einige Erfahrungen in der Liebe haben. Also war wohl Jan Nelmapius der Glücliche — Jan, dem jedesmal, wenn er Thea anschaute, das Herz in den Augen stand, ein Herz, ebenso jung, weich und golden wie der Flaum auf seinem Kinn. Er war ein guter Bursche. Sie würden ein prachtvolles Paar abgeben, falls diese Jugendliebe von Dauer war. Doch wenn dieser Teufelskerl sie einmal verletzen sollte, würde er es mit ihm, Andrew, zu tun bekommen! Ein Gefühl eifersüchtiger Sorge um sie durchströmte ihn. Vielleicht war das die Art, wie ein Vater reagierte, wenn seine einzige Tochter sich verloben wollte. Die Gefühlsbewegung ging vorüber und ließ eine gewisse Zärtlichkeit in ihm zurück.
»Du bist also auch verliebt?«
»Vielleicht.«
»Weshalb hast du mir denn das nicht gesagt?«
»Weshalb haben Sie mir das mit Alice Lang nicht gesagt?«
»Das war nicht so einfach.«
Mit einem Lachen, das nicht glücklich klang, erwiderte sie: »Vielleicht war es — ist es — für mich auch nicht so einfach. Ich möchte nicht über mich sprechen. Alice ist auf dem Weg hierher. Morgen — morgen wird sie hier sein.«
Ja, morgen würde er der lebendigen Alice Lang gegenüberstehen, und er dachte mit einer Art Galgenhumor, daß es leichter sei, unbewaffnet einem alten Elefanteneinzelgänger entgegenzutreten als dieser jungen Krankenschwester, die er so sehr bewunderte und deren Mut und Charakterstärke sein Herz gewonnen hatten. Für Thea lagen die Dinge ganz anders. Der Weg zu dieser Liebe ging vielleicht auch nicht völlig glatt, aber schließlich war doch alles alltäglich und normal. Jan Nelmapius war zwar noch nicht mündig und seine Station ein ganzes Stück von Poinsettia entfernt, aber er fand häufig genug einen Vorwand, nach Norden zu trekken, und die Jahre, in deren Verlauf die jungen Leute sich prüfen konnten, gingen schnell genug dahin . . .
»Die Sache zwischen Alice und mir ist so nebelhaft . . .«, sagte er und stellte fest, daß es ihm große Erleichterung bot, so offen und ungezwungen von ihr reden zu können. Das war vorher noch nie

möglich gewesen — nicht einmal Rusty gegenüber. Rusty zeigte stets, wenn die Rede auf Alice kam, eine feindselige Abwehr, und mit seiner unüberwindlichen Skepsis hatte er Andrew immer in die Verteidigung gedrängt. Er sah in dieser warmen Freundschaft zwischen zwei verwandten Seelen nichts anderes als die Ränke eines mannstollen Frauenzimmers, einen einsamen Junggesellen in ihr Netz zu bekommen. Rusty war durch das Zerbrechen seiner eigenen Ehe verbittert, seine Achtung vor der Redlichkeit der Frauen und sein Glaube an die Liebe waren tot und seine Einstellung deshalb verzerrt. Thea sah das Leben und die Liebe mit den Augen der Unschuld. Plötzlich war es ihm ungemein wichtig, Thea zu sagen, wie er zu Alice stand. Sie würde es anders beurteilen als Rusty — würde es vielleicht sogar verstehen. Die Jungen besaßen Ideale — wie er selber.
»Aber jetzt«, sagte sie, »jetzt kann es doch kaum noch nebelhaft sein. Jetzt wird es Wirklichkeit.«
Also betrachtete sie diese seltsame Romanze als einen Traum, der Wirklichkeit wurde? Auf diese Weise hatte er die Sache auch angesehen — zuerst —, ehe noch die Ängste und Zweifel ihn in den Klauen hatten. Aber sie sagte es ein wenig traurig, so, als ob das Märchen vielleicht doch ein schlechtes Ende nehmen könnte.
»Auch jetzt weiß ich noch nicht alle Antworten auf die Fragen zwischen Alice und mir«, sagte er. »Als ich ihr das erste Mal schrieb, sie möchte herkommen, weigerte sie sich. Sie sagte, solange sie zu Haus gebraucht werde, müsse sie bleiben. Das konnte Jahre bedeuten. Es war ein Hinausschieben unserer Begegnung auf unbestimmte Zeit. Das Warten wurde uns zur Gewohnheit.«
Thea schauderte. Sie legte die Handflächen auf das Fensterbrett hinter ihr und schwang sich hinauf, den Rücken dem Licht zugekehrt.
»Das Warten auf den Tod eines Menschen . . .« sagte sie. »Furchtbar!«
Andrew hatte sich eine Zigarette angesteckt und rauchte mit fieberhafter Hast. Beim Sprechen und in seinen Bewegungen wirkte er sehr beherrscht, doch in manchem, was er tat, äußerte sich eine

nervöse Unruhe. Auch beim Rauchen. Er sagte: »Manchmal marterte mich der Gedanke, daß die Zeit verfliege und den Rest unserer Jugend mit sich nehme. Ich schrieb ihr das und bat sie, doch an ihr eigenes Leben zu denken — und zu mir zu kommen —, und wenn auch nur, daß wir uns kennenlernen. Ich hatte das Gefühl, es sei *Bestimmung*, daß sie nach Velaba komme. Ich war meiner sicher, ihrer sicher und fest überzeugt, daß unsere Begegnung unausweichlich und richtig sei.«

»Und dann?«

»Und dann ... plötzlich — unerwartet ... war sie frei. Sie konnte kommen.«

»Das muß wunderbar für Sie gewesen sein — für Sie beide.«

»Es war wunderbar, Thea. Aber auch ein bißchen furchterregend.«

Er drückte die Zigarette aus.

»Das kann ich verstehen«, sagte sie aufrichtig. »Briefe sind seltsame Dinge. Die Menschen sind nicht immer wie ihre Briefe.«

»Wie meinst du das?«

»Nun, wenn ich an irgend jemand schreibe, den ich gut kenne, der meine Freunde kennt und alles von mir weiß, ist es leicht. Ich kann ganz ich selber sein und einfach plaudern. So, wie ich an Mutti oder an meine Schwester aus der Schule schrieb. Ich konnte ihnen erzählen, wenn mir etwas gefallen oder wenn ich mich über jemand geärgert hatte. Sie wußten immer, worum es ging. Aber manchmal schickt mir Vatis Schwester — meine Tante in England — ein Buch oder ein Geschenk, und ich muß einen Dankbrief schreiben. Was weiß sie schon von mir oder von meinem Leben in Poinsettia oder von all den Dingen, die mich angehen? Gar nichts. Also schreibe ich ihr einen Brief, in dem wirklich nichts von mir selbst darin ist — irgend etwas Höfliches —, eben das, was ihr meiner Ansicht nach Freude machen könnte. Ich versuche, so interessant wie möglich zu schreiben — über Velaba und die Menschen und Tiere und so weiter, aber von *mir* ist nichts darin.«

»Wenn ihr einander oft genug schreiben würdet, würden die Brie-

fe eure Persönlichkeit widerspiegeln. Das würden sie bestimmt tun, was du auch davon halten magst.«
»Sie würden nur meine beste Seite wiederspiegeln — die Sonntagsseite. Nichts von dem alltäglichen Kleinkram und den Nörgeleien, über die ich meiner Schwester in Durban durchaus schreibe.«
Der alltägliche Kleinkram, die Nörgeleien. Davon war in Alices Briefen sehr wenig zu finden. Er hatte immer angenommen, daß sie nicht zur nörgeligen Art gehöre. Aber war es vielleicht so, daß sie gefürchtet hatte, der Kleinkram werde ihn langweilen, und daß sie ihm deshalb nur die 'Sonntagsseite' zugekehrt hatte?
»Briefe sind doch niemals wie ein Gespräch«, sagte Thea. »Man redet mit Menschen, und sie bringen einen zum Lachen oder sie machen einen ärgerlich — vielleicht bringen sie einen sogar zum Weinen —, aber man ist ihnen nahe . . .«
»Du meinst, wenn man Menschen nahe ist, erhalte man spontane Antworten — könne es zum Streit kommen?«
Sie blickte ihm scharf in die Augen, die sowohl belustigt wie interessiert waren.
»Zum Streit — zur Versöhnung — zum Küssen — zu allem möglichen. Man hat keine Zeit, nachzudenken und zu überlegen, es neu zu schreiben und zu zerreißen! Worte sind laut gewordene Gedanken, und wenn die Menschen beieinander sind, können die Worte überallhin führen.«
Er lachte. »Meine liebe Thea, du bist so lebendig, so frisch, so ganz *augenblicklich.* Für dich muß es sehr schwer sein, diese Verwandtschaft zwischen Alice und mir zu verstehen.«
»Es ist auch sehr schwer. Sie lieben einen Schatten. Wenn Sie sie sehen, wird es sein, als erblickten Sie endlich ein richtiges Bild, nachdem Sie bisher nur das Negativ kannten.«
»O ja, das weiß ich.«
Sie seufzte, als schmerze sie dieses Wissen.
Andrew sagte: »Würdest du an die Möglichkeit von Zwillingsseelen glauben?«
Sie wandte den Kopf zum Garten, wo die Vögel im Sonnenuntergang zwitscherten. Ihr Profil war weich und verschwommen.

Wie modellierbar es erscheint, dachte Andrew, als hätten sich die jungen Züge noch nicht gefestigt.
»Ich bin nicht gut wie Vati und Mutti, deren Seelen ein Teil ihres täglichen Lebens sind, genau wie Gott es ist. Im allgemeinen glaube ich aber, daß ein Mensch nur ganz gelegentlich einen Blick in die Seele des andern erhaschen kann — das ist dann sehr aufregend und wunderbar schön. Doch ich glaube nicht, daß die Seelen dauernd zur Besichtigung ausliegen — wie hier die Stare und Tauben im Schutzpark —, man muß nach ihnen ausschauen wie nach einer Oryx-Antilope, einem Leoparden oder einem besonders hübschen Vogel; und wenn man sie dann sieht, ist es nur für eine Sekunde — gewissermaßen zum Beweis, daß es sie gibt. Ich bin überzeugt davon, daß Alice Lang eine schöne Seele hat, aber die meiste Zeit werden Sie mit allem andern an ihr leben müssen.«
Er lachte laut. Er fühlte sich froher als seit langem.
»Alles andere an ihr ist überaus günstig für mich. Sie ist eine gut ausgebildete, selbstsichere Krankenschwester. Seit sie alt genug ist, einen eigenen Standpunkt zu besitzen, hat sie sich vorgenommen, in Afrika zu arbeiten, und sie hat bestimmt kein leichtes Leben gehabt. Sie wird genau die richtige Frau für einen Hegemeister sein. Doch eins macht mir Sorge. Aber sie weiß davon, und ich kann es nicht ändern.«
»Und was ist das?«
Sie legte ihm die Hände leicht auf die Schultern und glitt vom Fensterbrett herab. Sie standen dicht voreinander in dem dämmrigen Raum.
»Ich bin fast zehn Jahre älter als sie. Das ist zuviel, da man heutzutage weiß, wieviel zäher Frauen sind als Männer.«
Er hörte, wie sie tief Luft holte, und spürte, wie ihre Finger sich fester um seine Schultern schlossen, als wolle sie ihn schütteln.
»Zehn Jahre! O Sie Narr, Sie Narr! Was sind zehn Jahre zwischen Menschen, die sich lieben? Was sind *zwanzig* Jahre? Nichts — nichts — nichts!«
Sie barg das Gesicht an seiner Brust und schluchzte heftig.

Er streichelte ihr helles, seidiges, zerzaustes Haar.
»Aber Thea . . . ich bitte dich, Thea, nicht doch . . .«

. . . noch der Mond bei Nacht

Rusty stand im sinkenden Licht und starrte auf den massigen Rumpf des toten Elefanten. Acht Tonnen schwer war dieses Ungeheuer in aggressiver Raserei auf ihn losgegangen, und nur ein Wunder hatte ihn gerettet — der dritte Schuß.
In seinem ganzen gefährlichen Leben war ihm der Tod niemals so nahe gewesen — diese brüllende Stimme, der heiße Atem, der letzte Ausbruch elementarer Wut vor dem nahenden Ende. Der durch den Gaumen des geöffneten Maules gefeuerte Kopfschuß hätte den Koloß *vielleicht* getötet, doch der von der Flanke abgegebene Herzschuß hatte ihn unfehlbar zur Strecke gebracht.
Nimrod trat neben seinen Herrn und beugte sich nieder, um über die stark gekrümmten Stoßzähne zu streichen. Es waren die längsten, schwersten und schönsten, die er je gesehen hatte. Auch Mahuli und Dlameni berührten sie. Bald würde Dlameni sich Zaubermedizin von dem ungeheuren Leichnam nehmen, denn er gehörte zu den Ältesten seines Stammes — ein Weiser —, und ihm stand als erstem sein Teil zu: etwas von der Ausscheidung der Moschusdrüse, ein wenig abgeschabtes Pulver von den Zähnen und Stoßzähnen, dazu etwas von den andern männlichen Ingredienzien würden ein mächtiges *Muti* ergeben. Heute nacht sollte ein Fest für alle gefeiert werden. Von der Baukolonne benachrichigt und von den Geiern geleitet, würden die Leute von nah und fern den Weg hierherfinden. Die Frauen würden Bier bringen, und bald mußten die Trommeln die Einladung zum Tanz schlagen. Dlamenis zerfurchtes und verschrumpeltes Gesicht strahlte vor heidnischer Verehrung, als er sagte:
»Das ist ein Mächtiger, Nkosi. Dumela war ein großer Häuptling, als er noch unter den Menschen wandelte.«

Rusty wußte, daß der Alte das wörtlich meinte und in seinem Herzen wahrscheinlich eine geheime Verwandtschaft mit dem Mächtigen für sich beanspruchte.
»Ja. Er war ein König.«
Und nun mußten die Männer sich mit Raubvögeln und räuberischen Vierfüßlern um das Fleisch streiten. Rusty zeigte auf das kleine Loch in der Seite des Tieres, auf die Wunde über dem Herzen.
»Du hast gut geschossen, Nimrod.«
Der Wildhüter lächelte stolz.
»Dumela ist zweimal gestorben, Nkosi. Erst wurde sein Haupt getötet und dann sein Herz.«
»Du wirst dir heute abend das Herz kochen, Nimrod — dazu den zarten Teil des Rüssels. Mahuli und Dlameni werden die Stoßzähne heraushauen und sie dann zum Rastplatz schaffen. Dann sollen die Leute essen, denn heute nacht werden viele in diesem Tal sein.«
Rustys breitkrempiger Hut lag einige Meter weit weg. Mahuli brachte ihn, doch Rusty setzte ihn nicht auf. Barhäuptig stand er neben Dumela. Der Wind hatte sich bei Sonnenuntergang gelegt. In der Pause zwischen Tag und Nacht hielt die Natur den Atem an. Laub und Gras hatten aufgehört zu nicken und zu flüstern, und selbst die dunklen Gestalten um Dumela schienen dem Zauber bewegungslosen Schweigens unterworfen zu sein; erst die Bantumädchen, die singend den verlassenen Hügelhang herabschritten, unterbrachen ihn.
Rusty blickte auf und sah Alice auf sich zukommen. Aber was war mit ihr geschehen? Wo war die forsche, etwas wichtigtuerisch wirkende Eile der Krankenschwester geblieben? Zögernd kam sie den waldigen Hang herab und tastete sich vorwärts. Er wußte, sie fürchtete, ihn tot zu finden, wie er Mbula vor einigen Stunden zerschmettert gesehen hatte, und das Wissen um ihre Furcht und seine eigene Sicherheit verliehen ihm ein Gefühl des Triumphes und neuer Lebensfreude. Eine große Bedrohung war vorübergegangen, und er war sich des Glücks zu leben deutlicher

bewußt denn je. So mochte sich ein Matador fühlen, wenn er, das Ohr seines toten Gegners in der erhobenen Hand, um die Stierkampfarena stolzierte, wenn er sich vor der reizenden Dame verneigte, der er seinen Stier geweiht hatte. Dumela hätte Alice geweiht sein sollen, und er, Rusty, müßte nun eines dieser ungeheuren Ohren abhauen und ihr damit zuwinken, aber dann könnte er gleich einen Teppich ausschütteln. Er gab Mahuli Gewehr und Hut und ging Alice entgegen.

»Sie sind gerettet«, sagte sie. »Gott sei Dank, daß Sie gerettet sind!«

Alles Dunkel des Abends schien sich in ihren Augen angestaut zu haben, um ihre Furcht zu verbergen, doch jetzt, als sie ihn anblickte, schimmerte Erleichterung darin wie Sternenlicht in einem tiefen Weiher.

»Ja, ich bin heil und gesund«, sagte er.

Er hakte seinen nackten Arm in den ihren und spürte, wie bei der Berührung ein Schauer über ihre Haut lief. Diese Haut, fest und glatt, und kalt von dem eben ausgestandenen Entsetzen, rief ein ganzes Meer von Erinnerungen in ihm wach. Italien. Die Pause nach der Schlacht, das Wunder, dem Tod wieder einmal ein Schnippchen geschlagen zu haben, die Liebe zum Leben, tausendfältig verstärkt durch die dauerndc Gefährdung, der Wunsch nach einer Frau . . . Flora. Brennendes Verlangen, das sich in reine Liebe verwandelte – die erste Liebe. Flora . . .

»Wollen Sie Dumela sehen, bevor die Ratten sich auf ihn stürzen?«

Schon machten sich die ersten Liliputaner an die Arbeit, diesen riesigen Gulliver zu zerteilen. Die Äste der nahen Bäume bogen sich vor Geiern, und auf den Wildpfaden nahten immer mehr dunkle Gestalten, die sich um den toten Elefanten sammelten.

»Er ist prachtvoll«, sagte sie. »Er muß der größte der Welt gewesen sein.«

Tot, dachte sie. Das Ende von Wut und trompetendem Gebrüll, der Friede nach dem Sturm des Lebens. Aber das da war schmachvoll. Der Löwe ist der König, hatte Rusty gesagt, der Elefant ist

Gott, und hier, unter ihren Augen, wurde dieser Gott der Wildnis zu Aas. Rustys Arm hielt den ihren immer noch; warm lag er an seinem Körper. Rusty lachte.
»Einer von diesen Füßen würde das Unterteil für einen prachtvollen Schirmständer abgeben. Die Zehennägel hübsch poliert. Das wäre ein nettes Hochzeitsgeschenk. Weiß der Himmel, der Weg, dem wir auf Spur dieser riesigen Füße folgten, war ein heißer Nachmittagsspaziergang!«
Sie schlenderten langsam den Hügel hinan. Der Hund Smokey lief vor ihnen her.

Als sie gegessen hatten, stand der Mond bereits hoch am Himmel, und im Eingang des Dornwalles brannte ein Feuer. Dlameni und Mahuli hatten sich zu den im Tal Schmausenden und Feiernden gesellt, doch Nimrod und Oase mit ihrem Kind waren am Rastplatz geblieben. Die Nacht war kühl, und Alice zog ihre langen Leinenhosen an.
»Sie sind wirklich ein tüchtiges Mädchen«, sagte Rusty. »Das Elefantenherz haben Sie gegessen, als ob es Ihnen großartig geschmeckt hätte.«
Alice lachte. »Vielleicht hat es das auch getan. Und bestimmt war ein großer Zauber darin.«
»Dafür ist Krokodilherz das Richtige.« Er schloß die Hände um den Pfeifenkopf, und das Licht der Glut verriet, als er zog, den Mutwillen in seinen Augen.
»Wofür?«
»Für die Liebe. Ein Stückchen Krokodilherz im Essen, und Sie verlieben sich in den ersten Mann, der Ihnen über den Weg läuft.«
»Also so etwas wie *Mittsommernachtstraum.* Ob Elefantenherz nicht auch genügt?«
»Glücklicherweise nicht. Hätten Sie Lust, auf den Gipfel zu steigen und sich das Fest unten im Tal anzusehen?«
Einen Augenblick lang zögerte sie, und er grinste. »Ja, es ist die Jagdzeit des Löwen, aber jetzt ist hier so viel Lärm, daß sich jedes

wilde Tier mit einiger Selbstachtung in sicherer Entfernung hält.« Sie saß auf einem Feldstuhl, und er streckte die Hände aus, um sie hochzuziehen. Ihre Haut war kühl, doch sie entflammte sein Blut. Das war, wie er wußte, eine der Nachwirkungen der Gefahr. Der sanfte Abendwind, der jetzt von der Regenseite her blies, wehte ihr dunkles Haar hoch, so daß ihr vom Schein des Feuers und des Mondes beleuchtetes Gesicht klein und schutzlos wirkte.
»Ihr Mantel? Besser, Sie nehmen ihn mit. Dort oben auf dem Gipfel wird es kühl sein.«
»Nein. Nur die Strickjacke. Sie liegt im Wagen.«
Er holte sie und legte sie ihr um die Schultern. Über dem Arm trug er eine Decke. Sie schlenderten über die Lichtung zum Gipfel, wo sich unter ihnen das breite Tal erstreckte. Sie dachte gerade, es wäre besser gewesen, wenn er ein Gewehr mitgenommen hätte, als sie den Schatten sah, der sie begleitete — weder nah noch fern von ihnen — Nimrod, den Assagai in der Hand. Und vor ihm lief Smokey im Gras hin und her.
Nein, dachte sie, das alles ist nicht möglich, es ist nicht wahr! Das kann doch nicht ich — Alice Lang sein. Ich kenne mich selbst nicht mehr. Was geschieht mit mir hier in dieser Welt, die mir ebenso fremd ist wie Venus oder Mars? Mein ganzes Leben habe ich von Afrika geträumt, doch nie habe ich es mir so vorgestellt — so wild und unheimlich, so schön, so fremd und doch irgendwie vertraut. Es ist wie mit Rusty. Ich weiß so wenig von ihm, aber er ist mir ebenso bekannt, wie Andrew mir fern ist — immer ferner. Aber ich liebe doch Andrew. Seine tiefe Güte, seine Einsamkeit und sein Verlangen nach mir sind die Sterne, denen ich gefolgt bin. Ich bin auf dem Wege zu ihm. Er ist mein Ziel.
»Was wird geschehen, wenn Andrew versucht, mit Kamp Zwei Verbindung zu erhalten?« fragte sie.
»Der Bantu-Aufseher wird das Gerät zur üblichen Zeit einschalten. Er wird Andrew sagen, daß wir nicht eingetroffen sind.«
»Wird er sich Sorgen machen?«
»Vielleicht. Morgen werden wir ihm eine Nachricht über den

Polizeiposten in Poinsettia schicken. Wir sprechen in Boryslawskis Farm vor und rufen den Posten von dort an.«
Dauernd zuckten Blitze am Horizont entlang, und irgendwo im Schwarzen Mambagebirge grollte der Donner. Doch das Gewitter war weit entfernt. Der Mond loderte am bestirnten Firmament — nicht blaß und kühl wie in England, sondern weißglühend. Ein Mond, vor dem man sich fürchten konnte. 'Bei Tage wird die Sonne dich nicht stechen, noch der Mond bei Nacht . . .!' Der Psalmist hatte die Gefahren der Sonne und des Mondes gekannt, die wirklichen und die unfaßbaren Bedrohungen durch die Natur.
Rusty breitete die Decke am Hügelrand aus, sie setzten sich und blickten ins Tal hinunter. Irgendwo in der Nähe hockte Nimrod. Smokey stöberte im Gras, die Nase auf der trockenen Erde.
Ein Feuergürtel umgab die Überreste Dumelas, Lager- und Kochfeuer, die auch dazu dienten, wilde Tiere in Schach zu halten. Winzige dunkle Gestalten sprangen als koboldhafte Silhouetten vor den Feuern herum, stampfend, posierend, zu einem Tanz singend, der bis zum Morgen dauern würde. Die afrikanischen Trommler schlugen ihre lauten Wirbel, immer rascher und rasender. Die Frauen hatten Bier aus den Siedlungen gebracht, und die hohen Stimmen von Kindern mischten sich in den explosiven monotonen Sang Afrikas, in das Lied mit dem Herzschlag und Rhythmus pulsierenden Blutes und der wachsenden barbarischen Raserei einer atavistischen Orgie.
»Da haben Sie ihn«, sagte Rusty, »den edlen Wilden. Nicht viel Ähnlichkeit mit Ihrem afrikanischen Chirurgen in London, nicht wahr?«
»Nein, nicht viel. Aber etwas davon war auch in ihm. Ich glaube, es steckt in uns allen.«
»Das bezweifle ich. In mir vielleicht — ich bin ein Wilder. Und in Ihnen mag es tief verborgen unter all Ihrer Selbstbeherrschung auch dasein. Aber in Andrew zum Beispiel ist nichts davon. Dazu ist er dem Leben nicht nahe genug. Er ist der Unparteiische, der an der Grenze des Spielfelds steht. Die tanzenden Paviane dort

unten sind die Spieler — ziemlich rohe Spieler übrigens. Er sprach mit jener merkwürdigen Mischung aus Mitleid und Respekt, die sie schon kennengelernt hatte.

»Eine Frau und Kinder könnten Andrew durchaus aufs Spielfeld bringen«, sagte sie eigensinnig und verstimmt.

»Sie könnten. Aber wird es der Fall sein? Heiraten heißt, sich in eine innige — eine unentwirrbare — menschliche Beziehung zu verstricken. Und Andrew mißtraut den menschlichen Beziehungen. Das ist der Kern seiner Liebesgeschichte mit Ihnen. Sie ist noch nicht zu einer vollblütigen menschlichen Beziehung geworden. Doch vielleicht könnte er . . .«

Sie unterbrach ihn:

»Rusty! *Sie* sind es doch, der sich vor menschlichen Beziehungen fürchtet. Sie — Sie!«

Ihre atemlose, heftige Stimme durchdrang den Panzer, der während der Jahre seit Flora allmählich und schmerzhaft um ihn gewachsen war. Nach Flora hatte er bei Frauen weder Liebe noch Kameradschaft gesucht, nur körperliche Erleichterung und die kurze Befriedigung, die das flüchtige Abenteuer gewährt. Er hatte sich gepaart wie die Tiere, ohne Zuneigung, geschweige denn Liebe. Aber er hatte Vorsicht gewahrt. Seine Taten durften keine Folgen haben, keine Bindungen irgendwelcher Art. Nie wieder wollte er sein Herz dem Schmerz und Kummer der Liebe öffnen.

Er hörte, wie Alice sagte:

»Wie konnte sie Sie so sehr verletzen — Ihre italienische Frau —, Sie so verbittert machen — so enttäuschen?«

Die Trommeln im Tal hämmerten, und der Wind wurde stärker. Der Mond versilberte eine ferne Schleife des Flusses. Rusty sah einen andern Fluß bei Mondlicht und eine andere Frühlingsnacht vor langer Zeit — in einer fernen Welt —, die Nacht vor dem letzten Marsch den 'Stiefel' von Italien hinauf. Damals war eine andere Frau neben ihm gewesen, ein blondes Mädchen mit einem mageren, verhungerten Körper und Augen, die die Erlebnisse des Krieges verstört und traurig gemacht hatten. Flora. Sie war zwischen zwei Schlachten in sein Leben geteten; für ihn hatte sie die

Liebe in Kriegszeiten symbolisiert, den Schmetterling auf der Mündung der Kanone.

Rusty sagte: »Soll ich Ihnen von Flora erzählen?«

»Ja«, erwiderte Alice und dachte: Das ist der Schlüssel. Wenn er mir von Flora erzählt, lerne ich ihn kennen — und Andrew auch. Rustys Schicksal hat auch Andrew seinen Stempel aufgedrückt. Ihr Leben ist enger miteinander verbunden, als sie ahnen.

»Es war Frühling in Florenz«, sagte er. »Wir lagen in Ruhe vor der letzten Schlacht um Italien. Flora war Übersetzerin bei einer alliierten Einheit. Sie erhielt kaum genug Gehalt, um sich täglich ein Brot kaufen zu können, aber da sie ihr Essen in einer alliierten Messe für die am Ort beschäftigten Italiener bekam und der Hunger das Problem der meisten Italiener war, machte ihr das nichts aus, und sie war froh über die Stellung. Sie stammte aus einer sehr alten, stolzen Familie und lebte mit ihrer Tante in einem mittelalterlichen Palast am Arno-Ufer. Genaugenommen war es Floras Palast, denn ihr Vater und ihre Mutter waren tot. Sie hatten entflohene alliierte Kriegsgefangene versteckt — und den Preis mit dem eigenen Leben bezahlt. Jetzt scheint das alles weit weg . . . so weit weg . . .«

»Ich weiß«, sagte Alice. »Ich kenne dieses Gefühl — als ob alles, was vorher war, ehe ich hierherkam, zu einer andern Existenz gehöre.«

Er blickte sie an, als sähe er sie mit neuen Augen.

»Ja. Andrew hat recht. Sie passen hierher. Sie gehören hierher — wie Flora es nie konnte.«

Ein beglückender Schauer durchströmte sie. Zum erstenmal in diesem seltsamen Abenteuer fühlte sie Vertrauen zu sich selber und ihren Glauben an die Zukunft gerechtfertigt.

»Flora war schön«, sagte Rusty. Er wunderte sich, daß er über sie sprach, als wäre sie tot. »Sie war sehr blond. Man findet sie im Norden — diese blonden Italienerinnen mit Gesichtern wie Renaissance-Engel. Ich war noch nie einer Frau wir ihr begegnet.«

Alice hörte den Nachhall von Bewunderung in seiner Stimme, als sei er wieder Floras Zauber verfallen.

»Sie war Teil einer alten Kultur. Sie zählte damals erst achtzehn Jahre — aber sie war Jahrhunderte alt und ebenso ein Teil von Florenz wie der Palast, in dem sie wohnte. Sie liebte ihre Stadt sehr — zu sehr. Wir gingen zusammen aus. Manchmal aßen wir in einem kleinen Restaurant in den Bergen — Lebensmittel vom Schwarzen Markt mit einem köstlichen Weißwein, der 'Lacrimae Christi' hieß. Wir verliebten uns, aber wir waren zu jung, um zu wissen, wie töricht es war. Wir glaubten an die Liebe.«

Er schwieg und dachte an die Nacht, in der er mit Flora auf dem Balkon vor ihrem Zimmer über dem Arno gestanden hatte — seine letzte Nacht in Florenz. Soldaten schlenderten mit ihren Signorinas am Lungarno entlang, an der eisernen Baileybrücke vorüber, an deren Stelle einst der Ponte Trinità mit historischer Würde den Fluß überspannt hatte. Flora hatte in ihrem vollendeten Englisch, das jeder Silbe gleiches Gewicht verlieh, gesagt:

»Die Deutschen mußten unsere Straßen und Brücken sprengen, als sie zurückgingen, aber für uns war es traurig. Der Ponte Trinità war so schön, so anmutig. Ich wollte, du hättest ihn sehen können. Wir wurden benachrichtigt, als er gesprengt werden sollte, und in der letzten Nacht seines Daseins stand ich mit meiner Tante hier und weinte. Es war, als sagten wir einem lieben, zum Tode verurteilten Freund Lebewohl.«

Er hatte ihren Kummer und ihre Trauer gespürt und seinen Arm um ihren schmalen Körper gelegt.

»Ich kann es nicht ertragen, was meinem Land angetan worden ist, Rusty. Ich würde so gern weggehen und all dies Elend und die Zerstörung vergessen.«

»Laß mich dich mitnehmen — falls ich wiederkomme. Ich liebe dich. Ich habe nie gewußt, daß Liebe so sein kann.«

Die Erinnerungen kamen über ihn wie eine Schar Zugvögel, die heimwärts fliegen, manche beflügelt und stark, manche traurig und gebrochen.

»Gleich nach dem Krieg heirateten wir in Italien«, sagte er. »Ich nahm Flora mit nach Südafrika. Ich hielt mich für den glücklichsten Mann der Welt, besonders als ich eine Stellung als Heger in

einem prachtvollen Wildreservat bei Durban erhielt. Wir hatten ein hübsches Haus und einen Garten mit blühenden Bäumen, in denen die vielen Sonnenvögel schwärmten. Meilenweit konnte man in die Berge und Täler des Zululandes blicken.«
Voller Stolz und Freude hatte er Flora dorthin gebracht.
»Wirst du hier glücklich sein können?« hatte er sie, ihrer Antwort sicher, gefragt.
»Reservat . . .« Sie hatte das Wort langsam in ihrer sanften Weise ausgesprochen, so daß es ihm als das klangvollste seiner ganzen Sprache erschien. »Zuflucht vor allem, was der Mensch geschaffen und zerstört hat — das soll, nehme ich an, Reservat wohl bedeuten.«
Ihr Gesicht war zum Licht der Sonne erhoben, und er hatte es zwischen seinen Händen gehalten und in den klassischen Zügen nach irgendeiner Sicherheit gesucht, daß sie wirklich glücklich sein würde. Doch eine blitzhafte Erkenntnis hatte ihm vorhergesagt, was kommen sollte. Der Schatten eines Phantompalastes hatte sich erhoben und ihr einfaches Haus verdunkelt. Die steinernen Höfe mit den stillen Springbrunnen und die langen verlassenen Galerien mit den marmornen Büsten und Statuen ihrer Vorfahren hatten sie in diesem sonnenhellen Augenblick ebenso gerufen, wie sie sie später rufen sollten.
»Und weiter?« fragte Alice leise.
»Es gibt Bäume, die man nicht verpflanzen kann, Tiere, die sterben, wenn man sie von ihren Artgenossen trennt und sie aus ihrem Klima fortbringt. Wäre ich weniger jung und verliebt gewesen, dann hätte ich erkannt, daß es Flora nicht anders ging. Sie konnte nicht existieren ohne die zu ihr gehörigen Menschen, ohne Kunst und Musik und das, was sie die unsterblichen Schöpfungen des Genies nannte. Gottes Schöpfungen genügten ihr nicht.«
Ach, diese Bitterkeit — der Schrei, weil die Wunde nie verheilt war. Alice sagte:
»Sie konnten Ihre Stellung nicht aufgeben?«
»Was hätte ich in Italien anfangen sollen? Ich habe dort gekämpft. Aber im Frieden gehöre ich hierher, wie Flora dorthin gehörte.

Es dauerte nicht lange, da fuhr sie nach Haus. Italien hatte sich vom Krieg erholt — und Flora auch.«
»Und sie kam nicht zurück?«
Rusty stand auf, und Alice erhob sich ebenfalls. Er blickte auf sie nieder, doch sein Gesicht war hart wie Granit. Alle Weichheit war daraus verschwunden.
»Die Geschichte hat ein Happy-End. Der Palast wurde von einem reichen internationalen Kunstsammler übernommen . . . einschließlich meiner Frau.«
»Und Sie?«
»Unsere Ehe wurde für nichtig erklärt. Ihr Vormund — die alte Tante — hatte ihre Einwilligung zur Ehe nie gegeben, und Flora war damals noch nicht mündig. Jedenfalls fand man einen Weg, die Vergangenheit auszulöschen; Flora konnte ihr Leben noch einmal von vorn anfangen. Nach einiger Zeit erhielt auch ich meine Freiheit durch das Gesetz zurück. Wegen böswilligen Verlassens. Alles ganz ordnungsgemäß, wie es sich gehört, und für mich ist es eine gute Lehre gewesen, nämlich die, daß die Liebe allein für eine Ehe nicht ausreicht.«
»Und wenn alles noch so ordnungsgemäß vor sich ging, Rusty, ich glaube, solche Lehren können häßliche Narben zurücklassen.«
»Was geschehen ist, ist geschehen — es ist aus und vorbei. Der Baum, unter dem wir gerade stehen, wird Ndivata genannt — Baum des Vergessens. Wir haben uns den richtigen Platz ausgesucht, um über die Vergangenheit zu sprechen.«
»Der Baum des Vergessens . . .« Sie schaute hinauf in das zarte Laub und in die Blütenbüschel, die das Mondlicht fahl erscheinen ließ. »Wenn es doch einen solchen Baum gäbe!«
»Für Sie auch? Gibt es Dinge, die Sie so sehr zu vergessen wünschen?«
»Ja«, sagte sie. »Das Leiden meiner Mutter. Oases Weinen, als sie erfuhr, was mit Amos geschehen war; auch die Art, wie sich Ihr Gesicht verändert, wenn Sie versuchen, hart gegen einen Menschen zu sein, den Sie so sehr geliebt haben wie Flora. Und andere

Dinge.« Sie schauderte. Eins, zwei, drei, vier, fünf — schlugen die Trommeln —, eins, zwei, drei, vier, fünf, aber es *müßten* sechs sein . . .

Als sie zum Rastplatz zurückschlenderten, ging Nimrod geräuschlos vor ihnen, und immer wieder einmal bellte Smokey heftig auf, wenn er einen Ziegenmelker oder einen kleinen nächtlichen Vierfüßler aufstöberte.

»Dieser Wall«, sagte Alice, »kann der wirklich Löwen abhalten?«

»Nein, aber sie entmutigen. Hätten wir Esel oder Pferde bei uns, brauchten wir eine dreimal so dicke Hecke. Wollen Sie lieber im Auto schlafen? Wir könnten es ausräumen und eine Art Bett aufschlagen. Wir haben auch eine Luftmatratze, die Nimrod Ihnen aufblasen könnte.«

»Wo schlafen Sie denn?«

»Am Feuer unter den Sternen.«

»Dann tue ich das auch. Aber die Matratze würde ich gern nehmen.«

Oase hatte das Feuer unterhalten und lag auf ihrer Binsenmatte daneben. Sie war mit einer Decke zugedeckt und hielt ihren Sohn an der dunklen nackten Brust. Wenn er erwachte und weinte, stillte sie ihn. Die Hündin Tombazane lag ihr zu Füßen.

»Frauen und Kinder auf die eine Seite des Feuers, Männer auf die andere«, sagte Rusty und hieß Nimrod die Matratze für Alice neben Oase legen.

Als Alice sich zum Schlafen fertig gemacht hatte, stopfte Rusty die Decke rund um sie fest. Machen Sie sich keine Sorgen, wenn die Hunde plötzlich rebellisch werden. Sie schlagen wegen der harmlosesten Dinge Lärm, nicht nur bei Löwen und Leoparden.«

»Ich werde mir keine Sorgen machen. Ich habe noch nie unter den Sternen geschlafen. Es ist so sauber, so kühl und frisch.«

Impulsiv bückte er sich und berührte ihr schimmerndes Haar.

»Sie haben schon einen Namen bekommen — einen Eingeborenen-Namen. Ich hörte sie eben von Ihnen reden. Likwezi.«

»Likwezi?« Die Berührung seiner Hand tat wohl. Sie fürchtete seine Nähe nicht.

»Ja, der blauschimmernde Star. Sie nennen ihn Likwezi — das ist auch der Name des Morgensterns —, des ersten am Himmel, einzig in seiner Art. Sie sind die erste weiße Frau in Velaba — einzig in Ihrer Art. Und Ihr Haar schimmert ebenso wie die Flügel der Stare. Schlafen Sie gut, Likwezi.«
Der Mond schien ihr voll ins Gesicht und in die Augen, als sie zu ihm aufblickte. Die Nacht duftete, und das Feuer sprühte winzige Funken in die Dunkelheit. Ein Nachtvogel rief klagend und erhielt Antwort.
»Sehen Sie mich nicht so an«, sagte Rusty. »Mein Name ist Ratau, der Löwe, und ich bin gefährlich.«
Sie schloß die Augen. Als sie sie wieder öffnete, war er auf der andern Seite des Feuers, die dunkle Gestalt Nimrods neben sich.

Der Schlupfwinkel des Tokolosie

Alice fand das Schlafen unter den Sternen weniger romantisch als unruhig.
Wer gerade wach wurde, legte Holz von dem am Nachmittag gesammelten Haufen auf das Feuer. Alle paar Minuten — so schien es ihr wenigstens — sprangen die Hunde auf und bellten wütend. Unaufhörlich hämmerten die Trommeln; ungewöhnliches Knurren und Grunzen ertönte rund um den Dornwall; einmal hörte man das Husten eines jagenden Geparden und das Jaulen eines Schabrackenschakals; Zwergeulen und Ziegenmelker stießen unheimliche Schreie aus, und Oase stöhnte dauernd im Schlaf.
'Männer und Frauen wünschen sich ihre Gefährten stark — unverletzt . . .' hatte Rusty von den Bantus gesagt. War es möglich, daß die Zärtlichkeit, die Oase ihrem Kind Shinhenani schenkte, sich nicht auch auf ihren Mann erstrecken würde, wenn er zu ihr zurückkehrte? Würde sie nicht bereit sein, seine Beschützerin — seine Stimme und sein Auge zu sein?
Ich bin Kankenschwester, dachte Alice, die schlaflos auf die junge

Frau und ihr Kind am Feuer starrte. Mein Beruf ist es, Menschen zu pflegen, doch Oase weiß mehr über die Absichten der Natur als ich. Ich kenne den Körper, wenn er durch Gewalt oder Unfall verletzt, wenn er krank und entstellt oder für das Messer des Chirurgen vorbereitet worden ist, und sie kennt ihn jung und bereit zur Liebe, als gesundes Instrument der Lust und Fortpflanzung. Waren allein körperliche Kraft und Vollkommenheit ausschlaggebend für die Liebe eines primitiven Herzens? Verlangte ein Mann von seiner Frau nur, daß sie ihm gesunde Kinder gebar und schmackhaftes Bier braute? Und erwartete eine Frau nicht mehr als einen guten Liebhaber, heiß in der Leidenschaft, kühl in der Gefahr? Ein scharfes Auge, stählerne Nerven?
Wieder sah sie die ruhige Gestalt eines Mannes vor sich, die Büchse an die Schulter gehoben — eines Mannes, der dem Tod ins Auge blickte. Aber er war hier, also war auch sie sicher. Oder nicht? 'Mein Name ist Ratau, der Löwe — und ich bin gefährlich . . .' Nein, sie hatte der Sicherheit Lebewohl gesagt. Sicherheit gab es für sie weder in England noch in Velaba.
Sie drehte sich um und wandte das Gesicht vom Mond ab. Von Zeit zu Zeit schlief sie ein.
Bei Tagesanbruch stellte Nimrod einen Becher starken süßen Tee und einige Biskuits neben sie. Rusty und Smokey waren verschwunden. Anscheinend badeten sie im Fluß. Oase ging umher, das Kind auf den Rücken gebunden. Das Feuer war zu einem Häufchen silberner Asche heruntergebrannt, doch Nimrod hatte einen Topf Wasser darauf gewärmt. Er brachte ihn Alice mit einem Handtuch und einem Stück Seife und ließ die Frauen allein im Rastplatz.
Alice zog sich an und bürstete ihr Haar, bis es glänzte; das leuchtende Rot ihres Lippenstifts hob sich flammend von der Olivblässe ihrer Haut ab. Likwezi nannten sie sie — den leuchtenden Star —, und als die letzten Sterne verblichen, hörte sie den süßen Ton des Vogels, dessen Namen sie ihr gegeben hatten. Die Trommeln schwiegen endlich.
Als Rusty zum Rastplatz zurückkam, hing ihm das Haar in

feuchten Locken in die Stirn, und er sah frisch aus wie ein Mensch, der eben ein kaltes Bad genommen hat. Alice sagte: »Aber was machen Sie, wenn Krokodile oder Flußpferde auftauchen?«

Er lachte.

»Ich weiß schon, was ich riskieren und wo ich baden darf. Nimrod hält Wache, wenn Krokodile in der Gegend sind.«

Dlameni und Mahuli waren gekommen und halfen Nimrod, die Stoßzähne des Elefanten auf dem Dach des Wagens zu verstauen. Rusty und Alice schlenderten auf den Gipfel des Hügels. Er zeigte ihr die Spuren der nächtlichen Besucher: die Fährte eines Geparden, einer Hyäne und eines Warzenschweins mit seinen Frischlingen; hin und wieder sahen sie ein paar Stacheln eines Stachelschweins auf dem Boden verstreut, und auch die kleine Antilope, die Bewohnerin steiniger Höhen, hatte deutliche Spuren ihrer Anwesenheit hinterlassen.

»Kein Löwe?« fragte sie.

»Diese Nacht nicht.«

»Nur Ratau.«

Er war amüsiert.

»Ja, sonst keiner, Likwezi.«

Sie lächelte.

»Mir gefallen die Namen, die die Bantus sich ausdenken. Was bedeutet Tombazane?«

»Junges Mädchen; aber sobald diese magere kleine Hündin älter ist, wird man sie anders nennen. Meistens sind die Namen beschreibend oder drücken eine Hoffnung aus. Shinhenani zum Beispiel ist ein solcher Ausdruck der Hoffnung. Es bedeutet: Kleiner Krieger.«

»Das paßt gut zu ihm; er ist ein kräftiger, furchtloser Knabe. Aber warum Oase — oder Nimrod?«

»Wer weiß das? Die europäischen Namen wählen sie aus der Bibel oder aus einer Legende. Manchmal nennen sie sich auch nach einem Menschen, den sie bewundern; und bisweilen ist es auch nur ein Gedanke — eine Sehnsucht, der man Ausdruck verleihen

will. Oase — der Name paßt bestimmt zu ihr. Und Nimrod der Jäger. Ein guter Wildhüter muß ein guter Jäger sein.«
Als sie ins Tal hinunterblickten, war nur noch wenig zu sehen. Dichte fahle Bodennebel bedeckten die Knochen des mächtigen Dumela und die kleinen schlafenden Wesen, die ihn aufgegessen und die um seine Überreste getanzt hatten. Hier und dort ragten belaubte Baumwipfel aus dieser feuchtkalten Umhüllung, oder ein Wölkchen blauen Rauchs stieg in Spiralen auf.
»Es ist fast nicht zu glauben«, sagte sie. »Haben Sie tatsächlich dieses Ungeheuer erschossen?«
»Nimrod und ich. Die Stoßzähne liegen oben auf 'Sweet Sue' — fast zwei Zentner vom besten Elfenbein, möchte ich wetten.«
»Dürfen Sie sie behalten?«
»Nein, sie sind Eigentum des Kuratoriums der Nationalparks. Ich werde sie im Lauf des Tages auf Boryslawskis Farm abgeben, und Nelmapius kann sie gelegentlich mit einem Lastwagen abholen.«
»Fahren wir jetzt dorthin?«
»Erst zum Sweet Spruit, wo der Tokolosie haust. Dort werden wir uns entschließen, wohin wir dann fahren.«

Sie folgten dem Lauf des Fulene-Flusses zur Westgrenze von Velaba. Wegen des zusätzlichen Gewichts von Dumelas Stoßzähnen auf dem Wagendach fuhr Rusty besonders vorsichtig. Herden von Antilopen, Wildebeesten und Zebras grasten auf den betauten Lichtungen; Giraffen knabberten die jungen Blätter hoher Akazien; und unten in den Talsenken und trockenen Bachläufen begann die Morgendämmerung die Nebel aufzulösen und zu vertreiben. Apollo hob seinen brennendroten Diskus über den Kamm des Gebirges, und plötzlich machten die ersten Anzeichen der Hitze die Luft des frühen Morgens dünn und trocken.
»Es ist wirklich der Garten Eden«, sagte Alice. »Alles noch viel schöner, als ich es mir erträumt hatte.«
Plötzlich waren Vergangenheit und Zukunft bedeutungslos für sie geworden. Es gab nur noch diese seltsam erregende Gegenwart.

»Der Garten Eden ist ein Begriff für die Furchtlosen und Narren«, sagte Rusty.
Alice schüttelte den Kopf: »Und für die Glücklichen.«
»Sind Sie denn glücklich?«
»In diesem Augenblick — ja.«
»Ich auch. Aber wenn wir diese Straße verlassen und den Hügel hinab zum Sweet Spruit fahren, wird sich diese Stimmung ändern.«
War das Glück so flüchtig, so verletzbar?
Alice wandte sich um und streckte die Arme aus, damit Oase ihr Shinhenani gäbe. Sie hatte Freundschaft mit dem Kind geschlossen, das ihre blasse Haut nicht mehr mit Argwohn betrachtete. Gestern auf dem Rastplatz hatte sie mit ihm gespielt, wie seine Mutter es tat, und nach einer Weile hatte der Kleine vor Vergnügen in ihren Armen gekräht. Das stämmige nackte Körperchen hatte sie mit Entzücken erfüllt. Shinhenani war ein hübsches Kind — wirklich ein kleiner Krieger. Doch jetzt drückte Oase ihn ans Herz, und Alice sah Entsetzen in ihren Augen.
Nimrod beugte sich vor und erklärte: »Oase nicht lieben diesen Ort, Nkosikasi. Angst vor Tokolosie.«
'Sweet Sue' fuhr durch das grüne Dunkel des bewaldeten Hanges hinunter. Am Fuß des Hügels kamen sie an ein trockenes Bachbett, in dem Felsblöcke lagen. Rusty hielt den Wagen an.
»Ich möchte die Gegend mit Nimrod und Smokey erkunden, Alice. Sie bleiben besser mit Oase und Tombazane hier im Wagen.«
»Ich würde lieber mit Ihnen gehen.«
»Ohne Sie wird die junge Frau sehr ängstlich sein.«
Alice warf ihm einen raschen Blick zu, doch auf seinem Gesicht war keine Ironie zu lesen, und es war ihm ernst, als er hinzusetzte: »Hier ist es anders. Hier geht es nicht nur um wilde Tiere. Wenn Sie irgend etwas beunruhigt, hupen Sie. Steigen Sie unter gar keinen Umständen aus. Wenn Sie uns vielleicht auch nicht sehen, wir sind nicht weit.«
Diesmal band er den Patronengurt um und nahm sein Gewehr

mit. Nimrod bewaffnete sich mit seinem kleinen Beil und seinem Assagai, gemeinsam stiegen sie in das steinige, sonnenhelle Bett des Spruit. Schweigend und vorsichtig bewegten sie sich vorwärts, Rusty einige Meter vor dem jungen Wildhüter. Auch für Nimrod bedeutete dieser Gang nicht nur die Gefahr durch wilde Tiere. Dieser Ort war verhext. Hier hatte ein Mann seine Sprache und seine Augen verloren — wodurch? Und dieser Mann war sein Kamerad gewesen, der Mann der jungen Frau, die mit ihrem Kind wartete. Nimrod war froh, daß Likwezi bei Oase geblieben war. Likwezi besaß einen starken Zauber. Woraus er bestand, wußte er nicht, aber in ihren Augen war zu lesen, daß sie ihn besaß. Vom Auto aus war nur ein kleines Stück des Spruit zu überblicken, ehe er in einer Biegung unter den Bäumen verschwand. Der Teil, den Alice übersehen konnte, wies unzählige Spuren auf, von Hufen, Klauen und menschlichen Fußabdrücken. Dort, wo Blut in den Boden gesickert war, befanden sich dunkle Flecken, und Alice sah, wie die beiden Männer sich bückten, um diese Stellen zu untersuchen.

Oase hatte sich fest in die Ecke des Wagens gedrückt. Der Kleine Krieger schlief. Tombazane preßte die Nase ans Fenster. Amos' kleines Beil lag neben Oases Hand. Alice bemerkte, daß ihre eigenen Finger auf dem Lenkrad lagen und ihre Handflächen feucht waren und prickelten.

Sie blickte sich auf dem Schauplatz des so kurze Zeit zurückliegenden Verbrechens um, und es schien ihr, daß der Sweet Spruit seinen Namen Lügen strafe und voll böser Ausstrahlungen sei. Selbst die Bäume waren in einem Gewirr grauer Lianentaue gefangen. Und auf dem gegenüberliegenden Ufer des trockenen Bachbettes bildeten Binsen einen dichten Schirm, aus dem sich die schlanken, schwefelgelben Stämme einer Gruppe von Fieberbäumen erhoben; ihre verzweigten Äste waren überladen mit den Nestern von Webervögeln. Rot- und Goldfinken und blitzende Königsfischer schossen in der Frühlingspracht ihres Hochzeitsgefieders aus den Binsen empor und wieder hinein. Die drückende Luft wurde nur von den Flügelschlägen der Vögel bewegt und

war voll von dem schrillen Laut der Zikaden, einem Laut, so hoch und monoton, daß einem der Kopf davon schwirrte.
Als Tombazane plötzlich wild aufbellte, war jeder Nerv in Alices Körper bis zum Zerreißen gespannt. Selbst der schlafende Shinhenani erwachte, setzte sich auf und rieb sich die klaren schwarzen Augen. Dann zeigte er mit seinen dicken Fingern auf den Tumult, der Tombazanes Ausbruch hervorgerufen hatte, und entblößte in einem fröhlichen Grinsen seine kleinen weißen Milchzähne. Er hüpfte und lachte und rief dem Trupp grauer Affen, die aus dem grünen Dämmerlicht auf den Wagen herabspähten, unverständliche Laute seines Entzückens zu. Und als mache sein Beifall die Tiere zutraulicher, schwangen sie sich an Händen, Füßen und Schwänzen gewandt von den Lianentauen herab, schwatzten, schnalzten und schlugen von Ast zu Ast lustige Purzelbäume. Alice merkte, daß sie über die Narreteien dieser bepelzten Akrobaten vor Erleichterung selber laut lachte. Aber plötzlich waren all die Väter, Mütter, Onkel, Tanten und die mutwilligen Kleinen ebenso rasch, wie sie aufgetaucht waren, wieder verschwunden. Die Blätter regten sich nicht mehr, Shinhenani forderte sich seine Nahrung ein, und Alice fragte sich, ob der haarige Zwerg — der Tokolosie — nicht gerade jetzt aus seinem versteckten Schlupfwinkel zu ihnen herüberspähte.

Wenige hundert Meter bachabwärts standen Rusty und Nimrod im Schatten eines weitausladenden Tambotiebaumes. Es war ein alter, hohler Baum.
Nimrod sagte: »Das wäre ein gutes Versteck für einen Vogel oder eine Schlange.«
»Oder für Gewehre«, setzte Rusty grimmig hinzu.
»Ich will nachsehen, Nkosi.«
Sekunden später hörte Alice einen Schuß durch das Schweigen peitschen. Einen einzigen Schuß.
Zehn Minuten verstrichen — vielleicht fünfzehn —, ehe sie Rusty sah. Doch diese kurze Zeitspanne war die ganze Ewigkeit.
Er schritt leicht und rasch durch den Spruit und die Uferbö-

schung zu 'Sweet Sue' hinauf. Nimrod ging mit aschfahlem Gesicht neben ihm.

Alice öffnete den Wagenschlag, und Rusty blieb mit ausgestreckter Hand davor stehen.

»Kommen Sie mit. Nimrod bleibt bei Oase.«

Sie stieg aus, doch ihre Knie waren weich. Sie wußte nicht, daß er das Zittern ihrer Unterlippe gesehen hatte und, um sie zu beruhigen, ihre Hand ergriff.

»Bleiben Sie dicht neben mir«, sagte er.

Sie folgte ihm das Bachbett entlang, und ihr Mund war ebenso trocken wie der Sand unter ihren Füßen. Er hatte noch immer das Gewehr bei sich.

»Wo ist Smokey?« Sie bemühte sich, ihrer Stimme Festigkeit zu geben.

»Er hält Wache.«

Er führte sie zu dem hohlen Baum. An seinem Fuß lag eine sich windende, drei Meter lange Schlange von der Dicke eines Männerhandgelenks. Sie war von dunklem Olivgrün mit hellem Bauch, spitz zulaufendem Schwanz und schmalem Kopf. Gleich hinter dem Kopf war das Rückgrat von einem Schuß zerschmettert und von den Zähnen des Hundes zerrissen. Smokey stand bei dem verdächtigen Reptil und knurrte halblaut. Alice hatte wie die meisten Menschen eine Abneigung gegen Schlangen, aber diese hier flößte ihr trotz aller Schönheit einen besonderen Abscheu ein. Es lag etwas Obszönes in den zuckenden Windungen dieses muskulösen Körpers, der auch noch nach dem Tode von unheimlichem Leben erfüllt schien.

Sie sah Rusty fragend an.

»Eine Mamba.«

»Eine Mamba? Aber . . .«

»Ja. Eine Mamba hat meine Mutter getötet. Sie ist das einzige Geschöpf, das ich niemals schone — die giftigste, tödlichste Schlange in Afrika.«

»Wo war sie, als Sie sie sahen?«

Er zeigte mit dem Kopf nach oben. »Dort. Es ist ein hohler Baum.

Die Höhle ist tief und der Eingang über Augenhöhe — ein gutes Versteck. Man könnte Gewehre darin aufbewahren. Nimrod kletterte hinauf, um nachzusehen. Aber sehr vorsichtig. Denn niemand untersucht unbesonnen eine Höhle in einem Baum oder im Boden — und dann plötzlich erblickte ich an dem Ast über seinem Kopf die Schlange. Ich schoß, und sie fiel herab. Smokey besorgte den Rest. Das Weibchen könnte in der Nähe sein. Vielleicht ist das hier ihr Brutplatz, und jetzt nach dem Winter sind sie voller Gift.«

»Kommen Sie, Rusty, wir wollen weggehen! Dieser Ort ist böse.« Er nahm ihre kalte Hand in die seine. »Schauen Sie einmal dort hinauf in die Zweige.«

Sie spähte durch das Laub, voller Furcht, das Weibchen der Mamba zu erblicken, doch bald erkannte sie die Streifen Fleisch, die über einem von Ast zu Ast gespannten Draht hingen.

»Ein Trick, den die Wilderer vom Leoparden gelernt haben«, sagte er. »Der Leopard benutzt einen Baum als Speisekammer für seine Beute. Unter dem Laub können die Geier das Fleisch nicht sehen und die aasfressenden Vierfüßler es nicht erreichen, ja nicht einmal wittern, da sich der Geruch meist nur in einer Ebene ausbreitet. Sweet Spruit scheint die Vorratskammer eines Wilderers gewesen zu sein, der den Tokolosie als unbezahlten Wächter benutzte. Ich hätte mir denken können, daß der größte Teil des Fleisches und die Gewehre bereits weggebracht worden sind. Sie werden ihr Biltong so rasch wie möglich in das Bergwerksgebiet am Witwatersrand befördern, ehe es irgendeiner der Verantwortlichen aufspürt und ehe die Regenzeit beginnt und die Straßen unpassierbar werden.«

»Weshalb trocknen sie es erst?«

»Es ist leichter zu befördern und wird haltbar. Aber die weißen Bakkie-Banditen fassen die Dinge anders an als die eingeborenen Wilderer. Sie operieren an der Grenze zwischen Kamp Zwei und Drei. Mit den leichten Lastwagen, die wir Bakkie nennen, überfallen sie die Wildrudel und schießen sie mit Maschinengewehren zusammen. Sie morden, weiden aus und schaffen ihre Beute weg.

Ich würde mit Freuden einmal dazwischenschießen, wenn ich die Möglichkeit erhielte!«
»Lassen Sie uns von hier weggehen, Rusty.«
Er hob ihren Kopf und blickte ihr ins Gesicht. Das grünfleckige Licht ließ ihre klare Haut fahl erscheinen. Zu ihren Füßen wand und krümmte sich die tote Mamba.
»Ich habe Ihnen nichts erspart«, sagte er. »Es war eine harte Einführung in Velaba. Wenn Sie die durchstehen ... wenn Sie die ertragen können ...«
»Was dann?«
Seine Augen, schmal und herausfordernd unter den dunklen geraden Brauen, hielten die ihren fest.
»Dann entschuldige ich mich bei meinem Bruder. Dann weiß ich, daß Andrew recht hatte — daß Sie die einzige Frau der Welt für ihn sind. Kommen Sie!«

Radinoxas Frau

Rusty fuhr durch das trockene Bett des Spruit und hinauf in das Dornveld am andern Ufer.
»Hier etwa fanden Jan Nelmapius und Job leere Patronenhülsen verstreut«, sagte er. »Augenscheinlich waren Tiere erschossen und weggefahren worden — vermutlich zu jenem Versteck dort unten am Sweet Spruit.«
»Haben Sie jemand von Ihren eigenen Leuten in Verdacht?« fragte Alice.
Er schien ihre Frage nicht gehört zu haben, und Alice wiederholte sie nicht. Danach sagte er:
»Wir fahren zu Boryslawskis Farm, ein paar Kilometer von hier entfernt. Frau Boryslawski wird uns ein Frühstück machen lassen, dann können Sie baden und sich ausruhen, während ich zum Kraal des Alten Häuptlings fahre.«
»Allein?«

»Mit Nimrod. Oase möchte ich nicht mitnehmen, sie könnte dort Schwierigkeiten hervorrufen. Und Sie ebenfalls. Meine Sache läßt sich am schnellsten erledigen, wenn es keinerlei Ablenkungen gibt.«

Er tut alles nach seinem eigenen Kopf, dachte sie enttäuscht. Sie hätte gern den Kraal des Häuptlings gesehen, aber Rustys Gesichtsausdruck ließ eine Auseinandersetzung darüber nicht ratsam erscheinen — wenigstens jetzt nicht. Er war angespannt, auf die Gefahren konzentriert, die Velaba — vielleicht sogar die ganze Existenz dieses Nationalparks — bedrohten. Die tierischen Bewohner seines geliebten Wildreservats wurden erschossen, in Fallen gefangen und an manchen Stellen in Scharen niedergemetzelt, während die Eingeborenen bestochen wurden und einer dem andern nach dem Leben trachtete. Und obwohl er glaubte, daß all diese Verbrechen in Verbindung miteinander standen, konnte er keinen schlüssigen Beweis finden, auf Grund dessen er einer bestimmten Gruppe oder einem einzelnen die Schuld zu geben vermocht hätte.

Sie überquerten den Steindamm durch den Unteren Fulene-Fluß. Eine Schar smaragdgrüner Papageien erhob sich kreischend aus den Bäumen und flog auf eine Gruppe von Eingeborenenhütten in der Nähe zu. Rusty erhöhte die Geschwindigkeit, und 'Sweet Sue' schoß vorwärts und holperte schnell über das unebene Gelände. Hier war die Landschaft offen und hügelig, und die goldene Steppe war bis auf den Boden abgeweidet.

»Schauen Sie, dort das Rudel!« rief Alice aus. »Was für . . .« Sie brach ab und lachte. »Ach, Rusty, es sind ja Kühe!«

Ein breites Grinsen erhellte Nimrods Gesicht, und auch Rusty lachte.

»Der Fluß bildet die Grenze. Hier ist das Stammesgebiet des Alten Häuptlings. Boryslawskis Farm schieb sich wie ein Keil bis an den Rand von Velaba. Sie liegt isoliert und ist sehr unproduktiv. Als der letzte Eigentümer starb, bekam Boryslawski das Land fast geschenkt. Das einzige Geld, das er vermutlich jemals herausziehen wird, ist das für die Bäume dort — wenn die einmal soweit

sind. Er zeigte auf eine Schonung von Gummibäumen und Pinien, welche die Hügel im Westen wie ein Band säumte. Die Straße lief parallel zum Fluß zwischen den Hügeln und dem hochragenden Kamm des Schwarzen Mamba-Gebirges. Hier sah man nichts von den fruchtbaren Zitrus- und Mangohainen des Südens, keine Farmhäuser, die in bunten Gärten oder in Papaya- und Bananenpflanzungen standen. Die einzige Andeutung von Zivilisation waren der Krämerladen eines Inders und ein bescheidenes Schulgebäude für Eingeborene, das gleichzeitig als Kirche diente. Sonst gab es nur verstreute Kraals und Viehplätze hinter den festen Dornumwallungen, bestimmt, wilde Tiere abzuhalten, die sich um keine Grenzen kümmerten. Kleine Hirtenjungen riefen springend und tanzend 'Sweet Sue' ihre Grüße zu, und Frauen mit Lasten auf dem Kopf wandten sich ihnen zu und winkten. Flüchtige Schatten weißer Federwolken, die ein Wind in höheren Luftschichten vor sich hertrieb, huschten über das Veld, und wieder war Alice erstaunt über die Großartigkeit der Landschaft, die Höhe des Himmels und die Empfindung von Licht und Weite.
»Boryslawski hat Gras abgebrannt, um unser Wild anzulocken.« Rusty blickte finster auf einen Gürtel schwarz versengter Stoppeln, der sich am Ufer des Flusses hinzog. »Sobald nach dem Regen die jungen Triebe hervorsprießen, werden unsere Antilopen in seine Ländereien gelockt. Dann mäht er sie zweifellos nieder.«
»Sie mögen diesen Farmer nicht?«
»Sie werden ihn ja kennenlernen. Dann können Sie mir sagen, was Sie von ihm halten.«
»Jan Nelmapius — oder waren Sie es selbst? — erzählte mir, daß die Eingeborenen ihn als den König der Schlangen bezeichnen.«
»Da haben Sie schon einen ganz guten Anhaltspunkt für Ihr Urteil! Ja, sie nennen ihn König der Schlangen — Radinoxa.«
Er lenkte 'Sweet Sue' in eine lange Allee von hohen Blaugummibäumen hinein. Die Rinde löste sich von den blassen Stämmen, und Alice kam es vor, als schlüpften sie aus ihrer Haut — wie Schlangen. Der Wagen hielt vor einem weiträumigen Haus mit grünem Blechdach; das Gebäude war rundherum von einer brei-

ten Zementveranda umgeben. Mochte Radinoxa auch der König der Schlangen sein — seine Untertanen auf der Veranda zu sehen, behagte ihm wohl nicht, denn auf dem glatten Zementboden hätten sie schwerlich einen Halt gefunden. Um das Haus standen exotische Bäume, und die schwirrenden Flügel von Sonnenvögeln schwebten über grellbunten, trompetenförmigen Blüten, die Alice noch nie gesehen hatte.
Ein Mann kam die Freitreppe herunter, um sie zu begrüßen. Er war schmal gebaut, und seine Gestalt hatte etwas von der federnden Geschmeidigkeit des Schambocks aus Flußpferdhaut, den er in der Hand hielt. Wie Rusty trug er Khaki-Shorts und eine Buschjacke mit offenem Kragen. Sein Haar trat an den Schläfen zurück, seltsamen Schläfen, die aussahen, als hätten zwei große Daumen den schmalen Schädel in frühester Kindheit zu beiden Seiten der hellen dicht beieinanderstehenden Augen eingedrückt. Links und rechts von ihm gingen eine honigfarbene Dogge und eine junge Löwin. Smokey und Tombazane sprangen wild kläffend gegen die Autoscheiben, sofort preschte die Dogge auf sie zu und bellte ihnen Schmähungen entgegen, während die Löwin den Kopf mit einer Seitwärtsbewegung senkte und ihre Raubtierzähne entblößte.
Boryslawski schwang den Schambock und rief mit schnarrender, arroganter Stimme einen Befehl, worauf die beiden Tiere sich widerwillig zurückzogen.
»Warten Sie!« rief er Rusty zu. »Ich sperre die beiden ein, dann können Sie Ihre Hunde herauslassen.«
Alice war stark beeindruckt. Als Boryslawski mit seinen beiden Tieren hinter dem Haus verschwand, sagte sie zu Rusty: »Er beherrscht alle Tricks wie ein Zirkusdirektor. Eine Art grausamer, aber mutiger Autorität.«
Als Boryslawski wenige Minuten später zurückkam, war er von einer untersetzten blonden Frau begleitet, deren teigiges, schlaffes Gesicht sich zu einem Lächeln verzog:
»Rusty, wie reizend! Kommen Sie zum Frühstück? Wir haben schon gegessen, aber wir lassen sofort noch etwas machen. Und

wer ist Ihre Freundin? Ach ja, natürlich, das ist Miß Alice Lang! Wir hören immer Ihrem Funksprechverkehr zu. Warum auch nicht? Abends hat man in diesem gottverlassenen Nest ja doch nichts anderes vor, als zu versuchen, mit dem Radioapparat ein paar Neuigkeiten von irgendwoher zu bekommen — sogar aus Velaba! Anton, sag dem Kaffern Klaas, er soll sich beeilen, ein paar Eier auf Schinken braten und frischen Kaffee machen! Und wie ist es mit Ihren Eingeborenen, Rusty? Unsere Leute können ihnen etwas zu essen geben — und die Hunde . . .«
»Christina, du redest zuviel.«
Die ruhig gesprochenen Worte der rauhen Stimme mit den harten R-Lauten brachten sie sofort zum Schweigen — wie man ein Rundfunkgerät durch die Drehung eines Knopfes abstellt. Alice hatte den Eindruck, daß eine Sekunde lang alles in Mrs. Boryslawski zu funktionieren aufhörte, sogar ihr Herz. Boryslawski lächelte seiner Frau zu, doch seine hellen Augen, die so flach in den Höhlen lagen, daß die Muskeln um sie herum sichtbar arbeiteten, waren weder wohlwollend noch belustigt. Er öffnete den Wagenschlag auf Alices Seite, und sie stieg aus, während die Hunde hinter ihr herstürzten.
»Sie haben recht, Mrs. Boryslawski«, sagte Rusty. »Dies ist Alice Lang aus Middlesex, England, auf dem Weg zur Missionsstation in Poinsettia.«
»Dann sind Sie ja Missionarin! Kaum zu glauben! Die sehen sonst ganz anders aus. Sie wirken überhaupt nicht wie eine Missionarin!«
»Ich bin auch keine.« Alice lächelte. »Ich bin Krankenschwester.«
Boryslawski sagte: »Kommen Sie herein. Sie dürfen sich von meiner Frau nicht all ihre Beschwerden aufzählen lassen, Miß Lang. Das dauert zu lange. Ich kenne Middlesex. Ich war im Krieg dort — bei einem Jagdgeschwader.«
Sein Lächeln war dünn und zog die Mundwinkel herab. Alice erinnerte sich jetzt: Rusty hatte erwähnt, daß Boryslawski Jagdflieger gewesen sei. Seine Landsleute waren in Alices Heimat legendär geworden — Männer, von tollkühner Tapferkeit und voller Haß

gegen einen Feind, der ihr Vaterland verwüstet hatte, Männer, die auf der Welt nichts mehr zu verlieren hatten als das Leben.

Mit einem Schlag seines Schambocks auf die Elefantenstoßzähne wandte Boryslawski sich an Rusty. »Da haben Sie eine Menge prachtvolles Elfenbein. Wie sind Sie daran gekommen?«

»Ein einzelgängerischer Elefant hat einen Mann aus unserm Straßenbautrupp getötet. Ich mußte das Tier erschießen.«

Wie merkwürdig, dachte Alice. Das ist das erste Mal, daß ich Rusty den Elefanten 'ein Tier' nennen höre, so einen furchtbaren Feind — 'das Tier'! Er paßt sich Boryslawskis Ausdrucksweise an.

»Leben um Leben, wie?«

»Wenn es um einen Menschen geht, ja. Ich möchte das Elfenbein gern abladen und hierlassen. Jan Nelmapius kann es gelegentlich auf einen der Lastwagen laden und nach Poinsettia bringen.«

»Natürlich. Wir wollen es wiegen. Ich schätze, Sie haben da zwei Zentner vom besten. Schade, daß Sie es nicht für sich behalten können. Ich schicke einen Boy, der Ihrem Eingeborenen beim Abladen hilft, dann kann er Ihren Leuten etwas zu essen geben.«

Sie standen noch am Wagen in der Sonne, und Alice sah, wie die kalten berechnenden Augen des Polen über Oase glitten, die ruhig wartete, das Kind in einer Schlinge auf der Hüfte. Er schien ihren Wert abzuwägen, als sei sie eine Sklavin auf dem Markt oder Elfenbein, das verkauft werden sollte.

Mrs. Boryslawski führte Alice ins Haus.

»Es wird eine Zeit dauern, bis das Frühstück fertig ist. Diese Kaffern sind so langsam. Sie wollen immer nur in der Sonne hocken und klatschen und lachen und prahlen. Man kann sie nicht zur Eile antreiben; ihretwegen könnte das Haus in Brand stehen, sie würden sich nicht aus der Ruhe bringen lassen. Wenn ich nur sehe, wie sie den Fußboden bohnern — so kleine langsame Bewegungen, als streichelten sie eine Katze —, das macht mich ganz verrückt. — Gestern abend sind Sie und Rusty schon in Kamp Zwei erwartet worden, aber als wir den Sprechverkehr zur gewohnten Zeit abhörten, meldete Rusty sich nicht.«

»Wir sind nicht so weit gekommen. Rusty mußte den Elefanten

aufspüren, und das dauerte fast den ganzen Nachmittag. Wir haben im Busch übernachtet.«

»Im Busch — in Velaba! Wie entsetzlich! All diese Löwen und Hyänen und wilden Hunde — von Schlangen und Skorpionen ganz zu schweigen!«

»Sehr viel zum Schlafen bin ich nicht gekommen. Ob ich wohl baden könnte, bis das Frühstück fertig ist?«

»Aber natürlich, meine Liebe. Kommen Sie mit.«

Alice folgte ihr durch ein unfreundliches Wohnzimmer und durch einen Korridor in ein kahles kleines Schlafzimmer, das dem Bad gegenüberlag. Mrs. Boryslawski befahl einem Boy, den Geyser anzuzünden, und Alice stellte fest, daß ihre Gastgeberin für die Dienstboten eine besondere Stimme hatte, scharf und schreiend.

»Das war nicht die Sprache der Eingeborenen«, sagte Alice.

»Es war Afrikaans. Sie verstehen ein bißchen Englisch und Afrikaans. Das lernen sie in der Schule.«

»Drei Sprachen. Eine beachtliche Leistung.«

»Und schließlich reden sie doch wie Paviane.«

Alice blickte sich um. Wie der Garten sah auch das Haus verlassen und öde aus. Nichts war getan worden, um es reizvoll oder gemütlich zu machen. Das Linoleum auf dem Boden des Schlafzimmers war verblichen und rissig, die Möbel billig und das Fenster ohne Gardinen. Alice öffnete den kleinen Koffer, den sie vom Wagen mitgebracht hatte, und nahm ein paar Hautpflegemittel, Unterwäsche und einen Leinenrock heraus. Voll Interesse sah Frau Boryslawski ihr zu.

»Diesen Gesichtskrem kenne ich nicht«, bemerkte sie. »Importiert wahrscheinlich — ach ja, Sie kommen ja gerade aus London. Da wird es Ihnen hier draußen in der *Bundu* ganz und gar nicht gefallen.«

»Ich glaube doch.« Alice fuhr auf, als vom Badezimmer her das Geräusch einer Explosion ertönte.

»Keine Sorge! Das ist nur der Geyser, der warm wird. Er hat seine Launen — genau wie mein Mann. Sie waren sicher erschrokken, als Sie die Löwin bei ihm sahen? Ich kann dieses Vieh nicht ausstehen — Sheba heißt sie. Immer wieder sage ich ihm, sie ist gefährlich, ich habe selbst gesehen, wie sie um die Landarbeiter herumschleicht; sie müßte in den Zoo, aber Anton meint, dafür sei es nun zu spät. Er bekam sie schon als ganz kleines Vieh. Die Mutter geriet in Velaba in eine Falle, das Junge wurde in der Nähe gefunden, und ein alter Kaffer brachte es her. Anton kann mit ihr machen, was er will, und mit den Hunden hat sie sich angefreundet. Er benutzt Sheba als eine Art Spezialwachhund. Sie schläft in dem Hangar, den er für unser neues Flugzeug gebaut hat, und ich kann Ihnen versichern, kein Kaffer würde sich in die Nähe wagen, obwohl mein Mann schwört, daß sie keinem etwas tue. Aber ich sage ihm immer wieder, man könne doch keine ausgewachsene Löwin im Haus haben. Wenn sie nicht in den Zoo soll, müsse er sie erschießen. In der freien Natur kann sie ja auch nicht mehr leben; sie hat doch keine Ahnung, wie sie ihre Beute jagen soll. Aber er bringt es nicht übers Herz, sie zu erschießen. Manchmal glaube ich, sie ist das einzige Geschöpf auf der Welt, das er wirklich liebt.«

Sie sprach atemlos, und die Worte kamen wie ein Sturzbach. Alice hatte den Eindruck, wenn sie jetzt fortginge, würde Mrs. Boryslawski sich verzweifelt an sie klammern, nur um weiterreden zu können.

»Anton macht alles nach seinem Kopf — und setzt ihn durch«, fuhr sie mit einer mitleiderregend selbstquälerischen Befriedigung fort. »Glauben Sie vielleicht, ich würde hierbleiben, wenn ich nicht müßte? Ich bin in der Großstadt geboren und aufgewachsen. Ich bin an Leben und Betrieb gewöhnt, an Bekannte, die man zu einer Tasse Tee oder zum Bridge einladen kann. Ich gehe gern ins Kino und brauche ein bißchen Unterhaltung — lauter Dinge, die eine Frau in meinem Alter und meiner Stellung mit Recht erwarten darf. In ein paar Jahren bin ich alt, Miß Lang, und mir graut vor dem Gedanken, die letzten Jahre meiner Jugend — ich bin fünfunddreißig — hier in diesem Nest verbringen zu müssen. Deshalb tue ich auch nichts, um es Anton ein wenig gemütlich zu machen. Nicht einmal Blumen stelle ich ins Zimmer. Sonst findet er womöglich noch Gefallen an dieser gräßlichen Farm.«

»Wenn er sie gekauft hat und mit Ihnen hierhergekommen ist«, entgegnete Alice vernünftig, »tut er das wahrscheinlich sowieso.«

»Marcus Gottlieb hat ihn dazu überredet. Die beiden haben ihr ganzes Geld und auch den größten Teil von meinem in diese erbärmliche Farm gesteckt. Aber Gottlieb, der lebt nicht hier. Der sitzt hübsch mit seiner diamentengeschmückten Frau am Witwatersrand, während Anton die Farm bewirtschaften muß. Ich will zugeben, daß er ab und an einmal herkommt. Aber er ist auch der einzige, der uns regelmäßig besucht. Ist es dann verwunderlich, daß ich zuviel rede, wenn einmal eine weiße Frau auftaucht und ich endlich Gelegenheit habe, mich ein wenig auszusprechen?« Ihre dicken Hände ballten sich zu Fäusten, und eine fleckige, ungesunde Röte überflutete Hals und Gesicht. »Ich sage Ihnen, Miß Lang, dieses Leben bringt mich noch um!«

»Vielleicht sollten Sie einmal Ferien machen, Mrs. Boryslawski. Fahren Sie doch eine Weile nach Hause in die gewohnte Umgebung.«

»Und meinen Mann allein hier lassen? Sie kennen Anton nicht! Haben Sie gesehen, wie er das hübsche Kaffernmädchen in Rustys Auto angeblickt hat? Nein, auf keinen Fall, ich lasse ihn nicht allein.«

Sie erhob sich und trat ans Fenster. Mit abgewandtem Gesicht sagte sie: »Er ist Ausländer, Miß Lang. Er ist nicht wie Sie und ich. Er kommt aus einer andern Welt und hat viel durchgemacht. Darauf muß ich Rücksicht nehmen. Es ist jetzt ohnehin nicht mehr für lange. Er sagt, wir verdienen schönes Geld und können in ein paar Monaten verkaufen. Inzwischen hat er ein kleines Flugzeug bestellt. Das kann jetzt jeden Tag kommen, und dann nimmt er mich hin und wieder mit in die Stadt. Er war im Krieg Flieger — ein berühmter Jäger.«

»Ja, das habe ich gehört. Aber wie aufregend, ein eigenes Flugzeug zu haben!«

»Anton ist eine sehr großzügige Natur, Miß Lang. Das liegt ihm im Blut. Als er aus Polen floh und während des Krieges nach England kam, hat er seinen Namen geändert. Er stammt aus einer sehr alten und vornehmen Familie.« Sie schien bei diesen Worten ein wenig zu wachsen, als liehe sie sich für einen Augenblick etwas von der stolzen Herkunft ihres Mannes. »Und was hat er jetzt? Nichts als Erinnerungen — und seinen Haß. Die Deutschen haben die großen Güter seiner Familie beschlagnahmt, und dann kamen die Russen und haben ihm auch noch den Rest genommen. Es ist verständlich, daß es nicht immer leicht mit ihm ist, aber ich muß mich damit abfinden.« Sie wandte sich Alice wieder zu, und ihre schlaffen Züge waren von Liebe und Stolz wie verwandelt. Sie hatte 'über ihrem Stand' geheiratet — in den ruinierten Adel eines Landes, das der Krieg verwüstet hatte, und sie sonnte sich in ihrem Erfolg. Daß ihr Mann mit seinem alten Namen auch seine Grundsätze aufgegeben haben könnte, kam ihr nicht in den Sinn, ebensowenig fand sie etwas dabei, daß ihm ihr kleines Vermögen wichtiger war als sie selbst. Tatsache blieb, daß sie ihn bekommen hatte. Aber es war eine bittere Prüfung für sie, daß sie nicht mit ihm prahlen konnte. Hier, am Ende der Welt, konnte sie ihren Schatz — ihren kosmopolitischen, arroganten, welterfahrenen Mann — nicht zur Schau stellen. Es blieb ein leerer Triumph, und sie war enttäuscht.

Enttäuscht. Das Wort schlich sich in Alices Gedanken ein. Wie viele Formen der Enttäuschung gab es? Wie oft vermochte das Schicksal die Illusionen des menschlichen Geistes zu zerstören? Sie trat neben Mrs. Boryslawski ans Fenster und blickte über die wellige Grassteppe hinaus. Im Morgenlicht sah man auf der frischgepflügten Erde das leuchtende Grün des jungen Getreides; und am Hang pflügte ein Gespann Ochsen gemächlich am Horizont entlang.

»Vielleicht liebt Ihr Gatte all dies«, sagte sie. »Vielleicht erinnert es ihn auf gewisse Weise an das, was er verlassen mußte.«

Doch Mrs. Boryslawski schüttelte den Kopf, und die Verständnislosigkeit breitete sich wieder auf ihrem Gesicht aus.

»Dies? O nein, Miß Lang. *Dies* ist es nicht, was er verlassen mußte.«
Der Hausboy in dunkelblauer Tunika und Shorts stand in der Tür.
»Die Bad is klaar, Missus.«
»Ihr Bad ist bereit«, erklärte Mrs. Boryslawski. »Hier, über den Gang. Ich hole Ihnen nur frische Handtücher und ein neues Stück Seife. Ich habe alles unter Schloß und Riegel.«
»Ist das wirklich nötig?« fragte Alice, während sie Talkum-Puder, Gesichtstücher und Reinigungskrem ins Badezimmer hinübertrug. Ihre Gastgeberin öffnete mit einem der vielen Schlüssel, die sie an einer Kette am Gürtel trug, einen großen Schrank.
»Ich will es nicht darauf ankommen lassen. Ich traue der menschlichen Natur nicht über den Weg, Sie vielleicht?«
»Das ist eine schwierige Frage. Ich müßte erst darüber nachdenken.«
»Ob schwarz oder weiß, ich traue keinem etwas Gutes zu. Uns allen ist die Sünde angeboren, und es bedarf nur der Versuchung, sie zu begehen. Ich bringe meine Dienstboten nicht in Versuchung.«
»Sie meinen also, vertrauen hieße versuchen?«
»Ja. Denken Sie einmal darüber nach, während Sie baden. Sie werden feststellen, daß man keinem Menschen dauernd trauen kann — nicht einmal sich selbst.«
Alice meinte, nur eine sehr mißtrauische Natur könne zu solchen Folgerungen kommen. Oder bittere Erfahrungen, vielleicht auch die Unsicherheit der Zukunft müßten die Gründe dafür sein.
»Lassen Sie sich ruhig Zeit«, setzte Mrs. Boryslawski hinzu, während sie Handtücher und Seife auf den Stuhl neben der Wanne legte. »Wenn man müde ist, gibt es nichts Besseres, als lange und heiß zu baden — und Sie müssen doch schrecklich müde sein.« In der Tür drehte sie sich noch einmal um. »Kennen sie Andrew Miller übrigens gut?«
Die Frage kam überraschend für Alice. Einen Augenblick zögerte sie und suchte im Geist nach der Wahrheit. Dann sagte sie:

»Ich kenne ihn fast gar nicht, Mrs. Boryslawski. Was ist er für ein Mensch?«
»Ein wahrer Christ, Miß Lang — einer der ganz wenigen Menschen, denen ich trauen würde.«

Der Alte Häuptling

»Den Kaffee trinken wir draußen auf der Veranda«, sagte Mrs. Boryslawski. »Rusty erwartet jeden Augenblick das Gespräch mit dem Polizeiposten Poinsettia.«
Klaas räumte das Eßgeschirr ab und brachte den Kaffee auf die Veranda. Von ihrem Platz aus konnte Alice über den ungepflegten Garten und das offene Veld bis zum baumbestandenen Flußlauf und zum Buschgebiet von Velaba sehen. Die Hitze war bereits drückend. Sie flimmerte zwischen den Blätttern und verwandelte die durstende Steppe in ein trügerisches Sumpfgebiet, sie verhängte den Busch mit einem blauen Dunstschleier und raubte dem Gebirge seine Körperlichkeit; zweidimensional und in fahler Malvenfarbe stand es vor dem verblichenen Himmel. Das Summen unzähliger Insekten, von der dünnen Zupfmusik der Zikaden begleitet, klang Alice wie das Klappern lockerer Schrauben, das in das Geräusch eines rund laufenden Motors hineintönte.
Boryslawski schlug mit dem Schambock auf die Spitze seines leichten Veld-Schuhs.
»Ich begreife nicht, warum es so lange dauert«, sagte er. »Wir haben das Gespräch vor fast einer Stunde angemeldet — gleich nachdem Sie angekommen sind.«
Im Eßzimmer hinter ihnen läutete das Telefon.
»Das wird es sein.« Rusty stand auf und ging ins Haus. Durch die Klapptür aus Fliegengaze hörten sie ihn Afrikaans sprechen.
»Unbestimmte Verzögerung«, übersetzte Mrs. Boryslawski für Alice.

»Woran kann das liegen? Da muß doch irgendwo die Leitung gestört sein.«
Als Rusty wieder auf die Veranda trat, sagte er: »Es scheint, das Postamt hält die Leitung nach Poinsettia für ein Regierungsgespräch aus Pretoria frei. Irgend etwas muß passiert sein.«
»In Poinsettia!« Mrs. Boryslawski lachte bitter auf. »Was sollte in Poinsettia schon passieren!«
Rusty wandte sich an den Polen: »Hören Sie, Borys, ich muß weiter. Würden Sie das Gespräch, wenn es kommt, annehmen und Sergeant van Wyk bitten, meinem Bruder in Kamp Drei eine Nachricht durchzugeben? Sagen Sie ihm, wir nehmen an, daß wir heute abend in Kamp Zwei sind, und erklären Sie ihm die Sache mit dem Elefanten, die uns aufgehalten hat.«
»Natürlich werde ich das tun. Fährt Miß Lang mit? Oder wartet sie hier, bis Sie Ihren Besuch im Kraal des Alten Häuptlings erledigt haben?«
Alice war aufgestanden. Ihre dunklen Augen warfen Rusty einen ausdrucksvollen Blick zu — eine offene Bitte, der er schwer zu widerstehen vermochte. Er sagte:
»Weshalb haben Sie denn einen Rock angezogen, Alice?«
»Ich glaubte, ein Rock sei schicklicher, wenn man dem Häuptling einen Besuch abstattet.«
Er grinste und zuckte die breiten Schultern.
»Sie haben gewonnen. Kommen Sie also mit!«
Mrs. Boryslawskis Gesicht verzog sich. »Weshalb schleppen Sie sie denn mit in den stinkenden Kraal dieses alten Kaffern? Es wäre viel besser, Sie ließen sie hier, damit sie sich ausruhen kann. Auf dem Rückweg müssen Sie sowieso hier vorbei . . .«
Ihr Mann unterbrach sie. »Misch dich nicht ein, Christina.« Zu Rusty gewandt, setzte er hinzu: »Nehmen Sie Ihren Boy mit? Und wie ist es mit dem Mädel?«
»Nimrod fährt mit. Oase und das Kind nicht. Sie ist die Frau von Amos, dem Mann, der verstümmelt wurde. Es könnte Schwierigkeiten geben. Wir holen sie auf dem Rückweg vom Kraal wieder ab, wenn Sie nichts dagegen haben. Und Smokey ließe ich auch

gern hier, er würde nur Krach mit den Kraalkötern anfangen. Oase, die junge Frau, kann sich um ihn kümmern.«

»Werden Sie zum Mittagessen wieder hier sein?« fragte Mrs. Boryslawski.

»Ich fürchte, so viel Zeit werden wir nicht haben. Wir nehmen nur die Frau mit dem Kind und die Hunde auf und fahren weiter.«

»Na, lassen Sie sich von dem Häuptling nicht zu lange aufhalten, Rusty. Sie wissen ja, wie diese Kaffern sind — reden stundenlang in Rätseln, und am Ende ist man so klug wie zuvor.«

»Darin hat sie nicht so ganz unrecht«, sagte Rusty zu Alice, während sie die Allee zwischen den Blaugummibäumen entlangfuhren. »Es wäre ein Wunder, wenn ich irgend etwas Vernünftiges aus dem Häuptling herausbekäme.«

»Vielen Dank, daß Sie mich mitgenommen haben.«

»Ich hatte nicht das Herz, Sie bei der alten Schnatterliese zu lassen. Sie redet pausenlos.«

»Das arme Ding! Sie hat niemand, bei dem ihre Geschwätzigkeit ein Ohr findet. Aber nun scheint es besser für sie zu werden. Sie sagt, ihr Mann verdiene gut auf der Farm und habe ein Flugzeug gekauft, eigens um sie nach Johannesburg mitzunehmen. Und außerdem hat er ihr versprochen, in einigen Monaten zu verkaufen und wegzuziehen.

Rusty pfiff zwischen den Zähnen.

»Drei interessante Dinge: Wenn er gut verdient, dann bestimmt nicht auf der Farm — noch nicht. Wenn er ein Flugzeug kauft, dann nicht nur zum Vergnügen für seine Frau. Und wenn er daran denkt, die Farm aufzugeben, dann wahrscheinlich, weil seine Bande — welcher Art sie auch sein mag — zu platzen droht. In einem hat er recht. Die alte Ma Boryslawski redet wirklich zuviel. Eines Tages wird seine Löwin sie fressen. Und was für einen Eindruck hatten Sie von dem polnischen Farmer?«

»Eigentlich gefällt er mir. Er ist trotz seiner sarkastischen Art recht anziehend.«

»Anziehend? Er ist gefährlich wie ein verdammter Leopard — und ohne jeden Skrupel . . .«

»Sie fragten mich nach meiner Meinung«, entgegnete sie lächelnd. »Ich bedaure, daß ich Sie nicht dort ließ, damit Sie seine Gesellschaft noch länger genießen konnten.«

Er lenkte 'Sweet Sue' scharf von der Straße hinunter, und sie holperte auf einer tief ausgefahrenen Ochsenwagenspur zu der Eingeborenensiedlung in der Nähe des Steindamms, der die Grenze von Velaba bildete.

»Das ist das Dorf des Häuptlings, nur ein paar Meilen vom Sweet Spruit entfernt und genau an unserer Grenze gelegen«, sagte Rusty. »Es geht das Gerücht, daß das Augenlicht des alten Mannes allmählich erlischt. Falls das wahr ist, könnte es sehr gut im Zusammenhang mit dem Fall Amos stehen.«

Inmitten mehrerer verstreuter Kraals lag ein größerer, dessen Hütten im Halbkreis um einen geräumigen, gut geschützten Viehpferch standen.

Rusty parkte den Wagen außerhalb des hohen Binsenzauns, der das Anwesen des Häuptlings umgab, und Nimrod sprang hinaus, um den Häuptling zu suchen. Genau im Zauneingang drehte er sich um und sagte etwas zu Rusty, der laut auflachte. Einer ihrer privaten Scherze, dachte Alice, ein wenig verstimmt, doch Rusty ließ sie daran teilnehmen.

»Nimrod sagt, der Große Elefant scheine mich zu erwarten. Er hat eine Spur bemerkt, aus der man sieht, daß irgend jemand hier Schuhe trägt.«

Doch sein Lächeln verging sofort, und er runzelte die Stirn, als er sagte: »Ich wünschte, Andrew wäre statt meiner hier, um den alten Burschen zu befragen. Er versteht die Vieldeutigkeit seiner Worte, geht geschickt darauf ein, während ich ungeduldig werde und meine Karten viel zu früh aufdecke.«

»Spricht der Häuptling Englisch?«

»Viel mehr, als er zeigt, vermute ich. Aber niemals, wenn er nicht gezwungen wird.«

Der Häuptling saß auf einer Holzbank unter einem Dach zwischen einer großen Hütte und dem Viehpferch. Ein ehrfurchteinflößendes altes Weib in einer Toga aus Rinderhaut hockte auf einer Binsenmatte zu seinen Füßen; neben ihr befand sich etwas, das wie ein gestreiftes Spitzzelt aussah, doch als Alice genauer hinschaute, erkannte sie, daß dieses Zelt mit Hilfe einer riesigen Sicherheitsnadel um den dürren Hals seines Eigentümers befestigt war, der ihnen seinen schuppigen, schildkrötenhaften Kopf zukehrte. Nimrod wandte sich an einen älteren, lediglich mit einem Lendenschurz aus Pavianfell bekleideten Mann, der sich darauf unterwürfig seinem Herrn näherte und ihm die Anwesenheit von Besuchern verkündete.

Der Häuptling trug einen Flanellanzug in der blauen Farbe der Luftwaffe und einen breitkrempigen Hut im gleichen Farbton. Trotz der Hitze hatte er darunter einen kanariengelben Polosweater; die Socken waren von gleicher Farbe und die senffarbenen Schuhe neu und spiegelblank geputzt. Ein dünner Backenbart umrahmte das breite Gesicht mit der dunklen Brille. Der Häuptling erhob sich unbeholfen und wartete stehend darauf, daß seine Gäste sich ihm näherten.

»Willkommen, Löwe der Löwen«, sagte er in seiner Sprache, als Rusty seine ausgestreckte Hand ergriff; dann verneigte er sich feierlich in Richtung Alice, die Rusty als die »Nkosikasi mit dem großen Wissen von der Medizin des weißen Mannes« vorstellte; »gerade über das Wasser nach Velaba gekommen«, fügte er hinzu. Der Häuptling klatschte in die Hände und stieß einen explosiven Ruf aus. Sofort liefen zwei Kinder in die Hütte und erschienen mit zwei kleinen Stühlen für Nkosi und Nkosikasi und einem hölzernen Tischchen.

Alice sah sich mit Interesse um. Um die große Hütte herum standen einige kleinere, zierlich wie Nester von Webervögeln. Hohe Binsenzäune gewährten den Bewohnern Schutz vor Sonne und Wind und ein gewisses Maß an Zurückgezogenheit; in ihrem Schatten hockten alte Leute und kleine Kinder, während die waghalsigeren Piccaninnies sich in der Nähe zusammendrängten, um die Besucher anzustarren. Fliegen summten um sie her und setzten sich in die Winkel der glänzend schwarzen Augen, doch die Kinder waren an diese Belästigungen anscheinend gewöhnt und machten sich nicht einmal die Mühe, sie zu verscheuchen. Jüngere Erwachsene waren kaum zu sehen. Die Frauen arbeiteten auf den Feldern, und die Männer waren entweder auf Boryslawskis Farm oder in Velaba beschäftigt, oder sie versuchten ihr Glück in den Bergwerken und Städten am Witwatersrand. Die Jungen waren in der Schule oder hüteten das Vieh. Hühner pickten im Staub, und eine angebundene Ziege meckerte von Zeit zu Zeit. Alte Weiber lagen, in Lumpen gehüllt, im Schatten; ihre hageren Körper waren mit den geschwollenen gräulichen Pusteln von Zeckenstichen bedeckt. Die erstickend heiße Luft roch übelkeiterregend nach Staub, Rinderdung, Ziegen, menschlichen Ausdünstungen und dem Kuhhautgewand der uralten Frau, die Alice als Mutter des Häuptlings und Bewahrerin der regenbringenden Medizin vorgestellt worden war.

Da Alice nicht verstand, was Rusty und der Häuptling miteinander sprachen, beschränkte sie sich darauf, sie genau zu beobachten.

Rusty hatte den Hut abgenommen; sein sonnengebräuntes Gesicht und der kräftige Hals wirkten — im Gegensatz zu den dunklen Bantuzügen des Alten, die von dem blauen Hut und den gefärbten Gläsern beschattet wurden — ungemein stark beleuchtet. Der Häuptling machte ihrem Gefühl nach den Eindruck, als sei er verkleidet. Aber schließlich hatte sie auch erwartet, ihn mit Perlen und Fellen geschmückt zu finden. Sie wußte, daß es Rusty nicht leichtfallen würde, die Rolle eines gerissenen afrikanischen Diplomaten zu spielen; doch wie groß seine innere Ungeduld auch sein mochte, er ließ es sich nicht anmerken.

»Ich bin hierhergekommen, Großer Elefant«, sagte Rusty gerade, »um das Fahrrad meines Wildhüters Amos abzuholen — er war bekannt für seine weitblickenden Augen und seine witzige Zunge, seine Geschichten von der Tapferkeit vermochten selbst das schwächlichste Geschöpf mit dem Mut der Kriegervorfahren seines Volkes zu erfüllen.«

Alice sah, daß das Gesicht des Häuptlings ebenso verschlossen war wie das von March, als Rusty mit ihm in der Nähe des Außenpostens gesprochen hatte. Es war ihr, als blicke sie in ein dunkles Zimmer. Sie verbergen sich hinter der Farbe ihrer Haut, dachte sie.

»Weshalb glaubst du, das Fahrrad dieses Mannes sei hier, Löwe der Löwen?«

»So hat es mir mein Wildhüter March, der Begleiter von Amos, der allein zu seinem Posten zurückkehrte, berichtet.«

Der Berater mit dem Kopf einer Schildkröte klatschte in die unter seiner zeltähnlichen Decke verborgenen Hände, und der Mann im Lendenschurz aus Pavianfell sprang auf, um seinen Befehl auszuführen. Das Fahrrad würde gefunden werden. Man würde es auf das Dach von Nkosis Auto legen. Sofort gerieten die Kinder in Eifer und rannten nach allen Seiten auseinander, um das Fahrrad zu suchen.

Der Häuptling nahm die Brille ab und säuberte sie sorgfältig mit einem rotseidenen, gelbgepunkteten Taschentuch. Seine nächste Bemerkung ließ die Angelegenheit mit dem Fahrrad offen.

»Mir ist zu Ohren gekommen, daß Dumela — 'Der, der angreift' — vernichtet worden ist und in der vergangenen Nacht ein großes Freudenfest in Velaba stattfand.«

Doch so leicht gab Rusty nicht auf. »Gute wie schlechte Nachrichten haben den flüchtigen Fuß der Tsessebe-Antilope, Großer Elefant. Dumela hat einen Mann im Wildpark getötet, und wenn ein Mann, der in Velaba seine Pflicht erfüllt, verletzt wird, muß er gerächt werden. Dumela hat Mbula ermordet, und nun ist Dumela tot. Doch ein anderer Mann hat schwere Verletzungen erlitten. Amos wird nie wieder sehen noch sprechen.«

»Es wird nicht leicht sein, Amos zu rächen, denn Amos ist das Opfer des Tokolosie. Bevor March zurückkehrte, kam er hierher. Er hat uns erzählt, was Job in der Nähe vom Sweet Spruit gefunden hat — einen Mann, der blind und stumm geworden war und der wie ein sterbendes Tier im Busch lag.«

»Er ist nicht gestorben. Aber das weißt du ja, Großer Elefant. Du hast einen Radioapparat, und wenn wir uns von Kamp zu Kamp miteinander unterhalten, hörst du uns. In dieser Geschichte vom

Tokolosie gibt es auch eine Frau. Ich würde gern mit ihr sprechen.«
»Ja, es gibt eine Frau«, warf die Alte im Kuhhautmantel ein. »Sie wird herbeigerufen werden.« Sie winkte einem Kind, das eilig zwischen den Hütten verschwand.
Der Häuptling spuckte in den Staub und zog eine winzige Meerschaumpfeife aus der Tasche. Sofort brachte Rusty seinen Tabakbeutel und seine eigene Pfeife zum Vorschein.
»Willst du ein wenig Tabak von mir nehmen?«
Die dunkle Hand tastete nach dem angebotenen Beutel und stopfte die kleine Pfeife. Rusty gab dem Häuptling Feuer und steckte sich danach selbst die Pfeife an.
»Der Tokolosie bekleidet sich mit der Decke der Unsichtbarkeit«, sagte der Häuptling. »Es ist schwer, den Tokolosie zu finden.«
Tokolosie, Tokolisie . . . sie waren also noch immer auf dieser Spur? Alice beobachtete die Angriffe und die Paraden. Manchmal mischte sich der Ratgeber mit einigen Worten und einem ehrerbietigen Blick auf den Häuptling ein, und die Alte in der Kuhhaut warf häufig einen schrillen Ausruf dazwischen. Regelmäßig wie in langgeübter Gewohnheit nahm der Häuptling die Brille ab und putzte die Gläser mit dem rotseidenen Taschentuch. Als er es wieder einmal tat, stieß Alice einen plötzlichen Schrei aus, und der alte Mann wandte überrascht die nackten, ungeschützten Augäpfel dem Klang zu. Die milchigen Pupillen starrten, ohne sich zusammenzuziehen, in das helle Licht, und voller Mitleid erkannte Alice, daß sie für ihn eine Gestalt im dichten Nebel sein mußte.
»Von einer Bremse gestochen?« fragte Rusty, während er sich zu ihr hinüberlehnte.
Sie lachte und tat so, als riebe sie einen Stich an ihrem Bein. »Bitte unterbrechen Sie Ihr Gespräch nicht«, erwiderte sie und setzte in raschem Flüstern hinzu: »Er muß fast blind sein, Rusty — doppelseitiger grauer Star.«
Rusty sagte:

»Nkosikasi ist die Zähne unserer Pferdefliegen nicht gewöhnt, Großer Elefant.«
Der Häuptling lächelte und setzte seine Brille auf.
»Diese Frau, die das Kind gerade holt — weshalb wünschst du sie zu sprechen?«
Rusty erzählte ihm von Marchs Bericht über die Nacht, in der Amos verstümmelt wurde, und der alte Mann hörte aufmerksam zu.
»Du kannst sie nach allem fragen«, sagte er schließlich. »Aber nun wollen wir uns mit Bier erfrischen.«
Der Mann mit dem Lendenschurz aus Pavianfell stellte eine Kalebasse mit Kaffernbier vor den Häuptling auf den Holztisch, und Rusty wandte sich an Alice.
»Das ist ein Freundschaftsbecher. Man kann sich nicht drücken und — danken . . .«
Der Häuptling nahm den Hut ab und legte ihn auf den Tisch. Dann verschwand sein breites Gesicht mit dem Backenbart in der Kalebasse, und er trank einen tüchtigen Schluck. Er wischte sich die vollen, purpurfarbenen Lippen an seinem Seidentuch ab und reichte die Kalebasse huldvoll an Alice weiter. Sie hielt die Luft an, nahm die Kalebasse in beide Hände und zwang sich, von dem warmen, säuerlichen Gebräu zu nippen. Rusty nahm es ihr ab, danach folgte die Elefantenkuh, Mutter des Häuptlings und Bewahrerin der regenbringenden Medizin, die es dem schildkrötenköpfigen Berater weiterreichte, während als letzter der Mann mit dem Lendenschurz aus Pavianfell einen tiefen und durststillenden Zug trank. Das Bier des Großen Elefanten, gebraut von seiner jüngsten Frau, war berühmt für seine Stärke und die Würzigkeit seines Geschmacks.
Als die Kalebasse auf den Tisch zurückgestellt worden war, erschien das Kind, das nach der Frau ausgeschickt worden war, in Begleitung eines schönen, düster aussehenden Mädchens in einer gestreiften Decke mit einem breiten Perlenhalsband und Perlenarmbändern. Ihr Haupt war bis auf ein kleines Haarbüschel glatt rasiert und zum Teil von einem Perlenkopfschmuck be-

deckt, in den Ohrläppchen trug sie große Messingringe und auf den Wangen die Stammesnarben. Zunächst bewahrte sie hartnäckiges Schweigen, als Rusty sie ansprach, doch dann antwortete sie ihm auf Befehl des Häuptlings. Ihre Erwiderungen waren kurz und mit einstudierter Unverschämtheit hingeworfen. Seltsam, dachte Alice, er scheint ihr dieses Benehmen nicht übelzunehmen. Er behält seine undurchdringliche Miene. Vielleicht hat er den Eindruck, daß das alles nur Schauspielerei ist. Er rechnet nicht auf ein einziges Wort, das wirklich wahr ist. Er sammelt einfach nur Eindrücke, während er sich mit diesen Leuten unterhält.

»Warum hast du dem Mann Amos erzählt, du wolltest ihn am Sweet Spruit treffen?«

»Ich hatte nicht die Absicht, ihn zu treffen.«

»Aber es heißt, du hättest ihm versprochen, zum Sweet Spruit zu kommen — dem Ort, an dem, wie du weißt, ein Tokolosie wohnt.«

»Ich war ärgerlich, weil er mich für eine Hure hielt.«

»Du hofftest, er würde dorthin gehen — und der Tokolosie würde ihn fassen?«

»Es war mir gleich.«

»Warum ist er an einen solchen Ort gegangen? Er mußte doch wissen, wie gefährlich das war.«

»Er glaubte, dort würde uns niemand suchen.«

»Aber er weiß, daß der Tokolosie eifersüchtig auf einen Mann ist, der sich mit einer Frau abgibt.«

Sie zuckte die Achseln, und die schwarze Iris in dem gelblichen Weiß funkelte.

Das alte Weib in der Kuhhaut zeterte: »Wenn ein Mann eine Frau haben will, ist er verrückter als ein Wildebeest.«

Rusty wandte sich ihr zu.

»Erzähl mir, Große Elefantenkuh, hat dieser Tokolosie außer Amos schon einmal jemand angegriffen?«

Als sie keine Antwort gab, drückte er durch eine Bewegung die Bedeutungslosigkeit seiner Frage aus.

»Es ist nicht wichtig. Ich kann es in den Polizeiberichten feststellen. Ich glaube, mich zu erinnern, daß ich einmal über ein junges Mädchen etwas Ähnliches gelesen habe ... das war, ehe wir nach Velaba kamen — ehe der Sweet Spruit zum Wildschutzgebiet gehörte.«
Der alte Häuptling sagte unheildrohend:
»Im Jahr der großen Trockenheit raubte der Tokolosie ein junges Mädchen und nahm die Augen aus ihrem lebenden Kopf.«
Alice sah, wie sich Entsetzen auf Rustys Gesicht spiegelte. Er hob seine breite Hand und zählte die fünf Finger.
»Die große Trockenheit war vor fünf Jahren. Es ist so, wie ich es mir dachte.«
Er blickte von einem der nachtschwarzen Gesichter zum andern. Der Schildkrötenkopf des Beraters schien sich weiter in die zeltartige Decke zurückzuziehen; die Elefantenkuh sah starr und ohne eine Miene zu verziehen vor sich hin, die hochmütige Maske des Mädchens blieb undurchdringlich, und der Mann in dem Lendenschurz aus Pavianfell hockte geduckt wie eine aus Ebenholz geschnitzte Figur. Der alte Häuptling rauchte mit unergründlichem Gesicht seine kleine Pfeife. Rusty wußte, daß er von keinem dieser Menschen auch nur das Geringste erfahren würde. Welches Verbrechen auch begangen sein und wo die Schuld auch liegen mochte, er würde immer nur eine Antwort erhalten — die, die ihm schon gegeben worden war. Der Tokolosie. Er versuchte noch ein letztes Mittel. Er erhob sich und sprach mit eindringlichem Ton. So wie sein Bruder Andrew es getan hätte.
»Mir ist bekannt, daß der Große Elefant in jenem Jahr, dem Jahr des Hungers und der Sorgen, für dieses Volk zum erstenmal im Nebel wanderte — in der langen Dämmerung, die nicht einmal die Sonne am Himmel durchdringt.«
Alice fühlte das Gewicht der Worte, die sie nicht verstehen konnte, die unausgesprochene Drohung und das tiefe Mitgefühl; sie ahnte die Bedeutung des Bannes, unter dem Rustys Zuhörer standen. Sie waren erstarrt wie Tiere, die Gefahr wittern. Nur die nackten Zehen der Alten bewegten sich, als wollten sie sich im

Sand unter ihren Füßen festkrallen. Die Ziege meckerte, und von irgendwoher erklang das dünne Wimmern eines Kindes. Ein heißer Windstoß ließ einen goldenen 'Staubteufel' über die Siedlung wirbeln. Der Häuptling erhob sich mit düsterer Würde, und Rusty legte dem alten Mann die Hand auf die Schulter. Aus irgendeinem Grund rührte Alice diese Bewegung. Sie war gleichzeitig die eines Sohnes und eines Beschützers.

»Wir haben noch weit zu gehen, Großer Elefant. Wir müssen uns auf den Weg machen, denn die Gewitter sind im Anzug. Die Wolken sind eine Herde weißer Rinder, die vom Regenzauber der Großen Elefantenkuh, deiner verehrungswürdigen Mutter, herbeigetrieben werden. Bald werden die Bäche wie große Flüsse strömen, das durstende Land wird trinken, die Frösche werden quaken, und der Wind wird seinen Atem anhalten, um das junge Gras wachsen zu hören.« Er lächelte, während er diese singende Sprache redete, und in seiner Stimme war Musik, doch Alice sah, daß seine Augen voll Trauer waren.

Hier spielte sich eine Tragödie ab — doch sie hätte nicht sagen können, worauf sie beruhte.

Polizeiposten Poinsettia

Sergeant van Wyk stand in der Tür seines Büros, das einmal im Monat auch als Gerichtssaal diente, wenn der Richter nach Poinsettia kam, um gegen kleinere Übeltäter zu verhandeln.

Wie ein Ungeheuer, das vom Schlaf erwacht, stieg eine gewaltige Erregung in van Wyks Sergeantenseele auf. Das lange Telefongespräch, das er eben mit Pretoria geführt hatte, reizte sein persönliches und berufliches Interesse in einem Maße, das sogar ihn selber überraschte. Mann, hier gab's eine Sache, die zu regeln wirklicher Geschicklichkeit bedurfte — eine rechte Aufgabe für seine Tüchtigkeit! 'Sie müssen mit dem größten Takt vorgehen', war ihm gesagt worden. Nun, das war etwas für ihn. Bisher war sein Unterricht über Takt hier draußen in *Bundu* nutzlos gewesen; hier gab es ja nichts als ein Pack Paviane, die Takt nicht vom Schwanz einer Hyäne hätten unterscheiden können.

Seine kleinen tiefliegenden Augen unter den pechschwarzen Brauenwülsten blickten verächtlich auf die Handvoll Häftlinge, die in seinem Garten arbeiteten. Sie gingen ihrer Tätigkeit mit der Zufriedenheit von Männern nach, die keinerlei Sorgen haben. Das Gefängnis bedeutete für sie Sicherheit mit Wohnung, Verpflegung, roten Shorts und Hemden gratis. Und für diese wenigen Bevorzugten war die Arbeit so leicht, wie sie ein Mensch kaum zu finden hoffen durfte. Zwei waren damit beschäftigt, eine dichte Hibiskushecke auszubessern, durch die sich ein Warzenschwein seinen Weg gebahnt hatte; zwei andere säuberten die Blumenbeete und sangen, während sie das Unkraut jäteten und in einen großen Korb warfen, den eine weibliche Gefangene geflochten hatte; und der fünfte der Männer zog einen Sack an einem Holzgestell über den Gartenweg hinter sich her, in den er die abgefallenen malvenfarbigen Blütenblätter der Jacarandabäume hineinfegte. Ein paar Frauen in bunten Sarongs trugen Wasser von der Pumpe — nur wenige Kannen, denn das Wasser war jetzt bis nach den Regenfällen rationiert —, und der Sergeant mußte zugeben, daß sie eher königlich als verbrecherisch aussahen, wenn sie die Kannen wie Kronen auf dem Haupt balancierten und mit majestätisch wiegendem Gang ohne jede Eile dahinschritten. Aber die Männer! Er spuckte aus. Was für jämmerlich kleine Gauner! Ein paar Viehdiebe, ein Mann, der seine Frau nach einem Bier-Fest bewußtlos geschlagen hatte, ein Wilderer, und der blöde Absalom, der den Sack handhabte. Absalom war ein 'regelmäßiger Gast'. Jeden Monat, wenn der Mond fast voll war, begab er sich in 'Schutzhaft', und dann klangen seine gelegentlichen Schreie und sein irres Gelächter ein paar Nächte lang durch die Polizeistation.

Das Haus des Sergeanten war ein wenig vom Büro entfernt, und während er das Bild vor sich betrachtete, konnte er hören, wie seine Frau dem jüngsten Sohn eine Tracht Prügel versprach. Sein

Gesicht wurde milde. Der kleine *Schelm* war ein hübscher Junge, doch auch an ihn war die Kunst des Taktes verschwendet. Schon mit vier Jahren sprach er Englisch, Afrikaans und den Bantudialekt der Gegend, doch die einzige Sprache, die er wirklich verstand, war die Handfläche seiner Ma, die ihm das Hinterteil anwärmte. In der Familie van Wyk herrschte Übereinstimmung darüber, daß Pa die Verbrecher fing, während Ma die Kinder strafte. Zu Haus war van Wyk ein friedliebender Mensch, gutgelaunt und für jeden Spaß zu haben. Die Grobheit sparte er sich für die Übeltäter auf, die er im *Tronk* einsperrte. Und grob werden konnte er, denn er war seinerzeit ein Champion im Ringkampf gewesen, und im Umkreis von fünfhundert Kilometern gab es nicht einen Taugenichts, der nicht Respekt vor Sergeant van Wyks polternder Stimme, seinem mächtigen Körper und seinen unerwarteten Griffen und Schlägen hatte, Griffen, die einen Mann im Handumdrehen hilflos machten wie eine auf den Rücken gedrehte Schildkröte.
Draußen vor der Hibiskushecke fuhr ein Jeep vor, und der Sergeant schlenderte den Gartenweg entlang, um dem Hegemeister entgegenzugehen. Seine Augen strahlten auf, als ob plötzlich in dunklen Höhlen kleine Kerzen angezündet worden wären. Hier war wenigstens einmal die Gelegenheit, seinen Takt anzuwenden — um in Übung zu kommen, sozusagen. Er bemerkte, daß der Hegemeister stärker als gewöhnlich hinkte, und erkannte es wie die Bantus als Vorzeichen an. Die Regenfälle würden nicht mehr lange auf sich warten lassen.
»Morgen, Mr. Miller. Was kann ich für Sie tun?« Er rollte das im Englischen normalerweise stumme R am Ende von Mister und Miller und stattete dabei diese beiden unschuldigen Wörter mit einer ganz besonderen, ihm allein vorbehaltenen Mannhaftigkeit aus.
Andrew wollte eben antworten, als Absalom seinen Sack wegwarf, die Arme zum Himmel hob und sich einem Anfall dämonischen Gelächters hingab. Niemand achtete darauf; sofort wurde er wieder vernünftig und nahm seine Tätigkeit von neuem auf.

Andrew lächelte.
»Der ist also auch wieder da.«
»Verrückt wie ein Wildebeest, wie zu jedem Vollmond.
»Ja, und genau deswegen bin ich gekommen — wegen des Vollmonds.«
»Kommen Sie herein — aber für den Vollmond bin ich nicht zuständig. Das ist das Ressort des Allmächtigen.«
Er ging voran ins Büro. Ein Zeugenstand und zwei harte Bänke befanden sich dem Schreibtisch des Sergeanten gegenüber, hinter dem ein ausgestopfter Büffelkopf thronte. Van Wyk hatte ihn dort aufgehängt, um die Ungebärdigen zu bändigen, denn seine Frau hatte ihn oft genug auf die treffende Ähnlichkeit zwischen diesem und seinem Kopf hingewiesen. 'Es sind die Buckel', hatte sie gesagt, 'und der Ausdruck'. Der Ausdruck war überaus bösartig, und es befriedigte ihn immer wieder, wenn er sah, wie die Augen der zu Verhörenden nervös von dem Büffelgesicht zu seinem eigenen wanderten. Er bewunderte den Büffel ungemein, insbesondere den großen Buckel der Hörner.
»Ein Glas Bier?« schlug er vor und ging zu einem Aktenregal, dem er zwei Becher und eine große Flasche Bier entnahm. »Leider nicht kühl genug, aber wenigstens naß.«
Die Ärmel seines Khaki-Uniformrocks mit den drei goldenen Streifen waren aufgekrempelt; er trug lange Khakihosen und ein blaues Hemd ohne Kragen.
»Also wegen des Mondes«, sagte er. »Was hat es damit auf sich?«
Andrew griff nach seinem Glas Bier und stellte es auf den Schreibtisch, während er zu einer der Karten von Velaba und Poinsettia trat, die an der Wand hingen.
»Ich möchte wetten, daß die Biltong-Banditen heute nacht einen Überfall machen. Wenn der Regen erst kommt, ist es zu spät, und bei Vollmond brauchen sie kein Licht. Hier, ein paar Meilen südlich von Poinsettia, können sie die Grenze von Velaba überqueren und parallel mit der Grenze querfeldein fahren. Zwischen dem Zeekoei- und dem Hlaru-Fluß werden sie ihr Gemetzel veranstalten. Dieses Gebiet steckt voller Wild. Dann können sie den

Park in Richtung Boryslawskis Farm verlassen und über den Feldweg die große Straße nach Johannesburg erreichen.«
Sein langer schmaler Zeigefinger, von Nikotin gebräunt, fuhr die genannte Strecke nach. Van Wyk studierte gemeinsam mit ihm die Karte.
»Ja«, sagte er. »Das ist möglich. In dieser Saison heißt das also: jetzt oder nie. Was wollten Sie denn unternehmen?«
»Ich meine, wir sollten heute nacht eine Patrouille an dieser Grenze entlang fahren. Sie nehmen ein paar Mann in Ihren geländegängigen Wagen, und ich setze mich mit zwei von unsern Wildhütern in den Jeep.«
»Wir müßten Waffen mitnehmen. Diese Bastarde richten genauso gern ihre Maschinengewehre auf uns wie auf das Wild.«
»Der Meinung bin ich auch. Wir müssen also Gewehre mitnehmen.«
»Mann, das wäre etwas! Ich wüßte nicht, was ich lieber täte. Aber ich glaube nicht, daß ich es machen kann. Haben Sie eine bestimmte Information?«
»Nichts. Nur so eine Ahnung. Sie müssen bei ihrem letzten Überfall verflucht gut verdient haben, und ich kann mir nicht denken, daß sie es nicht noch einmal versuchen. Der Wind ist zur Regenseite umgesprungen, und so wie die Dinge stehen, kann es nur heute nacht passieren. Sie könnten ja Duiker's Drift anrufen und dem Posten dort sagen, sie möchten unten im Süden ein Auge auf die Straße nach Johannesburg haben.«
Der Sergeant machte einen sehr niedergeschlagenen Eindruck.
»Ich verstehe, was Sie meinen. Aber zum Teufel noch eins, ich bin hier angebunden. Ich erwarte einen wichtigen Anruf aus Pretoria, und es ist sehr unwahrscheinlich, daß er noch vor Nacht kommt . . .«
»Aber die Möglichkeit, diese Banditen zu fassen, wird doch gewiß vor allem andern Vorrang haben. Wir wollen es einmal richtig betrachten, in diesem Gebiet gibt es doch kaum etwas, was uns mehr Sorgen machen könnte.«
»Sie würden sich wundern«, sagte der Sergeant. »Sehr wundern,

Mr. Miller.« Er trank sein Bier aus und stellte das Glas heftig auf das Aktenregal. Andrew wartete auf weitere Offenbarungen, doch da anscheinend keine kamen, sagte er:

»Nun, wenn sie nicht können, tut es mir leid, aber trotz alledem werde ich fahren.«

»Wenn das Gespräch früh genug kommt, bin ich mit von der Partie. Ihr Bruder und die junge Dame sind gestern abend nicht in Kamp Zwei eingetroffen. Ich horche wie üblich auf Ihrer Wellenlänge, und ich dachte mir, daß Sie sich ein bißchen Sorge machen.«

Andrew runzelte die Stirn. Tatsächlich war er die ganze Nacht in großer Besorgnis gewesen, und sein Entschluß, irgend etwas gegen die Biltong-Banditen zu unternehmen, war vor allem auf eine fieberhafte Unruhe und die Notwendigkeit zurückzuführen, seine Gedanken von nuzlosen Überlegungen, was Rusty und Alice betraf, abzulenken. Ihre Verspätung konnte viele Gründe gehabt haben, die keineswegs alle Unglück bedeuten mußten. Rustys Reise war eine Dienstfahrt, und Andrew wußte, daß Alices Teilnahme daran bei seinem Bruder nicht das mindeste ändern würde. Wenn Rusty es für nötig hielt, einen Umweg zu machen, würde er es tun. Die Bequemlichkeit einer jungen Frau, von der er fest glaubte, sie habe 'Absichten' auf seinen Bruder, würde ihn nie dazu führen, die Interessen des Schutzparks hintanzusetzen. Andrew nahm sich eine Zigarette aus seinem Etui und bot dem Sergeanten eine an, doch van Wyk schüttelte den Kopf.

»Bei mir gibt's nur die Pfeife mit Burentabak«, sagte er, »und das nur nach Tisch — ach, da klingelt das verdammte Telefon! Das wird wieder Pretoria sein, denke ich.«

Er zögerte, ehe er den braunen Arm ausstreckte, um den Hörer abzuheben, und Andrew sagte aus einer Gefühlsbewegung heraus: »Wenn es vertraulich ist, verdrücke ich mich.«

»Wir werden es gleich wissen«, erwiderte der Sergeant. »Hallo ... Ja, hier van Wyk ... Oh, Sie sind's, Meneer Boryslawski ... eine Mitteilung für Mr. Andrew Miller? Zufällig ist er gerade hier. Einen Augenblick.«

Er reichte Andrew den Hörer.
Van Wyk beobachtete, wie sich das magere asketische Gesicht des Hegemeisters allmählich aufhellte, während er Boryslawski zuhörte. Selbst seine Stimme hatte, als er mit freudigen oder erstaunten Ausrufen oder einigen raschen Fragen einfiel, die gereizte Nervosität verloren, von der sie noch vor wenigen Minuten gekennzeichnet war. Als er den Hörer auflegte, leuchteten seine Augen erleichtert. Er steckte sich eine neue Zigarette am Rest der alten im Aschenbecher an und sagte zu van Wyk:
»Gott sei Dank, sie sind wohlauf! Aber es muß eine ziemlich harte Probe für sie gewesen sein. Wie ich verstanden habe, ist Rusty mit einem Paar prächtiger Stoßzähne auf dem Dach seines Wagens auf Boryslawskis Farm erschienen. Dieser Elefanteneinzelgänger, den die Eingeborenen Dumela nennen, hat seine Streifzüge offenbar sehr weit nach Süden ausgedehnt und dabei einen Mann von dem Straßenbautrupp, der am Mahagoniwäldchen arbeitet, getötet. Rusty hat gestern den ganzen Nachmittag damit verbracht, den Einzelgänger aufzuspüren, und ihn gegen Abend erschossen. Sie mußten draußen auf dem Hügel der Kassiabäume kampieren.«
Van Wyk kicherte. »Ein ziemlich hartes Erlebnis für Ihre Freundin, Miß Alice Lang. Es ist nicht anzunehmen, daß sie gemeinsam mit Rusty hinter dem Elefanten hergepirscht ist, und allein im Busch zu warten ist nicht gerade ein Spaß für eine Frau.«
Andrews Kopf flog hoch, und seine Augen wurden dunkel. Was zum Teufel meinte van Wyk mit diesem 'Ihre Freundin'?
»Aber, aber, Mr. Miller, Sie können mir doch keinen Sand in die Augen streuen«, fuhr der Sergeant mit elefantenhaft guter Laune fort. »Ich habe Miß Langs Telegramm an Sie durchgesprochen *und* Ihre Antwort weitergegeben, in der Sie sagten, sie solle sich beeilen und herkommen. Das können Sie doch nicht vergessen haben.«
»Doch, das hatte ich wirklich vergessen. Oder vielleicht sollte ich sagen, ich hatte mir nicht vorgestellt, daß Sie der Angelegenheit eine solche Bedeutung beimessen würden.«

Wie albern, zu glauben, daß er die Kenntnis seiner Beziehung zu Alice Lang auf seinen Bruder, seine Schwester und Mrs. Hurley beschränken könne. Mrs. Hurley hatte darüber mit Thea gesprochen, und zweifellos hatte sich auch van Wyk seiner *Ouvrou* gegenüber zu diesem Thema geäußert, die es ihrerseits sicher noch ausgeschmückt hatte, als sie der Frau des Ladenbesitzers das 'Geheimnis' anvertraute. Und wahrscheinlich hatte es an jenem Abend, als der Sergeant sich in den Funksprechverkehr von Velaba eingeschaltet hatte, auch noch andere Hörer gegeben. Selbst Jan Nelmapius mußte seine Schlüsse daraus gezogen haben. Ein Mann würde eine junge Frau kaum in eine weltabgeschiedene Gegend wie Velaba einladen, wenn er nicht ein starkes persönliches Interesse an ihr hatte.

»Ich nahm nur an, daß Sie mit der jungen Dame sehr gut bekannt seien«, sagte van Wyk. »Zuerst glaubte ich, es sei eine Verwandte . . .«

»Zuerst?«

»Nachher hatte ich Gründe, meine Ansicht zu ändern.«

»Und warum?«

Der Sergeant nahm seine Zuflucht zum Takt. Seine tiefe Stimme war glatt und süß wie Honig.

»Vorgestern abend hörte ich Sie beide im Funkgerät miteinander reden — und da dachte ich so bei mir: Nun, so sprechen Verwandte nicht miteinander! Und plötzlich ging mir auf, daß Mr. Miller eine feine englische Dame für sich ausgesucht hatte. Mann, und diese ruhige Art zu sprechen! Nicht wie meine *Ouvrou*, die den Dampf wie eine Dampfmaschine abläßt, wenn sie sich aufregt, sondern sommerweich und süß.«

Andrew warf den Kopf in den Nacken und lachte. »So hat Ihnen Alice Langs Stimme also geklungen?«

»Ja. Aber schließlich bin ich ihr ja noch nicht begegnet — ich kenne ihre Stimme nicht so gut wie Sie.«

Wieder bemerkte der Sergeant das Zurückweichen des andern. »Wissen Sie«, fuhr er gesprächig fort, »ich bin nicht für diese verdammten Missionare. Dr. Hurley gefällt mir ganz gut, wenn er

den Körper eines kranken Schwarzen heilt, aber wenn er sich erst mit den Seelen zu schaffen macht, muß ich kotzen. Diesen Kerlen kann man ihren Zauber nicht austreiben, indem man sie mit Jesus Christus füttert. Sie gehen zur Kirche, weil sie etwas davon haben — *Muti*, ein bißchen Lesen und Schreiben, die Möglichkeit, sich die Kehle aus dem Leib zu singen, und das Vergnügen, von dem verdammten Missionar zu hören, daß in den Augen des Herrn eine schwarze Haut genausoviel zählt wie eine weiße. Aber glauben Sie mir, der Herr ist dazu viel zu vernünftig!« Er hielt inne und schnaubte kämpferisch wie ein zum Angriff bereiter Büffel. »Aber Ihre Freundin — diese Miß Alice Lang — ist ja keine Missionarin, oder etwa doch?«
»Nein. Sie ist eine vollausgebildete Krankenschwester. Sie hat es mit dem Körper zu tun, nicht mit der Seele.«
»Das hörte ich.«
»Von wem?«
»Von der jungen Thea, wenn Sie es wissen wollen. Mann, wie das *Meisie* sich im letzten Jahr entwickelt hat!«
»Für Thea wird es nett sein, ein anderes weibliches Geschöpf in der Nähe zu haben — einen Menschen, der mehr ihrem Alter entspricht. Sie ist hier völlig von Altersgenossen isoliert.«
»So ist es, Mr. Miller. Und wenn Sie meine Ansicht hören wollen, dann wird Thea ihrem Pa und ihrer Ma niemals in den Fußstapfen folgen. Das sieht ein blinder Pavian.«
Ein blinder Pavian hätte vermutlich auch gesehen, daß Theas Schwärmerei für ihn, ihren Freund, den Hegemeister, sehr gut zu einer Liebe werden konnte, überlegte er traurig — natürlich einer Kälberliebe, aber trotzdem nicht weniger schmerzlich. Er dachte mit der alten beschützenden Zuneigung an sie, in die sich ein neues Gefühl, halb Mitleid, halb Dankbarkeit, mischte. Er war von der Entdeckung ihres Gefühls für ihn tief bewegt worden — und von der Wärme ihres Körpers, als er das weinende Mädchen im Arm hielt. Er hatte die Heftigkeit ihres Gefühls und seine automatische Erwiderung darauf erkannt, und es hatte ihm ebenso geschmeichelt, wie es ihn erschreckt hatte. Aber gleichzeitig hatte

er eine starke Wallung von Zuversicht verspürt. Dies hätte Alice sein können, hatte er sich gesagt. Ich kann Alice ebenso veranlassen, mich zu wünschen, wie es Thea tut! Alles wechselt, alles ist anders ... Thea, Alice ... Das Kind Thea ist fort, und ein liebendes Geschöpf hat ihren Platz eingenommen — und die Schreiberin der Briefe ist eine Frau, unterwegs zu mir — eine Frau aus Fleisch und Blut, *meine* Geliebte ...

»Noch ein Bier?« Die Stimme des Sergeanten brachte ihn in die Gegenwart zurück.

Andrew schüttelte den Kopf. »Ich muß zur Mission hinüber und Bescheid sagen, daß Alice Lang heute abend noch nicht kommt. Sie erwarten sie dort.«

»Wo wird sie sein, Mr. Miller?«

»In Kamp Zwei. Rusty konnte selbst nicht anrufen, deshalb hat er Boryslawski gebeten, mir die Nachricht durchzugeben. Er ist von Boryslwaskis Farm zum Kraal des Alten Häuptlings gefahren. In der Nähe vom Sweet Spruit.«

»Vermutlich, um sich mit ihm über Ihren Wildhüter Amos zu unterhalten?«

»Ja. Anscheinend hatten sie die Frau und das Kind von Amos bei sich. Rusty will sie zum Kraal von Amos' Familie bringen — zu Ndlovukasis Kraal.«

»Es wäre ein Wunder, wenn Rusty irgend etwas aus dem Alten Häuptling herausbekäme. Die reden nicht, Mr. Miller. Kein Wort, wenn *wir* etwas wissen wollen!«

Andrew nickte. Wenn ein Häuptling zufällig in ein Verbrechen verwickelt wurde, waren alle zu unbedingtem Schweigen verschworen. Das konnte ein ganzes Dorf oder gar einen ganzen Bezirk umfassen; mochten auch Dutzende von Menschen von dem Verbrechen betroffen, ja selbst die nächsten Verwandten des Opfers sein, kein Mann, keine Frau und kein Kind würden auch nur ein einziges Wort aussprechen, um der Polizei einen Wink zu geben.

Sergeant van Wyk saß hinter seinem Schreibtisch, die Augen auf den leeren Zeugenstand gerichtet. Dunkle, schweigende Gestal-

ten standen dort und beunruhigten ihn, die Gesichter, deren er sich erinnerte, verbargen ihre eigene Schuld und die Schuld anderer hinter der schwarzen unbeteiligten Maske geheuchelten Nichtwissens oder hinter irgendeinem unerschütterlichen Alibi, aus afrikanischem Aberglauben geboren oder auch aus Entsetzen vor den Folgen, falls sie jene verrieten, deren Hände von Blut gerötet waren. Stockend sagte er:
»Ehe Sie hierherkamen — vielleicht vor fünf Jahren —, wurde dort am Sweet Spruit ein Mädchen geschändet und verstümmelt. Ihre Augen wurden weggenommen — für *Muti* natürlich. Ein blinder Pavian konnte sehen, daß es ein Medizinmord war, um den Häuptling zu stärken; der Zauberdoktor und diese verderbte alte Elefantenkuh waren bis über die Ohren hinein verwickelt, und diese Eidechse von erstem Ratgeber genauso und noch ein Dutzend andere. Aber glauben Sie, wir hätten auch nur die Spur eines Beweises gefunden? Nichts! Es war der Tokolosie, der die Schuld übernahm, Mr. Miller. Der Tokolosie tat es.«
Andrew lief im Zimmer auf und ab. Komischer Bursche, der Hegemeister, dachte van Wyk. Schien so ruhig und lässig, aber darunter war er ein Bündel wunder Nerven. Kein Wunder, vielleicht . . .
»Es ist erschütternd«, sagte Andrew, »entsetzlich, was sie da machen! Und ich bin ganz Ihrer Ansicht, daß die Missionare mit all ihren christlichen Lehren — und das Gesetz mit seinen Hinrichtungen übrigens genauso — diese besondere Art des Verbrechens niemals ausrotten werden. Sehen Sie, van Wyk, für diese Menschen ist das nichs Verderbtes. Es ist eine schreckliche Notwendigkeit, die sie selber beklagen. Man muß es von ihrem Standpunkt aus betrachten.
Der Sergeant stieß sein Büffelschnauben aus. Doch Andrew achtete nicht darauf.
»Verstehen Sie denn nicht, daß der Häuptling und der Stamm miteinander identifiziert werden? Wenn ein Häuptling schwach oder kränklich ist oder wenn ihm irgend etwas Schlimmes zustößt, leidet der ganze Stamm darunter. Die Ernte wird verder-

ben, das Vieh umkommen, und irgend etwas muß dagegen getan werden. Die stärkste Medizin in der Welt ist das menschliche Opfer, deshalb betrachten sie es als notwendig. Es ist ganz einfach das gleiche wie im Alten Testament — und die Missionare flößen ihnen gerade davon eine schreckliche Dosis ein! Gott sagt zu Abraham: 'Nimm deinen einzigen Sohn . . . den du liebhast . . . und opfere ihn daselbst zum Brandopfer . . .' Und Abraham wetzt sein Messer und errichtet den Altar! Die Tatsache, daß im letzten Augenblick auf das Opfer verzichtet wird, hat nichts damit zu tun. Das entscheidende ist, daß Abraham durchaus bereit war, seinen einzigen Sohn Isaak nach dem Willen Jehovahs zum Wohle des Stammes zu opfern. Medizinmord ist die gleiche Sache. Die Eingeborenen können nichts Böses darin sehen. Wie sollten sie auch? Man mag sie zu zweien, zu dreien oder dutzendweise aufhängen, ändern wird sich dadurch nichts. Der Zauberdoktor — der Hohepriester, wenn Sie wollen — sagt, es würden menschliche Augen von einem lebenden Mädchen gebraucht, um das Sehvermögen des Häuptlings zu stärken, und dann wird ein Opfer gewählt. Dieses Opfer nennen sie 'den Bock'. Niemand wird etwas gegen die Entscheidung oder gegen die Wahl einwenden. Sie töten ja nicht aus Gewinn oder aus Rachsucht, und es geht dabei nicht um den Willen eines Menschen. Sie töten ein menschliches Wesen unter grausigen Umständen für das allgemeine Wohl — um zu erreichen, daß der Häuptling mächtig wird, die Ernte und das Vieh gedeihen. Daran ist nichts Persönliches. Von ihrem irregeleiteten Standpunkt aus betrachtet, ist es ein Opfer wie im Alten Testament!«

Sergeant van Wyk war ein treuer Anhänger der Kirche, und es widerstrebte ihm sehr, daß der Hegemeister den Namen des Allmächtigen in die Ritualverbrechen der verdammten Kaffern hineinzog.

»Medizinmord hat nichts mit der Bibel zu tun«, polterte er kampflustig. »Niemals in der Geschichte der Schöpfung hat der Allmächtige den Menschen geboten, erst zu schänden und hinterher zu töten oder Fleisch aus dem lebenden Körper zu schneiden.

Ebensowenig hat Er Menschen dazu ermuntert, Stücke von ihren Opfern zu essen und ihr Blut zu trinken! Es ist Gotteslästerung, so etwas anzudeuten!«

»Das Heilige Sakrament«, murmelte Andrew, »der Leib und das Blut . . .« Er brach ab, setzte sich auf den Schreibtisch und ließ das eine seiner langen Beine pendeln. »Sie haben natürlich recht, van Wyk. Aber Sie dürfen nicht vergessen, daß das Alte Testament für die Bantus sehr leicht zu verstehen — oder mißzuverstehen — ist mit seiner Betonung der Polygamie und der Brandopfer, mit der Vernichtung der Feinde, mit Blut und Gewitter. Das entspricht genau ihren Vorstellungen. Ich habe das schon mit Dr. Hurley erörtert. Ich habe auch ihn schockiert, als ich ihm zu erklären versuchte, daß die Leute hier seinen Predigten ihre eigene Auslegung geben würden — und daß er ziemlich überrascht wäre, wenn er ihre Gedanken lesen könnte.«

»Das glaube ich auch!« Van Wyk lachte. Dann schoben sich seine schwarzen Brauen in einem gewitterhaften Stirnrunzeln zusammen. »Aber die Sache mit Ihrem Wildhüter Amos, die gefällt mir nicht. Ich würde viel darum geben, die Gedanken des Alten Häuptlings lesen zu können, soweit sie damit zusammenhängen.«

»Wie ist denn Ihre Ansicht zu diesem Fall?«

»Wenn Sie mich fragen, ich meine, es ist ein Musterfall dafür, ein abschreckendes Beispiel zu geben. Amos ist ein vertrauenswürdiger Eingeborener, dem das Wohl des Wildschutzgebietes sehr am Herzen liegt, während der Alte Häuptling zu irgendeiner Bande gehört — und die schlägt zwei Fliegen mit einer Klappe: man schmuggelt Gewehre nach Velaba hinein und Biltong über die Nyamazane-Straße heraus, über die 'Biltong-Straße'. Vielleicht hat er auch *Muti* aus den Augen und der Zunge von Amos gemacht, aber das ist nicht der Hauptgrund für das Verbrechen gewesen — wahrscheinlich wollte er dieses gute Material, da er es nun schon einmal besaß, nicht ungenutzt verkommen lassen. Und eins kann ich Ihnen sagen: Wenn Amos nicht der kräftigste und zäheste Schwarze im Gebiet gewesen wäre, hätten wir jetzt wieder einen Mordfall zu untersuchen!«

»Und sehr wenig Aussicht, ihn aufzuklären.«
Das verletzte den Sergeanten. Finster stand er auf und überragte den Hegemeister, der auf dem Schreibtisch sitzenblieb und sich eine neue Zigarette ansteckte.
»Wir werden schon mit unseren Schwierigkeiten fertig, Mr. Miller. Wir lösen unsere Mordfälle rechtzeitig — und fassen die Verbrecher. Und in diesem Land halten wir am Gesetz des Alten Testaments fest: Leben um Leben.«
»Es gibt sehr verschiedene Tötungsdelikte.« Andrews helle leise Stimme war sanft, fast, als wolle er sich entschuldigen. »Man kann sie nicht alle über einen Kamm scheren.«
»'Du sollst nicht töten'. Das ist das Gesetz Gottes und der Menschen.«
»Den Soldaten und den Scharfrichter ausgenommen?«
O diese verdammten Gelehrten, die einen mit den Stricken der eigenen Argumente festbanden! Zum Teufel mit dem Takt und dem ganzen Drumherumgerede!
»Es gibt Recht und es gibt Unrecht«, sagte er barsch, »und wir wissen alle verflucht gut, was recht und was unrecht ist.«
»Es gibt Schwarze und Weiße, aber Sie können nicht leugnen, daß es dazwischen noch manches andere gibt.«
»Dazwischen sind die Bastarde.«
»Sagen wir einmal: Farbschattierungen. Und auf die gleiche Weise gibt es Abstufungen der Tötungsdelikte — und entsprechende Strafen und Gnadenerlasse.«
»Mag sein. Aber das Resultat ist dasselbe. Ein Toter. Und es ist Aufgabe des Polizeimannes, herauszufinden, wie, wann und wo es dazu gekommen ist. Das Urteil ist Sache des Richters und Gnade eine Angelegenheit des Allmächtigen. Der Leiche ist es völlig gleichgültig.«
Andrew streifte die Asche seiner Zigarette ab.
»Nun, Sergeant, diesmal haben Sie es ja nicht mit Mord zu tun.«
»Vielen Dank für die Aufklärung.«
Etwas in dem Sarkasmus dieser Bemerkung veranlaßte Andrew, eine Augenbraue hochzuziehen. Der Sergeant stand unter dem

Büffelkopf. Die Ähnlichkeit war tatsächlich erstaunlich — die vorspringenden schwarzen Brauen über der Boxernase und die kleinen, tiefliegenden Augen, die so drohend blicken konnten.
»Ich darf Sie nicht länger von Ihren Untersuchungen abhalten.« Andrew erhob sich und ging zur Tür.
»Aber nein.« Der Sergeant lächelte wieder. Er streckte seine ungeheure behaarte Pranke aus und klopfte Andrew auf den Rücken. »War nett, Sie zu sehen, Mr. Miller — sehr anregend. Wenn das Gespräch noch rechtzeitig kommt, nehme ich heute nacht an Ihrer Patrouille teil.«
Eine Weile stand er nachdenklich da und blickte der großen Gestalt nach, die den Gartenweg hinunterschritt. Streitsüchtiger Bursche, dieser Hegemeister, immer voll von hochtrabenden Ideen. Durch das Hinken sah er so seltsam unschlüssig aus — paßte gar nicht zu ihm. Wenn er einen Standpunkt hatte, blieb er dabei, störrisch wie ein Maultier. Ein einsamer Bursche — irgendwie ebenso einsam in sich selber wie in seiner Lebensweise. Sollte Frau und Kinder haben. Mit einer Frau und den Nachkommen am Ort konnte man nicht einsam sein; von Zeit zu Zeit bekam man ja große Lust, das ganze Pack hinzuschmeißen, aber wie lange — und schon rief man sie zurück. Ja, genau das brauchte der Hegemeister — eine Frau für sich. Und nun war dieses Mädel, diese Alice Lang aus Middlesex, England, mit der kühlen englischen Stimme zu ihm unterwegs. Eine *sehr* kühle Dame, diese Miß Alice Lang.
»He, Sampie«, sagte er zu der weißen Angestellten in der Telefonvermittlung mit jenem neckisch flirtenden Ton, den er nur ihr gegenüber anschlug, »das Ministerium in Pretoria — *'n maak gougou,* mach rasch, mein Kind!«

Als Rusty und Alice zur Farm zurückkamen, hatte Mrs. Boryslawski einen Picknickkorb für sie vorbereitet, aber sie wollte sie trotzdem nicht abfahren lassen, ehe sie ein *Sopie* eingenommen hatten.

»Für Miß Lang einen Sherry«, drängte sie, »und für Rusty ein Bier.«

Rusty grinste. »Wir haben schon einen Freundschaftsbecher mit dem Häuptling getrunken.«

Ihr schlaffes Gesicht verzog sich zu einer Grimasse des Abscheus. »Dann brauchen Sie erst recht etwas, was den Geschmack vertreibt. Wie finden Sie den Alten Häuptling, Miß Lang?«

»Er hat mir sehr leid getan«, sagte Alice. »Er muß nahezu blind sein.«

Boryslawski warf ihr einen Blick aus den hellen, plötzlich sehr lebhaften Augen zu. »Was macht Sie dessen so sicher?«

»Er greift vorbei. Und putzt dauernd seine Gläser, als ob sie beschlagen wären. Als er mich einmal ohne Brille ansah, bemerkte ich die milchigen Pupillen. Grauer Star, nehme ich an.«

»Sie beobachten aber auch alles!« Mrs. Boryslawski stellte ein Glas Sherry neben Alice. »Ich hoffe, Sie mögen ihn süß — ich tue es nämlich. Mein Mann trinkt lieber den trockenen, aber ich finde, Damen sind mehr für die süßen Sachen. Übrigens haben Sie mit dem Alten Häuptling völlig recht, Miß Lang. Vor etwa vierzehn Tagen war er wieder beim Augenarzt in Johannesburg, aber seine Augen lassen sich noch nicht operieren. Man sagt ihm immer, er solle noch warten — seit Jahren sagt man ihm das schon, und das macht ihn ganz wild. Aber Marcus Gottlieb — der Partner meines Mannes — kennt einen Chirurgen in der Schweiz, der die Operation durchführt, ehe der Star völlig reif ist — ein überaus tüchtiger Mann. Doch das würde natürlich sehr viel Geld kosten. Das soll nicht heißen, daß der Häuptling arm ist — im Gegenteil, diese Stammeshäuptlinge lassen ihre Leute schon gehörig bluten, wenn sie etwas brauchen. Aber trotzdem, hier in der Gegend sind die Leute nicht so wohlhabend wie manche anderen Stämme — zum Beispiel die Basuto oder die Swasi. Die Basuto haben bei der Wollhausse enorm verdient und . . .«

»Christina! Rusty hat kein Bier.«

Der pausenlose Wortschwall brach beim Klang der schnarrenden Stimme mit einem Luftschnappen ab. Er hat sie ausgeschaltet, dachte Alice. Einfach abgestellt. Doch Mrs. Boryslawski erholte sich wieder.

»Ihr Bier, Rusty — und eins für dich, Anton. Aber weshalb holst du es denn nicht selbst? Mein Mann erwartet, von hinten und von vorn bedient zu werden, Miß Lang. Er ist mit Dutzenden von Dienstboten aufgewachsen . . .«

Boryslawskis eisiger Blick brachte seine Frau abermals zum Schweigen.

»Übrigens, Rusty«, sagte er, »ich habe Ihr Gespräch mit dem Polizeiposten Poinsettia bekommen, vor ungefähr einer halben Stunde. Ich habe mit Ihrem Bruder gesprochen. Er war zufällig da. Ich soll Ihnen ausrichten, daß er Sie heute abend wie gewöhnlich in Kamp Zwei anruft.«

»Danke.« Rusty trank sein Bier aus und erhob sich. »Wir müssen nun aufbrechen. Mit seinem raschen, gewinnenden Lächeln kehrte er sich Mrs. Boryslawski zu: »Sie sind so nett und gastfreundlich gewesen. Sogar noch ein Picknick!«

»Ich wünschte nur, Sie blieben hier. Wir freuen uns immer, Sie zu sehen, Rusty, und ich habe ja nicht oft die Gelegenheit, mit einer weißen Frau zu reden. Kommen Sie bald wieder!«

Sie seufzte: »Ach, wirklich, es wäre gar nicht schlecht, wenn das kleine Flugzeug bald geliefert würde. Es kann nun jeden Tag kommen, und dann wird Anton mich häufig in die Zivilisation fliegen.«

»Ist das der Hangar — dort auf dem Feld?« fragte Rusty, als Boryslawski und seine Frau sie zum Wagen begleiteten, wo Nimrod mit Oase, Shinhenani und den Hunden wartete.

»Ja«, erwiderte er kurz.

»Recht eindrucksvoll. Wäre auch ein gutes Lagerhaus.«

»Als das benutze ich ihn. Und meine Löwin Sheba hält nachts Wache. Dort habe ich auch Ihre Elefantenzähne untergebracht. Sie sind völlig sicher.«
Sein Ton war arrogant, und seine Augen, hell und gefühllos wie die einer Katze, mahnten sie, wie es Alice schien, sich hier nicht einzumischen.
Der Farmer erinnerte sie an einen berüchtigten Londoner Gangster — Sizilianer von Geburt —, der in das Krankenhaus gebracht wurde, während sie dort Schwesternschülerin war. Ein Rivale hatte ihn gefährlich mit einem Messer verletzt, und seine Anwesenheit auf der Station hatte ziemliche Aufregung hervorgerufen. Betty Swanson und Alice fanden beide, daß er gleichzeitig abstoßend und anziehend wirkte, und obwohl er völlig hilflos war, hatte er den Eindruck erweckt, gefährlich zu sein — gefährlich wie ein verwundeter Leopard. Diesen Polen umgab die gleiche Aura wachsamer Gefühllosigkeit — ein Mann, dem ein Leben nicht viel bedeutete.
Rusty und Alice verabschiedeten sich von den Boryslawskis, und bald darauf folgten sie der Flußstraße entlang der Grenze von Velaba. Rusty fuhr schnell. In einer knappen Stunde hatten sie den Kraal von Ndlovukasi, der Löwenbeschwörerin und Oases Tante, erreicht. Sie kam ihnen entgegen, als hätte sie sie erwartet, und hatte einen Schwarm von Kindern und alten Leuten um sich. Amos' Vater war mit dem Vieh draußen, doch seine Mutter begrüßte die junge Frau und das Kind mit wündevollem Kummer. Die traurige Nachricht vom Unglück des Sohnes hatten sie bereits erhalten.
Es wurde Alice sofort klar, daß Ndlovukasi hier herrschte. So reizlos und wenig eindrucksvoll sie auch war, ihre ganze Haltung drückte Autorität aus. Ihre nackten Brüste hingen schlaff über den hervortretenden Rippen, und um ihre knochigen Lenden wand sich ein kleiner Schurz aus Affenfell, von einer Pythonhaut gegürtet, an der in verschiedenen Beuteln Zaubermedizinen und -amulette hingen. Ihr Haar war dünn und wirr und ihr faltiger Hals mit einer Kette aus Raubtierzähnen geschmückt. In der

Hand trug sie einen Wildebeestschwanz als Wedel. Wenn sie sprach, schwiegen alle andern.
Nachdem sie Oase willkommen geheißen, dankte sie Rusty dafür, daß er sie hergebracht hatte; und er antwortete ihr in ihrer Sprache. Alice hörte ihn gern in der Bantusprache reden, wenn es bei so offiziellen Anlässen geschah. In solchen Fällen erweckte der volle Klang seiner Stimme den Eindruck in ihr, daß die Worte, die er benutzte, schön seien.
Oase stand scheu neben dem Wagen, Shinhenani in der Schlinge an ihrer Hüfte.
Impulsiv stieg Alice plötzlich aus dem Auto und streckte die Arme nach dem Kind aus. Oase hob den Kleinen aus der Schlinge und reichte ihn ihr mit einem kurzen, heimlichen Lächeln. Es war, als wäre ein Schmetterling von großer Schönheit über ihre Züge geschwebt und wieder verschwunden. Shinhenani krähte und zappelte, als Alice ihn auf den Arm nahm, er patschte mit seinen dicken Schokoladenfingern auf ihre glatten Wangen und lachte mit leuchtend schwarzen Augen. Mit einer raschen, vogelhaften Bewegung drehte sie den Kopf so, daß ihre Lippen seine kleinen Hände streiften.
»Leb wohl, Kleiner Krieger«, sagte sie leise. »Gott behüte dich!«
Sie gab ihn seiner Mutter zurück, die ihn umschlang, als sei er ihr nun noch kostbarer geworden.
Ndlovukasi trat vor und nahm etwas aus einem der Beutel an ihrem Pythongurt. Sie reichte Alice den kleinen Gegenstand und intonierte dabei eine Beschwörungsformel. Rusty zuckte zusammen, als er die Bedeutung der Worte erfaßte, doch Alice sprach, ohne das geringste zu verstehen, nur lächelnd ihren Dank aus und neigte den dunkel schimmerden Kopf.
»Kommen Sie«, sagte Rusty kurz. »Es wird sonst zu spät.«
Die Gruppe vor dem Kraal sah ihnen nach, bis sich die goldene Staubwolke auf das Veld senkte und der Wagen den Steindamm durch den Fulene-Fluß überquerte und im Busch von Velaba verschwand.
Noch immer hielt Alice Ndlovukasis Zauberamulett in der Hand.

Sie öffnete die Finger und starrte auf den Gegenstand in ihrer Handfläche.
»Es ist eine Kralle, Rusty — eine große, gekrümmte Kralle!«
»Eine Löwenkralle.«
»Und weshalb hat sie mir die geschenkt?«
»Sie soll Glück bringen. Ndlovukasi gehört zur Löwensippe. Sie ist die Bewahrerin des Löwenzaubers.«
Alice sah ihn mit funkelnden Augen an. Das Blut tanzte durch ihre Adern. Sie war gleichzeitig betrübt und froh und seltsam erregt. Betrübt, weil sie Oase und Shinhenani, dem Kleinen Krieger, der ihr Herz gewonnen hatte, Lebwohl sagen mußte, aber anderseits war es tief befriedigend und reizvoll, zu spüren, wie sich das neue Leben gleich einem Kokon um sie wand. Sie war von seinem Geheimnis eingehüllt und umgarnt und wartete auf den Augenblick, da sie aus der Puppe hervorschlüpfen und ganz in das Reich der vielen Gefahren eingehen würde. Wenn das erst geschah, würde sie von der Vergangenheit befreit sein und sich mit Körper und Seele der Gegenwart und Zukunft hingeben.
»Ratau«, sagte sie, und Fröhlichkeit schwang in ihrer Stimme. »Ratau, mein Freund. Mir scheint, Sie glauben an Löwenzauber. Mir scheint, Sie haben das Fleisch des Löwen gegessen und gehören wie Ndlovukasi zur Löwensippe.«
»Still, Likwezi! Man soll nicht denken und reden wie die Heiden. Hier nicht — nicht in Velaba, wo Zauberformeln wirksam sind.«
»Was hat die alte Hexe denn gesagt, als sie mir die Kralle gab?«
Er schüttelte den Kopf.
»Sagen Sie es mir doch!« bat sie.
Aber er antwortete nicht. Er fuhr nun wieder langsam, im Zeitmaß von Velaba, das von Sonnenuntergängen und Mondläufen bestimmt wird, vom Hunger im Magen des Menschen und von der Entfernung zwischen den einzelnen Wasserlöchern, vom Gehen und Kommen der Jahreszeiten und der Spanne zwischen Blüte und Frucht eines Baumes.
»Sagen Sie es mir doch!« wiederholte sie.
Er wandte die Augen vom Weg und von den Lichtungen ab, auf

denen er die wilden Geschöpfe seines Reiches suchte, und sagte: »Fragen Sie mich bitte nicht danach.«
Wie seltsam, dachte sie, wie überaus seltsam! Sein Ausdruck, sein ganzes Gesicht hat sich verändert. In dieser Stimmung kenne ich ihn kaum. Was hat ihn so verwandelt? Und worin besteht die Veränderung? Und dann wußte sie es. Die groben Züge, die blauen Augen unter den schmalen Brauen, das eigensinnige, leicht gespaltene Kinn, der an den Winkeln aufwärtsgerichtete Mund, der froh oder bitter sein konnte, waren zu jener geheimnisvollen, undurchdringlichen Form erstarrt, die sie am Vormittag im Kraal des Alten Häuptlings beobachtet hatte.
Die dort hatten so ausgesehen — Masken über die dunklen Gesichter gezogen. Und nun trug auch er eine Maske. Irgend etwas wußte er, irgend etwas, was er vor ihr zu verbergen entschlossen war.
Während des Trecks war Rusty ihr Freund geworden, nun schien es ihr, als sei er es nicht mehr. Er hatte sich völlig zurückgezogen. Von Anfang an hatte er sich gegen ihr Eindringen gewehrt — gegen die Frau, die den weiten Weg gemacht hatte, um seinen Bruder zu 'angeln' —, doch nach und nach hatte sie kleine Risse in seinem Panzer entdeckt. Von dem Augenblick an, da sie versucht hatte, seinem Wildwächter Amos zu helfen, war sein Argwohn schwächer geworden. Sie hatte sogar zu hoffen gewagt, daß er sie jetzt ganz gern möge. Und ein- oder zweimal hatten ihre Nerven ihr gesagt, daß er sie reizvoll finde. Und nun hatte er sich wieder zurückgezogen, ohne daß sie sich einen Grund vorzustellen vermochte.
Sie legte die Löwenkralle in ihre Handtasche und blickte aus dem Seitenfenster. Aus irgendeinem unerklärlichen Grund brannten ihr Tränen in den Augen.
Rusty sah das abgewandte Profil und die Bewegung ihrer Kehle. Er wußte, daß ihr linker Mundwinkel jetzt zitterte. Seine Faust umklammerte das Lenkrad fester, und seine Wangenmuskeln wurden hart.
»Nkosi, halte!«

Nimrods schmaler schwarzer Finger mit dem bleichen Nagel zeigte ins Gras, und Smokey knurrte.

Nur wenige Meter entfernt zuckten auf Rustys Seite die dunklen Ohren und das Schwanzbüschel einer prächtigen Löwin, die sich duckte, während sie die mitleidslosen goldenen Augen auf einen Kudubullen heftete, der im kargen mittäglichen Schatten graste. Wenn sie jetzt anhielten, war es sehr leicht möglich, daß sie sehen konnten, wie die Löwin ihre Beute schlug. Doch Rusty hielt nicht.

»Wir fahren weiter«, sagte er zu Nimrod.

Alice wandte den Kopf.

»Was war das?«

»Ein Kudubulle.«

Sie sagte: »Ich dachte — ich hatte gehofft — Sie hätten aufgehört, mich zu hassen.«

»Sie sind zu empfindlich, Likwezi.«

»Sie hassen mich wieder. Ich weiß es.«

Er nahm die Hand vom Lenkrad und legte sie einen Augenblick auf ihr Knie. Die Berührung seiner Finger brannte durch den dünnen Leinenrock auf ihrer Haut. Mit jedem einzelnen Nerv ihres Körpers war sie sich seiner bewußt.

»Wir hassen, was wir fürchten«, sagte er.

Das Gesetz von Velaba

Die große Hitze des Tages begann nachzulassen, als Rusty sagte: »Da sind wir — Kamp Zwei.«

Rusty hatte Alice nicht auf die Schönheit dieses Kamps am Flußufer vorbereitet. Eine dreifache Dornenhecke umgab es von drei Seiten, während die vierte von einem Arm des jadegrünen Python-Flusses — dem Hlaru — begrenzt wurde, der in einer sich windenden Schlucht dahinströmte; die steilen Hänge waren mit Bambus, gefiederten Binsen, einer Vielzahl von Palmen und üppig blühenden Bäumen bestanden. Zwischen dem Fluß und dem Zug des Schwarzen Mambagebirges breitete sich das Buschveld aus — ein Meer gelber und malvenfarbener Blüten über dem jungen kupferfarbenen Frühlingslaub.

Das Kamp wurde von hohen, ausgesuchten Bäumen und riesigen Affenbäumen beschattet, Wohnungen zahlloser Vögel, Vierfüßler, Reptilien und — Geister, wie die Bantus behaupteten. Die Kamp-Küchen, eine kleine Wäscherei, Hundezwinger, Ställe und die Hütten der Boys lagen in einiger Entfernung von den im Halbkreis errichteten Gast-Rondawels, die von jenem Teil durch exotische Sträucher und die rosigen Sterne der Impala-Lilien abgegrenzt waren. Ein wenig weiter, auf dem höchsten Punkt des Kamps mit dem Blick zum Fluß stand die einfache Behausung des Hegers, die aus zwei schilfgedeckten Rondawels bestand; beide besaßen eine eigene Duschanlage und waren durch einen hellen, freundlichen Wohnraum mit einer geräumigen, steinernen Veranda davor, verbunden.

Zu einem dieser Rondawels trug Nimrod nun Alices Koffer, dann brachte er Rustys Gepäck in den andern und wartete auf weitere Aufträge.

»Zum Flußpferdeplatz gehen wir später«, sagte Rusty — kurz vor Sonnenuntergang. Er begrüßte den lächelnden Hausboy Philemon und fragte ihn auf englisch, was es zum Abendbrot gebe.

»Büchsensuppe, Nkosi, Huhn in Rizinus und Ananas.«

Als Rusty Alice einen Blick zuwarf, wurden seine Augen schmal vom Lachen.

»Machen Sie sich keine Sorgen. Büchsensuppe — aus der Konservendose — ist ganz harmlos, und der Küchenboy macht ein ausgezeichnetes Huhn im Topf; Philemon verwechselt nur Castor-Öl mit Kasserol.« Für den Boy setzte er hinzu: »Bring Tee!«

Alice lachte. »Sehr großen Appetit hatte ich nicht auf Huhn in Castor-Öl! Dann ist es schon besser, es gibt jeden Tag Elefantenrüssel.«

Sie blickte auf den rasch dahinströmenden Fluß und das ferne Gebirge.

»Das ist der bezauberndste Ort, den ich je gesehen habe — bis jetzt wenigstens.«
»Es ist mein Versuch eines Heims. Kommen Sie, wir sehen es uns an.«
Sie folgte ihm in den schilfgedeckten Wohnraum.
Zum erstenmal, seit sie Velaba betreten hatten, begegnete sie einem Anflug von Wohnlichkeit, die über den Besitz von Gewehren, Karten und Radiomeßgerät hinausging. Das Zimmer, in das sie traten, wirkte bewohnt. An einem Ende war ein offener Kamin aus roh behauenen Steinen, von eingelegten Rotholzschränken umgeben, auf denen Regale standen; die Bücher darin sahen aus wie alte, vielgelesene Freunde. Eine Gruppe elfenbeinfarbener Elefanten marschierte über den Kaminmantel. Ein gut ausgestatteter Pfeifenhalter aus Ebenholz hing auf einer Seite neben dem Kamin; auf den niedrigen Schränken standen schwere irdene Aschenbecher, ein Zigarettenkasten aus geprägtem Florentiner Leder und die gerahmte Vergrößerung einer Aufnahme von Meg Broeksma mit Mann und Söhnen. Alice nahm das Bild in die Hand und sah, daß die sonnige heitere Fotografie in dem Garten in Pretoria gemacht worden war, wo Meg sie vor der Härte des Lebens in der Wildnis gewarnt hatte.
»Es ist kaum zu fassen«, sagte Alice. »Vor drei Tagen holte mich Ihre Schwester am Flughafen ab . . . erst vor drei Tagen . . .«
»Ist es Ihnen wie eine Ewigkeit vorgekommen — in meiner Gesellschaft zu sein?«
»Sie werden vielleicht lachen, aber es ist tatsächlich unheimlich. Mir ist, als hätte ich die Vergangenheit abgeschüttelt — endlich.«
»Kann man das je?«
Sein Blick heftete sich auf ein großes Bild an der breiten Rückwand, die von zwei Fenstern mit freundlichen Vorhängen unterbrochen war. Alice schaute mit Interesse dorthin. Eine enge, sichelförmig gekrümmte Gasse verlor sich in einem dunklen Bogengang, in dem eine alte Frau hinter einem Karren mit leuchtendbunten Frühlingsblumen saß. Über einer gotischen Tür sprang ein kleiner Balkon wie aus *Romeo und Julia* hervor, und

darunter stand ein zerlumpter anmutiger Knirps, eine Hirtenflöte an den Lippen. Das Bild war lebendig, es atmete. Man hatte das Gefühl, als könnte man diese Gasse entlang durch den schattigen Bogengang in die Vergangenheit schreiten ... in Rustys Vergangenheit.

»Was hatten Sie erwartet? Felle auf dem Boden und Gehörn an den Wänden?«

»Jedenfalls nicht das«, sagte sie langsam. »Nicht dieses — ungewöhnliche — Bild. Es ist Florenz, nehme ich an.«

»Ja, Florenz. Sie meinen, es passe nicht hierher?«

»Ich weiß es nicht. Ich weiß nur, daß es einen fängt.«

Sie wandte sich ab und kauerte sich auf die Armlehne eines Sessels vor dem Kamin.

»Sicher hat Ihnen eine Frau bei der Einrichtung geholfen«, sagte sie. »Es hat alles eine so persönliche Note.«

»Meg hat mir geholfen, all das Zeug in Pretoria auszusuchen. Sie hat nichts von den Dingen zugelassen, die sie für das Aushängeschild eines Hegers hält. Keine Kaminvorleger aus Zebra- oder Löwenfell, nicht einmal eine Schakaldecke. Nur die Elfenbeinelefanten konnte sie nicht beschlagnahmen. Die hat ein indischer Handwerker aus einem Stoßzahn geschnitzt, den mein Großvater nach Haus gebracht hat. Er war ein berühmter Jäger. Wenn er Andrew und mich bei unserer Arbeit sehen könnte, würde er uns als dekadente Muttersöhnchen enterben!«

Ein schalkhaftes Grinsen erhellte sein Gesicht, und sie sagte: »Sie sind ihm ähnlich, nicht wahr?«

»Ja. Aber Andrew nicht. Der ist er selbst, nicht so voll von bösen Rückfällen und Blutdurst wie ich. Wenn er töten muß, sagt er immer: 'Es schmerzt mich mehr als dich.' Und das stimmt. Ich dagegen danke dem Schicksal jedesmal, wenn ich die Gelegenheit zu einem Schuß erhalte.«

Sie schlenderte zu den Bücherregalen hinüber und ließ den Finger über eine Reihe von Bänden gleiten.

»Ich hätte nie geglaubt, daß Sie so viel lesen ...«

»Ich bin kein Gelehrter wie mein Bruder, aber die Abende kön-

nen lang und einsam sein, und Bücher sind dann eine Hilfe. Auf der andern Seite finden Sie meine eigentliche Zuflucht: Detektiv- und Abenteuerromane.«
Philemon kam mit dem Teetablett herein, und hinter ihm lief eine schlanke schwarze Katze, die sich mit krummem Rücken und senkrecht erhobenem Schwanz vor Rusty aufstellte. Als sie sich schließlich an seine Beine schmiegte, miaute sie leise, von Willkommensfreude erregt.
»Na, Lucky, altes Mädchen. Sie sehen, Alice, daß wir hier wirklich schon ganz domestiziert sind.«
»Soll ich Ihnen Tee eingießen? Ich glaube, ich weiß inzwischen, wie Sie ihn gern mögen.«
»Ja, bitte.«
Es gefiel ihm, ihr zuzusehen, wie sie sich mit ihrem leichten raschen Schritt und den vogelhaften Kopfwendungen im Zimmer bewegte. Es gelang ihr, trotz der Hitze kühl auszusehen. Als sie Tee getrunken hatten, sagte er:
»Ich schlage vor, Sie vertauschen Ihren Rock gegen ein Paar lange Hosen. Wir müssen auf einen Ansitz in einem Baum klettern, um die Flußpferde zu sehen. Ganz bequem ist das nicht.«
»Jedenfalls klingt es aufregend.«
»Ich glaube, es wird Sie interessieren. Eine Anzahl von Trinkplätzen sind in dieser Jahreszeit ausgetrocknet, und deshalb frequentieren immer mehr Gäste die paar Trinklokale, die geöffnet bleiben. Nach dem Regen zerstreuen sie sich wieder, und jeder kehrt in seine Lieblingskneipe zurück.«
»Dann will ich mich umziehen. Mein Zimmer ist links, nicht wahr?«
»Ja, und wenn Sie irgend etwas benötigen, rufen Sie einfach. Philemon ist in der Nähe.«
Alice packte die wenigen Sachen aus, die sie für die Nacht brauchte. Sie säuberte ihr Gesicht, duschte und bestäubte ihren Körper mit dem Talkumpuder, der den gleichen herben Geruch hatte wie das Parfüm, von dem sie einen Tropfen hinter die Ohren rieb. Als sie fertig war, wartete Rusty bereits auf der Veranda. Er war

frisch rasiert, und sein Haar war vom Duschen feucht und lokkig.

»Der Flußpferdeplatz ist etwa sechs Kilometer entfernt, an einem Arm des Hlaru, den wir eingedämmt haben. Nimrod kommt mit, aber den alten Smokey werden wir hier lassen.«

Die Sonne stand tief am Horizont, ein lodernder Himbeerball hinter dem dunklen Filigran der Dornbäume; das Gebirge war von Topaslicht übergossen. Sie verließen den Hauptarm des Hlaru und folgten dem kleineren Nebenarm, den eine grobe Mauer absperrte; an dieser Stelle war er früher in Kaskaden in eine Schlucht voller Felsbrocken hinabgesprungen. Rusty parkte den Wagen auf einer Lichtung.

»Schauen Sie«, sagte er. »Wir müssen über den Damm auf die andere Seite. Jetzt am Abend könnte da allerhand unterwegs sein. Angst?«

»Mit Ihnen nicht.«

»Gut. Nimrod geht als erster, dann Sie, zuletzt ich. Was ich Ihnen auch sagen werde — streiten Sie nicht und verschwenden Sie keine Zeit mit Überlegungen: gehorchen Sie.«

Sie nickte. Es beruhigte sie, als sie sah, daß er die Büchse unter dem Arm trug. Während der paar Stunden, die sie außerhalb von Velaba verbracht hatte, hatte sie vergessen, daß das Gebiet den wilden Tieren gehörte und der Mensch hier nur geduldet war. Sie sah, daß unzählige Hufe Wege durch die dichte Vegetation des Flußufers gebahnt hatten, und überlegte, was für Augen sie aus dem hohen bergenden Schilf beobachten mochten.

Nimrod ging vor ihr. Leicht und sicher wie eine Katze schritt er über die schmale Mauer, und Alice wußte, daß seinem Auge und Ohr keine Bewegung und kein Laut seiner Umgebung entging. Rusty war dicht hinter ihr, und einmal drängte es sie, stehenzubleiben. Sie wünschte sich die körperliche Berührung seiner Hand, die sich auf ihren Arm legte. Ich habe Angst! dachte sie. Ich habe Angst vor dem Sprung des Löwen, den Zähnen des Krokodils, der erdrückenden Umschlingung der Pythonschlange. Ich habe Angst, zu den rötlichen Felsbrocken in der Schlucht hinunterzublicken, Angst, die Balance zu verlieren und zu stürzen. Zu ihrer Rechten spiegelte das tiefe weite Becken die zarten roten und goldenen Töne des Abendhimmels wider, und die Wasserlilien schwankten sanft auf den blanken Polstern ihrer Blätter. Sie hörte die Baumzikaden, das Quaken der Frösche und das Zwitschern von Mariaden von Vögeln, dann floh aus dem Schilf ein prächtiger regenbogenfarbiger Vogel, warf sich in den Himmel, daß sein juwelenblitzendes Gefieder leuchtete. Rusty sah, daß sie den Kopf hob, um ihm nachzuschauen, und sagte leise: »Das ist die Purpurrakete. Die Bantus nennen sie die Blaue Lilie und manchmal den Trauring.«

»Den Trauring . . .« Andrew. Ihr Herz zog sich in einer neuen Furcht zusammen, die nichts mit den Gefahren des Flußpferdeplatzes zu tun hatte.

Plötzlich blieb Nimrod stehen und hob warnend die Hand. Sie sah die rosige Handfläche und die sehnigen, schlanken Finger. Ihr Atem ging rasch, als ein tiefes Brüllen über das Wasser hallte, das von einem andern erwidert und von kräftigem Schnarchen und Schnaufen begleitet wurde.

Alice wandte den Kopf und sah, daß Rusty lächelte.

»Flußpferde — dort drüben.«

Kleine steife Ohren, klaffende Nüstern und vorquellende Augen schwammen auf der Oberfläche des Wassers, und hin und wieder zeigte ein Grunzen oder ein Wirbel von Luftblasen, wo ein untergetauchtes Tier heraufstieß. Auf dem jenseitigen Ufer kletterte gerade ein altes Flußpferdtantchen in die Lichtung hinauf und trieb drei kleine fette Junge vor sich her. Die dicke Haut faltete sich wie ein Kragen um ihren Nacken.

»Werden sie 'Sweet Sue' beschädigen?« flüsterte Alice, während das Lachen in ihren Augen tanzte.

»Nein. Hier geht es nach dem Motto: leben und leben lassen — es sei denn, man ist hungrig, erschreckt, oder man kämpft um den Besitz eines Weibchens.«

Wenige Schritte brachten sie zum Ende des Dammes. Auf der einen Seite türmte sich ein hügeliges Durcheinander rosenroter

Granitblöcke, auf der andern breitete sich eine offene Grasfläche. Zwischen den Felsen und dem Gras zog sich ein Streifen hoher Bäume bis zum Wasser hinab. Alice spürte die intensive Konzentration von Rusty und Nimrod. Ein unbedachter Schritt oder ein Versäumnis in der Beobachtung konnte grausige Folgen zeitigen, denn es war die Stunde der Gefahr. Das wußte jedes Tier. Hier pflegten die Mörder auf die Beute zu warten, die unter Lebensgefahr zum Trinkplatz kommen mußte.

Am Fuß eines hohen Tambotiebaumes hielt Rusty inne und blickte in die Äste hinauf, um sich zu vergewissern, daß sich vor ihnen noch kein Leopard und keine Schlange dort oben niedergelassen hatten.

Alice folgte seinem Blick und sah einen Sitz in der Gabel von zwei starken Ästen. Eine kleine Strickleiter hing herab. Der Sitz bot ungehinderte Sicht auf die verschiedenen Wildpfade zum See, über die offene Grasfläche hinter ihnen und über die leuchtende Weite des Wassers. An einer Stelle war das Schilf niedergetreten, und dieses schlammige Gebiet war offensichtlich der breite Weg eines Rudels von regelmäßigen Besuchern.

Rusty kletterte als erster die Leiter hinauf, die Nimrod festhielt, und Alice folgte ihm. Er faßte ihre Hand und zog sie auf die Plattform neben sich unter dem kühlen, bewegungslosen Laub; sie setzte sich, die Beine über den Rand hängend, wie ein Kind auf eine Schaukel. An einer Seite hielt sie sich an einem Haltetau fest, während die andere von Rustys Körper geschützt wurde. Sein Gewehr lag hinter ihnen auf der Plattform, wo Nimrod sich niederließ, nachdem er die Strickleiter hinter sich heraufgezogen hatte.

Auf diesem engen, schattigen Platz saßen Rusty und Alice so dicht nebeneinander, als wären sie aus einem Block geschnitzt. Ihr Schenkel schmiegte sich an den seinen, ihre Schulter lag in der Beuge seines schützenden Armes, die Wärme und Nähe ihres Körpers entzündete in dem seinen ein Feuer, und der schwache Duft, der sie umgab, reizte seine Geruchsnerven. Er fühlte ihr seidiges Haar an seiner Wange. Die Stunde der Gefahr, dachte er.

Ein Wasserbock stieg zierlich einen Flußpferdpfad hinab, und nachdem er vorsichtig die Luft durchschnüffelt hatte, trat er kühn ins Wasser, um zu trinken. Anscheinend lauerte an diesem Abend kein hungriges Krokodil auf ihn. Ein Schlange schwamm mit erhobenem Kopf rasch durch den See, und die Spur, die ihr sich windender Leib im Wasser hinterließ, schloß sich schnell wieder. Plötzlich kamen aus der offenen Steppe die Vorposten der Wildebeeste mit nervös peitschenden Schwänzen. Alice sah sie fast ebenso früh wie Rusty, und ihr Schweigen gefiel ihm. Er hatte bemerkt, daß sich ihre gewöhnlich lebhafte Art mit einer echten Begabung, sich zu entspannen oder bewußt ruhig zu sein, verband. Er vermochte sie sich mit dieser Stille am Bett eines Schwerkranken vorzustellen, wo sie auf das Dämmern eines neuen Lebens oder den Schatten des Todes wartete. Sie war nicht — wie so viele Frauen — entsetzt vor dem Schweigen. Auf der Fahrt hatte sie geredet oder gefragt, was ihr in den Sinn kam, aber er hatte nie erlebt, daß sie Konversation machte, sie hatte sich lieber mit ihren Gedanken beschäftigt, und er war ihr dankbar dafür gewesen.

Die Wildebeeste kamen, durch ihre Wachen gesichert, in größerer Zahl, und bald beugten sich zwanzig oder mehr dieser melancholischen, bärtigen Gnu-Gesichter über das Wasser. Gleichzeitig erschienen Zebras, scheu und zögernd hoben sie ihre hübschen Araberköpfe und wieherten, bevor sie ihre gestreiften Spiegelbilder zu den vielen andern fügten, die sich schon im Wasser abzeichneten. Eine Familie Warzenschweine trabte heran, und dann stolzierte possierlich ein Straußenpaar durch das Schilf und zeigte das prächtige Gefieder. Plötzlich warf einer der Zebra-Wächter den Kopf hoch und stieß ein schrilles *Qua-ha* aus. Wie der Blitz jagte der ganze Trupp der flinken, gestreiften Ponys zurück in die Steppe, woher er gekommen war.

Alices Beglückung und Interesse erhöhten Rustys Freude an dieser Trinkstunde des Wildes, das niemals zu dieser 'Bar' oder zu irgendeiner andern kam, ohne zu wissen, daß auch ein Gangster da sein konnte, der die Gelegenheit nutzte.

Ein wenig später berührte Nimrod Rustys Schulter und zeigte auf einen wilden Feigenbaum, der nicht weit vom Wasserrand wuchs.
Alice spürte, wie sich Rustys Arm auf ihrer Schulter spannte. Sie preßte sich enger an ihn. Sie war ein Teil von ihm, wie eine Tänzerin ein Teil ihres Partners ohne eigenes Wollen ist. Ihre Haut nahm jedes Signal auf, das die Berührung oder der Druck seiner Hand ihr geben mochte, ihre Nerven waren Verlängerungen der seinen, ihr Blick folgte dem seinen, und als sie die Bewegung im Laub sah, erstarrte auch sie und hielt den Atem an.
Wie eine Flamme huschte der Leopard durch das Laub und schmiegte sich an einen Ast; seine schwarzen Rosetten waren im Licht und Schatten der Blätter kaum zu erkennen. Er starrte auf ein Gebüsch, das sich im Gold des Sonnenuntergangs bewegte, obwohl der Wind den Atem anhielt.
Ein kleines Rudel von Impala-Muttertieren mit ihren Lämmern kam durch den Busch. Die scheuen Antilopen zeigten die zögernde Vorsicht aller Tiere, die sich dem Wasser näherten, doch den Feind im Baum vermochten sie weder zu sehen noch zu wittern. Mit einer geräuschlosen, fließenden Bewegung glitt der Leopard auf einen tieferen Ast, der ein besseres Sprungbrett bildete.
Das kann ich nicht ertragen, dachte Alice, ich kann es nicht ertragen, was dort geschehen soll. Um Gottes willen, Rusty, erschieß den Leoparden! Doch er löste seinen Arm nicht von ihr, so als ob sie beide verzaubert wären. Das war der seltsame Sinn des Reservats: Man nahm nicht Partei, man griff nicht ein in den Lauf der Natur, wie grausam sie auch war. Sie wollte rufen, doch sein Wille hinderte sie daran, eine Warnung laut werden zu lassen.
Die anmutigen Antilopen sammelten sich in der Nähe der Flußpferdpfade; sie begannen, sich zum Wasser hinabzubewegen. Der Leopard duckte sich und wartete darauf, daß das letzte Muttertier unter dem Feigenbaum durchzog. Das Lamm folgte der Mutter mit langen Beinen, reizend und kinderblond; sein kurzer Schwanz wedelte lustig, und die blattähnlichen Ohren spielten. Im nächsten Augenblick war der springende Tod über ihm, und

die Fänge des Mörders gruben sich in seine Kehle. Ein kurzer, hoffnungsloser Kampf, dann kletterte der Leopard wieder in den Baum, schleppte seine Beute hinter sich her und befleckte die graue Rinde mit dem frischen Blut seines Opfers.
Auf einmal war der Busch von den springenden kastanienbraunen Gestalten der flüchtenden Impalas erfüllt, und Alice drückte den Kopf an Rustys breite Brust.
»Nein . . . o nein . . .«
Seine Arme schlossen sich um sie, und er spürte das rasche Vogelflattern ihres Herzens und ihre bebende Wärme.
»Das ist das Gesetz von Velaba, Likwezi — so muß es sein.«

Tombazanes Lockung

Auf dem neuen Wildpfad, der sich am Hauptarm des Hlaru-Flusses hinzog, fuhren sie zurück ins Kamp.
Nach dem Sonnenuntergang war hier in der Nähe des Wassers die Temperatur gesunken, und die bewegungslose Luft hatte sich abgekühlt. Der Mond war noch nicht aufgegangen, und die kurze afrikanische Dämmerung warf ihren weichen Purpurschleier über das Buschveld, die gelben und malvenfarbenen Blüten verblichen, und ihr schwacher Duft mischte sich mit dem durstigen Geruch trockenen Grases.
Alice saß, so weit es ging, von Rusty weggerückt, den Arm auf dem offenen Fenster. Der leichte Fahrtwind hob ihr Haar von der heißen Stirn. Sie fühlte sich leer und verloren. Das bin doch nicht ich, dachte sie. Aber dann ging ihr zu ihrem Entsetzen plötzlich auf, daß es vielleicht gerade umgekehrt sei. Vielleicht war dieses ihr unbekannte Ich wirklich sie selber — Alice Lang! Doch sie wollte sich nicht damit abfinden. Ich bin keine wankelmütige Frau, sagte sie sich streng. Und bestimmt bin ich nicht . . . *leichtfertig.* Vier Jahre lang habe ich absichtlich und überlegt jede natürliche Regung, jeden Wunsch meines Körpers sublimiert und

unterdrückt. Zuerst gab ich mich der Arbeit hin und dem, was ich für meine Pflicht hielt, und dann erlaubte ich mir diese seltsame, glückliche Beziehung zu Andrew. Sie war da mit all den erregenden menschlichen Möglichkeiten und dem Versprechen dieses Landes, das mich, seit ich mich erinnern kann, immer gebannt hat, und trotz alledem blieb ich frei, um für meine Mutter zu sorgen — die arme Mutter, sie wußte nichts von der Versuchung, die mich so oft quälte, von der Versuchung, mich nach jemand umzusehen, der für sie sorgen könnte, um ohne Rücksicht darauf, daß sie auf mich angewiesen war, mein eigenes Leben zu führen. Nur Betty hat das gewußt.

Und wie wünschte ich mir Andrew — in dem einfachen, körperlichen Sinn des Wortes. Es war das Verlangen nach Leidenschaft ohne jede Illusion. Ich versuche immer, mir selber gegenüber ehrlich zu sein. Ich wußte, was das bedeutete — der einsame, schmerzhafte Wunsch, die verzweifelte Sehnsucht, von Andrew genommen zu werden — von Andrew, wie ich ihn mir vorstellte. Alles hätte ich dafür gegeben, die Ketten zu zerbrechen und mich völlig diesem Mann, meinem Mann, hinzugeben, dessen Briefe mich anflehten, zu ihm zu kommen.

Ich glaube, es war der glücklichste Tag meines Lebens, als ich jenen Brief erhielt: »Ich liebe Dich, Alice. So wie jetzt kann es nicht mehr lange mit uns weitergehen . . . Ich möchte, daß Du zu mir kommst . . .« Ich las ihn mit zitternden Händen in der Gartenlaube. Hier war endlich die Wirklichkeit der Liebe, hier begann sie! Und später — als ich tatsächlich im Flugzeug nach Afrika saß — war eine so krankhafte Erregung in mir, die Nerven schmerzten wie von Nadelstichen, daß ich glaubte, ich müsse sterben! Da erst begannen sich die Ketten wirklich zu lockern, und es bedurfte nicht mehr der so lange geübten körperlichen und geistigen Beherrschung. Am Horizont lag ein neues Land, ein neues Leben . . . ein Mann und ein Leben für mich! Dann kam Andrews Schwester Meg mit ihren Warnungen. Alle Warnungen der Welt hätten mich nicht erschüttern können. So überzeugt war ich von der Richtigkeit dieses Vorhabens. Und in jener Nacht gab Dicky mir

seinen schäbigen Spielzeuglöwen. 'Er kann auf deinem Kopfkissen schlafen', sagte er. 'Er heißt Ratau . . .' Ich sehe das Lächeln auf Dickys Zügen noch — ein Lächeln, das man im Gedächtnis trägt und liebbehält. In dieser Nacht erkannte ich, wie sehr ich mir eigene Kinder wünschte, und eine weitere Kette zerbrach. Ich spürte, wie mein Körper danach schrie, ein Kind zu tragen. Er schrie, wie man in einem Alpdruck schreit — und seitdem scheint mein Körper die Oberhand in mir gewonnen zu haben. Hier in Velaba ist es Spätfrühling — 'der Monat der Geburt', sagt Rusty —, heiß und elementar. Die Natur ist Herrin. Ich bin aus einer Art von Sklaverei ausgebrochen, und die Freiheit ist mir zu Kopf gestiegen. Ich muß das Gefühl für die rechten Maßstäbe behalten. Das einzige, worauf es ankommt, ist die Tatsache, daß ich Andrew liebe. Ich liebe seine Ideen und seine Art, sie auszudrücken. Ich bewundere und achte seinen Charakter, und wir haben alles gemeinsam — nur die Begegnung miteinander fehlt noch. Wenn wir zusammen sind, wird alles gut sein. Es bedarf keines Krokodilsherzens oder irgendeines andern Liebestrankes, damit wir uns in jeder Hinsicht und völlig ineinander verlieren.
Alice schien ihren Begleiter und ihre Umgebung vergessen zu haben. Sie wirkte traurig und erschöpft, wie sie da mit geschlossenen Augen und dem blassen, in der schnell sinkenden Dämmerung verschwommenen Profil am Fensterrahmen lehnte. Er meinte, der Anblick des Lammes, das der Leopard holte, habe sie um ihre Fassung gebracht.

Er wandte den Blick von ihr und schaute wieder auf die Straße. Der weiche Staub zu beiden Seiten des ungepflasterten Weges zeigte die Spuren vieler Tiere, und es überraschte ihn nicht, als er Nimrod sagen hörte:

»Löwe ist diesen Weg entlanggegangen, Nkosi.«

Er nickte. Er hatte die großen Abdrücke zwischen den kleineren Fährten von Schakalen und Hyänen und den sauberen Prägungen von Hufen ebenfalls gesehen. Als sie um die nächste Wegbiegung fuhren, erblickten sie die Löwin. Sie war nur wenige Meter von ihnen entfernt.

Alice öffnete die Augen. Rusty hatte geschaltet und fuhr nun im Schrittempo. Das prächtige Geschöpf nahm sich nicht einmal die Mühe, bei dem mechanischen Geräusch des 'neuen Tieres' den Kopf zu wenden. Es war mit seinen eigenen Angelegenheiten beschäftigt. Für die Löwin war diese Straße nichts als ein neuer Wildpfad, den das harmlose 'Motortier' mit dem lärmenden Brummen durch den Busch gebahnt hatte, und sehr geeignet als Weg zu den Jagdgründen.
»Schauen Sie sich diesen Gang an!« sagte Rusty. »Träge und unermüdlich. Sie wird es heute, bei Vollmond, schwer haben, ihre Beute zu bekommen. Wie die meisten Raubtiere bevorzugt sie das Dunkel. Übrigens müssen noch andere ihres Schlages in der Gegend sein. Hören Sie sich die Paviane an!« In dem dunkelwerdenden Busch hörten sie die Paviane aus den Bäumen schimpfen und wettern, doch die Löwin beachtete sie nicht, sondern setzte mit ihren langen, anmutigen Schritten den Weg fort, die mächtigen Muskeln entspannt und mit der buschigen Schwanzspitze fast den Boden berührend.
»Sie sieht aus, als wüßte sie ganz genau, wohin sie geht«, flüsterte Alice.
»Bestimmt. Ein Mädchen mit Absichten. Sie ist hungrig.«
Er schaltete die Scheinwerfer ein und blendete ab. Noch immer ließ die Löwin sich nicht stören. Für sie leuchteten im Dunklen alle Augen, die einen mehr, die andern weniger. 'Sweet Sue' blieb ihr dicht auf den Fersen, ohne daß sie den Schritt beschleunigte. An einer Wegegabel zögerte die Löwin und schien zu überlegen, ob sie sich nach rechts, dem hohen offenen Dornveld zu wenden sollte. Doch während Rusty auf die Bremse trat, schlug sie plötzlich den Weg zum Fluß ein. Rusty sagte: »Das ist die Rettung für irgendein Wildebeest oder Zebra, aber wahrscheinlich das Todesurteil für einen Buschbock oder ein Warzenschwein.«
Er hörte Alice seufzen: »Das Gesetz von Velaba.«
Nun beschleunigte er die Geschwindigkeit, bis die Kühlerhaube auf gleicher Höhe mit der Löwin und dann vor ihr war. Alice hätte die Hand aus dem Wagenfenster strecken und das lohfarbe-

ne Fell streicheln können. Seite an Seite mit dem einherschlendernden Tier bewegten sie sich vorwärts, und Alice hatte den Eindruck, daß Rusty ihre Nerven auf die Probe stellen wollte. Die Löwin blickte auf, ohne das Maß ihres Schritts zu ändern, und sah Alice gerade in die Augen. Fasziniert starrte diese auf das edle Antlitz voll unpersönlichem Stolz. Hier fand sich weder die Aggressivität noch die Unterwürfigkeit des Hundes, nicht einmal der zurückhaltende Egoismus der Katze, nur die erhabene, erbarmungslose Gleichgültigkeit der Königin mit der Macht über Leben und Tod in Zahn und Kralle.

Rusty gab Gas.

»Nun, haben Sie ihr ins Auge geblickt?«

»Ja.«

»Fanden Sie sie gefährlich?«

»Für andere. Nicht für uns. Sie war sehr königlich und schön.« Alice blickte sich um. Die Löwin war nicht mehr zu sehen. »Sie ist fort«, sagte sie.

»Sie wird ihre Jagdgründe erreicht haben. Ich bin übrigens auch hungrig.«

Philemon hatte auf der Veranda für sie gedeckt. »Vielleicht Regen kommen, Nkosi«, erklärte er. »Besser unter Dach.«

Und während sie aßen, zuckten die Blitze dauernd am Horizont, und im Gebirge rollte und murrte der Donner. Ein kühler Wind erhob sich und spielte mit den Ecken des gelbkarierten Tischtuchs.

Um acht Uhr gingen sie über den Platz zu Rustys Büro hinüber, um das Funkgerät auf Kamp Eins und Drei einzustellen. Doch obwohl es Rusty gelang, die Verbindung mit Jan Nelmapius und Andrew herzustellen, war es schwierig, eine Mitteilung aufzunehmen oder durchzugeben, da die atmosphärischen Störungen das ganze Zimmer mit heftig krachenden Geräuschen erfüllten. Mit Kamp Eins schien die Verständigung etwas besser zu sein, und Rusty war froh darüber, da er Nelmapius etwas mitzuteilen wünschte.

»Hören Sie, Jan, Sie müssen von Boryslawskis Farm ein Paar Ele-

fantenstoßzähne und Amos' Fahrrad abholen. Können Sie mich verstehen? Over.«
»Ich höre euch laut und deutlich. Wo fandet ihr das Fahrrad?«
»Im Kraal des Alten Häuptlings, genau wie wir erwartet hatten. Verstehen Sie das? Over.«
»Ich verstehe. Wie ist es mit dem Sweet Spruit? Irgendwelche Zeichen vom Tokolosie? Over.«
»Nur ein hohler Baum — könnte sein Versteck sein. Over.«
Doch als Kamp Drei sich meldete, sagte Andrew: »Ich kann euch kaum hören. Empfang ist hier sehr schlecht. Over.«
»Hier ebenfalls. Bei uns alle wohlauf. Ruft uns morgen sechs Uhr fünfundvierzig. Wir hoffen um sieben Uhr früh aufzubrechen.«
»Sechs Uhr fünfundvierzig . . . Ich werde dann anrufen. Over.«
Rusty warf Alice einen raschen Blick zu. »Wollen Sie versuchen, mit Andrew zu sprechen?«
Sie schüttelte den Kopf: »Ich verstehe nichts — bei den Störungen. Grüßen Sie ihn von mir.«
Er übermittelte ihren Gruß ziemlich grimmig durch den wütenden Äther.
». . . Das ist alles. Ende.«
»Im Gebirge tobt ein trockenes Gewitter«, sagte er, während sie zum Hegerhaus hinüberschlenderten. »Die Entladungen zerhacken jede Verbindung zwischen Kamp Zwei und Drei. Im Süden ist es niemals so schlimm. Gott sei Dank! Jan wird verstanden haben, was ich ihm erzählen wollte, ohne den andern Hörern allzuviel Anhaltspunkte zu geben.«
»Und was wollten Sie ihm andeuten?«
»Daß sich im Kraal des Alten Häuptlings vermutlich noch andere Dinge als das Fahrrad finden würden. Wir hatten verabredet, wenn ich ihm mitteile, das Fahrrad habe sich im Kraal gefunden, solle er der Polizei in Duiker's Drift sagen, daß es ratsam sei, dort in der Gegend nach geschmuggelten Gewehren zu suchen. Außerdem hatten wir verabredet, wenn ich ihm einen Grund nenne, in Boryslawskis Farm vorzusprechen, dürfe er sich darauf verlassen, daß Boryslawski zu der Bande gehöre.«

»Sind Sie dessen so sicher?«

»Ja. Wenn Gottlieb den Alten Häuptling drängt, nach Europa zu fahren und eine teure Operation machen zu lassen, dann hat das seine Gründe. Um das Kind beim Namen zu nennen: Der Alte Häuptling ist ihr Verbindungsmann — das wird wohl die richtige Bezeichnung sein. Und ich wüßte gar zu gern, was Boryslawski in diesem neuen, löwenbewachten Flugzeugschuppen aufbewahrt. Gewehre — getrocknetes Wild, bereit zum Abtransport? Vielleicht . . .«

Er brach ab, als ein Blitzstrahl, von einem Donnerschlag gefolgt, im Zickzack am Himmel entlangfuhr.

Sie hatten die Anhöhe am Fluß erreicht und blieben gleichzeitig stehen, um über die dunkle Schlucht und den dichten geheimnisvollen Busch zum Schwarzen Mambagebirge hinüberzuschauen. Die geballten, über die zackigen Berggipfel dahinjagenden Wolken hatten vom Licht des aufgehenden Mondes silberne Ränder, und immer wieder wurde die ganze urtümliche Landschaft vom Aufzucken eines Blitzes erhellt.

Rusty sagte: »Wenn der Regen heute nacht schon kommt, werden wir für vierundzwanzig Stunden oder noch länger hier festgehalten. Es gibt keine Brücken über die Flüsse, und die Dämme sind überflutet und unpassierbar.«

Es schien Alice, als ob die Geräusche der Nacht in dem Schweigen, das Rustys Worten folgte, laut und unheilkündend wären. Frösche und Grillen füllten die Luft mit Quaken und Zirpen, und irgendwo schrie unheimlich ein Vogel. Grunzen und spukhaftes tierisches Gelächter hallte im Busch wider.

»Sie meinen«, sagte Alice ruhig, »wenn der Regen kommt, sind wir gezwungen, hierzubleiben, bis die Flüsse wieder niedriger werden — noch einen Tag und eine Nacht, vielleicht sogar länger?«

»Genau das meine ich. Ist es Ihnen unangenehm?«

Sie schüttelte den Kopf, doch in der Art, wie ihre Schultern sich senkten, lag etwas wie Verzweiflung.

»Sie trauen mir nicht, Alice, nicht wahr?«

»Kommt es darauf an?«
»Ich glaube doch.«
Sie versuchte zu lächeln. »Mrs. Boryslawski sagt, man könne niemand dauernd trauen — nicht einmal sich selbst.«
»Hin und wieder sagt sogar Mrs. Boryslawski ganz vernünftige Dinge.«
»Menschen sind unzuverlässig. Nur Hunden kann man trauen. Smokey zum Beispiel. Smokey würde Sie niemals im Stich lassen.«
Sie bückte sich, um den tabakbraunen Hund zu streicheln, der zu Rustys Füßen lag. Smokey war niemals weit von seinem Herrn entfernt, wenn er nicht daran gehindert wurde.
»Nicht einmal Smokey kann man *dauernd* trauen. Wenn etwa ein Eingeborener vorhätte, mein Haus zu berauben, würde er folgendermaßen vorgehen: Er sucht eine läufige Hündin wie Tombazane und bindet sie an meinen Zaun. Dann darf er sicher sein, daß Smokeys Instinkt ihn seine Pflicht vergessen läßt. Mein treuer Wachhund wird seinen Posten verlassen, um dem alten, uralten Ruf der Natur zu folgen.«
»Sogar Ihr treuer Smokey?«
Er lachte auf. »Smokey ist ein Hund aus Fleisch und Blut. Die Lockung Tombazanes macht Hackfleisch aus seiner Treue. Können Sie das verstehen? Ich kann es, Alice Lang! Es gibt Frauen mit der Lockung Tombazanes, die einen Mann dazu bringen könnten, seinen eigenen Bruder zu verraten!«
Seine Worte entwürdigten eine Situation, die sich zwischen ihnen ergeben hatte, ohne daß sie es wußten oder dazu beigetragen hatten. Sie spürte, daß er sie haßte, sie haben wollte und den Drang, seines Bruders Vertrauen zu täuschen, bekämpfte.
Zorn flammte in ihr auf, er zuckte und brannte wie die Blitze, die sich in dem tiefen Abgrund des Hlaru-Flusses widerspiegelten. Die Lockung Tombazanes! So dachte er also über sie — über sie beide! Ihre Nägel gruben sich in die Handflächen, und sie zitterte am ganzen Körper. Scham und Wut schüttelten sie wie mit der Kraft des fernen Gewitters. Ihr Blut kochte. Tombazane — Tom-

bazane! Wie kann er es wagen ... von mir wie von einem Tier zu denken! Ihr Herz hämmerte, ihr Mund war zu trocken, als daß sie sprechen konnte. Plötzlich holte sie aus und schlug ihm mit der flachen Hand ins Gesicht — und dann noch einmal.

In dem weißen Feuer einer ganzen Wand von Blitzen sah sie seine Augen schmal werden, während er ihre Hand packte, in einem Griff, der sie vor Schmerz keuchen ließ.

»Niemand tut mir das an!« Er sprach mit zusammengebissenen Zähnen. »Niemand — nicht einmal du, Likwezi!«

Sie lag in seinen Armen; ihre Hände auf dem Rücken gefesselt, hielt er sie umklammert wie in einem Schraubstock und preßte ihren Körper an sich, daß sie glaubte, er zerbreche ihr das Rückgrat. Sein Mund war hart und grausam, und sie wußte, wenn er sie nicht freiwillig losließ, würde sie seiner Kraft nicht widerstehen können. Ihr straffer Körper gab nach, die Lippen öffneten sich, und als er sie freigab, wäre sie gefallen, wenn seine Arme sie nicht noch umfangen hätten. Mit äußerster Willensanspannung nahm sie sich zusammen und trat von ihm zurück. Sie warf den Kopf in den Nacken und blickte ihm ins Gesicht. Der kühle Wind blies in ihr Haar und kühlte ihre heißen Wangen.

»Ich hasse Sie, Rusty!« Ihre Stimme war leise und aufs höchste angespannt. »Jetzt weiß ich, daß ich mein ganzes Leben lang die Bedeutung des Wortes 'Haß' nicht kannte — bis auf den heutigen Abend.«

Er blickte ihr nach, wie sie langsam und fest dem Haus zuschritt, er sah, wie Philemon aus dem Dunkel auftauchte und die Fliegentür zur Veranda für sie öffnete. Sie blieb stehen, um mit ihm zu sprechen, und er verbeugte sich und verschwand. Während sie auf seine Rückkehr wartete, sah er ihre Silhouette klein, schlank und sehr ruhig; sie warf phantastische Schatten, da die Sturmlaterne im Wind hin und her schwang.

Philemon erschien mit einer Lampe; sie nahm sie ihm ab und ging in ihr Rondawel. Sie zog die Vorhänge zu, und Rusty wandte sich ab.

»Du bist nicht die einzige, die mich haßt, Likwezi«, sprach er tonlos in die laue Nacht. »Ich hasse mich selbst, Gott weiß es . . .« Silberverbrämte Wolken jagten über den gestirnten Himmel, und ein Schimmer transparenten Lichts breitete sich über das Schwarze Mambagebirge, als der Vollmond sich über den Busch und die Wälder von Velaba hob — über die alte atavistische Welt von Dumela und Ratau, von Ndlovukasi und dem Alten Häuptling, von Smokey und Tombazane, von Kain und Abel.

Die Polizei weiß etwas

Die beiden Bantu-Wildhüter, der alte Saul und sein Neffe, der junge James, warteten neben Andrew Millers Jeep. Sie waren mit Gewehren bewaffnet und hatten Munition in der Tasche. James war aufgeregt, und Saul beobachtete ihn unter halbgesenkten Lidern. James wäre seiner Meinung nach besser ohne Feuerwaffe geblieben, denn er war damit ebenso rasch zur Hand wie eine gereizte Biene mit ihrem Stachel und ebenso unbedacht im Zielen. Nkosi hatte sie gewarnt, möglicherweise würden sie heute nacht mit gewalttätigen Männern in Berührung kommen.
»Wenn wir schießen müssen«, hatte er gesagt, »schießen wir auf die Reifen ihres Bakkie-Wagens. Wir wollen keine Menschen töten.«
»Vergiß also nicht, was Inyanga gesagt hat«, schärfte Saul seinem unbesonnenen Neffen ein. »Den Huf müssen wir treffen, wenn wir feuern, nicht die Hörner oder das Herz.«
Sie sahen den Hegemeister auf die Veranda seines Hauses heraustreten und mit seinem Hausboy Maxim sprechen.
»Der Regen ist nahe«, erklärte James. »Das lahme Bein von Inyanga sagt es mir.«
»Der Donner spricht auch. Im Gebirge hat es bereits geregnet, und die Flüsse werden rasch strömen. Wir sollten das Verdeck hochschlagen, aber Nkosi wünscht, daß es unten bleibt.«
Andrew hinkte die Stufen herab und kam auf den Jeep zu, als ein

vertrautes Geräusch ihn innehalten ließ. Der uralte Wagen des Missionars hatte ein unverkennbares Brummen und Röcheln. Was mochte Dr. Hurley um diese nächtliche Stunde wollen — es war fast neun Uhr.

Doch am Lenkrad saß nicht Dr. Hurley. Thea hielt an und sprang heraus. Sie sah tollkühn aus, als sie auf Andrew zugestürmt kam.

»Ich muß mit Ihnen reden, Andrew! Es ist schrecklich wichtig.« Sie war außer Atem und erregt. »Mummy und Daddy wissen nicht, daß ich hier bin. Sie sind zum Haus von John und Venetia hinübergegangen — irgendeine dienstliche Angelegenheit wegen der Schule. Ich wartete eine Viertelstunde, dann schnappte ich mir den Wagen und kam herüber.«

John und Venetia waren das Bantu-Ehepaar, das an der Missionsschule unterrichtete. Es waren ernste junge Leute und würden den Missionar und seine Frau bestimmt längere Zeit aufhalten. Wahrscheinlich würden sie Tee und Erfrischungen anbieten. Trotzdem bestand die Gefahr, daß Theas Eltern nach Hause kamen und sowohl die Tochter wie den Wagen vermissen würden. Andrew war ärgerlich.

»Sehen Sie mich nicht so an!« sagte sie. »Was Sie auch vorhaben, es muß warten. Ich *muß* mit Ihnen sprechen.«

»Komm herein.« Er nahm ihren Arm und stellte fest, daß sie zitterte. »Worum handelt es sich denn? Was ist geschehen, Thea?«

Er führte sie ins Haus, in die schäbige Diele mit den Fellteppichen und Ledersesseln, mit den Regalen an allen Wänden, die mit verstaubten Lehrbüchern über Bantubräuche, Naturwissenschaft, Werken über Psychologie und Philosophie, vielen Klassikern, Dramen von William Shakespeare und George Bernard Shaw und dem Werk *Die Bibel, als lebende Literatur zu lesen* gefüllt waren — letzteres erregte ständig den Argwohn von Dr. Hurley und begeisterte seine Tochter. Auf Andrews großem Mahagonischreibtisch stand in einem Lederrahmen eine Fotografie von Alice.

Thea trat sofort zu diesem Bild und nahm es in die Hand. Sie stu-

dierte die klar geschnittenen, herben Züge und die sanften dunklen Augen; verwirrt runzelte sie die Stirn. Ihre helle Haut war von einer Röte übergossen, und ihre vollen Lippen schoben sich vor wie bei einem bekümmerten Kind.
»Andrew, was wissen Sie von ihr? Was wissen Sie wirklich? Ich fürchte mich vor ihr. Sie wird Ihnen Schwierigkeiten bereiten.«
Das Licht der Deckenlampe fiel grell auf sein finsteres Gesicht und die eisengrauen Strähnen in dem dunklen Haar. Sein Mund preßte sich zusammen.
»Thea, was soll dieser Unsinn?«
Sie blickte ihn mit einem Ausdruck an, der zugleich herausfordernd und verzweifelt war.
»Diese dunklen Augen — was geht hinter ihnen vor? Braune Augen geben die Gedanken nicht preis. Sie hüten ihr Geheimnis . . .«
Ungeduldig nahm er ihr die Fotografie aus der Hand und stellte sie auf den Tisch.
»Für dieses Theater haben wir im Augenblick keine Zeit«, sagte er scharf. »Ich muß zu einer Patrouille hinaus, und du mußt heim.«
Bei seinem Ton zuckte sie zusammen, faßte sich jedoch gleich wieder.
»Irgend etwas stimmt nicht mit Alice Lang! Ich weiß nicht, was es ist, aber die Polizei weiß etwas über sie.«
Er kannte diesen brüchigen Klang ihrer Stimme — das war ihre Angststimme. Sie gehörte zu ihrer Kindheit, zu den Tagen, als sie sich, eine kleine Schülerin, an seine Hand klammerte und fragte: »Andrew, werden sie uns angreifen? Werden diese Elefanten auf uns losgehen?« Wenn sie so sprach und aussah, hatte er sie immer beruhigt und ihr die Angst genommen. So war er auch jetzt sanft zu ihr.
»Bitte, Thea, nimm dich doch zusammen. Wie kommst du zu so närrischen Behauptungen? Erzähl mir einmal vernünftig, was dich erregt.«
Sie sank auf die Lehne eines Sessels, und das gesponnene Gold ihres Haares wirkte unter der Lampe sehr hell und kindlich. Die

Röte war aus ihrem Gesicht gewichen, sogar die Lippen waren blaß.

»Heute abend — gegen sieben, wir wollten gerade zu Abend essen — kam Sergeant van Wyk, um mit Daddy und Mummy zu sprechen. Ich wurde auf die Veranda hinausgeschickt, konnte aber trotzdem jedes Wort hören, das gesprochen wurde. Vielleicht hätte ich nicht lauschen dürfen, aber als ich den Namen Alice Lang hörte, tat ich es doch. Der Sergeant stellte eine Menge Fragen über sie.«

»Über Alice? Aber weshalb denn? Ich habe van Wyk heute morgen gesprochen, und wir haben über sie geredet. Er weiß doch alles über sie.«

Störrisch schüttelte sie den Kopf. »Nicht so viel, wie er wissen will. Er stellte Daddy endlose Fragen, aber natürlich konnte Daddy sie nicht beantworten.«

»Was für Fragen?« Andrew drehte sich das Herz um, und in der Magengrube war ihm erbärmlich zumute.

»Ob meine Eltern sie schon kennengelernt hätten? Ob sie — oder irgendein Mitglied unserer Familie — sie wirklich kennten. Wann Sie zum erstenmal vorgeschlagen hätten, daß sie auf der Missionsstation wohnen solle? Wann meine Eltern gemerkt hätten, daß Sie sich für sie interessierten. Was sie ihm über ihre Freundschaft mit Ihnen erzählen könnten. Lauter solche Sachen. Aber natürlich wußten Daddy und Mummy gar nichts außer dem, was Sie ihnen erzählt hatten — und das war nicht viel, wenn man's genau nimmt.«

Andrew spürte, wie ihm das Blut zu Kopf stieg. Wie bei den meisten Menschen, die nicht so leicht in Zorn geraten, war die Empörung, wenn sie ihn erst ergriff, um so intensiver.

»Wie durfte van Wyk es wagen, hinter meinem Rücken zur Missionsstation zu gehen und deine Eltern zu verhören! Er weiß genau, daß Alice Lang auf meine Einladung hin nach Velaba gekommen ist. Wahrscheinlich weiß er sogar, daß sie hierherkam, um mich zu heiraten. Wenn er mit irgend jemand über sie sprechen wollte, mußte er mich fragen!«

Wütend stieß er die Worte heraus, seine Stimme bebte vor verhaltenem Zorn, doch unter dieser Empörung lag Unruhe. Was ging da vor sich?

Als sollte er eine Antwort auf seine unausgesprochene Frage erhalten, fuhr der Polizeiwagen vor seinem Haus vor, und van Wyks massige Gestalt erschien auf der Veranda. Andrew trat an die offene Tür.

»Kommen Sie herein, Sergeant! Ich freue mich, Sie zu sehen.«

Doch van Wyk fand nicht, daß der Hegemeister irgendwie erfreut aussah. Er wirkte ebenso grimmig wie der Satan persönlich. Und daneben stand die junge Thea, deren Gesicht abwechselnd rot und weiß wurde und der man die Schuld schon von weitem ansah. Da hat sie sich also den Wagen ihres Vaters ausgeborgt — zweifellos ohne sein Wissen —, um wie der Wind hier zu erscheinen und ihrem Freund, dem Hegemeister, zu erzählen, daß die Polizei — von ihm selber dargestellt — ein paar Nachforschungen nach Miß Alice Lang angestellt hatte. Selbstverständlich verlangte diese Situation Takt und die natürliche Schläue, die er in hohem Maße von seinen gerissenen Burenvorfahren geerbt hatte. Entwaffnend strahlten van Wyks kleine schwarze Augen unter den vorspringenden Brauen.

»Ich freue mich selber, Mann«, sagte er herzlich. »Dieser Anruf aus Pretoria kam früh genug, und nun kann ich mit Ihnen auf Patrouille fahren. Draußen im Wagen habe ich zwei meiner Leute — beide bewaffnet, für den Fall, daß wir eine Glückssträhne haben und die Kerle fangen.«

»Das ist schön.« Mit nervösen, tabakbraunen Fingern zündete sich der Hegemeister eine neue Zigarette an. »Doch ehe wir damit beginnen, wüßte ich gern, was zum Teufel Sie drüben in der Mission zu schaffen hatten — Sie haben Dr. Hurley und seine Gattin in Unruhe versetzt und Ihre Nase in anderer Leute Angelegenheiten gesteckt.«

Haltgebietend hob van Wyk seine ungeheure Hand, als wolle er jeden weiteren Wortwechsel verhindern.

»Ich habe meine Pflicht zu tun.«

»Welche Pflicht? Warum stellen Sie Nachforschungen nach Alice Lang an?«
»Das zu erläutern, bin ich nicht imstande. Ich meine, es sei Zeit, daß wir zu unserer Patrouille aufbrechen.«
Andrew zögerte, doch die überaus amtliche Haltung des Sergeanten und seine Ausdrucksweise zeigten deutlich, daß kaum mehr von ihm zu erfahren sein würde.
»Gut«, sagte er, »so wollen wir also aufbrechen.« Er wandte sich Thea zu, die aufgestanden war. »Ich bringe dich zum Wagen. Maxim wird dich bis zum Tor des Wildparks begleiten.«
Er rief den Hausboy und gab ihm seine Anordnungen. Am Wagen sagte er: »Ich danke dir, daß du gekommen bist, Thea. Du hattest recht ... es war freundlich und einsichtsvoll von dir. Aber du brauchst dir keine Sorgen zu machen. Es handelt sich bestimmt um ein dummes Mißverständnis. Wahrscheinlich hat sie gegen irgendeine dieser bürokratischen Vorschriften verstoßen. Davon gibt es heutzutage so viele. Vielleicht ist sie als Touristin hier eingereist, während sie in Wirklichkeit arbeiten oder seßhaft werden will — vielleicht hätte sie sich als Einwanderin bezeichnen müssen, wenn sie hier heiraten will —, ich weiß es nicht. Ich habe keine Ahnung, was die Einwanderungsvorschriften verlangen. Aber was sie auch getan haben mag, ich schwöre, es ist nichts Böses — nichts, was sie für unrecht hielt.«
Thea saß hinter dem Lenkrad und hatte den Zündschlüssel bereits umgedreht; doch ehe sie den Fuß auf den Starter drückte, sah sie ihn mit großen ängstlichen Augen an.
»Hoffentlich nicht, Andrew. Aber die Schwierigkeit ist ja, daß Sie sie nicht kennen. Sie kennen Alice Lang doch überhaupt nicht.«
Das Rattern des Starters übertönte seine Erwiderung, und als Maxim, ihr dunkler, unaufdringlicher Begleiter, auf den Rücksitz kletterte, kuppelte sie den Gang ein und fuhr ab. Sie hat recht, dachte Andrew. In einer Weise hat sie recht. Ich kenne Alice Lang wirklich nicht — nicht so wie Thea. Ich weiß, was Thea sagen und tun wird, und kenne die törichten und guten Dinge, deren sie fähig ist. Aber Alice? Gibt es bei ihr eine dunkle Seite, die

ich nie vermutet hätte? Sind hinter diesen reizenden Augen Geheimnisse verborgen? Plötzlich nahm das Gesicht, das er geliebt und studiert und so tapfer und opferbereit gefunden hatte, etwas Rätselhaftes an. Er verspürte einen fast unüberwindlichen Impuls, ins Haus zurückzugehen und sich diese Fotografie noch einmal anzusehen, ob er dort irgendeine Schwäche — oder gar Stärke — entdecken könnte, die ihm bisher irgendwie entgangen war. Doch van Wyk hatte andere Absichten. Er stand dicht neben Andrew.

»Ich habe Inspektor Banks in Duiker's Drift angerufen. Man will heute nacht ein Auge auf die Straße nach Johannesburg haben. Der Sergeant — Neethling — scheint bereits in Kamp Eins zu sein. Er ist gestern hingefahren, um den Wildhüter March, der in der Nacht des Verbrechens bei Amos war, zu verhören.«

»Gut. Ich hatte das Gefühl, daß mein Bruder dem Heger Nelmapius heute abend im Funksprechverkehr einen Wink gab. Leider war der Empfang außerordentlich schlecht . . .«

»Sehr schlecht. Ich habe zugehört.«

»Natürlich. Sie mußten sich ja über Miß Langs Verbleib vergewissern.«

»Richtig, Mr. Miller.« Er ging zu seinem Fahrzeug hinüber. »Wollen Sie vorfahren? Oder soll ich es tun?«

»Ich möchte voranfahren.« Andrew sprach barsch. »Ich kenne jeden Meter dieses Gebiets. Wenn ich irgendwo halte, tun Sie das gleiche. Ich habe meinen Wildhütern gesagt, wenn von unserer Seite geschossen werden muß, nur auf die Reifen.«

»Es sei denn, die Gauner schießen auf uns.«

»In dem Fall werde ich natürlich andere Befehle geben.«

Mistlaune, dachte van Wyk. Ich möchte wissen, ob er ahnt, worum es geht — *ob er es weiß?* Er ist ein Heimlicher wie all diese verdammten Gelehrten. Es würde mich gar nicht wundern, wenn er heute nacht versuchte, mich loszuwerden und zum Kamp Zwei zu fahren, um sie zu warnen. Aber das lasse ich nicht zu. Er soll mir nicht entwischen. Ich will diese junge Frau überraschen. Das ist die beste Art, herauszukriegen, ob sie schuldig ist oder nicht.

Man muß zur Stelle sein, wenn sie's am wenigsten erwarten, und ihnen alles auf den Kopf zusagen; dann verraten sie sich und fangen an zu schwitzen. Ihre Gesichter können sie beherrschen, aber nicht ihren Schweiß.

»Sie haben vor, der Route zu folgen, die wir heute morgen besprachen?« fragte er.

»Ja.«

»Es besteht aber die Möglichkeit, daß der Zeekoei-Fluß überschwemmt ist. Das Gewitter ist im Gebirge vor etwa einer Stunde losgebrochen.«

»Diese Gefahr müssen wir auf uns nehmen.«

»Sehr gut, Mr. Miller. Dann wollen wir keine Zeit verlieren.«

Später, dachte Andrew, später in der Nacht muß ich ihn abschütteln. Ich muß nach Kamp Zwei kommen. Ich *muß* Alice sprechen, ehe er dort ist. Es ist lebenswichtig, daß ich sie zuerst spreche. Was haben sie nur gegen sie? Was kann man denn überhaupt gegen Alice Lang haben?

Die Jagd

Das Fahren ohne Scheinwerfer war nicht leicht. Andrew verdrängte die Sorge um Alice in die Tiefen seines Unterbewußtseins. Er erkannte, daß die unmittelbar vor ihm liegende Aufgabe seine ganze Wachsamkeit forderte.

Das milchige Licht des Vollmondes wurde dauernd von den sich zusammenballenden Wolken verdunkelt, im Schwarzen Mambagebirge grollte der Donner, und der böige Wind, der nach Regen roch, drohte zum Sturm zu werden.

Als Andrew die Straße verließ und in die Savanne einbog, die sich zur Ostgrenze von Velaba hinzog, mußte van Wyk dicht hinter ihm bleiben.

Hier könnte er mir entschlüpfen, dachte der Sergeant, und für mich wäre es verdammt schwer, den Weg nach Kamp Zwei ohne

Spur und Wegweiser zu finden. Doch der Hegemeister hatte nicht die Absicht, dem Sergeanten zu entschlüpfen — noch nicht —, denn er hatte schon eine Reihe von Zeichen bemerkt, die ihn in seiner Überzeugung bestärkten, daß die Biltongbanditen wieder hier gehaust hatten. Wildrudel, die friedlich grasten, flohen beim Anblick und Geräusch der Jeeps in wilder Panik, Rudel, die normalerweise das 'Motortier' als harmlos betrachteten. Er war auf der richtigen Spur — es mußte so sein! Die Erregung begann seinen Ärger auf van Wyk zu mindern, und er war aufrichtig froh über die Unterstützung durch den stämmigen Polizisten und die beiden eingeborenen Schutzleute. Die Sorge um das Wildreservat mit seinen Bewohnern hatte tatsächlich wieder die Oberhand in ihm gewonnen, und seine Gedanken wurden durch nichts anderes mehr abgelenkt. Unheil war auf dem Wege, seine Geschöpfe wurden bedroht, und seine ganze geistige und körperliche Energie war auf ihre Verteidigung gerichtet.

Andrew lenkte den Jeep einen gewundenen natürlichen Abhang hinunter in einen sandigen Lauf, der einst ein Flußbett gebildet hatte; der Fluß selbst hatte seinen Lauf vor langer Zeit geändert. Plötzlich bremste er in der Dunkelheit, und van Wyks schwerer Wagen wäre fast auf den Jeep aufgefahren. Eine Elefantenherde stand ihnen gegenüber, grau, gespensterhaft und vorweltlich. Der Mond schwamm hinter einer Wolkenbank, und bei seinem Licht schätzte Andrew, daß mindestens hundert Tiere aller Größen und jeden Alters ihnen den Weg versperrten. Rüssel wanden sich schlangenhaft im silbrigen Licht, ungeheure Ohren schwangen hin und her, und hier und da blies eines der Ungeheuer sich Sand über Kopf und Rücken oder äste das junge Laub der Bäume, die in dem Flußbett wuchsen. Offensichtlich durchquerte die Herde den Lauf, um zu den höhergelegenen Gründen zu gelangen, und die beiden Fahrzeuge standen dem leichtesten Aufstieg genau im Wege.

Andrew sah im Geist schon die zertretenen Überreste vor sich, wenn die Herde über sie hinwegschreiten würde — nicht aus Bosheit, sondern mit der gelassenen Ruhe einer Rinderherde, die eine

Dorfstraße überquert, ohne sich um den entgegenkommenden Verkehr zu kümmern. Nichts würde sie zum Ausweichen bringen. Es gab nur eine Möglichkeit, und es mußte rasch und geräuschlos gehandelt werden, um die großen Tiere nicht zu beunruhigen. Andrew winkte van Wyk, er solle ihm folgen. Er hörte, wie der junge James hinten im Jeep sein Gewehr durchlud und wie Saul ihm etwas zuflüsterte. Der alte Mann würde den Burschen schon in Schach halten.

Sehr langsam wendete er den Wagen im rechten Winkel zu der Herde in das alte Flußbett, doch als er weiterfuhr, hörte er, daß die Räder des schweren Wagens hinter ihm hilflos im losen Sand mahlten. Van Wyk machte Lärm, ohne voranzukommen, und Andrew stellte seinen Motor ab und winkte dem Sergeanten, das gleiche zu tun. Van Wyk hatte einige Erfahrungen mit Elefanten und einen tiefen Respekt vor ihnen. Als er sah, daß die Herde weiterschritt, verließ er mit seinen beiden Bantunegern das festgefahrene Auto, und sie rannten überstürzt auf eine Baumgruppe zu, die im Flußbett stand; wenige Augenblicke später saßen sie in den Ästen. Andrew war durchaus darauf gefaßt, den schweren Wagen wie einen Käfer zertreten zu sehen, doch die Elefanten kümmerten sich nicht um ihn. Sie setzten ihren Weg fort und stapften den sanften Hang vom Flußbett zum Veld hinan, wobei sich die Jungen dicht an der Seite ihrer Mütter hielten. Die Nacht schien mit den gedämpften Lauten ihres gewichtigen Marsches und dem hohlen Rumpeln in ihren Eingeweiden erfüllt zu sein, während sie wenige Schritte von dem Polizeifahrzeug entfernt vorüberzogen.

Als die letzte der ungeheuren Gestalten verschwunden war, stiegen der Sergeant und seine Männer ein wenig blöde von ihrem Zufluchtsplatz herunter.

»Um ein Haar«, sagte Andrew. »Sie waren so nahe, daß sie Sie aus dem offenen Wagen hätten heben können, ohne auch nur die Rüssel weit auszustrecken!«

»Ja, Mann, und ich will gern zugeben, daß es mir einen schönen *Schrik* versetzt hat!«

»Ganz behaglich habe ich mich auch nicht gefühlt. Aber nun schaun Sie einmal, diese Herde war — zu unserem Glück — durch nichts erregt oder beunruhigt, und man sieht, woher sie kamen: aus dem Innern des Reservats. Wir schlagen also die andere Richtung ein, die Grenze entlang. Aber erst müssen wir einmal versuchen, aus diesem Sand herauszukommen.«

Als sie eine Stunde später den Zeekoei-Fluß erreichten, war der schmale Straßendamm, der ihn durchquerte, bereits von rasch strömendem Wasser überschwemmt; dennoch konnten sie den Fluß ohne Schwierigkeiten passieren. In diesem Gebiet zwischen dem Zeekoei und dem Hlaru befand sich während der trockenen Jahreszeit immer besonders viel Wild, und Andrew hatte das Gefühl, daß sie hier, wenn überhaupt irgendwo, am ehesten auf die Banditen stoßen würden.

Plötzlich berührte ihn der alte Saul an der Schulter: »Dort . . . Nkosi!«

Sie hatten das dichtbewaldete Flußufer hinter sich und fuhren ins offene Dornveld hinaus. Andrew stellte den Jeep in den Schatten eines Baumes, und der Polizeiwagen setzte sich neben ihn. Die Männer blieben in den Wagen und betrachteten das Bild, das sich ihnen bot.

Van Wyk schüttelte den Kopf: »Mein Gott, Mann, das sieht aus wie ein blutiges Schlachtfeld!«

Der Mond schien auf die gerade zerlegten Überreste von Wildebeesten. Das Gras war mit Blut beschmiert, und die Luft stank nach Aas. Hyänen und Schakale, die nächtlichen Straßenreiniger, rissen dämonisch an den Überbleibseln der dezimierten Herde.

Andrew griff nach seiner Pistole und stieg aus. »Bleibt im Wagen!« sagte er zu den andern. »Vielleicht sind verwundete Tiere in der Nähe.«

Doch Saul folgte ihm, das geladene Gewehr in der Hand. Andrew bückte sich und hob ein paar leere Patronenhülsen auf. Einige davon gab er van Wyk. »Sie benutzen Maschinengewehre.«

Der Sergeant hielt die kleinen Messingzylinder in der riesigen Hand.

»Ja, das war auch früher ihre Methode. Das müssen dieselben verdammten Gauner sein.«
Der sechste Sinn des Mannes aus der Wildnis ließ Andrew herumfahren. Er sah gerade noch, wie Saul das Gewehr hob, um den Angriff eines verwundeten Wildebeests aufzuhalten, doch der junge James kam ihm zuvor und feuerte vom Jeep aus. Der Schuß ging zu hoch, aber Saul traf besser, und die Kugel ins Gehirn zwang das Wildebeest fast vor Andrews Füßen in die Knie.
Grimmig untersuchte der Hegemeister das tote Tier. Die wilden Feuergarben der Banditen hatten dem Wildebeest sinnlose und grausame Verletzungen beigebracht, ehe Sauls Schuß es von seinen Qualen befreite.
»Sie werden unsere Schüsse nicht gehört haben«, sagte van Wyk. »Sie müssen ein ganzes Stück vor uns sein, und der Wind steht auf uns zu.«
Das Gras war nicht hoch, und die Spuren schwerer Reifen waren deutlich sichtbar.
»Wir wollen weiter. Aber erst das Verdeck hoch. Es kann jede Minute anfangen zu regnen.«
Während Andrew noch sprach, trug der Wind ihnen das Knattern eines Maschinengewehrs zu. »Das ist nicht weit«, sagte er. »Nur ein paar Kilometer. Es kommt aus der Richtung, wo der Busch dichter wird. Wahrscheinlich knallen sie ein Rudel Impalas ab. Wenn wir auch nur ein bißchen Glück haben, ertappen wir die verdammten Mörder mit blutigen Händen, während sie die Beute zerlegen!«
»Wir müssen uns nach den Reifenspuren richten«, sagte van Wyk. »Aber wenn wir die Scheinwerfer einschalten, erkennen sie uns, lange bevor sie uns hören.«
Andrew nickte. »Wir müssen ohne Licht auskommen.«
Er übernahm wieder die Führung, doch das Fahren war schwieriger geworden. Der Mond schwamm zwischen den sich zusammenballenden Gewitterwolken, und der Regenwind blies immer heftiger. Das Maschinengewehrfeuer hatte aufgehört, und Andrew wurde klar, daß das Geräusch ihrer Motoren die Banditen

warnen müsse. Er begrüßte das dauernde Rollen des Donners und das immer häufigere Aufzucken der Blitze. Doch auch ohne den Mond und die Blitze, die das zerdrückte Gras beleuchteten, hätte er sagen können, wohin die Reifenspuren sie führen würden. Er sah die scheuen Antilopen schon vor sich, von gefühllosen Feuerstößen hingemäht, die schlanken Springbeine gebrochen, Lämmer und Muttertiere zerlegt und nur noch für Biltong zu verwenden. Kein Löwe oder Leopard konnte eine so widerliche Verwüstung und Zerstörung anrichten. Der Löwe schlug seine Beute, weil er Nahrung brauchte, doch diese Gangster mordeten massenweise und ließen die verwundeten Tiere hilflos im Busch sterben.

Seine Wut verwandelte sich zum eisigen Wunsch nach Rache. Er haßte diese Mörder mit einem kalten, bitteren Haß, ohne eine Spur jenes menschlichen Verständnisses, das er für den eingeborenen Wilderer aufbrachte. Der Eingeborene stellte Fallen, weil er Nahrung oder Teile des Tieres für seinen Zauber brauchte, und wenn er dabei auch grausam vorging, dann war ihm diese Grausamkeit doch kaum bewußt. Aber die weißen Gangster nutzten den Fleischhunger der Bantus und die Gier oder Not gewisser Häuptlinge aus, um die Bevölkerung des Reservats auszubeuten und zu korrumpieren und sie auf neue schlechte Wege zu führen. Eine solche Art der Jagd war ein Massaker. Dieses verdammte Brummen der Motoren! Jeden Augenblick konnten sie den Bakkie-Wagen der Banditen erreichen. Wenn es nur eine Möglichkeit gäbe, sie geräuschlos zu ertappen!

James sah ihn zuerst — den Lastwagen im Baumschatten am Rand einer Lichtung, etwa hundert Meter vor ihnen . . .

Doch der Blitzstrahl, der Andrew und seinen Begleitern den kleinen Lastwagen sichtbar machte, beleuchtete auch den Jeep und das Polizeifahrzeug. Sofort gab der Eingeborene auf dem Lastwagen Alarm, und im Nu hatten die Männer hingeworfen, was sie in der Hand hielten, und sprangen in das Bakkie. Der Fahrer schaltete die Scheinwerfer ein und fuhr mit höchster Geschwindigkeit davon.

In der Dunkelheit und auf diese Entfernung war es unmöglich, zu erkennen, wie viele von den vier Männern Weiße waren, und Andrew wurde klar, daß die Gefahr in dieser Anonymität lag. Sie würden nicht zögern zu schießen, wenn sie dadurch die Möglichkeit erhielten, unerkannt zu entkommen. Er schaltete die Scheinwerfer ein und sah, daß van Wyk das gleiche tat. Die Wolken hatten den Mond nun ganz verdeckt, und während sie über das unebene Gelände fuhren, riß ein Blitzstrahl den bezogenen Himmel auf, der sich mit einem gewaltigen Donnerschlag öffnete: wie ein Vorhang, der jede Sicht nahm, schüttete der Himmel den Regen herunter.

Das Veld bot manches Hindernis für Verfolger wie für Verfolgte — Baumstümpfe, Termitenhügel, gestürzte Baumstämme, Dornäste, von Elefanten herabgerissen, und einmal türmte sich die phantastische Gestalt einer Giraffe vor ihnen in der pechschwarzen Nacht auf. Aber nun brauchten sie wenigstens nicht mehr vorsichtig zu sein. Jetzt kam es nur noch auf Schnelligkeit an. Saul hielt Andrews Pistole in der Hand, und wenn es ihnen gelang, nahe genug zu kommen, würde er nach den Reifen des Lastwagens schießen. Die beiden Männer hinten auf der Ladefläche würden es, von den Scheinwerfern des Jeeps geblendet, nicht leicht haben, genau zu zielen.

Wenn der Damm durch den Hlaru-Fluß überschwemmt ist, haben wir sie! dachte Andrew. Die Möglichkeit bestand. Der Zeekoei hatte schon vor einer Stunde durch die Gebirgsgewitter Hochwasser geführt, und der Hlaru hatte seine Quelle im selben Gebiet, aber es war ein schnellerer und größerer Fluß, und dazu kam, daß nun auch der Regen in der Ebene ihn ansteigen ließ. Es gab nur einen einzigen Übergang, wenn die Banditen aus dem Velabagebiet hinaus und auf die Straße zum Witwatersrand wollten; wenn sie dort aufgehalten wurden, waren sie in die Enge getrieben. Er überlegte, daß sie in diesem Fall wohl tollkühn genug sein würden, ein Feuergefecht zu beginnen, denn auch er war rasend vor Wut.

Van Wyk hielt sich dicht hinter dem Jeep und folgte der verschwimmenden Form und den Scheinwerferlichtern durch den herabstürzenden Regen. Er mußte zugeben, daß der Hegemeister schnell und gut zu fahren verstand und den Weg durch dieses pechschwarze Dornveld wie im Schlaf zu kennen schien. Es war nur gut, daß die Kollegen in Duiker's Drift ein Auge auf die Straße nach Johannesburg im Süden hatten, für den Fall, daß es den verdammten Bastards gelang, sich davonzumachen. Zum Teufel! Der Hegemeister sauste den Uferhang hinunter wie ein verdammter Kaffernbüffel! Und dort, vor ihm, war das Bakkie bereits auf dem Flußdamm, schwankte und rutschte im Hochwasser; aber die Hälfte hatte es schon gut hinter sich. Van Wyk hielt seinen Wagen an. Er hatte Frau und Kind, und außerdem war er Polizist; deshalb sah er nicht den mindesten Grund, hier Selbstmord zu verüben.

Aber diesen Mr. Milller schien heute nacht der Teufel zu reiten! Wie die wilde Jagd war der Jeep hinter dem Laster her, tauchte bis über die Achsen in den Strom. Nicht die mindeste Aussicht, daß er es schafft, dachte van Wyk, nicht mehr als ein Schneeball in der Hölle!

Andrew war gar nicht der Gedanke gekommen, zu zögern oder den Rückwärtsgang einzuschalten, als das rasende Flutwasser das Vorwärtskommen des Jeeps hinderte. Er würde den Wagen schon halten, irgendwie mußte es gelingen, jetzt wollte er nicht mehr aufgeben. Der Lastwagen hatte das jenseitige Ufer erreicht, war aus dem Fluß heraus, schwankte und rutschte im Schlamm. Ohne Ketten würde das Bakkie nie dort drüben hinaufkommen.

»Schieß auf die Reifen!« rief er Saul zu, der neben ihm saß. Im grellen Licht eines zuckenden Blitzes zielte der Wildhüter auf die Räder des Lasters. Im selben Augenblick schalteten die beiden Männer auf der Ladefläche einen blendenden, auf den schon fast am Ende des Dammes befindlichen Jeep gerichteten Scheinwerfer ein.

»Schießt auf die Besatzung!« schrie der Lastwagenfahrer.

Andrew hörte die sechs Schüsse Sauls und sah den Wagen vor sich schlingern und rutschen.

»Gut!« sagte er. Aber er dachte: Es ist nicht gut, ich kann den Jeep

nicht halten, die Strömung ist zu heftig. Wenn es mir doch nur noch ein paar Meter gelänge . . .
Die raschen peitschenden Schüsse der Schnellfeuergewehre hämmerten über das Brausen des Wassers, und Andrew spürte einen reißenden Schmerz durch Brust und Schulter. Während der Hegemeister über dem Lenkrad zusammensank, sah van Wyk im grellen Schein eines Blitzbündels, wie eine Flutwelle erneut auf den Jeep zurauschte und ihn von dem überschwemmten Damm hinab ins tiefe Wasser riß. Gleichzeitig mit ihm wurde der dick angeschwollene Körper eines kleinen Bockes über den Damm gespült.
Der Sergeant fluchte laut, während er seine Pistole in Richtung Lastwagen leerfeuerte.
»Verdammte Mörder! Euch werde ich kriegen! Und hoffentlich müßt ihr dafür baumeln!«

Die Beute

Als die drei Kamps von Velaba einige Stunden früher an diesem Abend im Funkverkehr miteinander standen, war zufällig Sergeant Neethling vom Polizeiposten Duiker's Drift bei Heger Nelmapius in Kamp Eins. Er war dorthin geschickt worden, um die Untersuchung über die Verletzungen des Wildhüters Amos fortzusetzen, und hatte gleichzeitig den Befehl erhalten, vor Mitternacht an einer bestimmten Straßenkreuzung zu sein. Falls Bakkie-Banditen im Wildreservat an der Arbeit sein sollten, würden sie ziemlich sicher an dieser Stelle die Hauptstraße nach Johannesburg erreichen.
Neethling hatte gerade ein merkwürdiges Verhör durchgeführt, in dem March gestand, daß er auf Befehl des Alten Häuptlings im Bunde mit den eingeborenen Wilderern stehe, die vom Dorf des Häuptlings aus häufig nach Velaba eindrangen.
»Und nun, Baas«, hatte March hoffnungsvoll hinzugesetzt, »wirst

du mich mit nach Duiker's Drift nehmen und mich im *Tronk* einsperren.«

»Ich werde dich in den Kraal des Alten Häuptlings mitnehmen«, hatte Neethling eisig erwidert und sich an Marchs Entsetzen geweidet. Neethling war ein dürrer, grauhaariger Bursche, den die Bantus 'Die Axt' nannten. Sein Gesicht war ebenso schmal und scharf wie ein Haumesser und seine Augen ebenso stählern. Es war seine Stärke und zugleich seine Schwäche, daß er in seinem Herzen nie auch nur das geringste Mitleid für einen Übeltäter aufbrachte.

»Nun?« fragte er, als Jan Nelmapius das Funksprechgerät ausschaltete. »Steckt etwas hinter Rustys Bemerkungen?«

»Ja, ich glaube, da tut sich was im Kraal des Alten Häuptlings. Waffenschmuggel, vermute ich. Und er gab mir einen Wink, daß Boryslawskis Farm einen Besuch lohne.«

»Dann wollen wir aufbrechen. Der Regen zieht herauf, und uns bleibt wenig Zeit für unser Vorhaben.«

»Was haben wir denn vor?«

»Wir wollen den Leuten im Dorf des Häuptlings eine Nuß zu knacken geben. Und dann möchte ich ein paar Worte mit dem Mädel von Amos sprechen — wie hieß es doch?«

»Meinen Sie seine Frau? Sie heißt Oase. Sie wird im Kraal von Ndlovukasi sein, wie March sagt.«

»March hat eine ganze Menge gesagt — auf die verschiedenste Weise. In jedem Fall kommt er mit. Er kann mit mir und einem der Polizisten in meinem geschlossenen Wagen fahren, und Sie können den andern Polizisten und noch zwei Wildhüter mitnehmen. Wie wäre es mit dem Burschen, der Amos gefunden hat, diesem Job?«

»Ja, ich nehme Job und Esau mit.«

»Sorgen Sie dafür, daß Sie Waffen haben. Wir könnten heute nacht in Schwierigkeiten geraten. Und Ketten für Ihren Jeep, falls es Regen gibt.«

Sergeant Neethling hatte mit seinem geschlossenen Polizeiwagen ein tüchtiges Tempo vorgelegt, ohne sich um die Geschwindigkeitsbeschränkung in Velaba zu kümmern, und in kaum mehr als einer Stunde hatten sie bereits den Unteren Fulene-Fluß überquert und fuhren durch das Gebiet des Alten Häuptlings. Die Asche der letzten Kochstellen glühte noch, als sie sich dem Eingeborenendorf näherten, und der Geruch von brennendem Kuhdung und Gras mischte sich angenehm in den kühlen Duft des nahen Regens. Sie parkten ihre Fahrzeuge vor dem Dorf, ließen Esau dort zurück und setzten ihren Weg zu Fuß fort. March trug Spaten und eine Picke und ging vor einem der Polizisten, dessen Assagai ihn gelegentlich im Kreuz kitzelte.

Im Dorf war offensichtlich irgendein Fest im Gange, denn als sie sich dem Kraal des Häuptlings näherten, hörten sie das Stampfen tanzender Füße und das Hämmern der Trommeln.

»Sie bitten um Regen«, sagte Nelmapius. »Die Elefantenkuh wird jetzt die Sprüche über ihrer Regenmedizin murmeln.«

Außerhalb der Umzäunung sprach Neethling mit March.

»Jetzt wirst du Bastard uns genau zeigen, wo die geschmuggelten Gewehre versteckt sind. Tust du das nicht, gibt es kein sicheres Gefängnis für dich. Dann lassen wir dich hier, damit deine Freunde mit dir verfahren wie mit Amos.«

Der Assagai des Bantuschutzmanns traf ihn an einer besonders empfindlichen Stelle. »Zeig den Weg, du Sohn einer Hyäne!«

Sehr rasch wählte March zwischen der Sicherheit des Gefängnisses und den Drohungen Neethlings; innerhalb und außerhalb des Reservats würde man nun erfahren, daß man verraten worden war.

»Die Gewehre sind in der Hütte der Hure versteckt«, murmelte er.

»Führ uns dorthin«, sagte Neethling. »Und kein Palaver. Wir haben es eilig.«

Die Trommeln schwiegen, und die Tänzer erstarrten, als die kleine Gruppe, Neethling und March an der Spitze, durch die erstaunten Festteilnehmer zur Hütte des finsteren, hübschen Mädchens schritten, mit der Rusty kaum zwölf Stunden früher gesprochen hatte. Die Hütte war leer, und zwei Polizisten blieben als Wache draußen, während Job den Lehmboden ausgrub und

eine sargförmige Kiste hervorholte, die mehrere leichte Gewehre enthielt.
In diesem Augenblick brach das Gewitter mit Blitz, Donner und einem Wolkenbruch los. Alle Tänzer suchten in den Gebäuden Schutz bis auf einige, die sich unheilvoll schweigend um die Hütte des Mädchens gesammelt hatten.
Neethling stellte weder Fragen noch ermunterte er zu Erklärungen. Er befahl seinen Schutzleuten, die Gewehrkisten aufzuladen und die Verhaftungen vorzunehmen. Noch bevor sie die Situation voll und ganz erkannt erkannt hatten, wurden der Alte Häuptling, der Ratgeber, der Zauberdoktor und das Mädchen bereits aus dem Dorf geführt und in dem Polizeiwagen eingeschlossen. Neethling hatte einen Augenblick gezögert, ob er auch die Elefantenkuh mit zu den übrigen sperren sollte, doch der Regen war gekommen und ihr Ansehen deshalb entsprechend groß. Da hatte er es sich anders überlegt.
»Nun fahren wir zu Ndlovukasis Kraal und reden ein Wort mit Oase«, sagte Neethling. »Wir müssen es jedoch kurz machen, wenn wir noch vor Mitternacht die Straßenkreuzung erreichen wollen.«
Ndlovukasis Kraal war, als sie eine halbe Stunde später dort ankamen, in den herabstürzenden Regenböen kaum zu sehen. Während Neethling und Nelmapius zu der Beschwörerin der Löwen und ihrer Nichte Oase gehen wollten, waren die Polizisten und die Wildhüter eifrig damit beschäftigt, Ketten um die Räder der Fahrzeuge zu legen, denn schon waren die Feldwege zu Sümpfen geworden. Nur March wurde befohlen, an Neethlings Seite zu bleiben.
Die Wut des Gewitters hatte alle Bewohner des Kraals geweckt, denn bisweilen schien es, als sollten die Grashütten von dieser Sintflut weggespült oder von den Blitzen angezündet werden.
Ndlovukasi empfing die unerwarteten Gäste in ihrer Zeremonienhütte. Sie sah wilder aus denn je mit dem zerzausten Haar, ihrem Truthahnhals und den welk herabhängenden Brüsten. Die Kette aus Raubtierzähnen schimmerte auf der schwarzen Haut,

und der Pythonhautgürtel hielt den kurzen Affenfellschurz kaum noch an seinem Platz. Den Wildebeestschwanz schwenkte sie in der Hand, als wäre er ein Zauberstab. Oase stand ernst neben ihrer Tante. Sie war konventioneller in einen Baumwollsari und eine Bluse gekleidet, während Shinhenani schläfrig in seiner Schlinge auf ihrer Hüfte ruhte. Ein halbnacktes Gefolge und einige völlig nackte Kinder hockten rund um die Beschwörerin der Löwen.
Sergeant Neethling zeigte auf March. »Kennst du diesen Mann?« fragte er Oase in der Bantusprache.
»Ja, Nkosi. Er lebte im Außenposten meines Mannes.«
»War er der Freund deines Mannes?«
»Mein Mann hat es geglaubt.«
»Du auch?«
»Ich wußte, daß er der Feind meines Mannes war.«
»Woher wußtest du das?«
Sie antwortete nicht. Statt ihrer sprach Ndlovukasis schrille Stimme:
»Mit heißen Augen blickte er auf meine Nichte. Sie fürchtete, wenn sie es ihrem Mann sagte, würde er diesen Burschen töten.«
»Ich verstehe.« Neethling wandte sich an Nelmapius. »Wollen Sie sie noch etwas fragen?«
Nelmapius redete Oase freundlich an: »Wenn du irgend etwas brauchst, mußt du es mir sagen, Oase.« Er redete ihre Sprache nur langsam und stockend.
Ihre glänzenden ovalen Augen richteten sich voller Haß auf March, während sie Nelmapius antwortete:
»Ich brauche zwei Pfund, Nkosi. Ich schulde meiner Tante, der Beschwörerin der Löwen, fünf Pfund. Drei habe ich ihr bereits gegeben, aber ich brauche noch zwei.«
Laut trommelte der Regen auf das Grasdach, während die junge Frau die schlanken, dunklen Hände ausstreckte, um die zwei Pfundnoten entgegenzunehmen, die Nelmapius in die rosigen Handflächen legte. Obwohl die Luft kalt war, standen Schweißperlen auf Marchs Stirn, und sein Gesicht war grau. Oase warf sich achtungsvoll auf die Knie und legte die Geldscheine in Reich-

weite der nackten Greifzehen ihrer Tante. Sofort setzte Ndlovukasi den Fuß darauf. Dann machte sie seltsame Bewegungen in der Luft, ehe sie die Scheine mit einer raschen, affenartigen Bewegung aufnahm und in einem der vielen an ihrem Pythonhautgurt befestigten Beutel barg. Während sie das tat, verdrehte sie die Augen und stieß einen unheimlich unmenschlichen Schrei aus.
»Ich sehe ihn! Ich sehe ihn!«
Als die Worte ihre Lippen verließen, erschütterte ein brüllender Donner die Hütte, und ein Blitzstrahl beleuchtete ihre Halskette aus Löwenzähnen und das schweißnasse Gesicht von March, der schauderte, als hätte er Fieber.
»Wir wollen gehen«, sagte Neethling. Er drehte sich auf dem Absatz um und verließ die Hütte, ohne die alte Frau und ihre Nichte noch einmal anzusehen.
»Es gibt ein Gesetz gegen das Ausüben von Zauberei«, sagte er zu Nelmapius, als sie zu den Fahrzeugen eilten. »Aber ich habe das Gefühl, als ob die alte Hexe es direkt unter unseren Augen gebrochen hätte.«
»Mir hat es auch nicht gefallen«, sagte Nelmapius. »Oase bezahlte das Geld für irgendeine Art von Fluch.«
»Die Zauberei wird man diesen Leuten nicht abgewöhnen«, entgegnete Neethling. »Sie ist das Mark ihrer Knochen. Aber nun hören Sie mal zu, Mann, Sie fahren einfach bis zur Kreuzung hinter mir her. Wenn heute nacht Bakkie-Banditen unterwegs sind, müssen sie dort auf die Straße nach Johannesburg kommen.«
»Der Hlaru wird inzwischen überschwemmt sein«, sagte der Heger. »Vielleicht werden sie dadurch nördlich des Flusses aufgehalten.«
»In diesem Fall stecken sie zwischen dem Teufel und dem tiefen grünen Fluß.« Der Sergeant grinste. »Der Teufel wäre dann van Wyk, der heute nacht mit Ihrem Chef auf Patrouille ist.«
Nelmapius stieg in den Jeep und folgte dem Polizeiwagen durch den niederprasselnden Regen zur Kreuzung einige Meilen südwärts. Sie fuhren den Jeep und den geschlossenen Wagen in den Schutz einer Weidengruppe, deren tief herabhängende Zweige sie

vom Weg aus unsichtbar machten. Dann richteten sie sich auf ein Warten ein, das sich durchaus als nutzlos herausstellen konnte. Doch kaum eine Stunde später hörten sie das muntere Brummen eines Lastwagenmotors, und Neethling winkte dem Heger, seinen Platz am Lenkrad wieder einzunehmen, um ihm zu folgen. Als das Bakkie aus dem Dunkel auftauchte, erwartete Nelmapius, daß es sich westwärts hielte, um die Straße nach Johannesburg zu erreichen, doch zu seiner Überraschung fuhr es in südlicher Richtung weiter, auf Boryslawskis Farm zu. In der Dunkelheit und bei dem strömenden Regen war es unmöglich, die Männer in der Fahrerkabine zu erkennen, aber Nelmapius glaubte zwei undeutliche Gestalten unter der Segeltuchplane zu sehen, welche die Ladefläche bedeckte.
Neethling verließ seinen Standort unter den Weiden erst, als der Lastwagen fast außer Sichtweite war. Dann folgte er ihm langsam und vorsichtig, ohne die Scheinwerfer einzuschalten. Erst als seine Beute vom Hauptweg in die Allee aus Blaugummibäumen vor Boryslawskis Farm eingebogen war, ließ er sie aufleuchten, beschleunigte die Geschwindigkeit und ließ die Polizeisirene heulen. Falls die Leute vor ihm unschuldig waren, würden sie sich nicht darum kümmern, waren sie schuldig, würden sie wahrscheinlich das Weite suchen. Aber so schnell konnten sie nicht fortkommen, denn das grelle Licht der Scheinwerfer zeigte, daß das Bakkie auf drei Reifen und einem leeren Schlauch lief. Der Polizist neben Neethling leerte seine Pistole in den andern Hinterreifen, und der Lastwagen rutschte und kam zwischen einigen Wirtschaftsgebäuden und einem großen Schuppen zum Stehen. In einem unbenutzten Stall brannte eine Laterne. In der offenen Tür erschien die hagere Gestalt eines Mannes. In diesem Augenblick richtete einer der durchnäßten Gestalten hinten auf dem Laster das Maschinengewehr auf den Polizeiwagen und schoß die Scheinwerfer entzwei, doch ehe der Schütze weiteren Schaden anrichten konnte, war der Mann aus dem Stall auf den Lastwagen gesprungen und schlug mit einem Schambock um sich. Das Maschinengewehr knatterte noch einmal und schwieg dann.

Wenige Augenblicke später hatten der Sergeant, seine Männer, Nelmapius und die Wildhüter die Leute von dem Bakkie in den Stall getrieben und ihnen die Waffen abgenommen.

»Was zum Teufel ist denn hier los?« schnarrte Boryslawski und schlug mit dem Schambock aus Rhinozeroshaut gegen seinen Schuh. Im grellen Licht der Scheinwerfer vom Jeep hatte sein Gesicht nichts von der üblichen Arroganz verloren, als er Neethling wütend entgegentrat.

»Das habe ich Sie zu fragen«, sagte der Sergeant grimmig. »Habe ich recht mit der Vermutung, daß dieser Mann Ihr Partner Marcus Gottlieb ist?«

»Sie haben recht. Aber zum Teufel, was er hier um diese nächtliche Stunde zu schaffen hat, weiß ich nicht, und es ist mir auch egal.«

»Damit werden wir uns später beschäftigen.« Neethling wandte sich Nelmapius zu: »Sie durchsuchen mit einem Ihrer Wildhüter den Lastwagen. Seine Fracht könnte für die Leitung des Wildschutzgebietes ganz interessant sein.«

Als der junge Heger mit Job, der eine Taschenlampe hatte, zum Bakkie ging, warf Boryslawski seinem Partner einen verächtlichen Blick zu. Gottliebs blasses Engelsgesicht war verängstigt, und die plumpen Hände zitterten in den Taschen seines blauen Monteuranzugs. Boryslawski fragte sich, warum zum Teufel Gottlieb ihm das auf den Hals geladen hatte. Was mochte die Polizei wissen? Wer hatte da geplaudert? Wußte Neethling nur von diesem einen Überfall? Oder hatte er Wind davon bekommen, daß der Alte Häuptling ständig mit geschmuggelten Waffen beliefert wurde? Den Eingeborenen Waffen zu besorgen, konnte eine Gefängnisstrafe einbringen. Zu dumm, daß er sich nicht eher von dieser Bande getrennt hatte. Bisher war es ein einträgliches Geschäft gewesen — Gewehre in die Eingeborenensiedlungen und Fleisch aus Velaba zum Witwatersrand zu schmuggeln, dazu gelegentlich eine lohnende Jagd mit dem Lastwagen —, aber in letzter Zeit waren die Dinge ein bißchen unglücklich verlaufen. Seit diesem Wildhüter am Sweet Spruit so übel mitgespielt worden war, hatte ihm dieses ganze Wilderergeschäft nicht mehr behagt. Er war ein Jäger und Abenteurer, sowohl aus Neigung wie durch den Zwang der Umstände, er war gefühllos und zynisch, von allem verbannt, was ihm einmal etwas bedeutet hatte — ein Mann voller Haß und Rachegelüste, der es genossen hatte, im Krieg die Feinde seines Vaterlandes abzuschießen, und der nun keine Bedenken hegte, geschütztes Wild niederzuknallen, um rasch ein Vermögen zu machen. Aber einen Menschen durch solche Foltern zum Schweigen zu bringen, paßte ihm nicht, damit wollte er nichts zu tun haben. Mit der ganzen schwarzen Magie nicht. Der Alte Häuptling verdiente gutes Geld, indem er das Wildern der Eingeborenen in Velaba organisierte — genug, um dafür nach Europa zu gehen und sein Augenlicht wiederzuerlangen, und dennoch hatte er dieses abscheuliche Verbrechen zugelassen, um an einem allzu treuen Angestellten des Wildschutzgebietes ein Exempel zu statuieren und außerdem das mächtigste *Muti* für sein Medizinhorn zu erhalten.

Boryslawskis Blick fiel auf March. Er erkannte den Wildhüter, der mit Amos zusammengearbeitet hatte und als zuverlässiger Verbindungsmann des Häuptlings den Auftrag hatte, eine Fünfte Kolonne von Wilderern in Velaba aufzustellen. Warum war March jetzt hier? Und warum hielt Neethling ihn unter so offensichtlich scharfer Bewachung?

Als Nelmapius vom Lastwagen zurückkam, um Neethling Bericht zu erstatten, sah Boryslawski die Lampen im Haus jenseits des ungepflegten Gartens aufflammen und kurz danach das Licht einer Taschenlampe wie einen Leuchtkäfer durch das Dunkel huschen. Er stöhnte. Das gab neue Komplikationen.

Mrs. Boryslawski war außer Atem, als sie in die Lichtkegel der Fahrzeuge geeilt kam. Mit einer Hand hielt sie einen Regenschirm über den Kopf, die andere umklammerte die Taschenlampe. Über dem Nachthemd trug sie einen Regenmantel und an den nackten Füßen Galoschen. Das Haar war auf Lockenwickel gerollt. Auf ihrem eingekremten Gesicht glänzten Regentropfen. Bestürzt und voll panischer Angst blickte sie sich um.

»Ich hörte Schüsse und Sirenen, Anton. Ich suchte dich, aber du warst nicht in deinem Zimmer. Dann sah ich die Lichter . . .« Sie brach ab. »Und da ist Marcus! Was machen Sie denn zu dieser Nachtzeit hier? Eigentlich ist es ja schon fast Morgen. Und Jan Nelmapius? Aber wo haben Sie denn Ihren Bart, Jan, mein Junge? Was ist denn geschehen, du lieber Himmel? Ich dachte, du seiest im Bett, Anton, du sagtest doch . . .«
Die kalten Augen ihres Ehemannes hefteten sich auf ihr Kostüm, und sie ließ, plötzlich erkennend, was für eine lächerliche Figur sie abgeben mußte, Schirm und Lampe fallen und machte sich nevös an ihren Lockenwicklern zu schaffen.
Boryslawski lächelte hämisch. »Spar dir die Mühe, Christina. Es ist kein gesellschaftliches Ereignis. Marcus scheint — ohne es zu wollen — eine ganze Menge Aufmerksamkeit erregt zu haben, als er zu einer so ungewöhnlich frühen Stunde hier auftauchte — fast zwei Uhr morgens!«
»Sie erwarteten ihn, Mr. Boryslawski«, sagte Neethling. »Er wollte das eben getötete Wild abliefern und trockenen Biltong mitnehmen. Ist's nicht so? Mr. Nelmapius hat eine überaus interessante Fracht in Mr. Gottliebs Wagen gefunden. Wildebeeste und Impalas, mit Maschinengewehren geschossen, die Gewehre, mit denen das geschehen ist, und einen Scheinwerfer dazu.«
Gottlieb zuckte die Achseln, und Mrs. Boryslawski stieß einen Wutschrei aus.
»Sie, Marcus — Sie ein Schmuggler! Anton, habe ich dir nicht immer gesagt, er sei ein Taugenichts, der dich nur dazu benutzt, die Kastanien aus dem Feuer zu holen — hat er dich nicht beschwatzt, dich an dieser abscheulichen Farm zu beteiligen; und er selber lebt nicht hier — o nein, der nicht! Und seine Modepuppe von Frau ebensowenig! Und nun, wo er in Schwierigkeiten kommt, zieht er dich . . .«
»Christina, du redest zuviel!«
Sie schien an einem Atemzug zu ersticken. Neethling war es sofort klar, sie hegte nicht den mindesten Argwohn, daß ihr Mann etwas anderes sein könne als der, der seinem Partner bei dessen

gesetzwidrigen Geschäften 'die Kastanien aus dem Feuer holte'. Brüsk sagte der Sergeant: »Ich will den großen Schuppen dort hinter dem Hof durchsuchen, Mr. Boryslawski.«
Die Frau stieß einen Schrei aus und versuchte etwas zu sagen, doch Boryslawski unterbrach sie grob: »Überlaß das bitte mir, Christina!« Eine böse und erbärmlich befriedigende Vorstellung glitt schlangengleich in seine Gedanken. »Haben Sie einen Durchsuchungsbefehl?« fragte er den Sergeanten.
Neethling erwiderte: »Ich habe etwas Wichtigeres als einen Durchsuchungsbefehl, nämlich eine Information, daß ich dort nicht genehmigte Gewehre und Biltong für eine ganze Armee finden werde. Wollen Sie mir bitte beweisen, daß ich unrecht habe?«
Boryslawskis kalte Augen blickten, ohne abzuirren, einen der ihn umstehenden Männer nach dem andern an: den beilgesichtigen Sergeanten, den Heger, die beiden eingeborenen Polizisten und die Wildhüter Job, Esau und March. Seine Frau und seinen Partner streifte er nicht einmal, obwohl sie ihn mit unverhohlener Angst anstarrten. Nelmapius spürte den eisig forschenden Blick Boryslawskis und schauderte. Auf diese Weise, dachte er, entdeckt er sogar eine Hexe oder einen Menschen von ähnlicher Macht! Kein Wunder, daß die Eingeborenen ihn Radinoxa, König der Schlangen, nennen. Es war etwas Grausames und Tödliches an ihm.
»Ich bin überrascht, daß es einen Mann in Velaba gibt, der sich traut, Geschichten zu erzählen«, sagte er schließlich, die Augen auf March geheftet. »Besonders wenn es ein Mann ist, der nicht zögert, seine Freunde zu betrügen und zu martern. Ich kenne diesen Mann March, Sergeant Neethling, und er kennt mich. Wenn *er* Ihnen erzählt hat, was in meinem neuen, für das Flugzeug gebauten Hangar zu finden sei, dann soll *er* Ihnen auch zeigen, was darin ist. Ich werde ihm den Schlüssel geben. Lassen Sie ihn das Vorhängeschloß an der Tür öffnen, und wir wollen die Sache mit dem Durchsuchungsbefehl vergessen.«
Der Regen war schwächer geworden und rieselte nun leise und stetig, und von Zeit zu Zeit öffnete sich die Wolkendecke und

ließ den hellen Mond sehen, der heiter am gewittrigen Himmel schwamm. Der große Schuppen ragte dunkel und drohend zu den Sternen auf.
Boryslawski zog einen Schlüssel aus der Tasche und reichte ihn March, der vor ihm zurückzuckte.
»Worauf wartest du?« fragte er. »Du, der vor Furcht stinkt!«
»Mach, daß du fertig wirst!« Neethling stieß March die Pistole in den Rücken.
»Los!« setzte Boryslawski hinzu.
Schweigen hatte sich über die kleine Gruppe in dem nur spärlich erleuchteten Stall gesenkt. Gottliebs Gesicht war gespensterhaft blaß, und selbst Mrs. Boryslawski schien der Sprache beraubt zu sein. Nelmapius fuhr sich nervös mit der Hand an das frischrasierte Kinn. Er hatte das gleiche Gefühl wie in der Hütte Ndlovukasis, als die Alte ihre Augen verdreht hatte. Makabre Ausstrahlungen des Bösen schwebten in der kalten, feuchten Luft. Nur Neethling blieb anscheinend unberührt.
»Geh!« sagte er und stieß March mit der Pistolenmündung.
Neethling hinter sich, ging March wie im Schlaf über den Hof. Boryslawskis Augen ließen den Neger nicht los, und Nelmapius schien es, als handle der Wildhüter nicht mehr aus eigenem Willen — als sei er gebannt.
March erreichte den Schuppen, und Neethling trat ein wenig zur Seite, als fürchte er eine Falle. Der Bantuneger steckte den Schlüssel in das Vorhängeschloß und drehte ihn um. Die Tür schwang nach innen, und March trat, die Arme vor dem Gesicht gekreuzt, zurück.
Der Mond schwamm hinter den Wolken hervor, und die Beobachter sahen die lange geduckte Gestalt und den raschen, unbarmherzigen Sprung, als die junge Löwin Sheba March ohne einen Laut zu Boden riß, die Zähne in seine Kehle gegraben.
Neethlings Pistole knallte, und die Löwin lag tot auf ihrem Opfer.
Ein Schrei brach aus Mrs. Boryslawskis Brust. »Ich habe es dir gesagt, Anton! Ich habe es dir gesagt, du solltest Sheba erschießen ...«

Boryslawskis Gesicht war verstört. »Ich hätte Sheba nicht erschießen können. Deshalb ließ ich es Neethling tun.«

Regenzauber

Das Gewitter, das am frühen Abend im Schwarzen Mambagebirge begonnen hatte und über das Buschveld gerast war, erreichte Kamp Zwei erst kurz nach Mitternacht mit voller Stärke.

Blitze zuckten mit der Beharrlichkeit der Neonreklame am Piccadilly Circus in London, und der Donner erschütterte die Wände des Wohnraums, wo Rusty sich bemühte, seine wirren Gedanken zu sammeln, um einen Bericht für die Leitung des Reservats zu schreiben. Er war nur bis zur Überschrift gekommen, und die würde nun wohl eine ganze Weile auch das einzige bleiben, dachte er gerade. Wenn er nur Andrews Begabung hätte, mit der Feder umzugehen. Doch sobald Rusty die Feder in die Hand nahm, hatte er den Eindruck, sein Gehirn sei gelähmt. Und das Getöse draußen machte es auch nicht besser, ebensowenig die Vorstellung, daß Alice in ihrem Rondawel hockte, versteinert vor Angst und zu stolz, nach der idiotischen Szene am Fluß herüberzukommen. Dort hatte sie auch Angst gehabt — vor ihm und vor sich selbst —, sonst hätte sie ihn niemals wie ein erschrecktes Tier angegriffen. Teufel! Der letzte Donnerschlag war wie eine Kanonenkugel auf dem Dach gelandet!

Rusty sprang auf, als das Bild von Florenz sich von der wankenden Mauer löste und zu Boden fiel. Er bückte sich rasch und hob es mit einer unvorsichtigen Bewegung auf.

»Sie haben sich verletzt.«

Rusty fuhr herum und sah Alice, noch immer in den langen Hosen und der Hemdbluse, die sie am Nachmittag am Flußpferdsee getragen hatte. Sie lehnte am Türpfosten, und ihr Gesicht war verzerrt.

»Es ist nicht der Rede wert«, sagte er und band hastig sein Taschentuch um die blutende Hand.
»Darf ich mal sehen?« Sie trat näher, griff nach seiner Hand und nahm den improvisierten Verband ab. »Es blutet sehr. Kommen Sie, ich habe Jod und Hansaplast im Koffer.«
Er folgte ihr über die Veranda zu ihrem Rondawel.
Als sie die verletzten Finger verbunden und sein blutiges Taschentuch ausgespült hatte, sagte sie in gewollt forschem Ton: »Sie haben sich ausnehmend ungeschickt angestellt, wie Sie da nach dem Bild griffen. Wenn es ein verletzter Mensch gewesen wäre, hätten Sie es nicht eiliger haben können, ihn aufzuheben.«
Vielleicht hatte er das gleiche Gefühl dabei gehabt, dachte sie. Vielleicht bedeutete dieses Bild noch immer Flora für ihn.
Er grinste.
»Vielen Dank für die medizinische Versorgung.«
»Ich war froh, daß ich etwas zu tun hatte — *irgend etwas.* O Gott, dieses Blitzen!« Sie stöhnte und bedeckte das Gesicht mit den Händen.
Er blickte sich rasch um und sah, daß ihr Kopfkissen zerdrückt war. So hatte sie also doch hier gelegen und den Kopf versteckt wie ein Strauß — das arme kleine Ding. Solche Gewitter war sie nicht gewöhnt. In England kam der Regen nicht mit solcher wütenden Naturgewalt, er fiel einfach ruhig und gleichmäßig für das ganze Jahr hindurch.
Sie sank aufs Bett und saß da, die Ellbogen auf den Knien, das Gesicht in den Händen vergraben. Ihre Stimme war erstickt.
»Ich kann es nicht ertragen. Das dauert ja schon eine Ewigkeit — wie ein Luftangriff, der nie ein Ende nimmt.«
Kaum hatte sie es gesagt, als ein ungeheurer Blitz in den riesigen Affenbrotbaum hinter dem Haus einschlug und den gewaltigen Stamm zersplitterte. Vögel, Reptile und kleine Vierfüßler wurden tot oder gelähmt aus ihren Nestern und Lagern geschleudert, während ihr zerstörter Wirt stehenblieb und nicht wußte, daß die wilde Klaue der Elemente sein Leben vernichtet hatte.
Die Tür des Duschraums führte in den Garten, und Rusty öffnete

sie; ein kalter Luftzug blies bis ins Schlafzimmer und ließ die Lampe an ihrer Kette schwingen.

Als er zu Alice zurückkam, setzte er sich neben sie und legte ihr den Arm um die Schultern.

»Sie haben recht«, sagte er sanft. »Es ist wie ein Luftangriff. Ein großes Mietshaus hat eben einen Volltreffer bekommen — der alte Affenbrotbaum —, und ich fürchte, die meisten seiner Bewohner sind in eine bessere Welt befördert worden.«

Er war über das Ausmaß ihrer Furcht verwundert. Der flatternde Schlag ihres Herzens erinnerte ihn an einen wilden Vogel, der in einem Käfig gefangen sitzt. Dieses Flattern war ihm schon auf dem Hochsitz aufgefallen, als sie zusah, wie der Leopard seine Beute schlug.

»Fürchten Sie sich doch nicht. Das Schlimmste ist ja vorüber — das Gewitter zieht ab. Der Donner ist schon ferner. Sie hätten früher zu mir kommen sollen. Ich ahnte ja nicht . . .«

»Wie sollten Sie das auch wissen? Dieses — dieses *Entsetzen* kommt nicht nur von jetzt — es ist viel mehr. Es reicht bis in meine Kindheit zurück — in den Krieg. Vorhin, als das Bild herunterfiel, als das ganze Haus bebte, als wollte es zusammenfallen, *mußte* ich einfach zu Ihnen kommen. Und als Sie sich verletzt hatten — auf irgendeine seltsame Weise half mir das ein paar Minuten lang, ich konnte mich zusammennehmen . . .«

»Liebe Alice!« Er lachte. »Kann ich nicht noch so etwas für Sie tun?«

Sie lächelte, wobei der eine Mundwinkel bebte, doch es war ein Lächeln am Rande der Tränen. Er war gerührt und besorgt.

»Das kommt nur davon, daß Sie nicht an unsere Gewitter gewöhnt sind. Wie könnte das auch anders sein? In Velaba ist eben alles heftig — und manchmal gefährlich. Sogar ich — aber das wissen Sie ja schon. Und die Gefahr geht vorüber — sie zieht ab . . .«

Tut sie das wirklich? Wird es vorübergehen — dieses stürmische Verlangen, diese Zärtlichkeit, die ich für Andrews Mädchen verspüre? Er mußte sie bekämpfen und überwinden. Andrew war sein einziger Bruder und stand ihm näher als irgendein Mensch auf der Welt. Gewiß, es gab Meinungsverschiedenheiten zwischen ihnen, ja mehr als das — heftige Streitigkeiten sogar —, doch nichts und niemand hatte je ihre Freundschaft für längere Zeit gestört. Nicht einmal Flora. Man bestahl seinen Bruder nicht — einen schüchternen, einsamen Menschen wie Andrew, der auf diese seltsame Weise eine Gemeinschaft und Liebe gefunden hatte und wahrscheinlich glücklich mit dieser Frau werden würde, die auf der ganzen Welt am besten zu seinem zurückhaltenden, aufrichtigen Temperament und zu seiner einsiedlerischen Lebensweise paßte.

Er hörte Alice flüstern: »Das Gewitter hat alles wieder aufgewühlt — die entsetzlichen Dinge, die ich längst vergessen glaubte. Die Luftangriffe. Es klang genau wie ein Luftangriff, Rusty. Bomben, Brände, Flak — alles, was Tod bedeutet. Es war wie damals, als ich mit meiner Mutter im Garten stand: überall um uns her lodernde Flammen, Scheinwerfer, Leuchtspurmunition — und wenige Kilometer entfernt brannte eine Fabrik. Wir wußten, daß mein Vater dort war — in seinem Laboratorium —, wir wußten, was ihm zugestoßen sein mußte . . .«

Die Erinnerung an dieses Entsetzen stand in ihren Augen und klang in ihrer Stimme. Auch sie hatte ihre Kriegswunden, die unauslöschlichen, quälenden Erinnerungen, genau wie er. Mit der verbundenen Hand streichelte er ihr Haar, und sie drückte das Gesicht an seine Schulter und weinte. Ihr Körper bebte, als wären die Tränen eine Flutwelle, die alle Deiche durchbrechen müßte.

»Weine . . .«, sagte er. »Weine, Likwezi.«

Wann mag sie das letzte Mal so bitterlich geweint haben? fragte er sich. Als ihr Vater getötet wurde vielleicht? Als ihre Mutter starb? Oder war es vor vier Jahren, als sie in ihr freiwilliges Gefängnis ging und die Türen hinter Jugend und Freiheit und all den großen Träumen von Afrika schloß?

Nach einer Weile hatte sie sich beruhigt und er glaubte, sie sei eingeschlafen wie einer der kleinen Jungen von Meg, wenn er nach einem kindlichen Gefühlsausbruch erschöpft war. Die Blitze zuckten nicht mehr über das Kamp, und der Widerhall des Donners war fern, doch der Regen prasselte noch immer auf die ausgedörrte Erde, der Hlaru-Fluß sang mit einer neuen, volleren Stimme, und der Chor der Frösche schwoll an zu einer heiseren Symphonie.

Alice rückte von Rusty weg. Sie stand mit blinden Augen auf und suchte nach einem Taschentuch.

»Wieder besser?« fragte er sofort. Er lächelte und sprach, wie er es bei Megs Kindern tat.

Sie kam aus dem Duschraum zurück, wo sie sich die Augen gekühlt hatte, und sah ihn in der offenen Tür stehen, die stämmige Silhouette vor dem Licht der Veranda.

»Wohin gehen Sie, Rusty?«

»In den Regen. Ich werde mir das Hemd ausziehen und hinauslaufen. Wollen Sie mitkommen?«

Sie spürte noch das Lächeln in seiner Stimme. »Ja«, sagte sie.

»Dann ziehen Sie sich etwas an, was es verträgt. Heute nacht gibt es keine Schirme und Regenmäntel. Wenn wir in den Regen laufen, dann deshalb, weil wir ihn spüren wollen — diesen bitter notwendigen Regen, der dem Veld wieder Leben schenkt.

»Bedeutet er wirklich so viel?«

»Das Ende der trockenen Jahreszeit — das bedeutet neues Leben! Trinkplätze für die Tiere, junges Gras für ihre Weide, Ernten für die Eingeborenen, eine gute Zeit für die Farmer — und alles Glück. Der Regenzauber ist die wichtigste Magie in Afrika. Der Stamm des Alten Häuptlings schickt zu bestimmten Zeiten des Jahres Boten den weiten Weg zum Meer, um bei Vollmondlicht Meerwasser holen zu lassen. Das gehört zur Regenmedizin der Elefantenkuh.«

»Und Sie wollen nun in diesem lebenspendenden Regen schwelgen?«

»Ganz gewiß.«

Er spürte, daß er sie von ihrer Furcht und Trauer abgelenkt hatte, daß sie über den Regen nachdachte, darüber, was er für die durstende Erde, die Bäume, das Veld, die Tiere und die Menschen bedeutete.

»Ich bin gleich fertig, Rusty.«

Als sie ein paar Minuten später herauskam, hatte sie die lange Hose mit den Shorts vom Vortag vertauscht.

»Keine Schuhe? Kein Tuch für Ihr Haar? Na schön, wir gehen nicht weit, nur durch das Gras bis zum Fluß.«

Er selber trug nur die kurzen Khakihosen. Alice ahnte, daß er nackt in diese Sintflut hinausgelaufen wäre, wenn er die Wahl gehabt hätte. Im Herzen war er ein Heide wie Nimrod.

Der Wind hatte sich gelegt, und der Regen fiel in senkrechten dichten Schnüren. Ohne ein Wort nahm er ihre Hand, und gemeinsam liefen sie durch das Kamp auf den Fluß zu. Das nasse Gras unter Alices Füßen war weich und kühl, der Regen auf ihrem Gesicht und Haar war erfrischend. Die Spannung und der Aufruhr der letzten Stunden wurden in diesen sauberen, wunderbaren Strömen weggewaschen. Sie legte die Zungenspitze an die Lippen, um die Reinheit des Regens zu schmecken; sie spürte, daß ihre dünne Bluse am Körper klebte und das Wasser ihre Wangen und ihren Rücken hinablief.

Am Rand der Hlaru-Schlucht blieben sie stehen. Weit im Westen war der Mond durch einen Wolkenriß gebrochen, und bei seinem Licht sahen sie, wie die steigende Flut rasend zwischen den Uferwänden schäumte.

»So hoch und schnell! Wie rasch er gestiegen ist!«

»In wenigen Stunden — in ganz kurzer Zeit — kann jeder Spruit in Velaba zu einem rasenden Strom werden, jeder Damm wird unpassierbar, jede Straße zum Sumpf. Doch wenn die Sonne wieder scheint, sinken die Bäche und Flüsse erstaunlich schnell, und wir können uns, mit Ketten an den Wagenrändern, auf den Weg machen.«

Sie lachte leise.

»Nun sind wir also gefangen.«

»Ja, Likwezi, das sind wir. Das Schlimmste ist geschehen. Wenigstens vierundzwanzig Stunden lang ist der Hlaru nicht zu überqueren. Sie sind ans Kamp gefesselt.«

Sie hob die Hand und berührte seine kühle nasse Wange.

»Es prickelt noch immer«, sagte er.

»Ich tue es nicht wieder — wenn Sie mir keine Veranlassung geben.«

»Und welche Veranlassung hätte ich Ihnen gegeben?«

»Sie haben mich auf eine Stufe mit . . . mit . . .«

»Mit Tombazane gestellt. Das war häßlich von mir. Aber ich wollte mich nicht mit der Wahrheit abfinden.«

»Und was ist die Wahrheit?«

Sie blickte zu ihm auf, ihre Gesicht war klein und blaß im unsicheren Licht des Mondes, den immer wieder jagende Wolkenfetzen verdeckten. Sie hatte das nasse Haar zurückgeworfen, und der Mond — eben wieder hell — fiel sanft auf ihre Haut.

Seine Hände ballten sich, und sein Lächeln verging.

»Sie kennen die Wahrheit. Zwingen Sie mich nicht, sie auszusprechen.«

Sie legte die Handflächen auf seine breite nackte Brust und fühlte das heftige Schlagen seines Herzens. Sie hörte den Regen und den Fluß, das tropfende Laub rund um sich hier, und das Pulsieren ihres eigenen Blutes, das ihr in den Ohren sang. Sie hob die Arme und legte sie um seinen Hals.

»Wir können nicht mehr heucheln, Rusty — nun nicht mehr.« Er zog sie an sich. Die Kühle ihres festen Körpers unter der regennassen Bluse schmerzte seine Brust, der unbestimmbare Duft, der an ihr hing, von der Feuchtigkeit verstärkt, tat seinen Sinnen weh.

»Die Liebe . . . das ist die einzige Wahrheit, meine Geliebte.« In seiner Stimme lag Verzweiflung, und Bitterkeit mischte sich in das Glück über die Liebe dieses Mädchens, das die Frau seines Bruders werden sollte.

Saul

Von dem Augenblick an, da Andrew Miller auf den überfluteten Damm im Hlaru-Fluß gefahren war, kam es Sergeant van Wyk vor, als sei alles auf einmal passiert. Und plötzlich war es vorüber. Das Maschinengewehr der Banditen, das eben noch gerattert hatte, schwieg, der Scheinwerfer auf dem Lastwagen, offensichtlich von den Kugeln des Sergeanten getroffen, erlosch, der große Wagen fuhr, den Geräuschen nach zu urteilen, auf drei Rädern den Uferhang hinauf. Im selben Augenblick beleuchtete ein Blitzstrahl den Jeep, der wirbelnd stromabwärts gerissen wurde, der nächste Blitz zeigte, wie er sank. Dann krachte der Donner, und es war, als hielte nun das Gewitter den Atem an. In dieser Pause hörte van Wyk die Geräusche des sich entfernenden Lastwagens, den gleichmäßigen Fall der Regentropfen und das Brausen des angeschwollenen Flusses.

Was nun? Er saß zwischen den beiden überschwemmen Flüssen Zeekoei und Hlaru fest, und wenn Kamp Zwei auch nur dreißig Kilometer entfernt lag, es gab keine Möglichkeit, dorthin zu gelangen, ehe das Wasser zurückging. Glücklicherweise hatte van Wyk stets einige Vorräte von Tee, Zwieback, Büchsenmilch und Biltong für den Notfall in seinem Wagen, und das Wasser war gewiß nicht knapp. Brandy hatte er nicht bei sich, da es gegen seine Grundsätze verstieß, in Gegenwart seiner Männer, denen geistige Getränke verboten waren, so etwas zu sich zu nehmen. Er fand sich damit ab, warten zu müssen, bis die Natur ihm die Weiterfahrt gestattete. Seine *Ouvrou* würde sich ängstigen, dachte er voller Befriedigung. Seiner *Ouvrou* tat es immer gut, wenn sie sich um seinetwillen ein bißchen Sorge machte. Ihre Laune war dann jedesmal besser und ihre Küche schmackhafter, wenn er 'von den Toten' zurückkehrte. Sie im ungewissen halten — das war das Geheimnis für den Erfolg bei den Frauen —, und daran war kein Zweifel: seine *Ouvrou* wurde immer auf dem Schwung gehalten. Selbst hier in der *Bundu*, wo das Verbrechen grob und naturhaft war, konnte man nie wissen, was einem zustieß.

»Wir wollen ein Stück zurückfahren und einen Platz zum Übernachten suchen«, sagte er zu seinen Polizisten. Bei Tagesanbruch werden wir weiter überlegen. Er sprach Afrikaans. Er hielt nichts davon, ihrer Unwissenheit dadurch Vorschub zu leisten, daß er ihre Paviansprache lernte und sprach, wie Mr. Miller es tat. Ein guter eingeborener Polizist mußte Afrikaans sprechen und schreiben lernen, und wenn er dazu noch ein bißchen Englisch verstand, um so besser.
»Nun werden Baas Miller und seine Wildhüter von den Krokodilen gefressen«, sagte der ältere der beiden Polizisten. Er sprach mit der Ehrfurcht, die man Verstorbenen schuldet, doch der Sergeant runzelte die Stirn und schnaubte. Jason neigte immer ein wenig zur Frechheit, und außerdem ärgerte sich der Sergeant darüber, daß die Banditen ihm entwischt waren. Gewiß, er hatte noch anderes vor, aber es wäre eine Auszeichnung für ihn gewesen, wenn er die Burschen nebenbei auch noch hätte einlochen können.
»Ich sah die Köpfe auf dem Wasser tanzen, als der Jeep unterging«, fuhr der Jason genannte Polizist fort. »Und dann wurden sie nach unten gerissen. Weg.«
Van Wyk wußte, daß Jason zur Krokodilsippe gehörte und vermutlich hofftc, irgendwelche mystischen Vorteile aus diesem unfreiwilligen Opfer für den Geist seiner Vorfahren zu ziehen, das allerdings nicht seiner Initiative zu verdanken war.
»Aber Baas Miller ist Inyanga, der Zauberer«, sagte er. »Er wird den Krokodilen entgehen, und die werden sich ärgern, wenn sie mit schwarzem anstatt weißem Fleisch vorliebnehmen müssen.«
Van Wyk konnte nur hoffen, daß der Polizist recht behielt. Indessen hatte er allen Grund, zu fürchten, daß der Hegemeister den Krokodilen doch ein gefundenes Fressen sein würde. Er hatte gesehen, wie Andrew Milller vornüber auf das Lenkrad gefallen war, als ob er tödlich verwundet wäre, und nur einer der schnellsten und stärksten Engel des Allmächtigen hätte ihn so rechtzeitig aus diesem Wasserstrudel reißen können, daß sein Leben gerettet wurde.

Der Engel des Herrn trug in diesem Fall das Antlitz von Saul. Der Strom, der den jungen, des Schwimmens unkundigen Eingeborenen James ertrinken ließ, trieb Andrew und Saul auf einen schwimmenden Ast zu, der ans Ufer getragen wurde. Saul, ein tüchtiger Schwimmer, packte seinen verwundeten Herrn und brachte es fertig, den Ast zu ergreifen und Andrew zu helfen, das gleiche zu tun. Der Ast wurde um die Flußbiegung herumgetrieben und dort von einem überschwemmten Weidenstrauch festgehalten. Sie klammerten sich daran, keuchten nach Luft, während kleine Tiere von der Strömung an ihnen vorübergetrieben wurden.

Das kalte Wasser, das dem jungen James den Tod gebracht hatte, trug dazu bei, Andrew zu beleben und die Wunde in seiner Schulter zu reinigen. Das Feuer des Maschinengewehrs hatte sehr hoch gelegen und so das Herz verfehlt, doch bei der Drehung des Jeeps auf dem Damm Andrews Schulterblatt zerschmettert.

Bald gelang es ihm, sich mit Sauls Hilfe ins Schilf des Ufers hinaufzuziehen. Auf einem schlammigen Flußpferdpfad, den sie hinaufkrochen, fanden sie Schutz unter einem mächtigen Maulbeerfeigenbaum. Doch nun verlor Andrew vor Schmerz und Erschöpfung das Bewußtsein.

»Die Schulter«, sagte er schwach, als er wieder zu sich kam. »Versuch das Blut zu stillen, Saul.«

»Ja, Nkosi. Schlaf nur.«

Saul trug sein Messer noch am Gürtel und schnitt damit Andrews Hosen über den Knien ab. Das eine Bein riß er in lange Streifen für Verband und Armschlinge, das andere faltete er zu Polstern. Vorsichtig löste er die nasse, blutbefleckte Buschjacke von der linken Schulter, vermochte jedoch auch jetzt noch nicht das Ausmaß der Verletzung festzustellen. Fest drückte er die vorbereiteten Polster auf die Wunde und legte die Binden mit der Geschicklichkeit eines Fachmanns darüber. Mit Hilfe von Andrews Gürtel und einem Khakistreifen brachte er eine Schlinge zustande, um den Arm ruhig zu legen.

Andrew verbiß den Schmerz, so gut er konnte, während der alte

Bantuneger sich bemühte, ihm zu helfen. Wenn er nur eine Zigarette hätte! Seine Erstgeburt würde er für eine Zigarette geben! Er war naß bis auf die Haut, und seine Zähne klapperten vor Kälte, Schmerz und Erschöpfung, ohne daß es ihm gelang, sie ruhig zu halten. Er hörte, daß Saul in den klingenden Wörtern der Bantusprache mit ihm redete, doch die Stimme kam aus weiter Ferne, und während die Welt des Schmerzes vor ihm zurückwich, spürte Andrew, wie der große Eingeborene ihn in die Arme schloß und ihn mit der dunklen Wärme seines Körpers wärmte.

Seit vier Jahren waren sie unzertrennliche Gefährten des Velds. Saul wurde Andrews Beschützer und Mentor, denn er war schon erfahren in allen Dingen der Natur, ehe der Hegemeister geboren war. Andrew hatte nie gezögert, ihn um Rat zu fragen, und hatte sich oft seinem Urteil gebeugt. Er verstand Sauls abergläubische Furcht in gewissen Dingen und war immer bereit, etwas über die Heilwirkungen gewisser Bäume und Kräuter bei ihm zu lernen. Sie verband jene innige, fast mystische Beziehung zwischen Herrn und Vasall, die täglich alle Gefahren als selbstverständlich miteinander teilen.

Allmählich hörte Andrew auf zu frösteln, und Saul spürte, daß er in einen fiebrigen, unruhigen Schlaf gefallen war. Als die Dämmerung heraufstieg, befreite sich der stämmige Bantuneger aus seiner verkrampften Stellung. Der Wind hatte nachgelassen, doch der Regen fiel unaufhörlich weiter.

Andrew bewegte sich und stöhnte. Als er erwachte, sah er Saul neben sich stehen.

»Ich will heilende Blätter suchen, Nkosi. Und ich gehe zurück zum Damm und sehe nach, ob der Polizeiwagen noch auf der anderen Seite steht.«

»Nein!« Der Ruf erstickte in einem schmerzlichen Stöhnen, als Andrew eine heftige Bewegung machte, um Saul zurückzuhalten.

»Aber der Sergeant wird fürchten, du seist tot, Nkosi.«

»Das macht nichts. Tote plaudern nichts aus.«

Andrew fühlte sich schwindlig. Der Schmerz war wie ein Tier, das sich durch seine Schulter nagte. Wer war das doch, der einen

Fuchs unter seinem Gewand verborgen trug — und der Fuchs fraß sich bis zu seinen edlen Teilen durch? Wo waren überhaupt diese lebenswichtigen Teile? In der Gegend des Herzens oder in der des Magens? In seinem Rücken, seiner Brust und seinem Arm brannte und pochte es bei den Bissen dieses Tieres, das schweigend seine Schulter verschlang. Er mußte hier weg — mußte zum Kamp Zwei — zu Rusty und Alice. Er mußte Alice warnen vor irgendeiner unbekannten Gefahr, und er mußte Hilfe für sich selbst finden. Er mußte hinkommen, ehe es Sergeant van Wyk gelang, ehe der Flußdamm wieder befahrbar war.

»Wir müssen auf den Treck«, sagte er. »Hilf mir auf. Wir gehen zum Kamp Zwei.«

Mit Sauls Unterstützung kam er auf seine unsicheren Füße. In dem grauen Licht tanzten Bilder vor seinen Augen. Thea, die den Lederrahmen mit Alices Bild in der Hand hielt.

'Man kann die Gedanken hinter braunen Augen nicht lesen ... Sie hüten ihr Geheimnis ...' Die Szenen des Gemetzels, das die Biltongbanditen angerichtet hatten. 'Gott, Mann, das sieht aus wie ein blutiges Schlachtfeld ...' Die Verfolgung, die Schüsse, der schneidende Schmerz, der Druck des Stromes, der an seiner verletzten Schulter zerrte ... noch immer zerrte. Gegen die Banditen konnte er nun nichts mehr tun. Das mußte den Leuten in Duiker's Drift überlassen bleiben. Wenn sie im Süden die Straßen nach Johannesburg bewachten, fielen die Burschen ihnen vielleicht in die Hände. Aber das war ihm jetzt auch gleichgültig, die Banditen hatten ihre schmutzige Arbeit getan, und es war ihm nicht gelungen, es zu verhindern. Doch die Polizei würde sie fassen — bestimmt würde die Polizei sie fassen. 'Wir werden schon mit unsern Schwierigkeiten fertig, Mr. Miller ... und ergreifen die Verbrecher ...' Der Widerhall der Stimme des Sergeanten polterte in seinen Ohren. Was wollte der Sergeant von Alice Lang? Was konnte er denn von ihr wollen? Alice ... Alice ... Andrew taumelte auf seinen Füßen, finster und totenblaß im Licht der Dämmerung. Seine blassen, unrasierten Wangen waren eingefallen, die Lippen blau, die blutverschmierte Buschjacke hing lose über der linken Schulter. Saul zog sie behutsam zur Seite und sah mit Erleichterung, daß kein frisches Blut durch die improvisierte Bandage sickerte.

»Du bist schwach, Nkosi. Du hast viel Blut verloren. Wir werden den ganzen Tag brauchen, um zum Kamp Zwei zu kommen.«

»Wir müssen sofort aufbrechen. Vergiß nicht, Saul, daß ein Mann mit einem Ziel niemals schwach ist. Sein Ziel — wenn er stark ist — leiht ihm Stärke. Ich habe ein Ziel. Ich beabsichtige, vor der Abenddämmerung in Kamp Zwei zu sein.« Der alte Bantu schüttelte den Kopf. Inyanga prahlte, um sich selber Mut einzuflößen. Wenn ein Mann Furcht hatte, dann drohte und prahlte er, und seine stolzen Worte, mit falschem Mut beflügelt, trugen ihn empor. Deshalb war es vielleicht gut, daß Inyanga sich mit der Stärke seines Zieles brüstete, denn in seinem Körper war nur noch wenig Kraft. Zu viel Blut war aus ihm in das Wasser des Hlaru geflossen. Doch als Andrew von seinem Ziel sprach, wurde es zu einer lebendigen Kraft in ihm, und Saul sah, daß sein Gesicht sich vom Tod zum Leben verwandelte. Andrew sagte:

»Wir können den kürzeren Weg am Flußufer entlang nehmen, oder wir können der Wagenstraße folgen. Was sollen wir tun?«

»Wir wollen der Wagenstraße folgen, Nkosi. Vielleicht kommt dort jemand entlang. Auf der Wagenstraße können wir außerdem nebeneinander gehen. Auf dem Flußpfad müssen wir einzeln gehen, und im Löwenland sind zwei Paar Augen immer besser als eines.«

»Schön. Soll es so sein. Und nun hör gut zu! Die linke Seite der Straße gehört dir. Die rechte gehört mir. Begegnen wir einem Löwen, und auf deiner Seite ist ein Baum, um so besser für dich; ist der Baum auf meiner Seite und nicht auf der deinen, habe ich Glück. Doch zuerst müssen wir am Fluß trinken.«

Während Andrew mit Mühe am Wasserrand niederkniete, um zu trinken, blieb Saul dicht bei ihm, beobachtete den Fluß und das Schilf, und als der Wildhüter trank, stand Andrew Wache. Obwohl der Fluß noch hoch war, schien es Saul, als flösse er schon weniger wild. Doch der Regen würde ihn weiter speisen. Und

auch wenn er aufhörte, würde man ihn noch ein oder zwei Tage nicht überqueren können.
Willenskraft! sagte Andrew zu sich, als sie ihren Treck begannen. Mit genügend Willenskraft vermochte ein Mann alles. Eine Zigarette — was würde er für eine Zigarette geben! Saul hatte einige Kräuter gefunden und sie seinem Herrn gereicht.
»Kau sie, Nkosi. Der Saft ist bitter, aber er verringert deine Schmerzen.«
Doch als der Schmerz allmählich nachließ, wurde Andrew von Müdigkeit überwältigt.
»Nein«, sagte er mit schwerer Zunge. »Dieses *Muti* ist wie der Biß einer Kobra — es schläfert ein. Es fällt mir schwer, zu laufen, wachzubleiben.«
Bis Mittag hatten sie nur wenige Meilen bewältigt, dauernd mußten sie rasten, und Saul erkannte, daß sein Herr nicht weiterkonnte. Unter den tropfenden Blättern eines Ntoma-Baumes, an dessen Fuß sich ein großer, grasbewachsener Termitenhaufen erhob, machten sie halt. Der Regen hatte aufgehört. Andrew blickte zu den kleinen, sternförmigen Blüten des Baumes auf und sagte: »Dieser Baum trägt die weiblichen Blüten. Wir haben den Mutterbaum erreicht, Saul.« In dem Gedanken fand er seltsamen Trost.
Andrew kannte diesen Platz gut. Hier hatte er oft mit Saul auf den langen Trecks durch das Wildreservat gerastet und vertraulich mit ihm geredet. Von hier zum Kamp Zwei waren es mindestens noch zwanzig Kilometer, und er mußte zugeben, daß selbst der Gedanke an sein Ziel ihn nicht weiterzutreiben vermochte. Frisches Blut rötete den Verband unter der losen Khakijacke, Schwindel hatte ihn gepackt, und wenn er über das dunstige Dornveld blickte, schien sich die Ebene auszudehnen und zusammenzuziehen, als ob die Windungen des Hlaru-Flusses darüber hinkröchen; plötzlich war ihm die so vertraute Landschaft völlig fremd. Hlaru, die Pythonschlange, war heute sehr gefährlich.
»Eine Pythonschlange zerdrückt meine Schulter, Saul. Sie hat mir die Knochen gebrochen.«

»Kein Mensch kann gehen, während er mit einer Pythonschlange ringt, Nkosi. Ich lasse dich jetzt hier und gehe allein weiter. Allein kann ich schnell laufen. Ich werde Kamp Zwei erreichen und mit Hilfe zurückkommen, ehe es dunkel ist. Hier ist deine Pistole. Ich werde sie dir laden.«

Andrew gab sich ungeheure Mühe, seine Autorität durchzusetzen. »Du mußt die Pistole nehmen, Saul. In dieser Gegend gibt es viele Löwen.«

Zu viele Löwen. Immer wieder hatte das Kuratorium der Nationalparks ihn gedrängt, die Zahl der Löwen im Hlaru-Streifen zu verringern, doch er hatte sich geweigert: das Gleichgewicht der Natur sollte in Velaba so weit wie möglich ungestört erhalten bleiben. Nun sah er die Karten an den Wänden seines Büros vor sich. Sie bedrohten ihn mit Fieberbildern. – *Dichte des Wildes und der Raubtiere im Hlaru-Streifen.* Zu viele Löwen.

»Du mußt die Pistole nehmen«, wiederholte er.

»Ich gehöre zur Löwensippe«, sagte Saul. »Ich esse das Fleisch des Löwen und gewinne seine Kraft. Ich habe auch jetzt Löwenbiltong in meiner Tasche. Mir genügt mein Messer, Nkosi.« Er legte Andrew die geladene Pistole in den Schoß und schloß die schwachen Finger der Rechten vorsichtig um den Kolben.

»Nkosi, du mußt wach bleiben. Du mußt dir so viele Augen wachsen lassen, wie die Spinne in ihrem Kopf trägt, damit du nach allen Seiten ausschauen kannst. Ein Mann in der Umschlingung einr Pythonschlange darf nicht wagen, zu schlafen.«

Verschwommen sah Andrew das dunkle Gesicht über sich gebeugt, die weisen, beunruhigten, leicht vorquellenden Augen mit dem gelblichen Weiß, dann entfernte sich das Gesicht, und die Gestalt des Wildwächters sprang die schlammige Straße in lockerem Trab hinunter.

Andrews Finger krampften sich um den Pistolenkolben. Saul hatte ihm seinen einzigen Schutz gegen die Löwen hiergelassen. Dickköpfiger alter Teufel – dickköpfig wie Rusty – aber schließlich waren sie beide Männer der Löwensippe – Saul und Ratau. Zu viele Löwen im Hlaru-Streifen . . .

Am frühen Nachmittag drang die Sonne schwach durch die Wolken. Saul verlangsamte seinen Lauf, während er ein wenig von dem süßlichen, getrockeneten Löwenfleisch kaute, das er stets in der Tasche trug. Nun, da die Sonne herauskam, würden auch die Tiere bald unterwegs sein — wahrscheinlich Löwen — hungrige Löwen. Er mußte tun, wie er seinem Herrn gesagt hatte: sich so viele Augen wachsen lassen, wie die Spinne besaß, so daß nichts ihn ungesehen beschleichen konnte. Er mußte mit den scharfen Ohren einer Zebra-Wache auf jeden Laut hören.
Plötzlich verhielt Saul und blieb in dem blassen wässerigen Sonnenschein stehen. Sein erhobener Kopf lauschend vorgestreckt; er glaubte, das Brummen eines Motors auf der Straße vor sich zu hören. Einige Kilometer weiter gabelte sich der Weg. Wohin würde der Wagen fahren? Saul beschwor die Geister seiner Vorfahren, sie sollten das Auto in die rechte Richtung lenken. Während ihm fast übel wurde vor Spannung, hörte er erleichtert die heiseren Motorlaute des Kamp-Lastwagens auf sich zukommen; dann sah er ihn an der nächsten Biegung auftauchen. Die schweren Doppelreifen trugen Ketten, und am Lenkrad saß Inyangas Bruder, Nimrod und den Hund Smokey neben sich.
Rusty hielt den Wagen neben dem verschmutzten, müden alten Bantuneger an.
»Saul, was tust du denn allein hier? Wo ist mein Bruder?«
»Nkosi, dein Bruder erwartet dich unter dem großen Ntoma-Baum. Er ist angeschossen worden, aber er lebt.«
»Angeschossen? Mein Gott! Steig rasch ein und erzähl mir alles, während wir weiterfahren. Nimrod, klettere nach hinten!«
Während sie den schlammigen Weg entlangfuhren, berichtete Saul alles, was geschehen war: ». . . er ist sehr schwach, Nkosi. Er hat zuviel Blut verloren.«
Als sie den Baum erreichten, sahen sie Andrew über den grasigen Termitenhaufen hingestreckt. Irgend etwas an der Haltung des Bruders jagte Rusty große Furcht ein. Er sah so verzerrt und hilflos aus. Schlief er? Hatte er das Bewußtsein verloren? Die dritte Möglichkeit wagte er nicht auszudenken. Bedrückendes Schuld-

gefühl, Liebe und entsetzliche Sorge hielten ihn gepackt, während er aus dem Wagen sprang, auf Andrew zueilte, sich niederbeugte und die breite Hand auf das Herz des Bruders legte. Er blickte auf, in Sauls Gesicht. »Sein Herz schlägt.«
Saul nickte. »Wir werden ihn retten, Nkosi!«
Langsam öffneten sich Andrews schmerzerfüllte Augen, und allmählich erkannte er Rustys Züge. Sie schienen zu einem Traum zu gehören. Doch diesmal war da auch die tiefe, vertraute Stimme.
»Mach dir keine Sorgen, Andrew, alter Junge. Gleich haben wir dich im Kamp Zwei — sicher und behaglich.«
»Du . . . Rusty? Wirklich . . . du?«
»Ich bin's wirklich. Nun wollen wir dir helfen.«
»Erst muß ich etwas wissen . . .«
»Was mußt du wissen?«
»Ist sie da . . . in Kamp Zwei?«
Voll Liebe und Mitleid blickte Rusty auf seinen Bruder hinunter, während er ruhig sagte:
»Ja, Andrew. Alice Lang ist in Kamp Zwei. Sie wartet auf dich.«
»Gott sei Dank. Gib mir eine Zigarette, Rusty.«
Rusty lächelte. »Das ist ein gutes Zeichen. Ich steck' dir sofort eine an. Und dann mußt du die Zähne zusammenbeißen. Wenn wir dich auf den Lastwagen heben, das wird verflucht weh tun.«

So begegnen wir uns

Als die Sonne herauskam, trug Philemon einen Liegestuhl an den Höhenrand der Flußschlucht.
Alice nickte. Sie war erleichtert gewesen, als Rusty gesagt hatte, er müsse mit dem Lastwagen wegfahren.
»Mein Bericht über das Reservat an das Kuratorium der Nationalparks erfordert einige persönliche Feststellungen nach dem Regen. Wollen Sie mitkommen?«

»Nein, Rusty, ich möchte eine Weile allein sein.«
»Es wird aber ein paar Stunden dauern.«
Sie hatte gelächelt — in einer reifen, fast mütterlichen Weise, über die er sich ärgerte. »Ich kann warten.«
»Das will ich glauben!«
Er hätte sie in den Arm nehmen mögen, doch sie hatte ihn mit einem Ausdruck in den braunen Augen, den er nicht verstand, daran gehindert.
»Ich kenne Sie nicht mehr, Likwezi. Sie sind wieder zur Fremden geworden. Wirklich. Einmal glaube ich, ich kenne Sie besser als sonst einen Menschen in meinem Leben, und im nächsten Augenblick sind Sie weit weg. Wenn ich Sie berühre, weiß ich genau, was Sie denken und fühlen, was Sie fürchten und lieben, was Sie erregt, und plötzlich entgleiten Sie mir und ziehen sich in einen Winkel zurück. Sie lehnen Ihren Kopf an das Fenster von 'Sweet Sue' und sind meilenweit weg.«
Dann hatte er sie mit dem verletzten ärgerlichen Blick verlassen, der sein Gesicht so jungenhaft machte. *Wenn ich Sie berühre, kenne ich Sie* . . . ach, Rusty, aber wenn du mich berührst, kenne ich mich nicht mehr. Alles wird anders — vibrierend, heidnisch, erschreckend. *Bei Tage wird die Sonne dich nicht stechen, noch der Mond bei Nacht.* In den letzten paar Tagen habe ich viel zuviel Sonne und Mond, zuviel Gewitter, zuviel Natur gehabt.
Sie legte sich im Liegestuhl zurück und lauschte dem Aufruhr des Flusses. Die Zikaden schrillten wieder in den Bäumen, und Frösche quakten. Erde und Gras rochen köstlich, und das ganze Buschveld dampfte im blassen Sonnenschein. Jedes Blatt, jeder Grashalm funkelten, und der Himmel mit seinen Wolkenfahnen und -fetzen war von reinem, saubergewaschenem Blau. Webervögel zwitscherten in den Weiden, und hier und da beklagte sich ein Weibchen schrill darüber, daß das von ihrem Männchen gebotene Nest ihrem Geschmack nicht entsprach.
Hier, am Abend vor dem Gewitter, hatte Alice geglaubt, sie hasse Rusty. Sie schloß die Augen, und die Wangen brannten ihr, als sie sich der heißen Aufwallung von Scham und Wut erinnerte, bei

der sie die Beherrschung verloren und Rusty wie ein undiszipliniertes Schulmädchen geschlagen hatte, nur weil sie vor der Gewalt der völlig unbekannten, plötzlich in ihr tobenden Leidenschaften erschrocken war. Wir hassen, was wir fürchten, hatte Rusty gestern gesagt – gestern erst? – ja, nachdem Ndolvukasi ihr die Löwenkralle geschenkt hatte. War es Furcht vor Rusty gewesen – oder Furcht vor sich selbst? Sie waren wie eingesperrte Vögel, die plötzlich ohne jede Vorbereitung freigelassen wurden und nun in einem ihnen fremden und mit Gefahren erfüllten Element sangen und flatterten und ihre Freiheit abwechselnd fürchteten und genossen.

Sie nahm die Kralle aus der Tasche und hielt sie in der offenen Handfläche – eine stark gekrümmte Sichel aus unpoliertem Horn, ein Amulett gegen Unheil. Was hatte die Löwenbeschwörerin gesagt, als sie es ihr mit so eindrucksvoller Würde schenkte? Rusty hatte sich geweigert, die Beschwörung zu übersetzen – oder war es ein Segen – oder vielleicht eine Warnung? Warum? Plötzlich schauderte Alice. Dies war das Land des Zaubers. Es war ein Land, in dem man leicht seinen Weg verlieren konnte. Wie seltsam die letzte Nacht gewesen war! Das Gewitter mit seiner ungezügelten Wut, der Blitz, der den alten Affenbrotbaum spaltete und die vernichtete, die in seinen Zweigen wohnten, und Rustys Güte – die Güte, vor der ihr Entsetzen sich in Tränen auflöste. Sie waren leichtherzig wie Kinder in diesen kühlen, lebenspendenden Regen hinausgelaufen und hierher wie zu einem Stelldichein gekommen, und dann hatte sie, noch von seiner Güte verzaubert, das Geständnis seiner Liebe herausgefordert.

Güte. Hatte sie der Güte so sehr bedurft? War Güte der Schlüssel zur Liebe? Wenn es so war, dann hatte Andrew ihr Liebe und Güte in vollem Maß geschenkt – mit seinen Briefen, seinem geduldigen Verständnis und seinem warmen Entgegenkommen, als sie endlich frei war. Er hatte ihr auch Vertrauen geschenkt. Rusty hatte ihr niemals vertraut. Er hatte Motive hinter ihren Handlungen gesucht, denn das Gift einer alten Wunde wirkte noch immer in ihm nach. Andrew liebte sie um der Eigenschaften willen, mit denen sein einsames Herz sie ausgestattet hatte — Charakterstärke, Mut auf ihrem Posten auszuharren, Pflichtbewußtsein, während Rusty ihr alles Mögliche zutraute, nur um sie verdächtigen zu können. Er hatte gemeint, sie sei zu allem fähig, sie habe nicht einmal die Mühe gescheut, bis nach Afrika zu kommen, bloß um die Falle zuschnappen zu lassen, die sie seinem Bruder gestellt habe. In seiner irdisch-heidnischen Art hatte er sehr bald ihre Schwäche entdeckt — die Erinnerung an seine erregende Anwesenheit überlief ihre Haut wie eine Nachtbrise —, er hatte verhaltene, schlummernde Wünsche in ihr geweckt, die ein gefährliches Ventil gefunden hatten: in den Augenblicken der Gefahr, in Stunden stiller Vertrautheit, durch zufällige Berührungen, die sie später sogar suchten. Ich bin berauscht, dachte sie, trunken von Freiheit, Sonnenlicht und Mondschein. Ich bin es noch, aber nun weiß ich, wo mein Fehler liegt . . .

Plötzlich fühlte sie sich wehrlos und großen Gefahren ausgeliefert über einem Abgrund zwischen zwei Welten schweben, zwischen Vergangenheit und Zukunft. Sie erinnerte sich der ersten Nacht im Flugzeug, als sie in der Dunkelheit einen Funkenschweif sah, der aus dem Motor unter der Tragfläche sprühte. Voller Furcht hatte sie geglaubt, das Flugzeug brenne, doch die blonde Stewardeß hatte gelacht und sie beruhigt. Auch jetzt brauchte sie einen Menschen, der sie beruhigte. Wenn nur Betty hier wäre! Ihr gegenüber hätte sie sich die Last vom Herzen geredet. Zwischen ihr und Betty gab es keine Geheimnisse . . .

Keine Geheimnisse? Plötzlich schlug Alice die Hände vor die Augen. Nein, das konnte sie nie wieder sagen. Der Augenblick der völligen Offenheit war vorüber. Es *gab* ein Geheimnis zwischen ihr und Betty — ein entsetzlich erschreckendes Geheimnis, so dunkel, daß sie es nie mit ihr teilen konnte. Voller Furcht blickte sie zu Boden, als ein zitterndes Miauen erklang, und im nächsten Augenblick war die geschmeidige schwarze Katze ihr auf den Schoß gesprungen. Sie lachte bebend auf, voller Dankbarkeit, eine Katze und keinen Leoparden zu sehen.

»Hallo, Lucky! Es ist doch gut, auch einmal ein ganz gewöhnliches Tier in Velaba zu finden.« Sie streichelte das glatte Fell, und die Katze begann zu schnurren. »Aber bist du wirklich ein gewöhnliches Tier? Gibt es hier überhaupt so etwas? Oder bist du der Geist einer Hexe, ebenso schwarz wie du?«

Lucky ließ sich in der brütenden Haltung einer Henne auf dem Nest oder einer Sphinx in der Wüste nieder und gab keine Antwort.

»Katze«, sagte Alice, »da sind zwei Männer in meinem Leben. Der eine ist Fleisch und Blut, und der andere existiert bislang nur auf Papier. Wenn du wirklich der Geist einer Zauberin — oder so etwas wie Ndlovukasi, die Beschwörerin der Löwen — bist, wirst du meinen papierenen Geliebten zum Leben erwecken und zu mir bringen. Ich brauche ihn sehr. Ich kann die Wahrheit nicht mehr von der Illusion unterscheiden.«

Lucky schnurrte lauter.

Andrew. Heute früh hatte Alice erwartet, daß sie seine Stimme im Funksprechgerät hören werde, doch Maxim, sein Hausboy, hatte statt seiner gesprochen und gesagt, daß sein Herr nachts mit Sergeant van Wyk zu einer Patrouille gefahren und bisher noch nicht zurückgekehrt sei. Es war Rusty auch nicht gelungen, Verbindung mit Jan Nelmapius in Kamp Eins zu erhalten, doch Inspektor Banks von der Polizeistation in Duiker's Drift hatte sich eingeschaltet und gebeten, ihn um acht Uhr abends auf der üblichen Wellenlänge von Velaba noch einmal anzurufen; vielleicht könne er dann weitere Nachrichten geben.

Dabei hatte Rusty sich an Alice gewandt: »Wenn Andrew und van Wyk zwischen dem Zeeokei und dem Hlaru vom Gewitter überrascht worden sind, sitzen sie fest, bis das Hochwasser zurückgeht.«

»Könnten sie in Schwierigkeiten geraten sein?«

»Auf einer Nachtpatrouille kann man immer in Schwierigkeiten geraten. Vielleicht haben sie Biltongbanditen verfolgt — und diese Leute sind gefährlich. Aber Andrew und van Wyk sind ein hartes Gespann.«

Andrew hart? Andrew, der nie ein lebendiges Geschöpf tötete, außer um es vom Leiden zu erlösen? Irgendwie fiel es ihr schwer, sich ihn hart vorzustellen. Das paßte besser zu seinem Bruder. Alice seufzte und stand auf, während die Katze von ihrem Schoß zu Boden sprang.

Die Sonne stand tief, und in der Ferne hörte sie den zurückkehrenden Lastwagen. Der Nachmittag fiel ihr ein, an dem Rusty den Elefanten verfolgt hatte. Wie gelähmt sie da gewesen war — wie besorgt um ihn! Oder hatte sie sich hauptsächlich um ihretwillen gefürchtet, verängstigt bei dem Gedanken, in der Wildnis gestrandet zu sein, nur von einem Bantu und einer schwarzen Frau begleitet, deren Sprache sie nicht verstand. Sie überlegte: War sie sich selber gegenüber eigentlich ehrlich, oder drehte sie die Dinge immer so zurecht, wie es am schmeichelhaftesten für ihre Selbstachtung war?

Die Katze miaute leise, und Alice hörte den Lastwagen vor dem Haus des Hegers vorfahren, doch sie ging Rusty nicht entgegen. Er würde hierher zu ihr kommen. Sie wollte diesen Augenblick des Alleinseins so lange ausdehnen wie möglich.

Dann hörte sie Rustys Schritt, rasch und voller Hast, wie sie es kaum von ihm gewohnt war. Sie kehrte sich Rusty zu, und das Herz zog sich ihr zusammen.

Sein Gesicht war geisterblaß, die gesunde gebräunte Haut hatte alle Farbe verloren, und seine Augen sahen vor Elend krank aus.

»Rusty! Was ist geschehen?«

Er nahm ihre beiden ausgestreckten Hände in die seinen.

»Alice, ich habe eine böse Nachricht für Sie — eine sehr böse. Wir haben Andrew gefunden — angeschossen und entsetzlich mitgenommen — etwa zwanzig Kilometer von hier entfernt. Wir haben ihn hergebracht. Er lebt . . .« Seine Stimme stockte, und er wandte den Kopf ab, sein Gesicht zuckte. Diese furchtbare Heimfahrt, sein Bruder hinten im Lastwagen — vielleicht sterbend in den Armen Sauls —, es war ein Alpdruck von Furcht und Entsetzen gewesen. »Er steht unter Morphium. Ich hatte den Kasten für Erste Hilfe im Wagen — den habe ich für den Notfall immer mit —, und als wir ihn fanden, hatte er schreckliche Schmerzen —

schon seit einigen Stunden. Ich habe ihm eine Injektion gegeben . . .«
»Andrew — Andrew hier? Verwundet — vielleicht aussichtslos verletzt!« Sie schwankte, blaß und zitternd. Ihre kurze Schwäche schien Rusty zu stärken, und sie spürte, wie seine Hände sich fester um ihre preßten.
»Hören Sie, wir können ihn frühestens in achtundvierzig Stunden zu einem Arzt bringen, und ich weiß nicht, was ich für ihn tun könnte. Das ist nun Ihre Aufgabe. Sie *müssen* sich jetzt um ihn kümmern. Sie sind jetzt keine Frau, Sie sind Schwester Alice Lang. Vergessen Sie das nicht! Was Sie auch denken und fühlen mögen, wenn Sie ihn sehen — Sie sind Schwester Alice Lang!«
Durch seine harten, starken Hände floß Kraft, und sein Wille überwand ihre Schwäche. Ihr Kopf hob sich, und ihr Gesicht verwandelte sich unter seinen Augen und gewann seine Stärke wieder.
»Kommen Sie«, sagte sie entschlossen.
Nebeneinander gingen sie zum Haus hinüber, ihre Schritte waren rasch und zielbewußt. Sie war Schwester Alice Lang, die ihren Dienst tat. Er führte sie in sein Rondawel, und sie sah die Gestalt auf dem Bett — ganz still, still wie der Tod. Sie blickte hinunter auf den Mann, der da lag — auf die langen, unbeweglichen Glieder, den feinen Kopf mit dem graumelierten Haar, den geschlossenen wachsbleichen Lidern und den dunklen geraden Brauen und auf die hageren, eingefallenen Züge. Es war ein Gesicht aus Schatten und Höhlen, sensibel und stark, von Anspannung und Leiden gezeichnet — ein bisher ungesehenes, doch tief vertrautes Gesicht. Sie sah die blutgetränkten Verbände unter der offenen Buschjacke, die schmutzige Schlinge, die den verletzten Arm hielt, und die langen sehnigen Finger der schlaffen linken Hand. Sie kniete sich neben das Bett und legte ihre Wange auf seine Brust und hörte das rasche, leichte Schlagen seines Herzens. Tränen stiegen ihr in Augen und Kehle, und die Erinnerung an die langen einsamen Jahre, in denen sie einander so nötig gebraucht hatten, überwältigte sie.

»Du bist es . . .«, flüsterte sie, »du — und so begegnen wir uns . . .«
Rustys Stimme war scharf: »Wir müssen für ihn tun, was wir können, ehe die Wirkung des Morphiums nachläßt.«
Als Alice sich erhob, äußerlich ruhig und gefaßt, zeigte sie sich den Forderungen der Situation gewachsen. Rusty staunte über ihre Sorgfalt, über die ruhige Exaktheit ihrer Anordnungen, über die Geschicklichkeit, mit der sie die groben Verbände entfernte und die häßliche Wunde bloßlegte. Sie ist wieder hart, dachte er, hart wie Stahl! Und er dankte Gott dafür. Er ahnte nichts von dem Entsetzen und der Not, die sie bezwang wie eine Übelkeit: Laß ihn nicht sterben, laß ihn nicht so enden! Laß mich ihm jetzt helfen, wie er mir über so viele harte Stunden zu Haus geholfen hat, laß mich das Rechte für ihn tun . . . bitte . . .
»Wie ist das alles gekommen, Rusty? Wissen Sie das?«
Er erzählte ihr von Sauls Bericht, während sie gemeinsam die Wunde desinfizierten und alles nur Mögliche taten, damit Andrew warm, sauber und bequem lag.
Bisweilen stöhnte er, doch der Schmerz, der während der bitteren Stunden der Dunkelheit und des endlosen Tages an ihm genagt hatte, ließ endlich nach. Andrew war sich der Stimmen und Gestalten bewußt, der sanften Hände auf seinem Körper, des Brandys auf seiner Zunge, der Wärme und der Bequemlichkeit und eines überwältigenden Wunsches, zu schlafen und nie wieder aufzuwachen. Doch tief unten in seinem Innern wußte er, daß da etwas Wichtiges war, was getan werden mußte, ehe er es sich erlauben konnte, in dieses Meer des Vergessens zu sinken. Irgend etwas war zu tun, deshalb war er hierhergekommen, irgend etwas, was nicht warten durfte. Doch er wollte die Augen nicht öffnen, nicht an die Oberfläche des Bewußtseins heraufsteigen und die schlummerden Schmerzen nicht wieder wecken. Aber es gab einen Grund, weshalb er sich nicht fallen lassen durfte, einen Grund, der ihn schon einmal gerettet hatte. Er stöhnte laut und hob die rechte Hand zum Kopf; er strich damit über sein Gesicht und spürte das Kratzen der unrasierten Wangen und des Kinns. Weshalb war er hierhergekommen? Was mußte er tun?

Er versuchte etwas zu sagen. Rusty — wo war Rusty?
Doch es war die klare, sanfte englische Stimme, die wie eine Glocke durch sein umwölktes Gehirn klang.
»Versuch still zu liegen, Andrew. Versuch zu schlafen. Du bist gut aufgehoben bei Rusty und mir. Schlaf ein . . . schlaf.«
Die leise Stimme brachte ihm trotz ihres Wiegenliedklanges seine Umgebung wieder zu Bewußtsein; er bewegte sich, und die Schmerzen trieben von neuem ihr grausames Spiel. Er öffnete die Augen und sah Alice neben seinem Bett sitzen. Ihre kühle Hand hielt die seine, und ihre sanften dunklen Augen blickten auf ihn nieder. Wie traurig sie waren — diese Augen — wie schön.
Ein Echo hallte durch seinen wirren Kopf: 'Braune Augen hüten ihr Geheimnis . . .' Aber da, da kam es wieder . . .
Alice schaute zu Rusty hinüber, der an der anderen Seite des Bettes saß, den Rücken dem Fenster zugekehrt. Ihre Lippen formten die Worte: »Er wacht auf.«
Sie sah, wie sich die dünnen Linien zwischen Andrews Brauen vertieften und die grauen Augen klarer wurden. Das hatte sie Hunderte von Malen gesehen, diesen Prozeß des Zusichkommens, diese allmähliche Rückkehr in die Wirklichkeit. Sie kannte jedes Zeichen, jeden Schritt des Weges. Manche kamen zögernd zurück, sie klammerten sich an den Nebel und weigerten sich aufzuwachen, während andere sich selbst zum Bewußtsein zurückzwangen und so den Schmerz aufs neue heraufbeschworen. Weshalb trieb Andrew sich selber so heftig an — ohne Rücksicht auf die Schmerzen, auf die Erschöpfung nach der einschläfernden Wirkung des Morphiums?
Sein Blick begann zu erfassen, in seinen Augen dämmerte Erkennen auf, und langsam huschte ein schwaches Lächeln über sein Gesicht.
»Alice . . . endlich . . .«
»Ja, Andrew.«
»So begegnen wir uns . . .« Sein Lächeln wurde schmerzlich. »So war es nicht vorgesehen.«
»Nichts ist so, wie man es vorsieht.«

Wie traurig ihre Augen waren! »Mach dir nichts daraus . . . Alice . . . Liebste.«
Seine Stimme war stärker, er lallte weniger.
»Er sieht besser aus«, sagte Rusty.
Doch Andrew hörte seinen Bruder kaum. Er versuchte nicht, den Kopf zu drehen. Er sah nur das Mädchen, dessen Hand auf der seinen lag, das Mädchen, das viel schöner war, als er es sich erträumt hatte. Seine Zweifel und Befürchtungen lösten sich auf und vergingen bei ihrem Anblick, und er glaubte fest, daß sein ganzes Leben nur zu diesem einen schmerzhaften und eindringlichen Augenblick geführt habe, zu dieser Frau.
»Du bist . . . so reizend.«
Ihr Lächeln zitterte im linken Mundwinkel. Das von der Lippe hatte er nicht gewußt — diese leichte Schwäche. Es gefiel ihm sehr.
Sie flüsterte: »Still, mach die Augen zu, wir können später miteinander reden.«
»Irgend etwas muß mir noch einfallen . . .«
»Mach dir keine Sorge. Es ist nicht wichtig. Nichts ist wichtig, außer daß du ruhst.«
Rusty sagte: »Alter Junge, die verfluchten Biltongbanditen haben dich durch die Schulter geschossen. Du und van Wyk, ihr hattet ein Feuergefecht . . .«
»Van Wyk! Ist er hier?«
»Nein. Er ist auf der anderen Seite des Hlaru steckengeblieben.«
Andrews Augen waren lebhaft geworden. Rustys Worte hatten ihn in die Gegenwart mit ihrer ganzen Bedeutung zurückgebracht.
»Richtig . . . Van Wyk. Das war es. Alice, ich bin gekommen, weil ich dich warnen wollte . . .«
»Mich, Andrew, warnen? Aber warum?«
»Van Wyk — die Polizei — ist interessiert an dir — stellt Nachforschungen an. Warum — warum will die Polizei sich über dich erkundigen, Alice?«
Ihr Gesicht, ihre Lippen hatten alle Farbe verloren, und er spürte, wie ihre Hand sich aus der seinen löste. Im Zimmer war es sehr still. Das goldene Abendlicht fiel in einem langen waagerechten

Strahl durch das offene Fenster auf ihren gebeugten Kopf. Sie sah entsetzlich einsam aus. Ihr Schweigen, ihre schuldige Miene und ihre Niedergeschlagenheit rührten ihn ans Herz. Sie hatte viel zu lange ihre eigene Last und die Last anderer getragen. Nun war er bei ihr, um diese neue Schwierigkeit mit ihr zu teilen. Und dann — mit einem dieser seltsamen Blitze der Erleuchtung, die bisweilen in Augenblicken von Schmerz oder Gefahr aufzucken, stand die Antwort auf seine Frage vor Andrews Geist, ehe Alice sie noch ausgesprochen hatte.

Er sah, wie sein Bruder hochfuhr, als wäre er verwundet worden.

»Alice!« schrie er auf.

Andrew konnte Rustys Gesicht gegen das Licht nicht erkennen, aber er wußte, daß Schrecken darin stand, und das Mitleid, das für Alice in ihm aufgewallt war, umfaßte auch seinen Bruder.

Rusty sagte: »Weshalb könnte die Polizei Sie suchen, Alice?«

Sie stand auf und sah ihn über Andrews Körper hinweg an. Die beiden Augenpaare begegneten sich mit traurigem Fatalismus, während sie mit klarer, ruhiger Stimme Antwort gab.

»Sie könnte mich wegen Mordes suchen, Rusty.«

Wir haben eine Nachricht für euch

Es war acht Uhr abends, die übliche Stunde für den Funksprechverkehr zwischen den Kamps, und als Rusty weder von Nelmapius in Kamp Eins noch von Sergeant van Wyk in Poinsettia Antwort erhielt, rief er die Polizeistation in Duiker's Drift.

»Ja, Kamp Zwei, ich höre euch laut und deutlich. Heger Nelmapius ist im Augenblick in meinem Büro«, sagte Polizeiinspektor Banks, der gerade Dienst hatte. »Und wir haben eine Nachricht für euch.«

»Ich habe auch Nachrichten, Inspektor. Mein Bruder Andrew ist hier im Kamp. Durch die Schulter geschossen. Er kann nicht selbst mit Ihnen sprechen, weil es ihm ziemlich schlechtgeht. Er hat einen Zusammenstoß mit den Bakkie-Banditen gehabt. Aber ich kann Ihnen die meisten Tatsachen berichten — zum Teil nach seinen eigenen Angaben, zum Teil nach denen des Wildhüters, Saul. Over.«

»Daß Ihr Bruder dabei verletzt worden ist, tut mir sehr leid. Können wir irgendwie behilflich sein? Einen Arzt rufen, der Sie fernmündlich berät? Over.«

»Nein, danke. Andrew kann sich behelfen, bis wir ihn nach Poinsettia zu Dr. Hurley bringen. Over.«

»So einfach wird das nicht sein, Rusty. Ich brauche Mr. Miller hier als Zeugen, sobald er in der Lage ist, zu reisen. Deswegen werde ich Sie morgen noch einmal anrufen. Inzwischen erzählen Sie uns bitte, was Sie über diesen Fall wissen. Vielleicht können wir danach schon einige Lücken ausfüllen. Over.«

Banks und Nelmapius hörten zu, als Rusty die Verfolgung beschrieb, den Tod des Wildhüters James, den Verlust des Jeeps, die Flucht der Banditen und die Rettung Andrews. Er schloß: »Wir nehmen an, daß Sergeant van Wyk sich abgeschnitten zwischen den überschwemmten Flüssen Hlaru und Zeekoei befindet. Over.«

Banks sagte: »Das erklärt, weshalb wir keine Verbindung mit ihm in Poinsettia bekommen. Wir erfuhren gestern abend, daß er mit Ihrem Bruder eine Patrouille unternehmen wollte. Er bat uns, ein Auge auf die südlichen Seitenwege der Straße nach Johannesburg zu haben. Deshalb kann ich Ihnen die Fortsetzung Ihres Berichts geben — nur die nackten Tatsachen, die wahrscheinlich heute abend in den Neunuhrnachrichten des Rundfunks kommen werden. Over.«

»Fahren Sie bitte fort. Over.«

»Ich übergebe an Heger Nelmapius«, sagte Banks. »Es ist seine Geschichte.«

Nelmapius erzählte in großen Zügen, was sich von der Zeit an zugetragen hatte, als er und Sergeant Neethling Kamp Eins verlassen hatten, bis zu dem Augenblick, da sie die Banditen auf Boryslawskis Farm einholten. Dann setzte Banks den Bericht weiter fort:

»Neethling fand in dem großen Hangar Gewehre und genug Biltong, um eine Armee zu versorgen. Er brachte Anton Boryslawski und Marcus Gottlieb zusammen mit den anderen Gefangenen und Zeugen sofort hierher. Over.«

Rusty fragte: »Fanden Sie weitere Beweismittel für den Fall Amos? Over.«

»Darüber möchte ich im Augenblick lieber nichts sagen. Können Sie mir Bericht über den Zustand der Flußübergänge geben? Over.«

»Wenn es nicht wieder regnet, müßten die Dämme morgen gegen Mittag befahrbar sein. Over.«

»In diesem Fall wird van Wyk vermutlich bald darauf in Kamp Zwei erscheinen. Wenn das geschieht, sagen Sie ihm bitte, er soll mich um drei Uhr nachmittags wegen weiterer Instruktionen anrufen. Over.«

»Ich werde es ihm sagen — falls er kommt. In jedem Fall werde ich mich um diese Zeit melden. Ist das alles? Over.«

»Das ist im Augenblick alles. Meine Empfehlungen an Ihren Bruder. Hoffentlich geht es ihm morgen früh besser. Ende.«

Als Banks das Gerät ausschaltete, erhob sich Nelmapius und steckte sich eine Zigarette an. Die Ereignisse der letzten vierundzwanzig Stunden hatten ihn ziemlich mitgenommen.

»Sie haben ihm gar nichts über March gesagt«, wandte er sich an Banks. »Warum nicht?«

Der Inspektor, der mager und trocken wie ein Stück Biltong war und fast ebenso braun, säuberte nachdenklich seine Nägel mit dem Taschenmesser.

»Ich hielt es für besser, darauf zu verzichten. In diese Sache sind sehr viele Leute verwickelt, und wenn zufällig einer davon mithörte, ist es besser, er glaubt, der Verräter sei immer noch in der Lage, Informationen zu geben.«

Er zog eine Schublade auf, nahm ein Blatt Papier heraus und schob es Nelmapius über den Schreibtisch zu. »Vermutlich haben

Sie schon einen Durchschlag davon gesehen. Neethling hatte einen.«

»Die Aussage von Amos?«

»Hm. War verdammt schwer, aus dem armen Teufel etwas herauszukriegen. Einer unserer eingeborenen Polizisten hat stundenlang bei ihm gesessen, bis er nach und nach mit Hilfe von Zeichen, die Amos auf seine Fragen gab, alles erfahren hatte, was er wissen wollte. Die Aussagen passen genau zu unseren Vermutungen.«

Nelmapius drehte das maschinengeschriebene Blatt in den Händen hin und her. Es war mit den sorgfältigen kindlichen Buchstaben unterschrieben, die er so gut kannte — die mühsame Schrift seines besten Wildhüters —, doch im Gegensatz zu früher ungleichmäßig, im Dunkel gemalt.

Die kurze Aussage berichtete von Verrat.

Amos hatte sich wie gewöhnlich mit March auf seine Patrouille begeben, ohne zu ahnen, daß sein Kamerad mit den Wilderern im Bunde war. Er hatte March anvertraut, er glaube, daß der Sweet Spruit ein Versteck für gewildertes trockenes Fleisch und eingeschmuggelte Gewehre sei. March hatte so getan, als sei er der gleichen Ansicht. Sie hatten zwischen dem Kraal des Alten Häuptlings und dem Sweet Spruit übernachtet, um das Gebiet bei Tagesanbruch genau zu untersuchen. Sie hatten während der Nacht abwechselnd Wache gehalten, wie sie es immer taten, wenn kein schützender Dornwall ihr Lager umgab. Während Amos schlief, mußte March weggegangen sein, um die Wilderer zu verständigen. Amos erwachte bei Mondschein am brennenden Feuer und fand sich von einem halben Dutzend Männern umzingelt. Ehe er noch nach seinem Gewehr oder seinem Assagai greifen konnte, hatten sie ihn überwältigt. Sie schleppten ihn zum Sweet Spruit. Er war überzeugt, daß auch March dabei war, ebenso der Zauberdoktor des alten Häuptlings, und er glaubte, überdies auch dessen Berater erkannt zu haben; doch das konnte er nicht genau angeben. Seine Erinnerung an den gräßlichen Höhepunkt seiner Leiden war gnädig verwirrt. Jobs Bericht darüber,

wie er ihn dem Tode nah gefunden hatte, ergänzte die tragische Geschichte.
Mit einem Seufzer reichte Nelmapius die Aussage zurück, »Amos wußte nicht, daß March Oase nachstellte.«
»Ob schwarz oder weiß«, sagte Banks, »es ist immer das gleiche alte Komplott mit wenigen Variationen. Das ewige Dreieck. So ist das Leben.«
Ja, dachte Nelmapius. So ist das Leben. Thea möchte Andrew Miller haben — und ich Thea . . .
Er sagte: »Eins wundert mich: Warum ist March zum Kronzeugen geworden? Das verstehe ich nicht.«
Banks ließ sein Taschenmesser zuschnappen und untersuchte seine Fingernägel ohne viel Interesse. Er stand auf und legte dem jungen Heger die schwielige Hand auf die Schulter.
»Hören Sie zu, Mann, das ist etwas, was man sich merken sollte. Manchmal hat ein Mensch zwischen verschiedenen Ängsten zu wählen. March fürchtete sich vor der Polizei, doch noch weit mehr vor andern Dingen. Wenn Sie in die schwarze Seele eines Eingeborenen hineinschauen könnten, wären Sie erstaunt über die Schlangengrube, die Sie dort fänden — Ängste, die übereinander kriechen, wie ein Nest der verdammten Mambas, einander verschlingend, einander vergiftend. Wahrscheinlich werden wir niemals genau erfahren, weshalb March das Gefängnis vorzog, doch eines kann ich Ihnen versichern, nie hatte er die Absicht, wieder nach Velaba zurückzukehren. Was auch geschehen sein mag, mit Velaba war er fertig. Nun gehen Sie zu Ihrem Wildhüter Amos und erzählen Sie ihm das Neueste, um ihn ein wenig aufzuheitern. Weiß Gott, der arme Kerl kann eine erfreuliche Nachricht gut brauchen.«
Das Krankenhaus lag direkt gegenüber der Polizeistation, doch Nelmapius legte den kurzen Weg mit schleppenden Schritten zurück. Er wünschte, er besäße Andrew Millers Erfahrungen mit der Bantu-Mentalität. Andrew wüßte genau, was er dem armen verstümmelten Boy zu sagen hätte.
Eine junge Nonne mit rosigem Gesicht und ungewöhnlich kla-

ren blauen Augen öffnete Jan Nelmapius freundlich die Tür. »Wir erwarten Sie schon, Mr. Nelmapius. Inspektor Banks hat angerufen, daß Sie kämen. Er hat besonders darum gebeten, daß Sie Amos sprechen dürfen.«
»Wie geht es Amos?« fragte Nelmapius, während er ihr durch den Korridor folgte. »Ich meine, wie nimmt er es auf — *ehrlich*?«
Sie blieb unter dem großen hölzernen Kruzifix stehen, dieser ständigen Mahnung, daß die Leiden unseres Herrn alles überstiegen, was den Patienten vielleicht auferlegt werden mochte. Nach einer Weile sage sie:
»Körperlich geht es ihm gut. Er ist ein gesunder Bursche, und inzwischen müßte er völlig außer Gefahr sein. Aber wenn Sie mich fragen, wie er sein tragisches Schicksal hinnimmt, fällt es mir schwer, Ihnen zu antworten. Diese Menschen sind oft so sonderbar . . .«
Sie brach ab. Sie sprach die weiche irische Mundart, und er fand, sie habe das gleiche unschuldige Aussehen, das ihm an Thea so sehr gefiel.
»Wie meinen Sie das, Schwester? Daß er nicht den Wunsch hat, weiterzuleben?«
Sie zögerte. Die klaren blauen Augen waren nicht mehr jung, sie hatten zu viel von der Qual menschlichen Leidens erlebt.
»Mr. Nelmapius, ich habe ein seltsames Gefühl Amos' wegen. Vielleicht sollte ich Ihnen das nicht sagen . . .«
»Bitte, sprechen Sie weiter.«
»Ich meine fast, er wartet auf etwas . . . bevor er . . .« Sie strich sich mit der Hand über die Augen. »Nein«, sagte sie, »ich bin närrisch. Kommen Sie mit. Hier entlang. Dann können *Sie* mir sagen, wie Sie ihn finden.«
»Ich habe ihm sehr viel zu erzählen«, erwiderte Nelmapius. Sie warf einen Blick auf ihre einfache Armbanduhr, und er stellte sich vor, wie sie nach dem geschäftigen kleinen Sekundenzeiger Puls und Temperatur maß.
»Halb neun. Bleiben Sie nicht zu lange. Es war eine große Anstrengung für ihn — die vielen Fragen, die die Polizei zu stellen hatte.«

Die weißgekleidete Gestalt glitt vor ihm her durch den Gang. Nelmapius schien es, als segle sie wie ein Schwan dahin. An der Tür, über der der Name St. Franziskus stand, hielt sie an.
»Er hat sein Zimmer für sich. So war es einfacher für die Polizei.« Sie öffnete geräuschlos die Tür und knipste das Licht an. »Gehen Sie nur hinein, Mr. Nelmapius. Ich komme wieder, wenn die Zeit um ist.«
Amos saß aufrecht, in die Kissen gelehnt. Der Raum war sehr klein, und das Bett stand an der dem Fenster gegenüberliegenden Wand. Das Moskitonetz war hinter Amos' Kopf zurückgeschoben. Auf dem Nachttisch befanden sich ein Becher mit Zitronenwasser und ein Päckchen billige Zigaretten. Ein kleiner Schrank und ein Stuhl vervollständigten die Einrichtung.
Als das Licht aufflammte, sah Nelmapius, wie sich das blinde, ausdruckslose Gesicht schweigend dem Geräusch der sich wieder schließenden Tür zukehrte. Die Augen des jungen Bantunegers waren verbunden; die Haut ähnelte nicht mehr dunklem poliertem Holz, sie wirkte wie Ton. Die langen, geschmeidigen Hände lagen schlaff auf der groben braunen Decke, und der gestreifte Krankenhaus-Schlafanzug ließ den blutunterlaufenen Hals mit dem stark hervortretenden Adamsapfel sehen.
Nelmapius, der Amos als luchsäugigen Wildhüter und vergnügten Lautensänger kannte, spürte ein heißes Brennen hinter den Augen. Er biß sich auf die Lippe, während er auf weichen Veld-Schuhen ans Bett trat. An dem Zucken des verstümmelten Mundes sah er, daß der Wildhüter den vertrauten Schritt erkannt hatte. Er zog den Stuhl heran und setzte sich, dabei legte er sanft eine Hand auf Amos' Arm. Als er dabei das Zusammenzucken spürte, erkannte er, daß für den Blinden jede unerwartete physische Berührung wie ein leichter Schock sein mußte. Er war sehr erregt, und es fiel ihm schwer, mit ruhiger Stimme zu sprechen.
»Amos, ich höre, es geht dir gut; ich darf zwar nicht zu lange bei dir bleiben, aber ich habe dir viel zu erzählen.«
Er sprach Afrikaans, da Amos diese Sprache besser verstand als der Heger den Bantudialekt. Doch er redete langsam und in einfa-

chen Sätzen, weil er wußte, daß weder Gesten noch der Gesichtsausdruck ihn unterstützen konnten.

»Zuerst muß ich dir sagen, daß es deiner Frau und deinem Sohn gutgeht. Baas Rusty hat sie in den Kraal von Ndlovukasi, der Beschwörerin der Löwen, gebracht, und nun sind sie bei deinen Eltern. Ich war heute morgen dort, und Oase schickt dir viele Mitteilungen. Sie bat mich um zwei Pfund, da sie bei Ndlovukasi Schulden hatte, die sie bezahlen wollte, und ich habe sie ihr als Vorschuß gegeben . . .«

Er schwieg, da Amos einen kleinen seltsamen Kehllaut ausstieß, und für einen Augenblick erhielten die totenähnlichen Züge einen Anflug von Leben, sogar von Befriedigung.

»Dann sollst du wissen, sobald du dich erholt hast, bekommst du wieder Arbeit im Wildreservat. Ich kann noch nicht genau sagen welche, aber wir finden etwas, damit du deinen Lebensunterhalt verdienen kannst.«

Amos wandte den Kopf ab, und Nelmapius spürte, daß es ihm diesmal nicht gelungen war, den Boy zu erleichtern, sondern daß er ihm unbeabsichtigt einen Schlag versetzt hatte.

Es war alles so schwierig und quälend. Wenn nur Andrew Miller hier wäre! Oder wenigstens Rusty. Er hob die Hand an sein rasiertes Kinn und dachte mit beschämter Erleichterung, daß er wenigstens für Amos noch immer bärtig sei. Er nahm sich zusammen. Es gab genug, was er Amos erzählen konnte, wenn er es auch Rusty am Funksprechgerät nicht hatte sagen können.

»March hat vieles zugegeben«, berichtete er. »Er hat uns erzählt, daß die Männer, die dich gefangennahmen und verwundeten, starkes *Muti* für das Medizinhorn des Häuptlings haben wollten. Der Häuptling war nicht daran schuld, sagte er. Der Häuptling wollte über das Meer fahren, um einen weißen Doktor aufzusuchen, der den Schleier von seinen Augen nehmen und ihn wieder sehend machen würde. Doch die Männer, die den Häuptling umgeben, sind unwissend. Sie glaubten nicht an die Macht dieses weißen Doktors, sie setzten ihre Hoffnung in den alten bösen Zauber.«

Auf das kranke Gesicht des Wildhüters trat ein merkwürdiger Ausdruck, fast etwas wie Verachtung. Einen Augenblick lang nahm das Nelmapius die Fassung. Galt diese Verachtung 'dem alten bösen Zauber' oder dem Unglauben des Hegers? Nelmapius war sich seiner Unfähigkeit, in den Bantugeist einzudringen, peinlich bewußt. Doch er fuhr fort:
»March war sehr offen. Er hat gestanden, daß er den Wilderern geholfen hat. Und dann bat er Sergeant Neethling, ihn aus Velaba wegzubringen und für eine Weile ins Gefängnis zu sperren.«
Wieder war dieser leise Laut aus Amos' Kehle zu hören, und das aschfarbene Gesicht veränderte sich fast unwahrnehmbar. Er war voller Erwartung und lächelte schwach. Nelmapius fielen die Worte der Nonne ein: 'Ich meine fast, er wartet auf etwas . . .' Plötzlich wußte Nelmapius mit einem Schaudern, was es sei, worauf Amos wartete. Und gleichzeitig trat das Bild von Marchs Tod so lebendig vor die Augen des Hegers, daß es fast greifbar in dem kleinen Zimmer stand. Während Nelmapius das kurze Drama beschrieb, hatte er den merkwürdigen Eindruck, daß der junge Wildhüter nicht mehr blind sei, daß er die Löwin ihr Opfer anspringen und die Zähne in die Halsschlagader graben *sehe.* Darauf hatte er gewartet, dachte Nelmapius. Das war es! Und seine Arme überzog eine Gänsehaut.
Als der Heger aufhörte zu sprechen, stieß Amos einen langen befriedigten Seufzer aus und drehte das Gesicht zur Wand.
Die junge Nonne kam herein und machte Nelmapius ein Zeichen, daß es nun soweit sei, zu gehen.
»Amos wird jetzt schlafen«, sagte sie und zog seine Decke ein wenig höher.
Jan Nelmapius sprach kein Wort. Er wußte, daß Amos sein künftiges Schicksal selbst bestimmt hatte.

Wir sind nicht Ihre Richter!

Nach Mitternacht erwachte Andrew aus dem tiefen Schlaf, den Morphium und Erschöpfung ihm gebracht hatten. Schmerz und Fieber hatten nachgelassen, doch es dauerte eine Weile, bis er sich seiner Umgebung voll bewußt wurde. Im Mondlicht, das durch das Fenster hereinströmte, sah er Rusty, mit grauen Flanellhosen und einem Sporthemd bekleidet, auf einem Feldbett liegen. Rusty war wach, drehte ihm den Kopf zu und lächelte.

»Nun — wie fühlst du dich?«

»Hungrig«, sagte Andrew.

Rusty rief nach Saul, der wie ein Hund auf der Matte vor der Tür seines Herrn lag. Der große Bantuneger trat ein, die hervortretenden Augen blinzelten und waren vom Schlaf verquollen. »Sag Philemon, er soll Nkosi ein Schinkenomelett und Tee machen — und starken Tee für uns beide.«

»Ja, Nkosi!«

Während Saul zur Küche hinüberging, sagte Andrew:

»Ich habe einen schrecklichen Traum gehabt. Ich sollte Alice warnen, die Polizei sei hinter ihr her . . .«

»Das hast du getan.«

»Ja — aber was dann kam. Sie sagte, sie könnten sie vielleicht wegen . . . Mordes suchen.«

»Das sagte sie. Ich war dabei.«

Andrew strich sich über die Augen.

»Das kann sie doch nicht im Ernst meinen.«

»So etwas sagt man kaum, um Eindruck zu machen.«

Rusty stand auf und zündete die Lampe auf dem Tisch mitten im Zimmer an. Er hakte sie an die Kette, die von der Decke herabhing. Dann legte er Zigaretten und ein Feuerzeug neben seinen Bruder.

»Wo ist Alice?« fragte Andrew.

»Sie schläft hoffentlich. Sie sagte, ich solle sie rufen, falls du etwas brauchtest.«

Andrew strich sich über Kinn und Wangen. »Ich bin nicht rasiert. Aber das schaffe ich allein. Hilf mir auf, Rusty, und besorg mir eine Zahnbürste.«

»Ich schaffe es schon.« Doch er mußte die Zähne zusammenbeißen, als sein Bruder ihm ins Badezimmer half.

»Ruf, wenn du mich brauchst«, sagte Rusty. »Du siehst mir verdammt wackelig aus.

»Ich bin in Ordnung.«

Andrew war steif und unsicher, und alle Glieder taten ihm weh. Seine Schulter schmerzte bei jeder Bewegung, aber das Pochen darin war vergangen, und sein Kopf war klar. Der Versuch, sich zu rasieren, trug ihm blutende Schnitte ein, stärkte jedoch sein Selbstvertrauen, und als er sich gewaschen und etwas gegessen hatte, fühllte er sich viel kräftiger. Trotzdem war er dankbar, wieder ins Bett zu kommen, das Philemon neu bezogen hatte.

»Bring Brandy und Wasser«, sagte Rusty, als Philemon den Tisch räumte, »auch belegte Brote. Hat Nkosikasi heute abend etwas gegessen?«

»Ja, Nkosi. Nkosikasi ist jetzt aufgewacht und ißt gerade Toast mit Tee.«

»Gut. Das ist dann alles.«

Als der Boy das Zimmer verlassen hatte, fragte Andrew: »Hast du mit Alice über diese Sache — gesprochen?«

Rusty steckte sich die Pfeife an. »Nein.«

»Was ist denn eigentlich geschehen? Ich bin noch immer im unklaren darüber.«

»Du standest unter Morphium, alter Junge. Aber du hast deine Mitteilung zuverlässig ausgerichtet. Und dann sagte sie ganz ruhig — fast starr — 'Sie könnten mich wegen Mordes suchen'. Aber das zu sagen fiel ihr wohl sehr schwer — es warf sie um —, und sie wankte hinaus, ehe ich sie halten konnte, und rannte in ihr Zimmer. Ich ging ihr nach, aber sie wollte nicht mit mir sprechen, sie sagte nur immer wieder: 'Gehen Sie zu Andrew zurück und rufen Sie mich, wenn er etwas braucht.' Es wäre völlig sinnlos gewesen, ihr Fragen zu stellen, und ich habe es auch nicht versucht.

Als ich wieder hier hereinkam, warst du ziemlich wirr, und gleich darauf konnte man dich auszählen.«
Philemon stellte das Tablett mit den Getränken und Broten auf den Tisch und wünschte gute Nacht, und Saul kehrte zu seiner Matte vor der Tür zurück. Die Nacht war sehr still, fast ohne Laut, außer dem Rauschen des Flusses und dem Quaken der Frösche. Trotzdem hörten sie nicht, daß Alice in ihren weichen Hausschuhen über die Veranda kam. Erst als sie leise klopfte und die Fliegentür aufschob, bemerkten sie sie — sie sah in ihren Leinenhosen und der gestreiften Bluse sonderbar groß aus. Als sie ins Zimmer trat, schimmerte ihr Haar im Licht der Hängelampe, und ihre Lippen leuchteten rot, doch ihr Gesicht war totenbleich und ihre Augen wie ausgebrannte Löcher in einer Papiermaske.
»Philemon erzählte mir, daß du etwas gegessen hast«, sagte sie zu Andrew. »Er meinte, es gehe dir viel besser.«
Sie trat neben ihn, ergriff sein Handgelenk, und er spürte die Kälte ihrer Finger. Doch sie waren ruhig, und es war offensichtlich, welchen psychischen Sturm sie auch durchlebt haben mochte, er war vorüber.
»Mach dir keine Sorgen über Puls und Temperatur«, sagte er. »Ich bin in Ordnung. Erzähl uns nur, was du damit meintest, als du sagtest . . .« Er brach ab. »Rusty, gib ihr bitte etwas zu trinken.«
Sie schüttelte den Kopf. »Ich möchte nichts trinken.« Sie ging zum Tisch hinüber und stand da, den Blick auf Rusty und Andrew gerichtet. Rusty saß auf dem Feldbett, den Kopf in die Hände gestützt, ohne sie anzusehen.
»Meine Mutter ist keines natürlichen Todes gestorben«, sagte sie langsam. »Sie schlief friedlich ein infolge einer Überdosis eines Beruhigungsmittels.« Dann stockte sie. »Ich weiß nicht — ich kann mir nicht vorstellen, wie jemand das herausfinden konnte — oder weshalb . . .«
Sie schwankte ein wenig, und Rusty sprang auf.
»Setzen Sie sich hin, Alice — stehen Sie doch nicht so da! Wir sind nicht Ihre Richter!«

Sie sank in den Korbstuhl, den er ihr hinschob, und stützte die Ellbogen auf den Tisch.
»Vermutlich macht man sich Feinde, ohne es zu wissen«, fuhr sie ruhig fort. »Wirkliche Feinde. Ich habe so etwas nie für möglich gehalten, es nicht einmal geahnt; aber es muß so sein. Ich habe hin und her überlegt — weil ich mich fragte, *wer* den Wunsch haben könnte, so etwa aufzurühren.« Sie drückte den Finger an die Schläfen. Sie schien laut zu denken: »Harriet — meine Halbschwester — haßte mich, und als sie von dem besonderen Vermächtnis hörte — von den zweitausend Pfund, die meine Mutter mir hinterlassen hat —, war sie außer sich. Sie griff mich an . . . doch selbst dann . . . selbst wenn sie irgendwie herausgefunden hat, was in jener Nacht geschah, muß sie doch *gewußt* haben, daß es das Gnädigste war — etwas, wofür man dankbar sein mußte. Sie *wußte* von dem entsetzlichen, hoffnungslosen Leiden unserer Mutter, und sie wußte, daß ich sie liebte.« Ihre Stimme versagte.
Andrew bat sanft: »Versuch, uns genau zu erzähllen, was geschehen ist, Alice. Vielleicht können wir einen Weg finden, dir zu helfen.«
»Das wäre dir gegenüber nicht recht. Diese entsetzliche Sache betrifft dich nicht.«
»Vielleicht möchte ich das lieber selbst entscheiden.«
Rusty hatte sich ein Glas Brandy eingegossen. Er war ans Fenster getreten, als ob ihm das Atmen schwer würde. Er stand dort, den Rücken dem Zimmer zugekehrt, und blickte über das mondhelle Kamp. Er schien sich damit abzufinden, daß dies eine Angelegenheit zwischen seinem Bruder und Alice sei. Von dem Ergebnis konnte jedoch ihrer aller Zukunft abhängen.
Alice sagte leise: »Ich habe dir während der letzten Monate nie viel über mein Leben zu Haus geschrieben. Es war sinnlos, dauernd über die täglichen Tragödien zu jammern.«
»Wie seltsam, Alice. Du hattest nicht den Wunsch, dich mir anzuvertrauen oder mich an deinen Schwierigkeiten teilnehmen zu lassen — nicht einmal in dieser letzten Zeit, da wir doch viel mehr als Freunde waren?«

»Ich wollte dich nicht belästigen. Unsere Briefe standen auf einer andern Ebene. Sie hoben mich über mich selbst hinaus. Einiges habe ich dir natürlich erzählt — aber nur so viel, daß du verstehen konntest, weshalb ich nicht zu dir kam — weshalb ich zu Hause gebraucht wurde.«

Er dachte: Genau das sagte Thea. Seinen engsten Freunden und Verwandten schreibt man, wie man spricht — 'den alltäglichen Kleinkram und die Nörgeleien', wie sie es ausdrückte —, doch einem Fremden gegenüber trägt man sein bestes Sonntagsbenehmen zur Schau. Seine grauen Augen hatten einen schmerzlichen Ausdruck, als hätten ihre Worte die Aufrichtigkeit ihrer Beziehung zerstört.

»Versteh mich nicht falsch«, bat sie. »Ich wollte die Angelegenheit zwischen dir und mir nicht mit krankhaftem Jammern verderben. Du weißt nicht, wie sehr du mir geholfen hast, Andrew. Du machtest alles erträglich. In der letzten Zeit litt meine arme Mutter an Ängsten und Halluzinationen. Sie glaubte, alle seien gegen sie — sogar ich. Deshalb hielt ich es für das beste, wenn ich eine Weile wegginge. Damals machte ich Urlaub in London — kurz bevor sie starb. Während ich fort war, hatte sie Tag und Nacht eine Pflegerin, aber auch vor ihnen fürchtete sie sich. Sie wollte mich zurückhaben und war glücklich, als die beiden weggingen und ich wieder zu Hause war und mich allein um sie kümmerte. Aber so blieb es nicht. Die Angst und der Argwohn packten sie wieder — Dr. Manfield hatte mich schon darauf vorbereitet, daß das vermutlich nicht ausbleiben werde. Manchmal war ich ihretwegen ganz verzweifelt — um unser beider willen völlig verzweifelt«.

»Arme Alice. Das las ich zwischen den Zeilen, aber ich ahnte nicht, daß du es so schwer hattest.«

»Betty Swanson war der einzige Mensch, der wirklich für alles Verständnis hatte. Sie wußte sogar von dir, Andrew. Wir waren enge Freundinnen, und wenn sie irgend konnte, blieb sie einen Tag oder eine Nacht bei mir. Für mich war es immer eine Freude, wenn sie kam. Sie war auch da . . . in jener . . . Nacht.«

Unten am Hlaru-Fluß quakten die Frösche, irgendwo brüllte ein Löwe, doch Alice war nicht mehr in Velaba. Sie war wieder in dem Landhaus, eingehüllt von den Nebeln des englischen Frühherbstes, ein Feuer brannte im Wohnzimmer, ein Kessel stand auf dem Kamineinsatz, und Betty stellte das Radioprogramm ein, das sie beide hören wollten. Sie selbst war dabei, die Kranke für die Nacht zu versorgen, bevor sie gemütlich bei einer Tasse Tee das Hörspiel hören wollte, das sie mit Betty ausgesucht hatte.

»Als ich in das Schlafzimmer hinaufkam, fand ich Mutter in ängstlicher Stimmung. In diesem Zustand wollte sie sich nie ihre Spritze geben lassen.« Alice drückte die Handknöchel an die Augen, als wolle sie dieses Bild vertreiben. »Ich kann dir nicht sagen, wie furchtbar es ist, dies gegen ihren Willen tun zu müssen — wenn man weiß, was sie denkt — was sie fürchtet. Ich mußte wie eine Maschine handeln, um es überhaupt fertigzubringen.« Sie war hilflos und so bedauernswert. Ihre Stimme bebte wie die Hände.

Rusty ging ohne ein Wort zum Tisch, goß ein Glas Brandy ein und reichte es ihr. Sie nahm es, und er legte seine Hand einen Augenblick über die ihre, um sie zu beruhigen und ihr zu helfen, das Glas an die Lippen zu führen.

»Trinken Sie einen Schluck.«

Sie tat, was er sagte. Dann fuhr sie fort:

»Es war nicht das erste Mal, daß ich mich dazu zwingen mußte — während sie mich anblickte, als sei ich eine Fremde, eine Feindin —, doch an jenem Abend brach es über mir zusammen. Ich wußte, daß ich es nie wieder fertigbringen würde, die Nadel in ihren Arm zu stoßen — daß ich am Ende war. Ich vermag mich kaum daran zu erinnern, was danach geschah. Ich weiß nur, daß ich alles ganz mechanisch wegtat wie gewöhnlich, die Spritze in die Nierenschüssel und die leere Ampulle und den Wattetupfer in den Papierkorb, doch als ich hinunterkam, konnte ich vor Schluchzen nicht sprechen. Betty sprang auf und nahm mich in den Arm, sie versuchte, mich zu trösten und zu erfahren, was geschehen war. Ich muß völlig durcheinander gewesen sein.«

Rusty biß sich auf die Lippe. Auch er hatte dieses Mädchen im Arm gehalten und die Kraft ihres verhaltenen Schluchzens verspürt. Das Mädchen seines Bruders.

Andrew sagte: »Es muß entsetzlich für dich gewesen sein, Alice. Aber versuch weiterzuerzählen, Liebste.«

»Ich erinnere mich, wie Betty sagte: 'Mach dir keine Sorge, Alice. Beruhige dich, ich laufe rasch hinauf und sehe nach deiner Mutter. Ich weiß ja, wo alles ist, und bei mir ist sie immer ganz ruhig.' Als sie dann herunterkam, hatte ich meine Beherrschung wiedergefunden. Ich hatte den Tee überbrüht und das Hörspiel, das Betty eingeschaltete hatte, lauter gestellt. Sie drückte mir die Hand und flüsterte, es sei alles in bester Ordnung — meine Mutter schlafe.«

Alice atmete tief. »Als ich am andern Morgen zu ihr hineinging, konnte ich sie nicht mehr wecken . . .«

Andrew rief: »Aber das hätte doch jederzeit geschehen können!«

Rusty hatte dem Fenster den Rücken gekehrt und sah sie an. »Weshalb machen Sie sich Vorwürfe. Weshalb sollte irgendein Mensch Ihnen Vorwürfe machen?«

Sie sagte langsam: »Ich weiß jetzt, daß Betty nicht bemerkt hatte, daß ich meiner Mutter die Spritze schon gegeben hatte. Sie muß geglaubt haben, ich sei nicht fähig dazu gewesen. Ich machte diese Feststellung erst, als sie schon nach London zurückgefahren war. Ich räumte das Arzneischränkchen auf und zählte die Ampullen in dem kleinen Karton. Es waren nur noch fünf. Es hätten aber sechs sein müssen. Da wußte ich, was geschehen war. Betty hatte ihr eine zweite Spritze gegeben. Ich schaute in den Papierkorb, um mich zu vergewissern, doch Mrs. Withinshaw hatte ihn bereits geleert. Ich wußte nicht, was ich tun — zu wem ich gehen sollte!«

Sie sprang auf und lief mit raschen unruhigen Schritten durch den Raum.

»Ich konnte es Betty doch nicht sagen! Wie hätte ich das tun können? Es hätte ja geklungen, als wollte ich ihr sagen, daß sie — o Gott . . .« Sie lehnte sich an den Tisch, das Gesicht in die Hände vergraben. Im Augenblick war Rusty an ihrer Seite, den Arm um ihre Schultern gelegt.

»Ruhig, Likwezi! Nehmen Sie es nicht so schwer.«

Seine Stimme und die Berührung gaben ihr die Selbstbeherrschung zurück.

»Ich vermutete, wir seien beide der fahrlässigen Tötung schuldig — im besten Fall. Aber ich glaubte, wenn die Wahrheit an den Tag käme, könnte es Betty ihre Stellung als Schwester kosten. Auf meine kam es ja nicht mehr an. Aber . . . es konnte auch schlimmere Folgen haben . . . Das mußt du verstehen! Wenn Dr. Manfield da gewesen wäre, ich glaube, zu ihm hätte ich gehen und ihm alles erzählen können — ihn hätte ich um Rat gefragt —, doch er war verreist.«

»Es bestand auch kein Grund, anzunehmen, daß je etwas bekannt werden würde«, sagte Andrew. »Sonderbar, daß es doch geschah.«

Alice fuhr fort: »Diese Szene mit Betty — als ich zusammenklappte —, die wirbelte mir durch den Kopf, ununterbrochen, bis ich glaubte, ich müsse verrückt werden. Alles war meine Schuld — meine Verantwortlichkeit. Ich wollte weg . . . rasch . . . nur rasch. Da schickte ich dir das Telegramm, Andrew.«

»Ich verstehe. Ja, ich glaube, daß ich das verstehe. Du wolltest weg von deinen Erinnerungen und Befürchtungen — weg von dir selbst.«

Es ging ihr nicht darum, zu mir zu kommen, dachte er. Sie wollte einfach nur fliehen. Ich war nur Mittel zum Zweck. Mehr bin ich niemals gewesen. Ihm war plötzlich kalt, und er fühlte sich todmüde, doch er sprach mit der kühlen Überlegenheit, die Rusty genau kannte.

»Du mußt jetzt ein wenig ruhen, und dann mußt du alles genau aufschreiben, was du uns erzählt hast. Sie werden eine Aussage von dir haben wollen, und es wird gut sein, wenn du sie parat hast. Rusty, geh jetzt mit Alice und sorg dafür, daß sie Schreibmaterial hat — alles, was sie braucht.«

Sie trat an Andrews Bett, nahm seine Hand und drückte sie an ihre Wange. Sie war trocken und brannte.

»Du hast wieder Fieber.«
»Mir geht es schon ganz gut. Denk du jetzt an dich selbst. Gute Nacht, meine Liebe.«
Mit einem Gefühl der Hilflosigkeit blickte sie auf ihn hinunter. Sie bückte sich und küßte ihn auf die Stirn, dann folgte sie Rusty aus dem Zimmer.
»Kommen Sie hier herein«, sagte er.
Sie traten in das große Wohnzimmer. Die Laterne in der Veranda schien durch die Tür auf die lange Wand, an der vor dem Gewitter das Bild von Florenz gehangen hatte. Unter dem hellen Fleck, den es hinterlassen hatte, stand Rustys Schreibtisch. Er zog eine Schublade auf und nahm einige Bogen Kanzleipapier heraus, wie er sie für seine Berichte benutzte.
»Brauchen Sie Tinte und Feder?« fragte er.
»Ich habe einen Füllfederhalter.«
»Ich will Ihnen lieber eine Flasche Tinte geben — falls Sie sie brauchen.«
Er stellte die Tintenflasche neben den Papierstapel und lehnte sich an den Schreibtisch. Im Licht der Laterne sah sie sein grimmiges und angespanntes Gesicht. Er streckte die Arme nach ihr aus, und sie ließ sich ohne ein Wort von ihnen umfangen. Hier war Stärke und Sicherheit — nur hier.
»Ich glaube an Sie«, sagte er. »Ich möchte, daß Sie das wissen.«
»Ja«, sagte sie. »Ich weiß es.«

Der Nachtfalter

Sergeant van Wyk durchfuhr den Hlaru-Fluß, als die Sonne ihren höchsten Stand erreicht hatte.
Die Flut war zurückgegangen, doch das jadegrüne Wasser raste noch immer über den Steindamm, und einen Augenblick lang überlegte er, ob es nicht doch besser gewesen wäre, noch eine Stunde zu warten. Das Schicksal der Männer in dem untergegan-

genen Jeep war ihm noch lebhaft in Erinnerung. Der schwere Polizeiwagen brachte die Durchquerung jedoch sicher hinter sich, und mit Ketten an den Rädern hatte der Sergeant keine Schwierigkeiten, die schlammige Straße nach Kamp Zwei zurückzulegen.

Er fuhr, so rasch er konnte, und kümmerte sich den Teufel darum, ob er die Tiere erschreckte oder nicht. Er wollte die unangenehme Aufgabe, die seiner harrte, so bald wie möglich hinter sich bringen, um endlich nach Haus in sein warmes Bett zu kommen. Der Sergeant hatte einen Tag und eine Nacht Zeit gehabt, um sich klarzumachen, wie häßlich doch die vor ihm liegende Aufgabe war, und je mehr er darüber nachdachte, desto weniger Gefallen fand er daran. Dank dem Gewitter waren die Banditen entwischt, und der leitende Hegemeister hatte mit ziemlicher Sicherheit sein Leben dabei eingebüßt, zwei Wildhüter dazu, damit das Maß auch ja gestrichen voll war. Aber der Hegemeister hatte den Tod herausgefordert, als er den überfluteten Damm wie ein Irrer überquerte. Um jeden Preis wollte er hinüber. Und warum? Um die Banditen zu fassen? Oder um rasch zum Kamp Zwei zu kommen und Alice Lang zu warnen, weil die Polizei ihr auf der Spur war? Die saß jetzt ganz schön in der Tinte — eine Anklage wegen Muttermordes vor sich und dazu die Nachricht, daß ihr Liebhaber ertrunken sei. Für Rusty würde das auch hart sein. Er und sein Bruder hatten sich sehr nahe gestanden — gute Freunde und außerdem Brüder.

Van Wyk hatte keinen Blick für das blühende Dornveld und das junge grüne Gras, das allenthalben im warmen Licht der Sonne um ihn her aufschoß, er verlangsamte seine Fahrt nicht einmal, um einen prächtigen Löwen zu bewundern, der träge im Schatten einer gelb blühenden Kassie lag. Er war völlig von seinen beruflichen Problemen in Anspruch genommen. Im Auftrag von Scotland Yard eine junge Engländerin zu vernehmen, so etwas war ihm in seiner langen Dienstzeit noch nicht vorgekommen, und wie die Dinge jetzt lagen, machte ihm die heikle Aufgabe nicht mehr den geringsten Spaß.

Er fuhr durch das Tor von Kamp Zwei und direkt vor die Tür von Rustys Büro. Und Nimrod, der im Schatten des zerschmetterten Affenbrotbaums hockte, erhob sich und salutierte beim Anblick des Polizeiwagens. Er war mit den beiden eingeborenen Polizisten gut bekannt und begierig darauf, ihren Bericht über die aufregenden Geschehnisse zu hören, von denen ihm Saul schon mehrmals erzählt hatte.

Van Wyk sprang aus dem Wagen und die Stufen zur Veranda hinauf. Die Klapptür des Fliegenschutzes schlug hinter ihm zu, und er eilte in das Büro des Hegers. Rusty kam ihm grüßend entgegen.

»Oh, van Wyk, sind Sie den Löwen mit heiler Haut entkommen?«

»Ja, Mann, das bin ich, aber . . .«

»Und die Banditen sind Ihnen entwischt?«

Diese Bemerkung ärgerte van Wyk, und gleich fühlte er sich besser.

»Zum Teufel, woher wissen Sie denn etwas von den Banditen?«

»Von Banks über den Funk. Er teilt Ihnen mit, daß Sie um drei Uhr heute nachmittag für ihn auf Empfang sein möchten. Den Ruhm hat Ihnen Neethling gestohlen. Er hat die Burschen auf Boryslawskis Farm verhaftet – und Boryslawski und Marcus Gottlieb dazu. Da ist also ganz schön aufgeräumt worden. Tut mir leid, daß Sie bei dem Fang nicht dabei waren.«

Das finstere Gesicht des Sergeanten zeigte Verdruß, und Rusty ließ sich erweichen. Er öffnete einen Schrank und nahm Gläser und eine Flasche Bier heraus.

»Ich wette, Sie sind außerdem hungrig«, sagte er, während er die Becher füllte.

»Ich könnte eine ganze verdammte Hyäne lebendig verzehren. Aber sehen Sie, Rusty, ich habe Ihnen eine sehr unangenehme Mitteilung zu machen. Ihr Bruder war mit mir auf dieser Patrouille, und als der Regen losbrach, fuhr er mit seinem Jeep in das Hochwasser des Hlaru, hinter den Banditen her. Der Jeep wurde weggespült. Das Letzte, was ich bei einem Blitz sehen konnte, war, daß er wie ein Stein versank. Ihr Bruder hatte nicht die geringste Chance.«

»Mein Bruder ist hier, van Wyk. Wildhüter James ist ertrunken, aber der alte Saul rettete Andrew das Leben. Wir haben sie gestern abend einige Meilen vom Hlaru-Damm entfernt auf dieser Seite gefunden. Andrew hatte einen Schuß in der Schulter und war in erbärmlicher Verfassung, als wir ihn hierherbrachten. Aber jetzt geht es ihm besser. Er hat eine sehr gute Pflegerin in Alice Lang . . .«

»Verdammt, das ist ein Wunder!« staunte van Wyk. Er goß sein Bier hinunter und schenkte sich noch einmal ein. »Aber nun, diese Krankenschwester, mit der habe ich zu tun — keine sehr angenehme Sache übrigens.«

»Kann das warten, bis Sie gegessen haben?«

Der Sergeant warf Rusty einen forschenden Blick zu: »Es hat schon zu lange gewartet. Ich möchte das sofort zu Ende bringen.«

»Sie ist drüben bei Andrew in meinem Haus. Dann kommen Sie also mit.«

Sie fanden Alice mit Andrew, der angezogen war und auf der Couch lag, im Wohnzimmer. Die schwarze Katze Lucky schnurrte zu Andrews Füßen. Van Wyk war so erleichtert, ihn lebend wiederzusehen, daß er auf ihn zueilte und ihm so fest die Hand drückte, daß Andrew aufstöhnte.

»Och, Mann, ist das fein, Sie wiederzusehen! Ich dachte schon, die Krokodile hätten Sie gefressen.«

Andrew grinste. »Saul hat mir geholfen, sie darum zu betrügen.«

Eine Pause entstand, als sich der Sergeant Alice zukehrte, die hinter einem großen Sessel stand, die Hände leicht auf die Rückenlehne gestützt. Die roten Lippen leuchteten wie ein Gefahrensignal in dem olivfarbenen Gesicht. Die Augen waren groß und feucht wie die einer Antilope — und ebenso wachsam.

»Alice«, sagte Rusty, »dies ist Sergeant van Wyk vom Polizeiposten Poinsettia.«

»Miß Lang . . .« Der Sergeant sah recht unglücklich aus. Er zöger-

te, während eine seiner ungeheuren Hände in der Mappe wühlte, die er unter dem Arm hielt.
Sie ergriff die Initiative.
»Wenn Sie mir irgend etwas zu sagen haben, sagen Sie es bitte in Gegenwart von Mr. Miller und seinem Bruder.«
Also *war* sie gewarnt! Und anscheinend bereit zum Kampf. Na schön, das machte seine Aufgabe eben leichter. Es war ihm lieber, einen barschen Ton anzuschlagen und das Schlimmste von ihr zu denken. Mit seinem polternden afrikanischen Akzent sagte er:
»Ich habe einen Auftrag von Scotland Yard, Miß Lang. Ich muß Nachforschungen im Hinblick auf die Umstände des Todes von Mrs. Mary Jane Harriet Lang anstellen, die in der Nacht vom zehnten Oktober an der Überdosis eines Morphiumpräparates starb. Es liegt Grund zu der Annahme vor, daß ihr das Morphium von Ihnen selbst, Alice Mary Lang, verabreicht worden ist. Wollen Sie eine Aussage machen?«
Er fügte die übliche Warnung hinzu, daß jede Aussage, die sie jetzt mache, als Beweismittel gegen sie benutzt werden könne.
»Ich habe meine Aussage bereits niedergeschrieben, Sergeant van Wyk. Sie liegt dort auf dem Schreibtisch.«
Seine schwärzlichen Brauen zogen sich zusammen, und sein Gesicht wurde hart. Sie wußte also, was sie erwartete. Sie hatte ihre Geschichte also schon zurechtgestutzt — vermutlich mit Hilfe des Mannes, den sie zu heiraten hoffte.
Rusty reichte ihm die Kanzleibogen mit der sauberen, bescheidenen Handschrift, und der Sergeant setzte sich an den Schreibtisch und las, was Alice Lang aufgeschrieben hatte.
Sie ging um den Sessel herum und ließ sich darin nieder, den Kopf zurückgelehnt und die Augen geschlossen. Das Herz klopfte ihr im Hals, und ihre Handflächen waren feucht. 'Wir sind nicht Ihre Richter', hatte Rusty in der Nacht gesagt. Doch nach Alices Ansicht waren sie es. Andrew und Rusty waren die einzigen Menschen, auf deren Urteil es ihr wirklich ankam. 'Ich glaube an Sie', hatte Rusty gesagt. Aber würde er weiter an sie glau-

ben, oder würde dieser große, breite Polizist eine Möglichkeit finden, diesen Glauben zu erschüttern?

In ihrem ganzen Leben war sie nie in einer so entsetzlichen Situation gewesen. Wie konnte jemand etwas so Furchtbares von ihr denken? *Wie war das möglich?* In London würden sie jetzt zweifellos ebenfalls ihre Nachforschungen anstellen — mit Harriet und Cyril Carver, mit Mrs. Withinshaw, mit Dr. Manfield reden — oder war der Arzt noch verreist? — und mit Betty — Betty, die keine Ahnung hatte, die sich fragen würde, was in Himmels Namen denn geschehen sei. Würde Betty es ahnen? Würde sie erkennen, daß sie in Gefahr war, wegen fahrlässiger Tötung angeklagt zu werden . . . wenn nicht gar . . . Sie schauderte in einem krampfhaften Frösteln, das ihren ganzen Körper schüttelte. Plötzlich spürte sie eine Hand auf der Schulter, stark und fest. »Rusty, o Rusty . . .«

Draußen schrillten die Zikaden, und Insekten summten einschläfernd in der Mittagshitze. Auf der gegenüberliegenden Seite des Kamps wuschen die Boys Bettlaken und Handtücher und sangen ihre Lieder, die sich immer wieder in einer monotonen Molltonart wiederholten. Smokey kam herein, blickte sich nach seinem Herrn um und rollte sich zu Rustys Füßen zusammen.

Von seinem Lager sah Andrew die andern im Profil. Er überlegte, ob Alice sich der Gefahr, in der sie schwebte, überhaupt in ihrem ganzen Ausmaß bewußt war, dieser schweren Anklage, zu der diese Untersuchung führte — bestimmt der schwersten, der sich eine Krankenschwester und Tochter gegenübersehen konnte.

Und seine eigene Lage — auch die war schwierig. Deutlich genug vermochte Andrew sich vorzustellen, wo man das 'Motiv' suchen würde — das Motiv für den . . . für das Verbrechen. Er war es Alice schuldig, ihr beizustehen und ihr mit allen verfügbaren Mitteln zu helfen. Und danach konnten sie sich irgendwo ein Leben aufbauen — falls es ein Danach noch gab —, sie konnten nach Zentralafrika gehen, wo man ihm bereits eine Stellung in einem neugeplanten Wildschutzpark angeboten hatte. Ihm würde es nichts ausmachen, Velaba zu verlassen, da es nun ohnehin für Touristen geöffnet werden sollte. Übrigens hatte er immer schon an dieses Angebot in Zentralafrika gedacht und gehofft, Alice für diese Möglichkeiten interessieren zu können. Er beobachtete, daß van Wyk den massigen Kopf hob. Der Mann sah ebenso drohend aus wie ein Büffel — mit diesen mißtrauischen kleinen Augen, die tief unter der vorspringenden Stirn lagen.

»Ich möchte gern noch einige Punkte aufhellen, Miß Lang, die in dieser Aussage nicht behandelt worden sind.«

»Wenn ich es vermag, werde ich Ihnen behilflich sein.« Ihr Herz raste.

»Ich werde versuchen, es mehr oder weniger in der Reihenfolge der Ereignisse vorzunehmen«, sagte er. »Dazu müssen wir ein Stück zurückgehen.«

Er zog einen Hefter aus seiner Aktentasche und legte ihn offen vor sich auf den Schreibtisch. Er blickte zu Alice hinüber, deren Gesicht vom Fenster her beleuchtet war. Sein plumper Zeigefinger wies auf eine Stelle in seinen Papieren.

»Aus gewissen Mitteilungen, die ich hier habe, scheint hervorzugehen, daß Sie Ende September in London waren und bereits damals Vorbereitungen für eine baldige Reise nach Südafrika trafen.«

Andrew fiel rasch ein: »Du brauchst keine Fragen zu beantworten, Alice.«

»Ich weiß«, sagte sie. »Ich habe die Warnung des Sergeanten am Anfang genau verstanden.«

Sie richtete ihre Aufmerksamkeit wieder auf van Wyk. Was beabsichtigte er mit dieser Frage?

»Ich hatte Ferien gemacht«, erklärte sie, »und ging in einige Reisebüros, um mich nach dem Preis einer Flugkarte nach Südafrika zu erkundigen. Ich hatte nämlich eine Einladung erhalten, hierherzukommen . . . Ich war schon sehr lange an Afrika interessiert . . .« Ihre Stimme stockte und brach ab.

»Ihr Interesse ging sehr weit, Miß Lang. Zu jener Zeit — über vierzehn Tage, *bevor* die Verstorbene verschied — ließen Sie sich sogar gegen Gelbfieber impfen. Sie trafen Vorbereitungen, um von heute auf morgen abreisen zu können.«

Andrew fuhr auf. Das war etwas, womit er nicht gerechnet hatte. Er sah, wie Alices Finger die Sessellehnen umklammerten.

»Ja. Ich ließ mich impfen.«

»Warum?«

»Meine Mutter war sehr krank — unheilbar krank. Sie konnte jederzeit — sterben . . . jede Stunde. Sie konnte aber auch noch lange Zeit dahinsiechen. Das wußte niemand.« Sie hielt inne, während der Sergeant mühsam ihre Worte protokollierte. Ihre Lippe zitterte ein wenig, denn jetzt erkannte sie, daß jedes Wort, das sie sprach, sich tatsächlich als belastend erweisen könnte. Die Wahrheit — allein darauf kam es an — unbedingt bei der Wahrheit zu bleiben. Sie fuhr fort:

»Ich hatte starke persönliche Gründe für meinen Wunsch, ohne Verzögerung hierherzukommen, sobald ich die Möglichkeit dazu hatte. Die Einwanderungsgesetze der Südafrikanischen Union fordern von Flugreisenden ein Gelbfieberattest, das wenigstens zehn Tage vor der Reise ausgestellt sein muß. Es bleibt dann mehrere Jahre gültig. Es schien kein Grund dagegen zu sprechen, es mir zu besorgen . . . für den Fall, daß ich vielleicht plötzlich vor der Tatsache stehen würde, zu Haus nicht mehr benötigt zu werden.«

»Welches waren diese starken persönlichen Gründe?«

»Diese Frage möchte ich lieber nicht beantworten.«

Es waren schon genug Menschen in diese Sache verwickelt. Sie wollte nicht auch noch Andrews Namen mit hineinziehen.

»Also gut«, sagte van Wyk. »Nun kommen wir zu der Nacht, in der Ihre Mutter verschied. Ihre geschriebene Aussage lautet, wie folgt: 'Als ich zu meiner Mutter hinaufging, um ihr die allabendliche Injektion von fünfzehn Milligramm Morphium zu geben, befand sie sich in einem Zustand nervöser Überreizung. In letzter Zeit fürchtete sie sich vor jedem, der irgend etwas mit ihr zu tun hatte — bisweilen sogar vor mir. Wenn sie sich in diesem Zustand befand, war es für mich qualvoll, ihr die verordnete Injektion zu geben. Doch ich zwang mich dazu. Danach räumte ich alles wie üblich weg. Als ich ins Wohnzimmer hinunterging, war meine Patientin ruhiger, doch ich klappte zusammen. Ich kann mir nur vorstellen, daß Miß Swanson voreilig zu dem Schluß gelangte, es sei mir nicht gelungen, die Injektion zu verabreichen' . . .« Van Wyks Büffelkopf schob sich vor.

»Nach dem Schluß dieser geschriebenen Aussage müssen wir also annehmen, daß Ihre Freundin eine zweite Injektion von fünfzehn Milligramm Morphium verabreichte — die sich als tödlich erwies?«

»Ich habe meiner schriftlichen Aussage nichts mehr hinzuzufügen.«

»Ja, aber ist es nicht merkwürdig, daß Sie am nächsten Morgen — als Sie die Ampullen im Karton zählten und feststellten, daß eine fehlte — ihrer Freundin diese gewichtige Feststellung verschwiegen?«

»Ich glaube nicht. Einmal war sie bereits wieder nach London zurückgefahren . . . und zweitens hätte ich es nicht fertiggebracht, anzudeuten, daß sie . . . daß sie . . . Das müssen Sie doch verstehen . . .« Ihre Augen füllten sich mit Tränen, und ihr Kinn zitterte. »Wenn ich nicht zusammengebrochen wäre, hätte das nie geschehen können . . . verstehen Sie denn nicht, wenn ich es Betty gesagt hätte, hätte sie ja erfahren, daß sie . . . daß sie eigentlich . . .« Die Stimme versagte ihr, und sie wandte den Kopf ab, wieder von dem gleichen Entsetzen überwältigt wie damals, als sie am Badezimmerfenster gestanden hatte, den kleinen runden Karton in der Hand — fünf Ampullen, aber es hätten sechs sein müssen —, während ihr die furchtbare Erkenntnis aufging, was geschehen war. Als sie sich wieder zu beherrschen vermochte, sagte sie:

»Es kann sogar sein, daß ich mich genauso schonen wollte wie Betty. Immer wieder redete ich mir ein, daß es für das Fehlen der einen Ampulle eine andere Erklärung geben müsse — daß sie vielleicht aus dem Karton gefallen sei. Ich schaute in den Papierkorb, aber er war bereits geleert. Ich habe Mrs. Withinshaw — unsere Hilfe — nicht gefragt, ob sie zwei leere Ampullen gefunden ha-

be . . . Jetzt wird mir klar, daß ich die Wahrheit gar nicht genau wissen wollte. Ich hätte sie nicht ertragen können.«
Sie sah verquält aus, so als sei bereits die Erinnerung zuviel für sie. Phantasie war nicht van Wyks Stärke, trotzdem hatte er ein sehr unangenehmes Gefühl in der Magengrube. Es war ziemlich genau das Gefühl, das er seinerzeit verspürt hatte, als er seinen kleinen Sohn mit schuldbewußter Gespanntheit auf das große blaue Nadelkissen auf der Frisierkommode seiner Ma starren sah. Auf diesem Nadelkissen schien ein sehr schöner Nachtfalter zu sitzen. Alle paar Sekunden flatterten und schwirrten die Flügel, doch das Tier flog nicht weg. Dann hatte van Wyk die Nadel bemerkt, mit der es aufgespießt war. Er hatte nach seiner *Ouvrou* gebrüllt, die aus der Küche herbeigerannt kam, die Hände voller Mehl von dem Kuchenteig, den sie gerade knetete. Sie hatte die Situation mit einem einzigen Blick begriffen, und van Wyk war sofort klar, daß sie ihr nicht neu war. Sie hatte dem Sohn das nackte Hinterteil verdroschen, bis es rot leuchtete wie das Gesäß eines jungen Pavians, der in eine Mehlkiste gefallen war. 'Das wird dich lehren, stumme Geschöpfe zu quälen!' hatte sie in das Geschrei des kleinen Schelms hinein gerufen. Sie hatte nach der Nadel gegriffen, den Nachtfalter heruntergeschoben und mit ihrem großen Fuß zertreten; das häßliche, übelkeiterregende Gefühl, das der Sergeant damals empfunden hatte, verspürte er auch jetzt.
Aus irgendeinem Grund erinnerte Alice Lang ihn an diesen Falter. Er wünschte, er hätte diese verfluchte Sache hinter sich und könnte hier verschwinden.
»Noch ein letzter Punkt, Miß Lang. Sie haben ein Vermächtnis von zweitausend Pfund geerbt. Haben Sie dieses Vermächtnis erwartet?«
»Nein.« Ihre Stimme war leise.
»Meinen Sie damit, Sie hätten das Testament der Verstorbenen niemals gesehen?«
»Meine Mutter sprach mit niemand über ihre finanziellen Angelegenheiten. Sie machte ihr Testament vor etwa zwei Jahren, als ich verreist war.«

»Wer waren die Zeugen?«
»Dr. Manfield und Betty Swanson.«
»Miß Swanson war ihre beste Freundin, und da sollte sie Ihnen nichts vom Inhalt des Testaments erzählt haben?«
»Sie kannte den Inhalt des Testaments nicht. Sie bezeugte nur die Unterschrift.«
Der Sergeant nickte. Sorgfältig faltete er die Aussage zusammen und steckte sie in die Tasche seiner Uniformjacke. Mit einem hörbaren Seufzer der Erleichterung erhob er sich.
»Jetzt würde ich mich freuen, wenn Sie mit mir ins Büro kämen, Miß Lang. Ich möchte diese Aussage ergänzen und von Ihnen unterschreiben lassen.«
Alice spürte den Druck von Rustys Fingern auf der Schulter, als er sagte: »Aber Sergeant, Miß Lang hat ja nun wohl genug!«
»Nein, Rusty«, erklärte sie, während sie mit erhobenem Kopf aufstand. »Der Sergeant hat ganz recht. Wir müssen diese Formalitäten hinter uns bringen. Ich möchte lieber gleich mit ihm hinübergehen.«
Als sie fort waren, setzte sich Rusty auf die Couch neben Andrew und grub den Kopf in die Hände.
»Es war Betty«, sagte er. »Betty hat diese fahrlässige Tötung begangen — meiner Ansicht nach. Ich glaube nicht, daß man Alice irgendeine Schuld vorwerfen kann.«
Sein Bruder schüttelte den Kopf.
»Alice hatte Gründe. Sie wollte ihre Freiheit, sie wollte dieses Vermächtnis, sie wollte — mich. Aber möglicherweise wollte sie vor allem barmherzig sein.«
Er steckte sich eine Zigarette an und sagte: »Aber da ist ein Punkt, der früher oder später vorgebracht werden wird.«
Rusty blickte auf. »Und welcher?«
»Veranlaßte Alice ihre Freundin dazu, zu glauben, es sei noch keine Injektion gegeben worden? Rief sie diesen Eindruck — sie kannte ja ihre impulsive, warmherzige Freundin — absichtlich hervor?«
Während Andrew in ruhigem, objektivem Ton, frei von jedem

persönlichen Gefühl, sprach, beobachtete er seinen Bruder gespannt.
Rusty spürte, wie sein Herz eiskalt wurde. Seine Hände griffen krampfhaft in das dichte Haar, und seine Augen wurden schmal. In diesem Augenblick hätte er Andrew am liebsten auf den Mund geschlagen. Mit zusammengebissenen Zähnen sagte er:
»Um Gottes willen, Andrew! Willst du damit etwa sagen, daß du ihr nicht jedes Wort glaubst?«
»Ich muß darüber nachdenken«, sagte Andrew, den Bruder unverwandt anblickend. »Du vielleicht nicht?«
»Nein, verdammt noch mal! Ich glaube ihr aufs Wort.«
Er sprang auf und stand mit geballten Fäusten vor Andrew. Und dann plötzlich verschwand sein Zorn vor dem Kummer und der kranken Müdigkeit im Gesicht des Bruders.
»Ich verstehe«, sagte Andrew. »Ich verstehe dein Gefühl, Rusty. Aber du kennst sie ja auch — du kennst sie sehr gut. Ich habe sie nie gekannt.«

Der Missionar

Als Duiker's Drift um drei Uhr Kamp Zwei anrief, befanden sich in Rustys Büro sechs Menschen.
Andrew lehnte mit hagerem Gesicht am Schreibtisch, seine Buschjacke hing lose über dem linken Arm mit der Schlinge. Rusty saß neben dem Funksprechgerät in einem Rotholzsessel, Sergeant van Wyk rittlings auf einem Stuhl neben ihm. Auf der andern Seite des Zimmers teilte Alice den ledergeflochtenen Sitz einer kleinen Bank mit Dr. Hurley, während Thea auf dem Fensterbrett hockte. Smokey lag auf den Dielen des Fußbodens an einer Stelle, wo jeder über ihn fallen mußte; die schwarze Katze schlich herein, streifte die haarige Wange des Hundes mit einem Katzenkuß, warf einen abschätzenden Blick auf die übrige Gesellschaft und schlich mit erhobenem Schwanz wieder hinaus.

Der Missionar war zusammen mit seiner Tochter vor kurzer Zeit eingetroffen. Seine Familie hatte am Abend zuvor die Velaba-Welle abgehört und, als sie vernahm, Andrew liege verwundet im Kamp Zwei, sofort entschieden, daß die Hilfe eines Arztes dort vielleicht dringend erforderlich sei. Thea hatte darauf bestanden, mit ihrem Vater zu fahren, und dafür gesorgt, daß einer der Wildhüter sie begleitete. Sie hatten alle medizinischen und chirurgischen Hilfsmittel mitgebracht, die Dr. Hurley für nötig hielt, Andrews Post abgeholt und waren aufgebrochen, sobald nur die geringste Aussicht bestand, die überfluteten Flüsse zu durchqueren. Mit Alices Hilfe hatte der Arzt Andrews Wunde untersucht und neu verbunden.
»Er ist in sehr guter Verfassung — dank seiner gesunden Konstitution und Ihrer Versorgung, Miß Lang«, hatte er gesagt. Und Alice hatte gedacht: Armer Andrew, alles, was ich ihm gebracht habe, sind Schwierigkeiten — und es werden noch mehr kommen. Doch sie hatte Dr. Hurley dankbar zugelächelt. In dem kleinen, drahtigen Mann mit den leuchtend blauen Fanatikeraugen und dem buschigen schneeweißen Haar hatte sie die selbstlose Zielbewußtheit des Heilenden erkannte, dessen Können dem Wohl des Nächsten ohne jeden Gedanken an persönlichen Gewinn gilt.
Thea hatte sie erst vor wenigen Minuten kennengelernt. Es hatte sie interessiert, das große blonde Mädchen zu sehen, das Jan Nelmapius so anziehend fand, doch Thea war zurückhaltend — fast feindselig — gewesen, und Alice war von ihrer Haltung verletzt und verwirrt.
Die trockene, abgehackte Stimme des Inspektors aus Duiker's Drift, über dreihundert Kilometer entfernt, erklang deutlich aus dem Lautsprecher.
»Ja, Kamp Zwei, höre euch laut und klar. Ist Sergeant van Wyk dort? Over.«
Der Sergeant meldete sich: »Hier spricht van Wyk, Herr Inspektor. Ich bin kurz vor ein Uhr hier eingetroffen. Over.«
»Ich brauche Sie morgen abend in Duiker's Drift. Warten Sie

jetzt auf Sergeant Neethling, der mit Heger Nelmapius unterwegs zum Kamp Zwei ist. Er hat wichtige Depeschen für Sie. Wie geht es Mr. Andrew Miller? Over.«
Andrew hinkte zum Funksprechgerät.
»Hier spricht Andrew Miller, Inspektor. Dr. Hurley aus Poinsettia ist hier. Er meint, ich könne morgen fahren, aber er möchte mich in einem Krankenhauszimmer unterbringen. Over.«
»Wird erledigt, Mr. Miller. Freue mich, daß Sie wieder in Ordnung sind. Heger Nelmapius hat einige Berichte für Sie. Wir hielten es für richtig, daß er, so schnell wie möglich, selber mit Ihnen spricht. Over.«
Alice warf Thea einen Blick zu, doch das junge Mädchen schien sich nicht im geringsten darum zu kümmern, ob Heger Nelmapius hierher unterwegs sei oder nicht. Ihre Augen waren auf Andrew geheftet — und plötzlich dämmerte Alice die Wahrheit. Sie liebte Andrew — dieses Kind war in einen Mann verliebt, der ihr Vater sein konnte!
Andrew sprach in das Gerät: »Wie steht es mit Wildhüter Amos? Over.«
»Er ist heute morgen gestorben. Es scheinen keinerlei Ursachen dafür vorzuliegen. Gesundheitlich machte er gute Fortschritte. Außerdem habe ich Ihnen mitzuteilen, daß Wildhüter March einen Unfall hatte. Er wurde von Boryslawskis zahmer junger Löwin zerrissen. Boryslawski schwört, sie habe bisher noch niemand verletzt. March sei der erste gewesen, den sie anfiel. Nelmapius kann Ihnen weitere Einzelheiten über beide Fälle berichten. Over.«
Rusty wandte sich Alice mit einem halb ungläubigen Gesichtsausdruck zu, der zu sagen schien: Da haben Sie es! Der Fluch der Ndlovukasi!
Alices Kopfhaut prickelte, und ein kalter Schauder lief ihr über den Rücken. Die Magie Afrikas hatte einen Augenblick lang das Zimmer verdunkelt und eisig gemacht. Sie spürte, wie der Missionar neben ihr seine Stellung veränderte, und fragte sich, ob die lakonische Mitteilung des Inspektors eine tiefere Bedeutung für

Dr. Hurley haben konnte. Was weiter über das Funkgerät gesprochen wurde, hörte sie kaum. Sie erlebte im Geist noch einmal ihren ersten Tag in Velaba, als sie in dem heißen, einsamen Außenposten im Dornveld beobachtete, wie Oase mit ihrem Kind Shinhenani, dem Kleinen Krieger, spielte. In ihren Ohren hallte die summende Stimme der jungen Frau und das ansteckende gurgelnde Lachen des Kindes zugleich mit dem Klirren von Nimrods Messingreifen wider, als er das Feuer angezündet und Kaffee gekocht hatte. Sie stand mit Rusty in Amos' Hütte und betrachtete die Gitarre des Spielmanns und Märchenerzählers. Dort, in der kühlen, schattigen Hütte waren die schlafenden Instinkte ihres eigenen Körpers erwacht; dort hatte sie unter Rustys Berührung gebebt und hatte den hohen, scharfen Schrei der jungen Bantufrau gehört. Am selben Tag hatte sie gesehen, wie Oase March einen tödlichen Fluch zuschleuderte, und in der Nacht hatte sie am Lagerfeuer geschlafen, während die Trommeln Afrikas ihr Blut in Aufruhr versetzten. Der Mond hatte über Rustys Schulter in ihre Augen geschienen, als er sich über sie beugte und das Licht des Feuers in seinem Kupferhaar schimmerte; und er hatte gesagt: 'Sehen Sie mich nicht so an . . . Mein Name ist Ratau, der Löwe, und ich bin gefährlich!'

Ach, Rusty, wie gefährlich! Ich spürte es zu spät, wie überaus gefährlich.

Andrews ruhige Stimme rief sie in die Gegenwart zurück.

»Das ist alles, Inspektor. Wir sehen Sie also morgen abend in Duiker's Drift. Ich nehme an, Sie wollen auch Rusty sprechen. Over.«

»Richtig. Und einige Ihrer Eingeborenen als Zeugen dazu. Neethling bringt die Liste der Namen mit. *Tot siens.* Ende.«

Rusty würde also mit den andern nach Duiker's Drift fahren. Alice war wirr vor Angst bei der Vorstellung, ohne ihn zu sein — wieder allein mit ihren Befürchtungen und dem bevorstehenden Prozeß. Der Missionar schien ihre Verlassenheit zu spüren und fragte: »Sollen wir hinausgehen? Ich glaube, Andrew, Rusty und van Wyk werden ihre Pläne besprechen wollen.«

Als sie, zusammen mit Thea, auf die Veranda gingen, setzte er hinzu: »Meine Frau und ich hoffen, Sie kommen mit Thea und mir nach Poinsettia. Wir brechen gleich morgen früh bei Dämmerung auf, wenn die andern nach Duiker's Drift fahren müssen.«

»Ich wäre Ihnen sehr dankbar«, sagte sie. Aber dabei überlegte sie, ob man ihr erlauben würde, nach Poinsettia zu fahren. Ob sie dazu die Erlaubnis von Sergeant van Wyk brauchte? War sie frei, oder stand sie bereits unter polizeilicher Bewachung?

Thea beschattete die Augen mit der molligen, sonnenbraunen Hand, als ein Jeep unter dem vom Blitz gespaltenen Affenbrotbaum auftauchte. Seine Blätter waren verwelkt und fielen bereits, doch noch immer zwitscherten Vögel in seinen Zweigen. Alice sah sie hin und her schießen — die glänzenden Stare mit ihrem metallischen, juwelenfunkelnden Gefieder, die schwarzweißen Nashornvögel und eine Schar gelber Büffelweber.

»Das ist ja Nelmapius!« Thea rannte mit kindlich hüpfenden Schritten über den sonnigen Platz. Sie lachte. »Jannie! Was haben Sie denn mit Ihrem Bart gemacht?«

»Sie!« sagte er. »Sie hier — Thea?«

Er hatte den breitkrempigen Hut abgenommen, und sein Haar schimmerte in der Sonne wie Gold. Er stand da und starrte sie an, ohne seinen bezauberten Augen zu glauben.

»Er wirkt wie ein junger Apoll«, sagte Alice zu dem Missionar. Zum erstenmal bemerkte er wirklich den Charme ihres Lächelns und die Schönheit ihrer dunklen Augen. Er lachte.

»In Velaba sind schon genug Heiden, Miß Lang. Wir kommen hier gut ohne einen Apoll aus.«

Sergeant Neethling eilte mit einem kurzen Gruß für Thea und ihren Vater ins Büro, doch der Heger schien sich zu freuen, Alice zu sehen, und blieb stehen, um mit ihr und Dr. Hurley zu sprechen.

»Ich habe Ihren Rat befolgt, Miß Lang«, sagte er, die Hand am Kinn.

»Das sehe ich.«

»Haben Sie ihm gesagt, er solle sich den Bart abnehmen?« fragte Thea in leicht unwilligem Ton.
»Ich schlug es vor, weil ich meinte, er gefiele Ihnen ohne Bart vielleicht besser. Habe ich recht?«
»Ich will mal darüber nachdenken«, erwiderte Thea besänftigt.
»Tun Sie es wirklich.«
Alice fand es merkwürdig genug, daß der junge Mann glattrasiert viel reifer wirkte. Sein Kinn war unerwartet stark und die Lippen kräftig geformt.
Sie sagte:
»Die Nachricht über Amos hat uns sehr leid getan, Jan.«
Nelmapius runzelte die Stirn. »Er wollte nicht mehr leben. Er wartete, bis er erfuhr, daß March tot sei, und dann . . . ging er zu seinen Vorfahren.«
Alice hatte durch ihre Erfahrungen gelernt, wie wichtig der Wille zu leben war. Sie wußte, wie dieser Wille den geschwächten Körper von der Grenze zwischen Leben und Tod zurückriß. Sie hatte gesehen, daß er Wunder wirken konnte. Ohne ihn war die Kunst der Medizin und der Chirurgie machtlos.
Traurig sagte sie: »Vielleicht hatte er den Eindruck, daß er — wie die Dinge lagen — nicht mehr viel besaß, wofür es sich zu leben lohnte. Vielleicht war ihm das Leben gleichgültig geworden.«
Dr. Hurley seufzte. »Es ist mehr als nur diese passive Gleichgültigkeit. Bei diesen Menschen handelt es sich gewöhnlich um einen intensiven Todeswunsch oder die Todeserwartung. In diesem Fall lag der Todeswunsch in Amos selber. Doch oft genug liegt er im Herzen eines Feindes. Ein gesunder Mann hält sich für behext, kehrt das Gesicht zur Wand und stirbt.«
Sie dachte an March und Sheba, die Löwin. March hatte sein Schicksal gekannt und es mit seiner Furcht und seinem Fatalismus herausgefordert.
»Jan, können Sie sich losreißen, um zu uns zu kommen?«
Rusty stand vor seinem Büro auf der Veranda. Sein Blick umfing Nelmapius und Thea mit verständnisvollem Lächeln. Der junge Heger errötete unter seiner Sonnenbräune.

»Ja, Mann, ich komme schon.«
Während er auf Rusty zuschritt, blickte Thea ihm mit verwirrten blauen Augen nach.
»Es ist gerade, als lerne man einen neuen Menschen kennen«, sagte sie. »Dieser Bart ließ ihn töricht erscheinen. Als wenn ein Kind sich aufspielen will. Wenn Andrew sich einen Bart stehen ließe, das würde eher passen.«
»Du solltest dich ein wenig hinlegen, Thea«, sagte ihr Vater. »Wir sind heute morgen sehr früh aufgebrochen und hatten keine leichte Fahrt.«
»O Daddy!« Sie schob die Lippen vor. »Schlafen ist Zeitverschwendung. Ich setze mich dort drüben an den Fluß.«
Sie hofft, daß Andrew dorthin kommt und mit ihr redet, dachte Alice. Oder vielleicht auch Jan. Sie erhob sich mit einem Lächeln. »Ich habe heute nacht selbst auch nicht gut geschlafen. Sich ein wenig hinzulegen ist ein guter Gedanke. Ich gehe in mein Zimmer.«
Der Missionar beobachtete die beiden Mädchen, wie sie gemeinsam über den Platz schlenderten und sich vor dem Haus des Hegers trennten. Auf seiner Stirn zeichneten sich Sorgenfalten ab, während er zu dem Halbkreis der Gäste-Rondawels hinüberschritt, wo er und seine Tochter zwei nebeneinanderliegende Zimmer hatten. Er war um Theas willen beunruhigt. Seine Frau hatte ihm mitgeteilt, daß das Mädchen ihrer Ansicht nach in Andrew Miller vernarrt sei. Soweit es Thea betraf, hatte sich der Charakter des Verhältnisses 'kleine Schwester und älterer Bruder' völlig verwandelt. Deshalb hatte Mrs. Hurley auch die vertrauliche Mitteilung weitergegeben und ihrer Tochter von dem Einvernehmen zwischen Andrew und Alice Lang erzählt. Sie hatte gehofft, dadurch törichten Träumen, die nur verhängnisvoll ausgehen konnten, ein Ende zu machen, denn selbst wenn Andrew Thea liebte, wäre eine Ehe zwischen ihnen durch den Altersunterschied völlig unpassend.
Dr. Hurley gefiel der leitende Hegemeister ausgezeichnet. Andrews klare Menschlichkeit sagte ihm sehr zu, und wenn es auch

viele Punkte gab, an denen der Mann Gottes mit dem Mann der Wissenschaft aneinandergeriet, so bildeten ihre Meinungsverschiedenheiten doch nur die Grundlage für manche anregende Diskussion. Beide hatten aus den Gegensätzen Toleranz gelernt. Dr. Hurley hatte den aufrichtigen Wunsch, Andrew glücklich verheiratet zu sehen, denn eine liebende Frau und reicher Kindersegen standen nicht nur im Einklang mit dem göttlichen Willen, sondern sie waren außerdem die beste Versicherung gegen die vielfältigen Gefahren eines einsamen Lebens. Deshalb hatte er die Mitteilung von Andrews Freundschaft zu der jungen englischen Krankenschwester begrüßt, und Alice Lang schien wohl auch die richtige Frau für ihn zu sein. Und in dem Augenblick, als Dr. Hurley Alice erblickte, wurde er in seiner Ansicht bestärkt. Die Tatsache, daß sich ihre Vertrautheit auf geistiger Grundlage entwickelt hatte, erschien ihm keineswegs als Nachteil. Denn wenn die Geister stark zueinander hingezogen wurden und die Körper jung und gesund waren, durfte man sich schon darauf verlassen, daß Mutter Natur für den Rest sorgte.

Doch als er Andrews Schulter unter Assistenz dieser ruhigen und tüchtigen jungen Frau untersuchte, die sogar ein gewisses Maß an Schönheit für sich beanspruchen durfte, hatte er eine gespannte Stimmung zwischen den beiden bemerkt, die ihn verwirrte und befangen machte. Die Fragen begannen sich bereits in seinem Hirn zu jagen. Weshalb war van Wyk auf die Missionsstation gekommen, um Nachforschungen nach Alice Lang anzustellen? Was war da nicht in Ordnung? Daß es sich um etwas Ernstes handelte, bezweifelte er schon nicht mehr. War es möglich, daß dieses Mädchen sich eines schweren Verstoßes gegen das Gesetz schuldig gemacht hatte? Das zu glauben fiel ihm schwer. Dr. Hurley hatte in diese traurigen, dunklen Augen geblickt und verborgene Not darin gesehen, doch nichts Böses. Dem Missionar war wie seiner Bantu-Gemeinde die ‘Sprache der Augen’ nicht unbekannt.

Ihm schien es, als hätten diese beiden Menschen — Andrew und Alice — eine Krise in ihrem Leben erreicht, als wären sie in Ge-

fahr und bedürften geistlicher Hilfe. Es gab nur einen Weg, wie er ihnen helfen konnte.
Dr. Hurley trat in seinen Rondawel und schloß die Tür hinter sich. Er sank neben seinem Bett in die Knie und schloß die Augen. Seine Handflächen legten sich zusammen wie die eines Kindes. Wenn Alice ihn hätte sehen können, hätte sie vielleicht an Megs kleine Söhne gedacht, so rührend war seine Haltung, so vollkommen sein Glaube.

Man wartet auf Sie

Alice warf sich auf ihr Bett. Bis jetzt hatte sie kaum gespürt, wie erschöpft sie war. Doch als sie sich nun gehenließ, schien es ihr, als sei ihr Körper mit Blei beladen. Ich bin schwer, dachte sie, jeder Teil von mir ist schwer — und am schwersten mein Herz. Ungeheuer groß und schmerzend lag es in ihrer Brust, eine Last reinen Jammers.
Vier Jahre lang war ihr persönliches Leben unterdrückt gewesen, und dann hatte sie ebenso viele Tage lang mit einer Intensität gelebt, deren sie sich selbst im Traum nie für fähig gehalten hätte. Und welch ein Durcheinander hatte sie aus diesem neuen Leben gemacht, das sie mit so hohen Erwartungen begonnen hatte! Alles war gegen sie gewesen, jeder Umstand war genau verkehrt, angefangen von der Tragödie, durch die sie frei wurde, bis zu Andrews Verhinderung, sie in Duiker's Drift abzuholen. Wenn sie Rusty nur unter anderen Bedingungen kennengelernt hätte — erst nachdem ihr Verhältnis zu Andrew klar und fest war —, dann wäre diese Beziehung zwischen ihnen niemals entstanden. Doch so, wie es nun war, hatte die Flamme seiner Persönlichkeit sie entzündet, sie hatte die trockene, kraftlose Liebe, die aus einem Bündel Briefe entstanden war, verbrannt und zu Asche verwandelt. Zu spät hatte sie erkannt, daß die dürftigen Wurzeln ihrer Liebe zu Andrew nur in Geist und Phantasie hineinreichten.

Doch die starken lebendigen Wurzeln dauernder Liebe zwischen Mann und Frau mußten geradewegs aus dem Herzen entspringen, sie mußten vom Geist erwärmt und vom Fleisch genährt werden. Dennoch erkannte sie, daß eine solche Liebe sich sehr wohl zwischen Andrew und ihr hätte entwickeln können — wenn sie nicht Rusty zuerst begegnet wäre.

Ich habe etwas gelernt über Andrew und mich, dachte sie. Ich habe etwas über mich gelernt — über mein Herz und meinen Körper —, aber zu spät.

Sie warf sich herum und drehte sich und fiel endlich in einen leichten, von beunruhigenden Träumen erfüllten Schlaf.

Es war später Nachmittag, als sie von einem Klopfen an die Tür erwachte.

»Herein«, rief sie.

Ohne überrascht zu sein, sah sie Rustys stämmige Gestalt. Er kam herein und setzte sich zu ihr auf den Bettrand.

»Van Wyk möchte Sie sprechen. Er ist mit Andrew im Wohnraum.«

Angst verdunkelte ihre Augen. Sie fürchtete ein neues Verhör und richtete sich auf. Ihr Gesicht sah verfallen aus, und jede Spur von Farbe war daraus gewichen. Sie blickte Rusty an wie ein kleiner Vogel oder eine Antilope in der Stunde des Todes. Sein Mitleid für sie war quälender als seine Wünsche. Er nahm sie in den Arm und drückte seine Wange in ihr Haar.

»Sieh mich nicht so an, Likwezi — fürchte dich nicht! Sei stark!«

Schweigend lehnte sie sich an ihn, das Gesicht an seine Schulter gepreßt. Sie spürte den gleichmäßigen Schlag seines Herzens, die Wärme und Stärke seines Körpers und seinen Mund in ihrem Haar. Morgen würde er fort sein, sie würde ihn nie wiedersehen. Die unmenschliche Maschine des Gesetzes würde sie wegreißen und sie in den Morast drücken, wie der Elefant den Neger Mbula zermalmt und zerbrochen hatte. Halt mich, Rusty, halt mich fest — laß es nicht zu, daß man mich von dir wegreißt! Aber wenn es sein muß, wenn es keinen Ausweg gibt, dann habe ich wenigstens deine Liebe gehabt. Du bist für immer ein Teil von mir — solange sie mich leben lassen —, du und jene Gewitternacht, als dein Haar naß und kraus vom Regen war und deine Haut sich kühl und frisch an die meine preßte — und wir beide die Wahrheit wußten . . .

Sie spürte, wie sein Herzschlag sich beschleunigte; sehr behutsam schob er sie von sich.

»Man wartet auf Sie«, sagte er.

Er sah, wie ihr Wille ihre Angst beherrschte, so wie er es schon so oft an ihr erlebt hatte. 'Du kennst sie sehr gut', hatte Andrew traurig und bedeutungsvoll gesagt. Mit diesen Worten hatte er sie heute morgen seinem Bruder abgetreten und Erklärungen und Beschuldigungen zwischen ihnen unnötig gemacht. Und es war richtig. Er kannte sie besser, als er Flora je gekannt hatte. Er kannte sie, wie er sich selber kannte.

»Es dauert nicht lange«, erklärte sie. »Sagen Sie dem Sergeanten, ich käme in wenigen Minuten.«

Sie stand bereits vor dem Spiegel und bürstete ihr Haar. Er trat hinter sie und legte seine kräftigen Hände um ihre Schultern. Sie blickte in das Spiegelbild seiner Augen.

»Was immer auch geschieht«, sagte er, »du kannst auf mich zählen.«

Seine Hände glitten nieder und schlossen sich um ihre Brust, und sie lehnte sich an ihn, während ihre Kehle schmerzte. Wenn es nur anders wäre — wenn es nur anders wäre —, dann könnte dieser Augenblick höchstes Glück bedeuten. Sie hob seine Hände und legte sie an ihre Wangen.

»Danke, Rusty. Nun geh.«

Als sie sich gewaschen und umgezogen hatte, fühlte sie sich besser. 'Sei stark!' hatte er gesagt. Sie mußte ihre Stärke beweisen.

Sergeant van Wyk saß am Schreibtisch, eine Anzahl von Papieren vor sich ausgebreitet. Andrew stand neben ihm, und sein Lächeln, als Alice eintrat, war beruhigend. Er ist mein Freund, dachte sie. Wenn alles anders wäre, hätten wir vielleicht wirklich gelernt, uns zu lieben. Es hätte sein können. Aber es wäre eine ganz andere Liebe als die, die mich zum Brennen gebracht hat.

Van Wyk erhob sich schwerfällig. Seine derben Züge waren ernst, aber nicht mehr feindselig.
»Nehmen Sie Platz, Miß Lang. ich habe hier einige neue Aussagen zu dem Fall Mrs. Mary Lang. Es sind Kopien von eidlichen Aussagen, die in London protokolliert und nach Pretoria durchgegeben wurden. Sie wurden dann nach Duiker's Drift gesandt und mir persönlich von Sergeant Neethling überbracht.«
Der Sergeant war stolz auf die Zuverlässigkeit der südafrikanischen Polizei. Selbst hier in der *Bundu* ließ sie nicht zu, daß Gras über eine Sache wuchs.
»Ich möchte Ihnen gern die wesentlichen Abschnitte aus einigen dieser Protokolle vorlesen«, fuhr er fort. »Habe ich recht mit meiner Vermutung, daß Sie die Anwesenheit dieser beiden Herren wünschen?«
Ein leises Lächeln spielte bei der schwerfälligen Formalität seiner Ausdrucksweise um ihre Mundwinkel.
»Ja, bitte«, sagte sie.
Sie dankte für den Sessel, den Rusty ihr zuschob, und hockte leicht auf einer Armlehne. Selbst in dieser nachlässigen Haltung wirkte sie sehr ordentlich und beherrscht mit dem geraden Rücken und dem herausfordernd erhobenen Kopf.
Rusty ging zum Kamin hinüber. Er stand vor der leeren Feuerstelle, die Beine gespreizt, die Hände auf dem Rücken zusammengelegt. Andrew saß auf der Couch und steckte sich eine Zigarette an, während der Sergeant wieder am Schreibtisch Platz nahm und mit der Bedächtigkeit, die alle seine Handlungen kennzeichnete, die Protokolle ordnete. Als er fertig war, blickte er Alice an.
»Hier ist das Protokoll einer eidlichen Aussage von Schwester Elizabeth Caroline Short geborene Swanson. Sie wurde gestern nach ihrer Rückkehr aus Paris gemacht, wohin sie anscheinend ihre Hochzeitsreise unternommen hatte.« Er räusperte sich befangen. »Darin gibt sie ihre Darstellung von den Vorgängen jener Nacht, in der die Verstorbene verschied.« Der Sergeant begann betont ausdruckslos zu lesen:
»Alice Lang war in jener Nacht entsetzlich aufgeregt, als sie aus

dem Zimmer ihrer Mutter herunterkam. Sie weinte bitterlich und sagte: 'Mutter ist wieder in ihrer angstvollen Stimmung. Ich kann es nicht ertragen, wenn sie sich vor der Nadel fürchtet — vor mir —, wenn sie mich so ansieht! Ich kann es nicht ertragen!' Ich versuchte, sie zu trösten, und versprach hinaufzugehen, um zu sehen, was ich tun könnte, um die Kranke zu beruhigen. Mrs. Lang war bei mir immer sehr ruhig. Als ich in das Zimmer kam, hatte sich ihre Stimmung geändert. (Sie war oft sehr veränderlich — in der einen Minute hysterisch furchtsam, in der nächsten ganz vernünftig.) Sie sagte: 'Warum sind Sie gekommen?' und ich erwiderte: 'Um zu sehen, ob Sie auch alles haben, was Sie brauchen. Wenn Alice irgend etwas noch nicht getan hat, werde ich dafür sorgen.' Sie hielt mir den Arm hin und sagte: 'Dann geben Sie mir meine Injektion. Von Alice wollte ich sie mir nicht machen lassen, aber jetzt fangen die Schmerzen wieder an.' Sie schien klar und vernünftig. Ich habe oft geholfen, sie zu versorgen, und wußte, wo alles zu finden war. Ich kannte natürlich die Art der Behandlung. Als ich ihr die Injektion gegeben hatte, dankte sie mir und bat, ich möchte bei ihr bleiben, bis sie eingeschlafen sei. Das tat ich. Als ich etwa zwanzig Minuten später hinunterkam, hatte Alice sich wieder ganz in der Hand. Sie hatte Tee gemacht und schien dem Hörspiel zu lauschen, das wir vorher ausgesucht hatten. Ich flüsterte, es sei alles gut, und sie nickte. Als sie ihrer Mutter am andern Morgen den Tee brachte, war Mrs. Lang tot.«

Der Sergeant machte eine Pause, blickte jedoch nicht auf, sonst hätte er die Blässe auf Alices Gesicht und den Schmerz in ihren Augen gemerkt. O Gott, dachte sie, Mutter meinte es ernst — arme, arme liebe Mutter, sie meinte es ernst — sie sah die Möglichkeit und benutzte sie . . .

Van Wyk fuhr fort: »Ich habe hier auch Schwester Shorts — oder soll ich lieber sagen: Swansons? — Antworten auf gewisse Fragen. Als sie gefragt wurde, ob sie zu irgendeiner Zeit Grund zu der Annahme gehabt habe, ob bereits eine Injektion verabreicht worden sei, sagte sie: 'Als ich die Watte und die leere Ampulle in den Papierkorb warf, bemerkte ich, daß bereits eine andere leere Ampulle darin lag. Ich glaubte, der Papierkorb sei seit der morgendlichen Injektion nicht geleert worden. Wir benutzten stets Alkohol, ehe wir die Nadel ansetzten, deshalb fand sich kein Fleck und kein Geruch.' Frage zwei: 'Hatten Sie am nächsten Morgen, als die Patientin tot aufgefunden wurde, keine Bedenken?' Antwort: 'Keine. Mrs. Lang konnte jederzeit sterben. Es bestand kein Grund zu der Annahme, daß die Injektion etwas damit zu tun haben könnte.'«

Der Sergeant zog ein zweites Blatt auf sich zu.

»Dies ist die Aussage von Dr. Quentin Manfield. Er beschreibt bis ins einzelne die traurige Krankheit Ihrer Frau Mutter, Miß Lang, und fährt dann fort, wie folgt: 'Während des vergangenen Jahres war es nötig, daß meine Patientin höhere Dosen Morphium erhielt, um die Schmerzen zu betäuben. Ihr Kreislauf hatte eine erhebliche Resistenz für die Droge entwickelt, und eine Dosis, die für einen durchschnittlichen Menschen zweifellos tödlich gewesen wäre, hätte auf Mrs. Lang keine besonders schädliche Wirkung ausgeübt. Die in der Nacht des zehnten Oktober verabreichten dreißig Milligramm hätten an sich noch nicht dazu ausgereicht, den Tod zu verursachen.' Dr. Barnet, der Dr. Manfields Vertreter war und den Totenschein ausstellte, pflichtet der Ansicht seines Kollegen bei.«

Van Wyk schob die Papiere noch einmal durcheinander und wählte mit offensichtlicher Befriedigung ein weiteres aus.

»Hier ist Dr. Manfields Leumundszeugnis über den Charakter von Miß Alice Lang: 'Ich kenne Alice Lang seit ihrer Kindheit und freue mich, ihre unbedingte Integrität bezeugen zu können. Während der vergangenen vier Jahre ist Alice Langs Führung sowohl als Pflegerin wie als Tochter vorbildlich gewesen. Sie hat ihre Mutter mit selbstloser Hingabe und nie versagender Sorgfalt gepflegt.' Die Oberin des Krankenhauses, in dem Miß Lang ausgebildet worden ist, hat Dr. Manfields Leumundszeugnis bestätigt. Deshalb liegt es nach Prüfung aller Umstände offen zu Tage, daß der Anwalt der Krone keine Anklage gegen Alice Mary Lang erheben wird.«

Der Sergeant, der ausschließlich für seine Dokumente und ihre Bedeutung interessiert war, blickte auf, um Alice seine Glückwünsche und sein aufrichtiges Bedauern dafür auszusprechen, daß er ihr so viel geistige Anspannung und Sorge verursacht hatte. Zu seiner Bestürzung sah er, daß die junge Frau ihm gegenüber schweigend und unbeherrscht weinte. Ihre zuckenden Hände bedeckten das Gesicht, und Tränen rannen zwischen den Fingern hindurch auf ihr Kleid. Andrew Miller war ans Fenster getreten; sein Rücken war dem Zimmer zugekehrt und sein Kopf gesenkt. Rusty setzte den Sergeanten in großes Erstaunen, als er zu dem Mädchen seines Bruders trat und sie sich ihm zuwandte und ihr tränenüberströmtes Gesicht an seiner Schulter barg.
Von draußen klang das abendliche Zwitschern der Vögel, doch im Zimmer herrschte Schweigen, bis auf das Rascheln der Papiere des Sergeanten, als er sie zusammenschob und in die Mappe steckte. Er ging hinaus in den Sonnenuntergang, ohne ein weiteres Wort zu sagen. Tief und befriedigt holte er Luft. Dem Himmel sei Dank, daß diese Sache vorüber war! Und morgen wollte er seine *Ouvrou* von Duiker's Drift aus anrufen. Sie würde wütend sein wie eine Schlange, wenn sie hörte, daß ihm die Biltong-Banditen durch die Lappen gegangen und diesem verdammten Kerl von Neethling in die Hände gelaufen waren, und sie würde nach dieser englischen Sache fragen, die er ihr gegenüber törichterweise ein- oder zweimal erwähnt hatte. Glücklicherweise hatte er ihr keinerlei Namen oder Tatsachen anvertraut, denn seine *Ouvrou* besaß etwa ebensoviel Diskretion wie ein alter alleingehender Pavian. Aber sie würde trotzdem sticheln. Na, daraus machte er sich nicht viel! Es war die Aufgabe eines Polizeibeamten, Verbrecher zu fassen und nicht etwa Unschuldige zu martern. Er hatte diese Unterhaltung mit Alice Lang weiß Gott nicht genossen. Schon als sie ihn an diesen verdammten Nachtfalter erinnert hatte, der da auf dem blauen Nadelkissen aufgespießt gesessen hatte, war ihm die ganze Geschichte abscheulich gewesen. Nun war sie abgeschlossen, und er sagte sich, daß über alle Dinge einmal Gras wüchse. Er zog die Pfeife aus der Tasche und stopfte

sie mit Burentabak. Mit dem Missionar wollte er nur noch schnell ein paar Worte reden, vielleicht bekam er auch irgendwo ein Glas Bier. Der alte Hurley würde eine Erklärung für diese Nachforschungen auf der Mission verlangen. Er würde freilich gute Miene zum bösen Spiel machen müssen, aber mit ein wenig Takt kam man auch darüber hinweg. Am besten ging er gleich hinüber und brachte es hinter sich.

Ndlovukasis Prophezeiung

Alice strich sich das Haar aus dem verweinten Gesicht. »Es ist wie eine Erlösung«, sagte sie, noch zitternd.

Es war wirklich eine Erlösung. Nicht nur, daß ihr eigener Ruf gerettet war, sondern auch, daß es ihre Mutter nicht vermocht hatte, Betty zum Werkzeug ihrer traurigen Absicht zu machen. Natürlich hatte Dr. Manfield recht. Ein Patient, der an immer größere Dosen Morphium gewöhnt war, konnte dreißig Milligramm durchaus vertragen. Wenn sie weniger von Angst besessen gewesen wäre, hätte sie sich das auch selbst sagen können.

Andrew hinkte zum Schreibtisch hinüber und setzte sich auf eine Ecke. Er rauchte — nicht in der hastigen, nervösen Art, wie er es sonst tat, sondern nachdenklich, blaue Ringe in die stille Abendluft blasend.

Philemon trat ins Zimmer und übergab seinem Herrn einen Zettel, auf den Sergeant van Wyk eine Mitteilung gekritzelt hatte. Dann zündete er die Lampe an und zog die Vorhänge zu. Rusty las die Mitteilung und schaute ruhig auf.

»Sind die Polizeiwagen schon abgefahren?« fragte er Philemon.

»Ja, Nkosi. Gerade eben.«

»Es ist gut, Philemon.«

Als der Boy aus dem Zimmer ging, sagte Rusty: »Van Wyk und Neethling sind mit den eingeborenen Polizisten nach Kamp Eins aufgebrochen. Sie werden dort übernachten, einige eingeborene

Zeugen mitnehmen und morgen lange vor uns in Duiker's Drift eintreffen.«

»Und wie steht es mit Alice?« fragte Andrew. »Nehmen wir das arme Mädchen nun den ganzen Weg wieder mit zurück?«

Sie lächelte. »Dem armen Mädchen ist eine Fahrt mit Dr. Hurley und Thea nach Poinsettia angeboten worden — und es hat angenommen.«

»Gute Arbeit«, sagte Andrew. »Und nun habe ich noch etwas mit Rusty zu klären. Nein, Alice, geh nicht hinaus. In gewisser Hinsicht betrifft es dich auch.«

Er drückte seine Zigarette mit überflüssiger Kraft im Aschenbecher aus. Er löschte den winzigen Glutherd, als mache er mit irgend etwas in seinem Innern Schluß. Als ich sie sah, dachte er, wußte ich, daß wir gemeinsam Liebe und Glück finden könnten. Sie war all das, was ich zu hoffen gewagt hatte, und weit mehr; meine Zweifel verflogen wie Nebel in der Sonne. Und dann sah ich bei jedem Wort, jeder Geste, jedem Blick, was Rusty und ihr geschehen war. Sie versuchten es zu verbergen — sie wollten nicht, daß ich es erführe, aber, wie der Sergeant es ausdrücken würde, ein blinder Pavian hätte die Wahrheit gespürt. Ich tat Rusty gegenüber, als zweifelte ich an ihr, und er glaubte es. Er hätte mich am liebsten geschlagen! Dann plötzlich tat ich ihm leid. Er erkannte, daß ich es wußte.

»Rusty«, sagte er, »ich hatte noch keine Gelegenheit, mit dir über den Besuch des Vorsitzenden zu sprechen. Er ist ganz versessen darauf, daß dieses Reservat für Touristen geöffnet wird. Er wünscht sogar, daß wir bereits diesen Winter eine begrenzte Anzahl von Besuchern aufnehmen. Es ist also ein großes Programm durchzuführen. Du wirst jedenfalls die Leitung übernehmen müssen.«

»*Ich* bin nicht der leitende Hegemeister. Du wirst der Chef sein.«

»Dann nicht mehr. Ich trete in etwa drei Wochen zurück, und du kannst, bevor der große Lärm beginnt, noch Urlaub nehmen.«

Rusty hatte wieder seine Stellung vor dem leeren Kamin bezogen. Sein Unterkiefer war kampflustig vorgeschoben.

»Worauf willst du hinaus, Andrew? Ich verstehe nicht, was du sagen willst.«
»Ich bin fertig mit Velaba. Ich gehöre bei jedem Wildreservat zur prätouristischen Epoche. Das weißt du genau. Auch Meg weiß es. Sie schrieb mir noch vor kurzem einen Brief, in dem sie sagte, sie vermute, sobald ein wenig menschliches Leben in das Reservat eindränge, würde ich gehen. Sie hat recht. Ich nehme das Angebot in Zentralafrika an. Du wirst dich erinnern, daß ich es sogar schon mit dir durchgesprochen habe. Ich behielt nur meine Antwort in der Schublade — ich wollte noch warten, was Alice davon hielt . . .«
»Weshalb fragst du sie dann nicht?«
»Weil das, was Alice davon hält, nichts daran ändert — nun nicht mehr.«
Schatten von Schmerz und Mitgefühl vertieften sich um seine Augen, und er fuhr mit Anstrengung fort:
»Als der Vorsitzende des Kuratoriums in meinem Büro stand, nahm er Alices Fotografie vom Schreibtisch. Er fragte, ob das meine Freundin sei, und er sagte, es sei eine gute Sache für einen Mann, der draußen im Freien lebe, sich eine Frau zu nehmen.« Er hielt inne, und sein Gesicht verzerrte sich so, als ob das, was er zu sagen hatte, ihm Übelkeit erregte, doch seine ruhige Stimme stockte nicht. »Ich erklärte ihm, ich sei nicht der Typ, der heiratet.«
Er erinnerte sich der Gefühle, als er diese Worte aussprach — des Gefühls der Beschämung, weil er Alice verleugnete, und der Furcht, daß das, was er sagte, richtig sei. Als er dem Vorsitzenden erklärte, er sei nicht der Typ, der heiratet, hatte er in gewisser Weise sein Recht auf Alice Lang schon aufgegeben.
»Stimmt das?« Zorn flammte in Rustys blauen Augen auf. »Nun will ich dir sagen, Andrew — ich bin der Typ, der heiratet —, auch wenn ich das erste Mal ein verdammtes Durcheinander damit angerichtet habe!«
»Dann bring Alice hinaus und sag's ihr!«
Seine Stimme klang todmüde. Alice machte eine rasche Bewegung

auf ihn zu, doch er schüttelte den Kopf und streckte die Hand aus, als wollte er sie abwehren. Einen Augenblick lang begegneten sich ihre Augen, und er sah, daß die ihren nicht mehr traurig und gequält waren, sondern in einer sanften strahlenden Schönheit leuchteten, die ihm mehr sagte, als Worte es jemals gekonnt hätten.

Rusty ging auf Alice zu und nahm ihren Arm.

»Komm«, sagte er.

Sie gingen hinaus ins Dunkel und durch das Gras die Anhöhe über dem Fluß hinauf. Leuchtkäfer schossen im Laub hier- und dorthin, und Smokey jagte Lucky, die schwarze Katze, die auf den nächsten Baum sprang und sich mit großer Energie und Konzentration zu waschen begann. Erst zwei Abende zuvor waren Rusty und Alice barfuß und Hand in Hand über das gleiche Veldgras gelaufen. Damals war es braun und naß von dem Regen gewesen, der der ganzen Buschwelt neues Leben gebracht hatte. Nun war das Gras jung und grün, verwandelt durch das jährliche Wunder des Regens und des Frühlings — des Oktobers, des Monats des neuen Lebens.

Rusty blieb auf der Lichtung stehen, die Alice so gut kannte. Sie roch den süßen, verführerischen Duft der Akazien und den kühlen unbestimmbaren Geruch des Flusses. Im Halblicht erstreckte sich der Busch geheimnisvoll zum Schwarzen Mambagebirge hinüber; die ersten Sterne funkelten am Abendhimmel. Vögel riefen schläfrig, bevor das lange Schweigen der Nacht sie überraschte, und Alice war es, als kämen sie von einer Gesellschaft — die letzten Gäste, die einander gute Nacht und auf Wiedersehen sagten und miteinander verabredeten, bei Sonnenaufgang wieder zusammenzusein.

Rusty sagte: »Das ist *unser* Platz, Likwezi. Hier hast du dich mit der Wahrheit über uns abgefunden — aufgehört, dagegen anzukämpfen. Dieser Platz wird mir stets mehr bedeuten als jeder andere Ort der Welt.«

»Mir auch«, sagte sie leise. Und sie dachte: Hier lernte ich das Wesen vom Schatten zu unterscheiden, hier erkannte ich, daß ich

mein ganzes Leben lang dir gehörte, was die Zukunft uns auch antun mochte.
»Und du? Wann wußtest du es, Rusty?«
Ihre Hand lag in der seinen, während sie nebeneinander standen und über die Schlucht zum Gebirge im Osten hinüberschauten. Er lächelte im Zwielicht auf sie nieder.
»Als du Shinhenani, den Kleinen Krieger, im Arm hieltest und Ndlovukasi dir die Löwenkralle schenkte.«
»Ach ja. Und die Kralle hat mir Glück gebracht. Wegen dieser Kralle bin ich abergläubisch — abergläubisch wie nur einer deiner Bantus. Aber was hat sie an diesem Tag gesagt? Du wolltest es mir damals nicht erzählen.«
»Nein, ich wollte es dir nicht erzählen. Ich konnte es damals auch nicht sagen. Du warst das Mädchen meines Bruders.«
»Und jetzt?« Sie flüsterte die Worte.
»Und jetzt, meine Geliebte, gehörst du mir. Deshalb kann ich dir erzählen, was Ndlovukasi gesagt hat.«
Sie blickte in seine Augen, und spürte das Feuer in seinen Adern.
»Sag's mir«, bat sie.
»Ndlovukasi prophezeite dir, daß du eines Tages selber Söhne haben würdest — ebenso schön und tapfer wie der Kleine Krieger. Sie würden zur Löwensippe gehören und mächtig und rotbemähnt sein wie Ratau der Löwe, der ihr Vater sein werde. Du verstehst, Likwezi, damals war es ein bißchen peinlich für mich, dir das zu erzählen.«
Er legte die Arme um sie und fühlte, wie sie lachte. Ihr Lachen war sanft wie das Geräusch des Flusses, der durch die Schlucht strömte, und er dachte, daß er sie lange nicht mehr lachen gehört hatte.
»Du hast dir das einfach ausgedacht«, sagte sie, »eben jetzt, in dieser Minute.«
Er streifte ihren Mund leicht mit seinen Lippen.
»Still, Likwezi! Hörst du die Stimme des Löwen? Du darfst nie über den Zauber von Velaba spotten.«
Der Ruf des königlichen Jägers hallte durch den dunkler werden-

den Busch, während Veld und Wald den Atem anhielten und warteten, bis das Echo plötzlich den Donner des Königs nachahmte.

Rusty umfaßte Alices schmales Gesicht mit beiden Händen. Seine ernsten Augen blickten in die ihren.

»Ich liebe dich. Alles, was zwischen uns geschehen ist — das Gute wie das Böse —, hat meine Liebe zu dir nur verstärkt. Ich habe nie gewußt, daß es so sein könnte — so viel Nähe, so viel Verständnis, so viel Glaube. Ich möchte dich heiraten. Ich weiß, daß ich viel verlange. Willst du uns haben — Velaba und mich —, was auch kommen mag?«

Not, Einsamkeit und Gefahr; Trennung von den versprochenen 'rotbemähnten' Kindern; Dürre, Gewitter und Gewalt; Kamphunde, die den unsichtbaren Feind jenseits des Dornwalls anbellten — das würde von nun an ihr Leben sein. Aber auch die sanfte Antilope, die am Rand des Wassers, im Dickicht und im Wald äste; Vögel, die ihre bunten Schwingen im klaren goldenen Licht ausbreiteten; und der hohe Himmel und der lodernde Mond. Das Lagerfeuer unter den Sternen würde einen Funkenregen in die duftende Nacht hinaussprühen, und die Arme ihres Geliebten würden sie zu einem Entzücken hinreißen, das dem Schmerz verwandt war. Hierher gehörte sie — nach Velaba — und zu Rusty. Leben ohne Gefahr — ohne ihn —, das wäre der Tod.

»Ich liebe dich«, sagte sie. Die Worte waren ihren Lippen fremd und unvertraut, und während sie sie sprach, schien das ganze neue Leben sie ans Herz zu nehmen.

Erläuterungen

ASSAGAI (Bantusprache): speerartige Stich- und Wurfwaffe; Schaft meist aus dem Holz des Assagai-Baumes, Spitze aus Eisen.

AVOCATO-BAUM: Lorbeergewächs (Persea persea) mit birnenähnlicher Frucht.

BAKKIE (Afrikaans): Lastwagen mit Ladefläche, die durch Planen verschlossen werden kann.

BANTU: etwa zweihundert Stämme mit fünfunddreißig Millionen Menschen im südlichen und mittleren Afrika, die Bantusprachen sprechen. Ba-ntu ist die Mehrzahl von *Mu-ntu* = Mensch.

BASUTO: Bantuneger im britischen Protektorat Basutoland.

BILTONG (von Biltongue): in Streifen geschnittenes und luftgetrocknetes Fleisch von Wild oder Rind.

BOERWORS (Afrikaans): hausgeschlachtete Wurst.

BOUGAINVILLEEN: dornige, kletternde Sträucher, auch kleinere Bäume, mit bunten Blüten und sie umgebenden farbigen Hochblättern (Familie Nyktaginazeen).

BRAAIVLEIS (Afrikaans): auf dem Rost oder am Spieß über offenem Feuer gebratenes Fleisch.

BUNDU (oder Mbundu, Bantusprache): zwei große Bantustämme im westlichen Hochland Südafrikas; danach das Land, in dem ihr Dialekt gesprochen wird; gelegentlich auch jedes unzivilisierte Bantugebiet.

BUSCHVELD siehe *VELD.*

DAGGA (Bantusprache): eine wilde Hanfart, die von Eingeborenen und Mischlingen als Rauschmittel geraucht wird.

DONGA (Bantusprache): trockener Wasserlauf oder durch Erosion entstandene Erdrinne.

DORP (Afrikaans): jede Stadt oder geschlossene Siedlung, die einen Gemeinderat besitzt, sich also selbst verwaltet, im Gegensatz zum flachen Land mit Einzelsiedlungen, die verwaltungsmäßig zu Distrikten zusammengefaßt sind.

HOIPOLLOI (Afrikaans): Pöbel.

HOOGEVELD siehe *VELD.*

JACARANDA: Baumgattung der Familie Bignoniazeen mit blauvioletten oder rötlichen Blüten, die aus dem tropischen und subtropischen Amerika stammt und besonders in Pretoria viel angepflanzt wurde; diese Stadt wird deshalb oft *Jacarandastadt* genannt. Das Holz einiger Arten ist der bekannte Palisander.

JAKKALSBESSIE-BAUM (Afrikaans): Strauch oder kleinerer Baum (Draspyros mespoliformis).

KAFFERNKORN: die oft auch Sorghum genannte Negerhirse.

KNOPKIERIE (Bantusprache): keulenartiger Knüppel aus dem Holz der Kieriepflanze (Rhus laevigata).

KRAAL (Niederländisch): eingehegtes Dorf bei einigen Bantustämmen oder eingehegter Platz für das Vieh.

LOBOLA (Bantusprache): Pfand oder Kaufpreis, den der Bantu seinem Schwiegervater in Rindvieh für die Braut zahlt.

MAMBA (Bantusprache): Giftschlange (Dendraspis angusticeps).

MANGOBAUM (indisch): Dieser Baum (Mangifera indica) trägt in seiner indischen Heimat wild nur pflaumengroße Früchte mit terpentinartigem Geschmack; durch jahrtausendelange Kultivierung ist die Frucht wohlschmeckend und fast melonengroß geworden; sie wird nahezu überall in den Tropen angebaut und bildet ein wichtiges Nahrungsmittel.

MARULA-BIER (Bantusprache): Die gelben Früchte des *Marulabaums* (Scelocarya caffra), dessen weiches weißes Holz die Eingeborenen zum Schnitzen benutzen, dienen zum Brauen eines oft Kaffernbier genannten, leicht berauschenden Getränkes.

MEISIE (Afrikaans): Nur für weiße Mädchen benutzt.

MUSTH (wohl indisch): Mut, inneres Feuer.

MUTI (Bantusprache): Zauber, Medizin.

NKOSI (Bantusprache): Herr.

NKOSIKASI (Bantusprache): Herrin.

OUVROU (Afrikaans): wörtlich 'alte Frau', auch 'Hebamme'; gelegentlich wie 'Alte' im Deutschen für die eigene Ehefrau benutzt.

PAPAYA: Frucht des subtropischen Baumes Carcica papaya, hat zähe Schale und rotes Fleisch, das in Scheiben mit Zitronensaft beträufelt oder im Obstsalat gegessen wird.

PICANNINY (Bantusprache): junger Eingeborener.

POINSETTIEN: Sträucher oder Bäume (Euphorbia pulcherrima), aus Mittelamerika stammend, die kleine gelbe Blüten, von leuchtend scharlachroten Hochblättern umgeben, tragen.

RONDAWEL (Afrikaans): einzeln stehendes, einräumiges Haus, meist mit dicker, kreisförmiger Mauer aus Stein oder grasgemischtem Lehm und kegelförmigem Grasdach, ausgezeichnet geeignet, die Kühle zu halten; mit schmaler Tür und einem oder mehreren kleinen, oft kreisrunden Fenstern. Häufig ist ein Rondawel der Anfang einer Bauernbehausung, neben den dann ein zweiter gebaut und mit ihm durch einen Gang oder eine Veranda verbunden wird. Manche südafrikanischen Architekten gehen beim Bau moderner Wohnhäuser, vor allem im Norden, von diesem Typ aus.

SOPIE (Afrikaans): ein Getränk, meist ein Glas Schnaps.

SPRUIT (Afrikaans): Bach, kleiner Fluß, Flußarm.

SWASILAND (Bantusprache): britisches Protektorat in Südafrika, meist Grasland mit Viehzucht; die *Swasi* sind ein Bantuvolk, den Zulu nahestehend; einige dreißigtausend von ihnen leben auch in der Südafrikanischen Union.

TOKOLOSIE (Bantusprache): sagenhaftes zwergenartiges Wesen mit behaartem Schwanz. Die Eingeborenen glauben, wer den Tokolosie sieht, müsse sterben; wer ihn also hört, wird nie versuchen, ihn zu sehen.

VELD (Afrikaans): eigentlich jeder unbebaute Boden, dann Weideland. In Südafrika überwiegt die Savanne, das *Veld.* Mit *Hoogeveld* wird die ausgedehnte Hochebene bezeichnet. *Dorn-* und *Buschveld* ist eine Parklandschaft, in der das Veld von einzelnen Bäumen und Strauchgruppen, die sehr oft Dornen tragen, unterbrochen ist.

WINDRAD: Antrieb für Wasserpumpe.

WITVLEI (Afrikaans): wörtlich Weißer Sumpf; Vlei ist die Niederung, die zur Regenzeit üppigen Sumpfpflanzenwuchs trägt.

WITWATERSRAND: Das Bergwerksgebiet in der Südafrikanischen Union, Höhenzug im südlichen Transvaal.

Inhalt